APRIL DAWSON
Dare to Trust

APRIL DAWSON

DARE TO Trust

ROMAN

LYX

LYX in der Bastei Lübbe AG
Dieser Titel ist auch als E-Book und Hörbuch erschienen.

Originalausgabe

Copyright © 2021 by Bastei Lübbe AG, Köln

Textredaktion: Silvana Schmidt
Covergestaltung: Sandra Taufer, München,
unter Verwendung von Motiven von Shutterstock
(© Simon Dannhauer / © TierneyMJ / © tomertu)
Satz: Greiner & Reichel, Köln
Gesetzt aus der Adobe Caslon
Druck und Einband: GGP Media GmbH, Pößneck
Printed in Germany
ISBN 978-3-7363-1435-1

3   5   7   6   4   2

Sie finden uns im Internet unter: lyx-verlag.de
Bitte beachten Sie auch: luebbe.de und lesejury.de

Liebe Leser*innen,

dieses Buch enthält potenziell triggernde Inhalte.
Deshalb findet ihr auf der letzten Seite eine Triggerwarnung.

Achtung: Diese enthält Spoiler für das gesamte Buch!

Wir wünschen uns für euch alle
das bestmögliche Leseerlebnis.

Euer LYX-Verlag

Für alle,
die es wagen zu vertrauen.

PLAYLIST

Nosoyo – Lost in You
Why Don't We – What Am I
James Arthur – Breathe
Niall Horan – Everywhere
Billie Eilish – everything i wanted
Alec Benjamin – Mind Is A Prison
Jonas Brothers – Jersey
Lauren Alaina – Doin' Fine
Harry Styles – Adore You
AJ Mitchell – Like Strangers Do
Natasha Bedingfield – Soulmate
Lucius – Two of Us on the Run
Why Don't We – Lucid Dreams
Hurts – Voices
Taylor Swift – Sparks Fly
Ruelle – War of Hearts
Johnny Orlando – What If (I Told You I Like You)
Taylor Swift feat. Bon Iver – Exile
Maisie Peters – Daydreams
Frank Sinatra – The Way You Look Tonight
MKTO – Wasted

PROLOG

Hayden

Vor sechzehn Jahren sollte sich mein Leben für immer verändern. Es war der dreizehnte Mai – Freitag, der Dreizehnte, um genau zu sein –, als Dorian und ich Quinn an ihrem Geburtstag ausführen wollten. Wir hatten ihr ein Geschenk besorgt und all unser Erspartes für eine Torte und die Reservierung ausgegeben, um sie glücklich zu machen. Der Tag sollte unvergesslich werden, und das wurde er dann auch, wenn auch nicht auf die Art, die wir gedacht hatten.

Es begann damit, dass ich mich verspätete, weil die Sportler mal wieder ihren Frust an mir auslassen mussten. Die Schläge hatten erst aufgehört auf mich einzuprasseln, als ich Nasenbluten bekommen hatte. Sie hatten nicht etwa deshalb aufgehört, weil ich ihnen leidgetan hätte, sondern weil die Arschlöcher sich ihre weißen Turnschuhe nicht ruinieren wollten. Zu allem Überfluss musste Dorian wegen einer Auseinandersetzung mit seinem Lehrer nachsitzen, und Quinn hatte wieder Ärger mit der Sozialarbeiterin in der Einrichtung. Die tagelange Planung wäre beinahe umsonst gewesen, weil Quinn und ich keine Lust aufs Feiern hatten, aber Dorian redete auf uns ein, wie er es immer tut. Er machte uns klar, dass Quinn schließlich nur ein Mal siebzehn wurde und wir die kostbare Zeit nutzen sollten.

Das waren die kleinen Momente, die mir in diesen schweren Zeiten Kraft schenkten. Diese Gespräche unter Freunden, die mich aufbauten. Die Nächte, in denen ich mich in den Schlaf weinte, waren nur deshalb zu ertragen, weil ich wusste, dass meine Freunde immer für mich da sein würden. Wir waren seit unserer ersten Begegnung unzertrennlich. Dorian und Quinn waren wie Geschwister für mich, und ich hätte alles für sie getan. Durch die beiden war das Leben in der Einrichtung, in der wir untergebracht waren, aushaltbar geworden, auch wenn sie mich nicht immer beschützen konnten.

Als wir gegen dreiundzwanzig Uhr auf dem Heimweg Hilferufe vernahmen, lief Dorian sofort los. Ohne zu zögern preschte er in die Richtung, aus der die Schreie gekommen waren, und wir folgten ihm. Ein Mann und eine Frau wurden von zwei Männern eingekesselt und mit Messern bedroht. Es sah nach einem Raubüberfall aus, und während Quinn und ich vor Angst wie erstarrt waren, ergriff Dorian das Wort.

Die Männer drohten uns und wollten, dass wir verschwinden, aber er blieb standhaft. Er wollte dem Paar helfen, komme, was da wolle. Als die Männer auf ihn zugingen, setzten Quinn und ich uns gleichzeitig in Bewegung. Manch einer würde sagen, dass drei Teenager keine Chance gegen zwei kräftige Männer haben, aber wir drei hatten eine harte Kindheit gehabt und so viele Male Schläge ertragen müssen, dass wir sie nicht mehr zählen konnten. Das harte Leben hatte uns robuster gemacht, sodass wir uns nun verteidigen konnten.

Aber der Kampf artete schnell aus, plötzlich kämpften auch die Fremden mit den Männern, aber sie waren unvorsichtig. Die Frau sowie Quinn wurden von dem Messer verletzt, die Schmerzensschreie meiner Schwester werde ich niemals wieder vergessen. Diese waren auch der Weckruf für die Gangster, denn als sie all das Blut sahen, machten sie sich aus dem Staub. Dorian kümmerte sich sofort um Quinn, während ich die Polizei rief.

Die Sanitäter sowie die Polizei brachten uns alle ins Krankenhaus, damit wir untersucht werden konnten. Während Dorian, der Fremde und ich mit Prellungen davonkamen, hatten die Frauen weniger Glück. Durch den Aufprall auf den Asphalt hatten sie Gehirnerschütterungen erlitten, und die tiefen Schnitte mussten genäht werden. Nach unserer Aussage halfen wir dem Polizeizeichner beim Erstellen der Phantombilder für die Fahndung nach den Kerlen. Erst als die Cops verschwunden waren, durften wir zu Quinn. Sie und die Frau waren im selben Zimmer untergebracht, weshalb wir miteinander ins Gespräch kamen.

Griffin und Eve Millard – so lauteten die Namen der beiden – dankten uns und waren unendlich gerührt, dass wir für zwei Fremde unser Leben riskiert hatten. Aus kurzem Geplauder wurden schnell tiefgründige Gespräche. Aus einer Stunde wurden sechs und trotz der ganzen Aufregung konnten wir zur Ruhe kommen und sogar lachen. Es war der Moment, der uns alle zusammenschweißte, ohne dass es uns gleich klar wurde. Dorian und ich waren auch am nächsten Tag bis zur Entlassung der beiden im Krankenhaus und lernten die Millards noch besser kennen. Wir verabschiedeten uns, obwohl wir drei noch mehr Zeit mit den beiden Erwachsenen verbringen wollten. Wir hatten uns in ihrer Nähe wohlgefühlt und zum ersten Mal in unserem Leben das Gefühl gehabt, wirklich gehört und respektiert zu werden. Eine Woche später besuchten die beiden uns in der Einrichtung für Pflegekinder, die einem Waisenhaus gleichkommt. Einen Monat nach dem Überfall wurden Dorian, Quinn und ich ins Büro der Leiterin gerufen, um dort zu unserer Überraschung Eve und Griffin vorzufinden. Beide verkündeten unter Tränen, dass aus Dankbarkeit viel mehr geworden sei und sie uns drei adoptieren wollten.

Wir konnten es zunächst kaum glauben, als wir jedoch die Adoptionspapiere selbst sahen, brachen wir ebenfalls sofort in Tränen aus. Dreißig Tage nachdem wir den Mut bewiesen hatten, das Richtige zu tun, wurde uns eine Chance auf ein besseres Leben gegeben. Unsere Familie wuchs – und das sollte nur der Anfang sein.

1. KAPITEL

Teri

»Ich komme zu spät zur Arbeit«, keuche ich und quetsche mich durch die Menschenmassen, die versuchen, zur St.-Patrick's-Day-Parade zu kommen. Ich bin es gewohnt, dass man mittags den Gehweg nie – und ich meine wirklich nie – für sich alleine hat, aber heute scheinen ausnahmslos alle Bewohner Manhattans auf der Straße und auf dem Weg zur Parade zu sein. An diesem Tag ist alles grün: Die Deko in den Schaufenstern, die Klamotten der Menschen, selbst die Drinks und das Essen wurden mit Lebensmittelfarbe eingefärbt, um den irischen Schutzheiligen Patrick zu ehren.

Es ist kein Feiertag im eigentlichen Sinne – die Stores und Restaurants haben wie gewohnt geöffnet –, aber ich mochte schon immer die Atmosphäre, das pulsierende Lebensgefühl, das die Menschen versprühen. Man fühlt sich zugehörig und weniger allein. Da ich aber heute arbeiten muss, werde ich mir die Highlights der Parade wohl abends im Internet ansehen. Dieses Event ist jetzt jedoch mein kleinstes Problem, denn ich drohe, zu spät zu meiner Schicht zu erscheinen, und dabei arbeite ich erst seit drei Wochen im Café. Also lege ich einen Zahn zu.

Es ist genau dreizehn Uhr, als ich schwer atmend meinen Arbeitsplatz erreiche. Nach Luft ringend stütze ich meine Hände auf meinen Knien ab und versuche, meinen Atem zu beruhigen, aber meine Lunge brennt wie Feuer. Ich bin lange nicht mehr Laufen gewesen, und meine Kondition scheint völlig im Eimer zu sein.

»Muss ich Mund-zu-Mund-Beatmung machen?«, fragt meine Kollegin Kim amüsiert und grinst mich von der Theke aus an.

»Heute nicht, aber danke.« Sobald ich mich wieder etwas gefangen habe, eile ich in den Pausenraum, um meine Tasche und meine Jacke abzulegen. Ich binde mir die Schürze um, überprüfe im Spiegel meine Frisur und das Make-up und gehe an die Arbeit.

»Ähm, du trägst kein Grün.« Kayla mustert mich vom Büro aus, als ich den Raum verlasse. Ich blicke auf mein weißes T-Shirt, das ich zu meinem schwarzen Jeansrock kombiniert habe. *Mist!*

»Ich habe es verschwitzt, entschuldige bitte.« Verlegen blicke ich auf meine Schuhe. Ich ärgere mich, dass ich nicht daran gedacht habe, vor allem, weil Kayla uns gestern Abend extra noch daran erinnert hat. Sie wirft mir noch einen vorwurfsvollen Blick zu, sagt aber nichts mehr, sondern nickt nur in Richtung Theke, was mich erlöst. Ich fliehe regelrecht vor ihr und helfe meiner anderen Kollegin Brandy aus, die alle Hände voll zu tun hat.

Drei Wochen ist es nun her, dass ich diesen Job als Barista ergattert habe. Nach langer Suche habe ich endlich diese Anstellung gefunden, die zu mir passt, gut bezahlt wird und Spaß macht. Ich arbeite in einem der typischen Coffeeshops mit den verschiedensten Kaffeevariationen und Bechern in allen Größen. Dazu gibt es Kuchen, Donuts, Cookies und weitere Leckereien, die ich nur zu gern selbst vernaschen würde.

Die Wände sind beige tapeziert und mit großen Bildern geschmückt, die zu den dunklen Samtmöbeln passen. Die Gäste sind hauptsächlich Anzugträger und elegant gekleidete Frauen. Keine Studenten und keine Normalos, wie ich sie zu nennen pflege. Das Café befindet sich mitten auf der Business Street Manhattans, nicht weit von der berühmten Wall Street, wo ein Wolkenkratzer neben dem anderen emporragt. Dort findet man Büros jeglicher Branchen, Arztpraxen, Versicherungsbüros und weitere Räumlichkeiten der New Yorker Geschäftswelt.

Der Lohn könnte höher sein, aber während der kurzen Zeit dort habe ich bereits festgestellt, dass die Kunden mit dem Trinkgeld nicht geizen. Tatsächlich zahlen sie manchmal mehr als fünfzig Prozent. Wenn ich es hochrechne, könnte ich in einem Monat meine Mietschulden tilgen, die sich angehäuft haben, während ich auf Jobsuche war.

Mein Vermieter sitzt mir schon im Nacken, aber mittlerweile habe ich schon knapp die Hälfte zusammengespart.

Die Geschäftsführerin Kayla hat das Herz am rechten Fleck, war mir eine große Stütze bei der Einarbeitungsphase und mittlerweile kann ich sogar Zimtmuster auf Cappuccinos kreieren. Was, um ehrlich zu sein, ein Wunder ist. Es scheint so, als ob ich zum ersten Mal seit langer Zeit nicht vom Pech verfolgt werde. Die letzten Jahre waren ziemlich hart – in finanzieller und vor allem in privater Hinsicht. Als ich achtzehn war, verlor ich meinen Vater und damit auch den Wohlstand, den ich mein ganzes bisheriges Leben genossen hatte. Da meine Mutter schon bei meiner Geburt gestorben war, wurde ich somit zur Waise und musste einen Schicksalsschlag nach dem anderen ertragen. Die Menschen, die ich für meine Familie gehalten hatte, haben mich hintergangen und mich mittellos gemacht.

Das hat mich früh gelehrt, Menschen nicht zu nah an mich ranzulassen und die Distanz zu wahren. Das einzige andere

Lebewesen, das Platz in meinem Leben hat, ist mein brüllender Löwe Scar. Ein getigerter Kater, den ich an meinem achtundzwanzigsten Geburtstag völlig verwahrlost neben einer Mülltonne fand. Dort, wo sein rechtes Auge hätte sein sollen, klaffte eine blutende Wunde. Ohne groß nachzudenken, brachte ich ihn zur Tierklinik in Brooklyn – dort konnte man zwar nicht mehr sein Auge, dafür aber sein Leben retten.

Seine Genesung verlief blendend, ich besuchte ihn jeden Tag und benannte ihn schließlich nach dem Disney-Bösewicht Scar aus *Der König der Löwen*. Denn selbst sein Miauen klang wie ein Brüllen, und er verhielt und bewegte sich durch und durch hoheitsvoll. Da wusste ich, dass er ein Teil meines Lebens sein musste, und nahm ihn bei mir auf. Die Besuche in der Tierklinik hatten etwas mit mir gemacht. Ich lernte viele Ärzte und Mitarbeiter kennen und war fasziniert von deren Engagement und Leidenschaft für ihren Beruf.

Sie päppelten Scar auf und pflegten ihn gesund. Diese Schritte mitverfolgen zu können öffnete mir die Augen. Jahrelang wusste ich nicht, wie ich meine Freizeit verbringen konnte, ohne vor Einsamkeit wahnsinnig zu werden. Aber alles änderte sich, als ich an meinem Geburtstag einen Freund und eine Möglichkeit bekam, Gutes zu tun.

Die *Pet Care Clinic* ist mittlerweile wie ein zweites Zuhause für mich. Jede Woche helfe ich ehrenamtlich in der Klinik aus, kümmere mich um die Tiere, säubere die Geräte und Arbeitsflächen, und wenn ich Glück habe, darf ich bei Untersuchungen zusehen und die Tiere beruhigen. Ich liebe diese Arbeit und sehe zu den Tierärzten auf. Ihr Beruf und Engagement begeistern mich nach wie vor, und ein Teil von mir würde selbst gern diesen Berufsweg einschlagen, wenn da nicht diese ständige Unsicherheit wäre und ich nicht ohnehin jeden Penny zweimal umdrehen müsste. Für ein Stipendium waren meine Noten zu schlecht, und mir fehlt das nötige Geld für ein Studium.

Deshalb habe ich mich von dieser Idee längst verabschiedet, denn es ist so oder so hoffnungslos, da mir zu viele Steine im Weg liegen und ich nicht die Kraft habe, sie zur Seite zu schieben.

Die Mitarbeiter der Klinik kennen mich mittlerweile gut – und gewissermaßen auch wieder nicht. Privaten Fragen weiche ich stets aus und wechsele das Thema. Mittlerweile bin ich Profi darin. Ich habe die Erfahrung gemacht, dass Menschen, wenn man sie zu nah an sich ranlässt, einen enttäuschen und verletzen werden, deshalb gehe ich Beziehungen jeglicher Art aus dem Weg. Nur so kann ich mich schützen und muss niemandem von meiner traurigen Vergangenheit erzählen.

»Dorian Millard ist ein Gott.« Meine Arbeitskollegin reißt mich aus meinen Gedanken, und es fängt schon wieder an. Ständig schwärmt sie von diesem Rockstar, der in aller Munde ist. Ich selbst höre ab und zu die Musik von Everstorm, meist, wenn es mir schlecht geht. Ihre Melodien und vor allem die tiefgründigen Texte gehen mir einfach unter die Haut. Besonders einer der Songs bedeutet mir sehr viel und hat mir durch die schwerste Zeit in meinem Leben geholfen. Die Musiker selbst und deren Privatleben interessieren mich nicht. Ich bin kein Mensch, der nach Gossip der Stars giert, aber das muss ich auch nicht, denn Brandy ist schlimmer als das People Magazine. Sie riecht einen Skandal aus tausend Kilometern Entfernung.

»Du weißt schon, dass er für dich unerreichbar ist, oder?« Ich drehe ihr den Rücken zu und räume die schmutzigen Gläser in den Geschirrspüler.

»Natürlich weiß ich das. Ich bin ja nicht blöd. Aber ich kann einfach nicht aufhören, von ihm zu träumen.«

Ich kann mir ein Grinsen nicht verkneifen, als ich die Maschine einschalte. »Dann solltest du die Alben von Everstorm nicht die ganze Nacht hören.«

»Ich kann einfach nicht anders. Es ist eine Sucht. Ich bin Ians Stimme verfallen.«

»Warte mal. Wer ist denn Ian?« Ich komme mit ihren Männern langsam nicht mehr mit.

»Es geht noch immer um denselben Mann.«

»Jetzt wird es langsam kompliziert.«

»Ian nennen ihn nur seine Freunde und die Familie«, erklärt Brandy geduldig.

»Okay. Verstehe …«

»Sie werden bald ein Unplugged-Konzert im Lincoln Center geben, und der Kartenverkauf startet nächste Woche. Wenn du möchtest, kannst du gerne mitkommen.«

»Das ist lieb von dir, aber ich bin nicht so der Konzert-Typ.« Früher war ich es einmal, aber das ist lange her. Brandy erzählt mir noch von anderen Bands, die sie gerne live erleben möchte, aber die Worte dringen kaum zu mir durch. All meine Gedanken kreisen um meinen letzten Konzertbesuch – die Erinnerung daran lässt mich erschaudern. Mein Ex-Freund und ich hatten uns auf einem Nickelback-Konzert verabredet, trennten uns aber schon beim Auftritt der Vorband, als er mir gestand, dass er mich wieder einmal betrogen hatte. Ich trat ihm in die Eier, wünschte ihn zum Teufel und betrank mich – und das nicht zu knapp.

Ich kippte ein Bier nach dem anderen in mich rein und wachte im nächsten Moment in meinem Bett auf und konnte mich an nichts mehr erinnern. Als ich beim Concierge unseres Apartmenthauses nachfragte, wer mich reingetragen hatte, konnte auch er mir keine Antwort geben. Ein kalter Schauer erfasst mich, wenn ich daran denke, was wohl passiert ist. *Hatte mich jemand betatscht oder gar Schlimmeres?* Körperlich ging es mir gut, aber seitdem habe ich nie wieder mehr getrunken, als ich vertrage. Der heftige Filmriss hat seine Spuren hinterlassen.

Nach einer anstrengenden Schicht schließe ich die Tür zu meiner Wohnung auf und atme tief durch. Hier ist mein Reich. Hier habe ich gelernt, mich pudelwohl zu fühlen. Als ich in diese Einzimmerwohnung zog, hingen die Tapeten von der Decke, der Putz bröckelte von den Wänden ab, und auch sonst war die Wohnung in keinem guten Zustand. Der Grund, wieso ich geblieben bin, ist schlichtweg die günstige Miete sowie die gute Lage. Nach Manhattan sind es knappe vierzig Minuten, ein Lebensmittelladen ist genau gegenüber und die U-Bahn-Station ist in unmittelbarer Nähe.

Es dauerte Monate, bis ich das Geld zusammengekratzt hatte, um die Tapeten abzulösen, die Wände zu verspachteln und weiß zu streichen. Selbst einen hellen Laminatboden hatte das Budget hergegeben, und er hatte die Renovierung perfekt gemacht. Mit den Möbeln ließ ich mir Zeit. In den zwei Jahren nach meinem Einzug klapperte ich einen Flohmarkt nach dem anderen ab und besorgte mir nach und nach helle Vintage-Möbel: einen beigen Beistelltisch, auf dem mein Kerzenhalter steht, pastellfarbene Kissenbezüge für meine Couch, eine Hängeleuchte, die ebenfalls in Pastellblau gehalten ist, und vieles mehr.

Bei den Besuchen auf dem Flohmarkt lernte ich auch Martha und John kennen, die dort ihre selbst gemachten Kreationen verkaufen. John ist Schreiner, und Martha näht für ihr Leben gern. John baute mir ein deckenhohes Regal neben dem Bett auf, sodass dieses vor neugierigen Augen versteckt ist.

Außerdem spannte er mir eine Stange zwischen Wand und Regal ein, wo ich einen Vorhang anbrachte, den mir Martha außer einer Tagesdecke auch noch genäht hatte. So grenze ich in meiner Einzimmerwohnung meinen Schlafplatz ab.

Wie jeden Abend zünde ich mir eine Duftkerze an, schalte das Radio ein und esse eine Kleinigkeit, wobei mir Scar auf dem anderen Stuhl Gesellschaft leistet. »Heute war ein Tag, sag ich dir«, informiere ich ihn zwischen zwei Bissen.

»Ich habe zwei Bestellungen versemmelt, weil ich den falschen Sirup ausgewählt habe, und dann hat auch noch die Maschine den Geist aufgegeben und ich musste eine Stunde lang mit dem Kundendienst telefonieren, bis die uns endlich einen Techniker geschickt haben.« Scar rümpft die Nase und würdigt mich keines Blickes, was ich aber schon gewohnt bin. Viele würden mich für verrückt halten, weil ich mit meiner Katze spreche, aber wenn man wie ich das Leben einer Einsiedlerin führt, gewöhnt man sich an die merkwürdigsten Dinge.

Gegen zweiundzwanzig Uhr mache ich es mir in meinem Bett gemütlich und schnappe mir mein Smartphone, um mir die Aufzeichnungen der heutigen Parade anzusehen.

Früher bin ich mit Dad jedes Jahr hingegangen. In manchen Jahren ging ich von oben bis unten grün angemalt dorthin – ich habe es geliebt, mich zu verkleiden. Dad hat sich ebenfalls Mühe mit seinen Outfits gegeben und mich unterstützt, egal, wie verrückt meine Kostüme waren.

Die Parade ist wie jedes Jahr sehr musikalisch, von Dudelsackspielern bis hin zu einer Blaskapelle ist alles dabei. Das ganze Event zu sehen, den im Video festgehaltenen Flair zu erleben lässt Tränen in mir aufsteigen. Ich vermisse Dad jeden einzelnen Tag, aber heute ganz besonders, weil es die dreizehnte Parade ist, die er verpasst, und der Schmerz auch nach all den Jahren ohne ihn nicht nachlassen will.

Mit Tränen in den Augen lege ich das Smartphone weg und ziehe die Decke über mich. Ich kneife die Augen zusammen und hoffe, dass der Schmerz in meiner Brust vergeht, dass ich endlich wieder atmen kann. Aber die Schwere in meinem Herzen hält so lange an, bis die Müdigkeit mich schließlich überwältigt und ich einschlafe.

2. KAPITEL

Hayden

»Dein Bruder hat mal wieder ein Hotelzimmer in Kolumbien demoliert.« Eigentlich sollten mir diese Worte Kopfschmerzen oder Migräneanfälle der Extraklasse bereiten, aber diese Nachricht ist nichts Neues für mich. Haarsträubende Berichte wie dieser erreichen mich schon seit einem Jahr regelmäßig, und ich befürchte, es wird nicht das letzte Mal gewesen sein. Jamie steht vor meinem Schreibtisch und wartet auf eine Reaktion meinerseits oder darauf, dass ich den Blick hebe, aber ich sehe auf den Monitor und die unzähligen Mails, die darauf warten, von mir bearbeitet zu werden. Das Arbeitspensum ist jetzt schon kaum zu bewältigen, da sind Dorians Eskapaden das Letzte, was ich gebrauchen kann.

»Wie viel wollen sie?« Die Hotels wollen immer eine Gegenleistung, damit sie die Infos nicht an die Klatschblätter weitergeben.

»Neben den Reparatur- und Reinigungskosten wollen Sie einen Bonus von zwanzig Riesen. Andernfalls gehen sie an die Presse.«

»Zwanzigtausend Dollar? Das ist doppelt so viel wie beim letzten Mal!« Wut breitet sich in mir aus, jedoch bin ich mir nicht sicher, auf wen – meinen Bruder oder den Hotelier.

»Diesmal hat Ian übertrieben und einen Großteil der Einrichtung zertrümmert. Die Fotos sehen heftig aus.«

»Lass sie mich sehen.«

»Nein.«

»Nein?« Ich sehe meinen besten Freund an, der das Kinn vorreckt und tatsächlich mit mir diskutieren will.

»Du hast so viel Arbeitsrückstand, dass du einen Monat durchackern musst, um ihn aufzuholen. Du schläfst kaum und trainierst viel zu viel, ohne genügend zu essen. Ich erkenne einen überarbeiteten Mann, wenn ich ihn vor mir sehe, und genau deswegen werde ich mich um die Angelegenheit im Hotel kümmern und du konzentrierst dich darauf, mit deinem Bruder zu sprechen und sicherzustellen, dass so etwas nie wieder passiert.«

»Du weißt aber schon, dass ich der Boss bin und die Anweisungen gebe, oder?«

»Und ob ich das weiß, aber mein Job als bester Freund ist es, dafür zu sorgen, dass du nicht auf unmittelbarem Wege in ein Burn-out rast.«

»Das wird nicht passieren.«

»Dann ist ja gut.«

Ich fahre mir durchs Haar und verschränke die Finger hinter dem Kopf. Meine Augen werden langsam müde, immerhin habe ich fünf Stunden am Stück auf den Monitor gestarrt.

»Du siehst aus, als könntest du einen dreifachen Espresso gebrauchen.«

»Und wie ich den gebrauchen könnte.«

»Dann arbeite noch ein wenig. Wir treffen uns um fünfzehn Uhr im Coffeeshop um die Ecke und besprechen die neuen Stellenausschreibungen.« Wir versuchen, einmal am Tag auswärts etwas trinken zu gehen, um uns eine Pause zu gönnen und nicht den ganzen Tag im Büro zu verbringen.

»Wir suchen schon wieder?«

»Ja, unter anderem eine persönliche Assistentin für dich.«

»Wie bitte?«

»Du hast mich schon verstanden.«

»Ich regele meine Termine schon selbst. Für die anderen Arbeiten habe ich eine Sekretärin.«

»Holly ist total ausgelastet, und du hast zwar bis jetzt deine Termine und Einteilungen gut bewerkstelligt, aber mittlerweile sind die Mails und Termine einfach zu viel.«

»Das schaffe ich schon.«

»Bei allem Respekt, Hayden, aber hör ein Mal auf deinen Personalchef und lass mich meine Arbeit tun.«

Ich seufze auf und blicke auf meine Mails. Er hat ja recht. Auch wenn ich gehofft hatte, es alleine zu schaffen, muss ich mir selbst eingestehen, dass ich effektiver arbeiten könnte, wenn ich eine Assistentin oder einen Assistenten hätte. »Gut, dann stelle die Stellenausschreibung online.«

»Ach, komm schon, Mann, du kannst doch nicht … Moment. Du sagst Ja?«

»Das tue ich. Ich habe tatsächlich mehr Arbeit, als ich bewältigen kann. Etwas Hilfe würde nicht schaden.«

»Halleluja! Und ich hatte eine Wette mit Klaus laufen, dass du mich rausschmeißt, wenn ich das Thema Assistenz aufrolle.«

»Wie viel verlierst du?«

»Fünfzig Dollar«, antwortet Jamie zerknirscht.

»Autsch, na, da werde wohl ich heute den Kaffee spendieren müssen.«

»Das wäre nur fair.«

»Gut. Hast du sonst noch etwas für mich?« In zehn Minuten habe ich ein wichtiges Meeting mit unserer Marketingabteilung. Wir besprechen eine neue Social-Media-Kampagne.

»Das war neben Ian mein wichtigstes Anliegen. Alles weitere besprechen wir heute Nachmittag beim Kaffee. Vergiss es nur nicht wieder.«

»Ja, schon gut, und nun ab mit dir. Ich habe zu tun.«

»Sir, ja, Sir.« Er salutiert vor mir, als wäre ich sein Befehlshaber bei der Navy, ehe er wieder in sein Büro geht. Da ich innerlich aufgewühlt bin und nicht still sitzen kann, stehe ich auf und stelle mich vor mein bodentiefes Fenster, um auf die umstehenden Gebäude zu blicken. Alles, was das Auge sieht, ist Stahl, Glas und Menschen, die aus der Entfernung wie Ameisen aussehen. Die Aussicht ist zwar schön, aber ich würde mir wünschen, mehr Grün zu sehen, mehr vom Central Park. Mein Leben lang bin ich vom Grau New Yorks umgeben, sodass ich privat meine Zeit am liebsten nur im Freien verbringen würde.

Wir sind in der Business Street, wie sie umgangssprachlich genannt wird. Der Gegend, wo es von aufstrebenden und etablierten Unternehmen nur so wimmelt oder, besser gesagt, von deren Büros. Viele der CEOs kenne ich persönlich und treffe sie häufiger auf Galas und Partys, habe mich mit ihnen aber nie anfreunden können. Es ist, als würde meine Herkunft zwischen uns stehen. Ich komme aus armen Verhältnissen und habe in meiner Kindheit bereits mehr durchgemacht als manch ein erwachsener Mensch in seinem gesamten Leben. Ich versuche, die Vergangenheit zu vergessen, so gut ich kann, aber die Erinnerungen und Schmerzen suchen mich immer noch heim.

Nun bin ich Eigentümer von Ever Records, einem der größten Musiklabels der USA. Ich habe der Band meines Bruders zum Erfolg verholfen, ihr einen erfahrenen Manager zur Seite gestellt und Newcomer sowie Superstars unter Vertrag. Ich bin ein Geschäftsmann, der eigentlich nach Feierabend das Leben genießen sollte. Jemand, der am Wochenende durch die Bars zieht, um sich die ein oder andere Frau zu angeln. Aber alles, was mich in den letzten Wochen beschäftigt, ist die Arbeit und die Frage, wieso mein Bruder bei jeder sich bietenden Gelegenheit austickt und alles kurz und klein schlägt.

Denn von außen betrachtet ergibt das keinen Sinn: Everstorm ist eine der erfolgreichsten Bands mit Millionen von Fans, die ihr treu zur Seite stehen. Die Jungs arbeiten gerade an ihrem vierten Studioalbum, und trotz allem ist mein Bruder nicht glücklich. Seit ich denken kann, hat die Musik ihn geerdet und ihm dabei geholfen, der Mann zu sein, der er ist. Wir beide und Quinn kommen aus zerrütteten Verhältnissen, und die Musik hat ihm einen Ausweg aus dem Elend geboten. So war es zumindest bis vor Kurzem. Ich greife nach meinem Smartphone und wische zum Kalender der Band, den auch ich einsehen kann.

Sie haben gerade ein Interview in Kolumbien, wo sie den neuen Hit mit dem kolumbianischen Superstar Carlos Umaz promoten. Der Song ist der Ohrwurm des Frühlings und wird mit Sicherheit auch im Sommer eine hohe Chartplatzierung halten können. Vier Produzenten und zwei der besten Songschreiber New Yorks haben den Jungs unter die Arme gegriffen und den Song geschrieben und produziert.

Er ist in der ersten Woche in den Top Ten der Billboard-Charts gestartet und mittlerweile unter den Top Drei. Den Erfolg haben wir dem außerordentlichen Talent der Jungs und der markanten Stimme meines Bruders zu verdanken. Es könnte nicht besser laufen, wenn nicht der Ruhm meinem Bruder zu schaffen machen würde. Ich schreibe ihm eine Nachricht, dass er sich sofort bei mir melden soll, sobald er Zeit hat, und stecke das Handy in meine Hosentasche.

Eine Stunde später hätte ich beinahe vergessen, dass ich mich mit Jamie im Coffeeshop treffen sollte. Um dies zu vermeiden, hat er mich schon sieben Mal angeklingelt, damit ich auch wirklich erscheine. Er kennt mich einfach zu gut, denn wenn man seine Arbeit so liebt wie ich, kann es passieren, dass man die Zeit vergisst.

Die Sonne wärmt mein Gesicht, als ich das Bürogebäude verlasse und tief einatme. Es tut gut, öfter rauszugehen. Ich bin durch meinen Job so eingespannt, dass ich mich manchmal zwingen muss, eine Pause einzulegen, um rauszugehen. Ich vertrete mir die Beine, genieße die frische Luft und lasse mich regelrecht von der Masse mitreißen. Zwischen all den geschäftig wirkenden Businessleuten wird mir mehr und mehr bewusst, dass ich nun einer von ihnen bin. Als Jugendlicher wurde ich herumgeschubst und war dem Gesetz des Stärkeren unterworfen, sei es nun zu Hause oder in der Schule. Jetzt muss ich mich niemandem mehr unterordnen und bin mein eigener Herr.

Die Zeiten haben sich geändert, und rückblickend ist die Vergangenheit nichts weiter als die Zeit, die mich für die Zukunft geformt hat. Wäre ich nicht durch die Hölle gegangen, wäre ich nicht der, der ich bin. Und ich bin stolz auf meine Familie und mich. Wir arbeiten hart für unseren Erfolg und geben unser Bestes. Mir geht es gut, aber trotz allem hasse ich es, dass ich meinen Peinigern von früher nicht die Stirn bieten konnte, dass ich ihnen nicht ins Gesicht gesagt habe, dass ich sie für das hasse, was sie mir angetan haben. Und ein bisschen hasse ich auch mich selbst. Hasse mich dafür, dass es mir doch mehr ausmacht, als ich mir selbst einzureden versuche. Auch wenn ich von außen der erfolgreiche und smarte Geschäftsmann bin, sind da immer noch die Wunden aus der Vergangenheit. *Wird das je aufhören?*

Als ich das Lokal betrete, umgibt mich herrlicher Kaffeeduft von allen Seiten. Wenn ich neben dem Duft meines Büros einen Geruch liebe, dann ist es der von frisch gemahlenen

Kaffeebohnen. Jamie erwartet mich bereits an einem der hinteren Tische und winkt mir kurz zu. Ich blicke auf die Uhr und stelle fest, dass ich pünktlich bin. Zum ersten Mal seit Wochen wohlgemerkt. Im Job halte ich Fristen ohne Mühe ein, privat sieht die Sache anders aus. Dies ist kein offizielles Meeting, sondern einfach eine Kaffeepause unter Freunden.

»Ich bin da und das noch dazu in der vorgegebenen Zeit«, verkünde ich nicht ohne Stolz, doch Jamie verdreht nur die Augen.

»Wenn ich keinen Telefonterror gemacht hätte, würdest du noch immer in deinem Büro hocken und auf den Bildschirm starren.« Dieser Mistkerl gönnt mir meinen kurzen Moment des Stolzes einfach nicht. Ich schüttle den Kopf und fahre mir durchs Haar.

»Ja, ja. Nerv nicht, lass uns bestellen.« Wir stellen uns in die Schlange, und ich überlege gerade, welchen Kuchen ich wohl heute probiere, als die Barista nach Bechernachschub ruft. Ich hebe den Blick und entdecke Kim, die heute Dienst hat. Mittlerweile kenne ich fast alle im Team beim Namen. Ein brünetter Haarschopf, der gerade im Lager verschwindet, ist mir allerdings neu.

»Hast du schon gehört, dass Universe Records einen Youtube-Star unter Vertrag genommen hat. Hammond Chris.«

»Der Typ, dessen Nachname ein Vorname ist?«

»Genau der.«

»Kenne ich, habe einige seiner Videos gesehen. Er ist gut, aber er hat nichts Außergewöhnliches in der Stimme und …« Ich verstumme und dann scheint mein Herz einfach stehen zu bleiben. Es fühlt sich so an, als ob es aufhört zu pumpen und einfach seinen Dienst quittiert. Das Bedürfnis, mich zu setzen, ist überwältigend und das nur, weil ich das Gesicht der Neuen erblickt habe, die gerade ins Lokal zurückgekehrt ist.

»Das kann nicht sein«, flüstere ich und ignoriere den fragenden Blick meines Freundes, der natürlich nicht weiß, was ich gerade durchmache. Dort, mit einem Stapel leerer Kaffeebecher bepackt, steht mein ehemaliger Highschoolschwarm und die einzige Frau, die ich mit jeder Faser meines Körpers hasse.

Tori Lancaster.

Seit Jahren habe ich sie nicht mehr gesehen, wusste nicht einmal, dass sie noch in der Stadt lebt.

Sie hat an Gewicht verloren, und ihre Haare sind nicht mehr blond gefärbt, aber selbst mit der anderen Haarfarbe habe ich sie sofort erkannt. Zu meiner Schande muss ich gestehen, dass ich sie noch immer attraktiv finde, auch wenn mir ihre Kurven von damals besser gefallen haben.

»Wer ist das?«, flüstert Jamie, da wir beide gleich drankommen werden. Tori und Kim sprechen über die Maschine, die anscheinend nicht richtig läuft.

»Jemand, den ich aus der Highschool kenne.« Das ist zwar eine Untertreibung, aber ich möchte ihm nicht von meiner Vergangenheit mit diesem Biest erzählen. Plötzlich stehen wir uns gegenüber, und sie fragt mich mit einem freundlichen Lächeln nach meiner Bestellung. Zum ersten Mal in meinem Leben sieht sie mir direkt in die Augen und nimmt mich wahr, tritt mir mit Freundlichkeit entgegen und nicht mit Argwohn. In ihren Augen lässt sich nicht ausmachen, ob sie mich erkennt. Ihre Stimme zu hören, überhaupt, sie wiederzusehen macht mich sprachlos, sodass Jamie einspringen muss, um für uns beide die Bestellung aufzugeben. Sie beschriftet unsere Becher und macht sich an die Arbeit. Das war's.

Ich habe den Schock, Tori wiederzusehen, noch nicht überwunden, selbst dann nicht, als ich mich mit meinem besten Freund unterhalte. Immer wieder blicke ich zum Tresen und beobachte Tori, die mich nicht weiter beachtet – genau wie damals in der Highschool.

Mein verändertes Aussehen könnte ein Grund dafür sein, dass sie mich nicht erkannt hat. Mein Körper hat sich verändert, ich bin nicht mehr der schlaksige Nerd von damals, mein Gesicht ist von der Akne befreit und statt einer Brille trage ich mittlerweile Kontaktlinsen. Für sie war ich damals nur ein Fußabtreter, jemand, auf den sie spucken und an dem sie ihre miesen Launen auslassen konnte. Diese Frau ist der Teufel in Person und doch war ich verknallt in sie, ohne dass ich es mir erklären konnte. In ihrer Nähe stockte mir stets der Atem. Vor allem, wenn sie lächelte und ich alles um mich herum vergaß. Damals hätte ich hundert Dinge aufzählen können, die ich an Tori mochte. Heute sehe ich die Sache natürlich anders.

»Himmel! Du hörst mir ja gar nicht zu.« Ich sehe einen mürrisch dreinblickenden Jamie an und muss gestehen, dass ich zum ersten Mal nicht bei der Sache bin, während wir uns unterhalten.

»Entschuldige bitte.« Ich fahre mir durch mein lockiges Haar und versuche, einen klaren Kopf zu bewahren, doch meine Augen werden wie magnetisch von der Frau aus meiner Vergangenheit angezogen, und ich kann rein gar nichts dagegen tun.

»Wer ist diese Frau, Hayden?«

»Mein schlimmster Albtraum.«

»Wie bitte?«, fragt er verblüfft.

»Das ist eine der Personen, die mir meine Highschoolzeit zur Hölle auf Erden gemacht haben. Sie hat mich gedemütigt, mich vor allen blamiert und das völlig grundlos. Einfach, weil ich da war.«

»Nicht zu fassen.« Natürlich kennt Jamie diese Art von Mobbing nicht. Er war Quarterback an seiner Schule, hat eine hübsche Cheerleaderin nach der anderen vernascht und wuchs in einem behüteten Elternhaus auf. Ich bin froh, dass er die Art von Schmerz nicht kennt, die ich erleiden musste.

»Gibt es da etwas, das du ihr sagen möchtest? Du siehst so aus.«

»Ja und nein. Ich kann mich nicht entscheiden. Und ja, es gibt da etwas, was ich nie jemandem anvertraut habe.«

»Was denn?«

»Ich war total in sie verknallt.«

»Trotz all der Scheiße, die sie dir angetan hat?« Ich nicke als Antwort. Ich war ein Teenie, der nichts anderes wollte, als diese Frau zu küssen. Das ist heute natürlich anders, aber damals, damals hat sie mich bis in meine Träume verfolgt. »Auch wenn sie früher unausstehlich war, kann das heute anders sein. Vielleicht hat sie sich verändert?«

»Menschen wie sie ändern sich nicht, Jamie.« Jemand, der lacht, wenn er einen Menschen mit blutender Nase sieht, der sich vor Schmerzen am Boden krümmt, kann sich nicht ändern. »Niemals.«

Nach einer Stunde hat sich das Treffen unter Freunden doch zu einem Geschäftsmeeting entwickelt. Zwischen zwei Espressi haben wir einen Plan für die nächsten Wochen ausgearbeitet, den mein Freund auf dem Tablet festhält. Ab morgen ist Jamie in Boston, um sich in unser neu erworbenes Personalsystem einarbeiten zu lassen. Vorher wird er noch die Job-Annonce aufgeben und seine Vertretung, Vance, wird dann die Bewerbungsgespräche führen.

Ich wünschte, ich wäre die Art von Mensch, die Tori ignorieren könnte, die vergisst, was gewesen ist, und einfach produktiv arbeitet. Aber weit gefehlt, denn ich kann nicht anders, als sie zu beobachten. Sie schenkt jedem Kunden dieses freundliche Lächeln, das sie auch mir gezeigt hat. Was hätte ich damals nicht alles dafür gegeben, dass sie mich nur ein Mal angesehen hätte, als wäre ich nicht ein lästiges Insekt, das ihr auf die Nerven ging.

Ihre Handgriffe wirken noch nicht geübt, was mir klarmacht, dass sie noch nicht lange für Kayla arbeitet. *Verdammt, wieso muss sie immer noch so schön sein?*

Ich fand sie mit blonden Haaren hübsch, aber brünett setzt sie noch einen drauf und präsentiert ihre natürliche Schönheit, ohne es darauf anzulegen. Mir liegt so vieles auf der Zunge, das ich ihr sagen möchte, dass ich draufbeißen muss, um es nicht laut auszusprechen. Nie hätte ich gedacht, dass es mich so aufwühlen würde, sie wiederzusehen. Seit ich von Mom und Dad adoptiert wurde, habe ich versucht, nicht an Tori zu denken, und doch war sie in den letzten Jahren in meinen Gedanken. Ich habe mir ausgemalt, wie es wohl werden würde, wenn wir uns wiederbegegnen. In den meisten Fantasien habe ich sie gegen die Wand gedrückt und geküsst, ehe ich sie stehen gelassen habe, weil sie mich nicht verdient hat. Dass ich aber dermaßen unter Strom stehen würde, sobald ich sie erblicke, hätte ich nie erwartet.

Als sie plötzlich in dem Gang verschwindet, wo sich die Toiletten befinden, stehe ich kurzerhand auf und folge ihr. Etwas in mir will ihr all das entgegenbrüllen, was ich damals nicht sagen konnte. Und da ist noch etwas in mir, das nach ihrer Nähe verlangt. Etwas, das ihr zeigen will, was sie damals nie beachtet hat und was sie hätte haben können.

Ich gehe langsam in ihre Richtung und sehe, dass sie telefoniert. Es sieht mir nicht ähnlich, die Telefonate anderer Menschen zu belauschen, aber jetzt, in diesem Moment bin ich nicht ich selbst. Ihre Stimme klingt noch genau so, wie ich sie in Erinnerung habe, nur etwas weicher. Tori unterhält sich mit jemandem namens Maude, und es geht um eine Abendschicht, die Tori übernehmen soll. Verwirrt runzle ich die Stirn. *Sie hat zwei Jobs?* Die Tori, die ich von damals kannte, hätte sich ungern die Hände schmutzig gemacht. Diese hier scheint aber ein Geldproblem zu haben. Zu schnell beendet sie das Gespräch und dreht sich um, um die Nische zu verlassen, in die sie sich zum Telefonieren zurückgezogen hat. Ich nehme all meinen Mut zusammen und will sie ansprechen, doch plötzlich werde ich von jemandem angerempelt und verliere den Halt.

3. KAPITEL

Tori

Kaum habe ich das Telefongespräch beendet und mein Handy wieder in die hintere Jeanstasche gesteckt, unterdrücke ich einen Schrei, als plötzlich ein Mann im Anzug in die Nische stolpert. Ich erstarre, reiße die Augen auf und sehe mich schon mit dem Hinterkopf gegen die Wand knallen. Ich atme schwer und erwidere seinen erschrockenen Blick. Seine Pupillen sind vor Schreck geweitet, aber da ist noch etwas anderes. Etwas sagt mir, dass ich diese Augen schon einmal gesehen habe, es ist, als würde ich deren Farbe kennen.

Sie sind blau, nein, grau, aber auch etwas grün. Es ist eine unverkennbare Mischung aus diesen drei Farben und kurz vergesse ich, dass ich jetzt durch den Aufprall heftige Schmerzen verspüren müsste, aber da ist nichts. Der Fremde hat eine Hand neben meinem Kopf abgestützt, mit der anderen hält er meine Taille. Wir atmen beide schwer, und obwohl alles so schnell gegangen ist, habe ich nun das Gefühl, als würde alles stillstehen.

Der Mann ist attraktiv, keine Frage, genau der Typ Mann, auf den ich stehen würde, wenn ich die Zeit und Lust dazu hätte. Gewelltes dunkelblondes Haar, mit einem leichten Braunstich. Einzelne Locken fallen ihm ins Gesicht, und es steht ihm fantastisch. Es handelt sich um meinen persönlichen Himmel, denn ich liebe Männer mit dichtem Haar. Wir befinden uns fast auf Augenhöhe, was mir mit meinen ein Meter achtzig eher selten passiert. Mein Körper ist hin und weg von diesem Mann, aber dieser Teil von mir hat nicht das Sagen.

Ich löse mich von ihm, oder, sagen wir es so, ich versuche zurückzuweichen, aber da hinter mir eine Wand ist, komme ich nicht weiter. Ich räuspere mich, weil mir das Sprechen plötzlich schwerfällt. Aber er scheint in Gedanken zu sein und bleibt, wo er ist. Eigentlich sollte ich Angst haben, immerhin bin ich in einer verfänglichen Lage mit einem völlig Fremden, aber etwas in mir ist sich sicher, dass dieser Mann mir nichts tun will. Ich räuspere mich noch einmal, und endlich versteht er. »Bitte entschuldigen Sie. Ich bin angerempelt worden und wollte Sie nicht umreißen.« Er lächelt und löst seine Hände von mir. *Um Himmels willen!* Eigentlich ist es nur ein halbes Lächeln, doch es beschert mir sofort Herzrasen. Mein Körper seufzt erneut auf, aber ich bringe ihn zum Verstummen. Ein Kerl ist das Letzte, das ich jetzt gebrauchen kann.

»Ist schon gut. Es ist ja nichts passiert. Wenn Sie mich entschuldigen, ich muss wieder an die Arbeit.«

»Natürlich.« Er tritt einen Schritt zur Seite, damit ich gehen kann, aber sein Aftershave, gepaart mit seinem erdigen Geruch, verfolgt und umhüllt mich.

Ich stürze mich regelrecht in die Arbeit, räume die Tische ab und serviere. Ich tue alles, um nicht an diesen Vorfall von vorhin zu denken. Es ist nicht das erste Mal, dass mir ein attraktiver Mann über den Weg läuft. Ich bin sicher keine Frau, die beim ersten Anblick eines Typen gleich ihr Höschen präsentiert, aber die kurze Begegnung mit diesem Mann ist mir wahrlich unter die Haut gegangen.

Ich kann es nicht lassen und blicke öfter an seinen Tisch, als ich es tun sollte, aber zum Glück bemerkt er es nicht. Vielleicht ist es wieder an der Zeit auszugehen. Durch diesen Job stehe ich hoffentlich bald finanziell besser da und kann mir einen

Abend in einer Bar gönnen, um endlich mal wieder zu tanzen und vielleicht jemanden kennenzulernen. Es ist zu lange her, dass ich einem Mann nahegekommen bin. Eine Beziehung hatte ich seit Jahren nicht mehr, und der letzte One-Night-Stand ist schon eine Weile her. Selbst als der attraktive Fremde den Coffeeshop verlässt, dauert es eine Weile, bis ich seinen intensiven Blick vergessen kann.

Nachdem wir geschlossen haben, helfe ich meinen Kollegen beim Aufräumen, während Kim die Kasse abrechnet und Musik einschaltet. Die anderen tanzen, während sie die Tische abwischen, oder singen mit, ich wippe nur im Takt und reinige die Milchdüsen der Maschinen. Ich bin die Letzte, die ihre Schürze ablegt und sich umzieht. »Tori?«, ruft meine Chefin im Flur, als würde sie mich suchen.

»Bin in der Garderobe.« Sie erscheint mit einem erleichterten Gesichtsausdruck im Türrahmen, ehe sie mich bittet, ihr ins Büro zu folgen. Als ich Platz nehme, räuspert sie sich und sieht mich entschuldigend an. Ein mulmiges Gefühl breitet sich in mir aus, als ich ihren Gesichtsausdruck sehe.

»Ich bin kein Mensch, der lange um den heißen Brei herumredet, deshalb rücke ich gleich mit der Sprache raus.« Sie schweigt einen Moment und fährt fort, ohne mich anzusehen.

»Ich habe heute einen Brief vom Finanzamt bekommen. Es geht um eine satte Steuernachzahlung, die ich in einer Woche begleichen muss.« *Mist!* Das hier kann nicht gut für mich enden.

»Was heißt das für mich?«, frage ich und mahle mit dem Kiefer, weil ich bereits vermute, dass mir nicht gefallen wird, was ich nun hören werde.

»Das heißt, dass ich deine Stelle nicht mehr halten kann.« *Oh Nein! Alles, nur das nicht!*

»Kannst du nicht meine Stunden reduzieren? Bitte, ich brauche diesen Job unbedingt.« Sie schüttelt traurig den Kopf, und ich sehe ihr an, dass ich mit Flehen nicht weit kommen werde. Ich werde eiskalt gefeuert.

»Es tut mir sehr leid, Tori. Aber vielleicht findest du schnell eine Anstellung, die dir noch besser gefällt.«

»Danke, aber das glaube ich kaum.«

»Ich finde, du hast tolle Arbeit geleistet. Glaub jetzt bitte nicht, dass ich dich entlasse, weil deine Leistung nicht gepasst hätte.«

»Das ist mir schon klar, trotzdem weiß ich nicht, was ich nun tun soll.«

»Ich wünschte wirklich, die Dinge würden anders stehen.«

»Ich auch, dass kannst du mir glauben.« Kayla legt ihre Hand mitfühlend auf meine, aber irgendwie fühlt sie sich bleischwer an, so wie die finanzielle Last, die auf meinen Schultern liegt.

»Ich wünsche dir von Herzen alles Gute auf deinem weiteren Weg, Tori.«

»Danke«, flüstere ich, aber zu einem Lächeln kann ich mich wahrlich nicht abmühen. Nicht einmal zum Abschied. Während Kayla noch im Büro bleibt, gehe ich ein letztes Mal in den Verkaufsraum, streiche mit der Hand über die Theke, an der ich bedienen durfte. Ich werde den Laden vermissen und auch die Kolleginnen, mit denen ich gut klargekommen bin. Ich klopfe ein Mal auf das Holz und will schon gehen, blicke aber noch mal zu dem Tisch, wo der Fremde heute gesessen hat. Trotz meiner misslichen Lage und der Enttäuschung muss ich an die Begegnung von heute denken. In Gedanken nähere ich mich dem Tisch, an dem er gesessen hat. Dort entdecke ich einen Zettel, den jemand auf dem Tisch vergessen haben muss. Als ich ihn in die Hand nehme und durchlese, erkenne ich, dass es sich um eine Stellenausschreibung handelt. Der CEO von Ever Records sucht eine persönliche Assistentin.

Das wäre mit Sicherheit ein gehobener und gut bezahlter Job, aber ohne Referenzen und Berufserfahrung werde ich keine Chance haben. Trotz allem nehme ich den Zettel an mich und stopfe ihn in meine Tasche. Dann verlasse ich mit hängenden Schultern den Coffeeshop, in dem ich sehr gerne gearbeitet habe.

Mit der Subway dauert es ungefähr vierzig Minuten bis nach Brooklyn, heute kommt es mir jedoch wie eine Ewigkeit vor. Schlimm genug, dass ich meinen Job verloren habe und die Mietschulden in absehbarer Zeit nicht begleichen kann. Mir stellt sich nun auch noch die Frage, ob ich schnell genug einen neuen Job finde, um den Rückstand überhaupt wieder aufholen zu können. Es würde mir das Herz brechen, meine mietpreisgebundene Wohnung zu verlieren. Als ich mein Apartment betrete, schaffe ich es gerade noch, mich todmüde ins Bett fallen zu lassen. Dabei hoffe ich, dass ich ein paar Stunden Schlaf finde, bevor mich meine Probleme wieder einholen.

Der Sonnenaufgang über den Dächern von Brooklyn ist atemberaubend. Das dunkle Blau wird durch ein sattes Orange und Rot abgelöst – es verspricht ein weiterer warmer Frühlingstag zu werden. Die Farben der Natur haben von jeher eine beruhigende Wirkung auf mich. Dad nahm mich früher zum Wandern mit, und wenn wir in einer der Hütten am Gipfel übernachteten, waren die Sonnenuntergänge stets spektakulär, ebenso wie die Sonnenaufgänge. Wir saßen immer draußen, gemeinsam in eine Decke eingehüllt auf einer der Bänke und genossen die Ruhe. In diesen Momenten schien die Welt stillzustehen. Dies ist eine der schönsten Erinnerungen, die ich mit meinem Vater verbinde. Wir hatten eine ganz besondere Beziehung zueinander, was den anderen Familienmitgliedern ein Dorn im Auge war. Aber damals dachte ich mir nichts dabei, und das stellte sich als Fehler heraus.

Nachdem ich einen Kaffee getrunken habe, mache ich mir in Gedanken eine Liste, wie es weitergehen wird. Ich muss mit meinem Vermieter reden und ihn um einen Aufschub der Miete und um weitere Geduld bitten. Dann werde ich online sowie in Zeitungen die Jobanzeigen durchgehen, um schnell wieder eine Anstellung zu finden. Ich werde meine Wohnung aufräumen und einkaufen gehen.

Aber zuerst ist das Wichtigste dran, und das ist die Sache mit meinen Mietschulden. Ich werde meinem Vermieter die Hälfte meiner Mietschulden anbieten und hoffe, dass er mir so eine Chance gibt. Zumindest bis ich einen neuen Job gefunden habe.

Es ist neun Uhr früh, als ich mit klopfendem Herzen runter ins Erdgeschoss gehe und fieberhaft überlege, wie ich den meist mürrischen Mann davon überzeugen kann, mich nicht rauszuschmeißen. Ich habe mein schulterlanges Haar zurückgebunden und trage schwarze Leggins zu einem ockerfarbenen Oversize-Shirt, das so groß ist, dass es meine Schulter entblößt.

Nachdem ich mit zittrigen Fingern an seine Tür geklopft habe, versuche ich, meinen abgehackten Atem und mein wild klopfendes Herz zu beruhigen. Ich muss einen kühlen Kopf bewahren, wenn ich an sein Mitgefühl appellieren möchte. Ich bin mir nicht zu schade dafür zu betteln, damit er mich weiterhin in dieser Wohnung leben lässt. Es ist die erste seit einem Jahrzehnt, die sich wie ein Zuhause anfühlt. Ich schlucke, als die Tür aufgeht und ein Hüne von einem Mann vor mir steht, der definitiv nicht mein Vermieter ist.

»Ja? Kann ich Ihnen helfen?«

»Ist Mr Rollins zufällig da?« Meine zittrige Stimme verrät meine Nervosität, aber das ist mir jetzt egal. Mein Fokus richtet sich auf mein Ziel. Der Mann mit dem kupferfarbenen Haar und Vollbart mustert mich neugierig, ehe er antwortet.

»Ja, einen Augenblick bitte.« Keine fünf Sekunden später erscheint der Mann, den ich suche, in meinem Blickfeld und schaut mich grimmig an. Das ist wahrlich nichts Neues.

»Miss Lancaster. Ich hätte nicht gedacht, dass sie den Mumm haben hierherzukommen, nachdem ich die letzten Tage vergeblich versucht habe, Sie zu erreichen.« Er verschränkt die Arme vor der Brust, und ich ahne, dass dieses Gespräch alles andere als zu meinem Vorteil ausgehen wird.

»Es tut mir leid, ich habe in den letzten Tagen viel gearbeitet.«

»Das ist gut. Dann haben Sie das Geld, das Sie mir schulden?«

»Nein, noch nicht ganz, aber …«

»Wie bitte?«, knurrt er ungehalten, und auch wenn er einen Kopf kleiner ist als ich, mindert das seine einschüchternde Wirkung nicht.

»Sie wagen es tatsächlich, an meine Tür zu klopfen und nicht mal mein Geld dabeizuhaben?« Das ist eine berechtigte Frage, aber mein Verhalten zeigt auch Mut. Natürlich spreche ich das nicht laut aus. Ihn zu provozieren ist das Letzte, was ich möchte. Irgendwo öffnet sich eine Tür, unser Gespräch bleibt also nicht unbemerkt. Das ist mir aber egal, wenn ich bekomme, was ich will.

»Ich wollte diesbezüglich in Ruhe mit Ihnen reden.«

»In Ihrem Fall rede ich nur mit Geldscheinen.« In meinen Ohren rauscht es, denn ich ahne, dass sich dieses Gespräch in eine falsche Richtung entwickeln wird.

»Ich habe einen Teil des Geldes und werde Ihnen den Rest geben, sobald ich kann.«

»Glauben Sie tatsächlich, ich bin blöd? Wir haben einen Mietvertrag. Wer nicht zahlen kann, fliegt hochkant raus!« Mit jedem Wort, das seine Lippen verlässt, wird er ungehaltener und meine Hoffnung kleiner. Ich schlucke und überlege fieberhaft, was ich noch tun könnte.

»Bitte, Mr Rollins.« Ich kann die Tränen kaum zurückhalten. »Ich weiß, dass wir einen Vertrag haben, und ich werde diesen auch einhalten, wenn Sie mir nur ein wenig Zeit geben. Ich kann Ihnen das Geld besorgen und meine Schulden begleichen.«

»Keine Chance.« Mit verschränkten Armen blickt er mich an, und ich erkenne, dass ich verloren habe. Vielleicht war ich zu naiv, als ich gedacht habe, dass er mir einen Aufschub gibt. Er hat ein Recht auf das Geld, und es gibt bestimmt Tausende Mieter, die gerne mein Apartment haben würden. Das war's. Ich werde auf der Straße landen und wieder dort enden, wo ich war, als mein Leben in tausend Scherben zerfiel.

»Barry Edward Rollins! Ich höre wohl nicht richtig!« Ich drehe mich um und blicke auf eine junge Frau in meinem Alter, die meinen Vermieter vernichtend ansieht. Ihr kurzer Bob wirbelt um uns herum, als sie sich wutentbrannt zwischen mich und ihn stellt. Ihr Argwohn richtet sich aber vollends gegen meinen Vermieter.

»Misch dich nicht ein, Donna. Das hier geht dich nichts an!« Seine Arme lösen sich, und ich merke, dass seine Augen und seine Haltung weicher werden. Wer auch immer sich hier vor mich gestellt hat, er scheint sie zu mögen.

»Und ob es mich etwas angeht.« Sie stemmt ihre kleinen Hände in die Hüften, und ein Hauch ihres Parfüms, das nach Vanille riecht, umhüllt mich.

»Ich dachte, Tante Jo hat dich zu einem besseren Menschen erzogen.«

»Sie schuldet mir Geld und hat es nicht.«

»Ich hab die Hälfte«, werfe ich ein. Die junge Frau blickt über ihre Schulter in meine Richtung und zwinkert mir zu, ehe sie sich wieder umdreht.

»Die Hälfte ist doch besser als nichts. Siehst du denn nicht, dass diese arme junge Frau dich anfleht, sie nicht rauszuschmeißen? Du kannst mir doch nicht sagen, dass dich das kaltlässt?« Wer auch immer dieser Wirbelwind ist, sie könnte eine hervorragende Anwältin sein, denn mein Vermieter blickt nun reumütig in meine Richtung.

»Du kennst den Vertrag, und wer nicht pünktlich zahlt, ist hier fehl am Platz. Wenn ich bei jedem Mieter weich würde, würden mir alle auf der Nase herumtanzen.«

»Es ist ja nicht so, als wärst du bettelarm und bräuchtest das Geld zum Überleben. Und ich denke, du hast mit uns Mietern Glück, denn seit Jahren wohnen dieselben Menschen in diesem Gebäude, und du weißt, dass das für Brooklyn ungewöhnlich ist.«

»Wie ich schon sagte …«

»Sie hat dich um Aufschub gebeten. Gebeten! Diese junge Frau steht vor dir und appelliert an dein Mitgefühl. Du kannst mir nicht sagen, dass du mit deinen achtunddreißig Jahren schon zum grummeligen Rentner geworden und so gefühlskalt bist, dass du ihr nicht mindestens zwei Monate Aufschub geben kannst.«

»Also ich …«

»Na, siehst du! Ich wusste ja, dass in meinem Cousin etwas Gutes steckt.« Sie knufft ihn, und sein grimmiger Ausdruck verschwindet vollends und wird durch ein leichtes Lächeln abgelöst. Er sieht an Donna vorbei und blickt mich erneut an.

»Zwei Monate. Mehr ist nicht drin. Und die Hälfte, die Sie schon haben, können Sie wie üblich überweisen.« Innerlich jubele und kreische ich vor Freude, aber ich gebe mich gefasst. »Vielen Dank. Ich werde Sie nicht enttäuschen.« Er nickt als Antwort und wirft seiner Cousine einen strengen Blick zu, ehe er die Tür schließt und uns beide allein lässt.

»Na, das hat doch hervorragend geklappt«, sagt sie mit einem breiten Lächeln, wobei sie zwei Reihen strahlend weißer Zähne entblößt. Ihre fröhliche und unbeschwerte Art verwirrt mich kurz, doch dann reiße ich mich zusammen und fange endlich an zu sprechen.

»Vielen Dank für deine Hilfe.« Ich ringe mir ein mickriges Lächeln ab, das jedoch seine Wirkung zu verfehlen scheint, denn plötzlich sieht die junge Frau mich besorgt an.

»Kann ich dir sonst noch helfen?« *Wie lange ist das her, dass mich das jemand gefragt hat? Hat mich das überhaupt schon einmal jemand gefragt?* Ich weiß es nicht mehr, aber es fühlt sich gut an, diese Worte zu hören, auch wenn ich ihre Hilfe nicht annehmen werde. Schließlich kenne ich diese Frau gar nicht.

»Das ist nett von dir, aber ich habe alles im Griff.«

»Ich wohne im Apartment 7C, wenn du mal Lust hast zu quatschen.« Das ist eine Wohnung weiter. Kaum vorstellbar, dass wir uns bis jetzt noch nie über den Weg gelaufen sind.

»Vielleicht komme ich darauf zurück.« Sie lächelt mich freundlich an und verabschiedet sich ebenso fröhlich. Ich wünschte, ihre gute Laune und Gelassenheit würden auf mich abfärben, aber mein heftiger Puls will sich einfach nicht beruhigen. Ich zittere, denn dieses Gespräch und das Bangen haben an meinen Nerven gezerrt. Mir bleiben zwei Monate, um das restliche Geld zusammenzukratzen und meinem Vermieter auszuhändigen. Und genau das muss ich schaffen – ansonsten lande ich auf der Straße.

4. KAPITEL

Hayden

»Verdammte Scheiße!« Es sind zwei Stunden vergangen, seit ich Tori wiedergesehen habe, und seitdem konnte ich mich keine fünf Minuten konzentrieren oder gar still sitzen bleiben. Jedes Mal muss ich an das Lächeln denken, das sie mir geschenkt hat. Es war ehrlich und nicht hinterlistig wie damals. Das hat mich völlig aus der Bahn geworfen. In mir tobt ein Sturm an Gefühlen, den ich in dieser Form nicht kenne. Ein Teil von mir fühlt den Schmerz von damals, als sie mir das Leben zur Hölle gemacht hat. Aber da ist immer noch der verknallte Teenie in mir, der nur ihre Schönheit sieht und sich wünscht, sie würde ihn ein Mal wahrnehmen, ihn eines Blickes würdigen.

Ich balle die Hände zu Fäusten und setze mich. Der Moment in der Nische war anders gelaufen, als ich es ursprünglich geplant hatte. Eigentlich hatte ich mich zu erkennen geben wollen, ihr sagen wollen, dass ich der Junge bin, den sie und ihre Freunde damals gepiesackt haben. Ich hatte ihr sagen wollen, dass ich nun derjenige sein sollte, zu dem sie aufsieht, aber kaum hatte ich sie berührt, war mein Kopf wie leergefegt gewesen. Der Schreck in ihren Augen war schnell einem anderen Ausdruck gewichen … Sehnsucht? Verlangen? Neugier?

Egal, was es war, es war so schnell verschwunden, wie es gekommen war, und dann war sie regelrecht vor mir geflohen.

Sollte es so zwischen uns enden? Eine kurze Begegnung und dann gehen wir beide unserer Wege? Etwas in mir will das nicht akzeptieren. Die Sache zwischen Tori und mir ist zu groß, um sie zu vergessen, das haben mich die letzten Jahre, in denen ich an sie denken musste, gelehrt. Ich will sie büßen lassen für all den Schmerz, den ich durch sie erleiden musste. Ihre Taten haben tiefe Spuren in mir hinterlassen, und nun sehe ich meine Chance gekommen, es ihr heimzuzahlen. In meinem Kopf lege ich mir einen Plan zurecht, der mir zwar moralisch nicht entspricht, der aber nötig ist, um mit einem ganz bestimmten Teil meiner Vergangenheit endlich abschließen zu können.

Innerhalb weniger Stunden habe ich alles so eingefädelt, dass Tori mit Sicherheit die Stellenanzeige bekommen muss. *Bin ich verrückt, wenn ich will, dass meine Erzfeindin meine persönliche Assistentin wird?* Vielleicht. Aber etwas in mir giert danach, Rache zu üben oder sie zumindest einfach sehen zu können. Solange ich nicht weiß, was die widersprüchlichen Gefühle in mir zu bedeuten haben, werde ich alles daransetzen, ihnen auf den Grund zu gehen.

»Sie sehen so zufrieden aus.« Meiner Fahrerin Gayle entgeht mein Grinsen natürlich nicht.

»Das liegt daran, dass ich es bin. Es war ein erfolgreicher Tag.«

»Das freut mich. Wollen Sie wieder den üblichen Radiosender hören?«

»Nein, danke. Heute bin ich nostalgisch und höre die Hits meiner Jugend.« Ich stecke meine EarPods ins Ohr und lausche der Musik von früher. Meine Auszeit wird jäh unterbrochen, als mein Smartphone zu klingeln beginnt. Ich seufze auf und blicke aufs Display, auf dem das Bild meines grinsenden Bruders erscheint.

»Hey, Bro«, meldet er sich gut gelaunt, als ich den Anruf entgegennehme.

»Bro? Willst du mich verarschen?«

»Sorry, dann eben förmlicher. Hallo, du Vollpfosten.«

»Ich fasse es nicht.« Ich greife mit Daumen und Zeigefinger an meinen Nasenrücken und versuche, nicht auszuflippen. *Wie kann er nach der Scheiße, die er abgezogen hat, so tun, als wäre nichts geschehen?*

»Es tut mir leid, okay? Das war alles nicht so geplant.«

»Es war also nicht geplant, dass du ein Zimmer demolierst und das Label um fast fünfzig Riesen bringst?«

»Ich bezahle es aus eigener Tasche, wenn es das ist, was dich stört.«

»Es geht hier nicht nur ums Geld, verdammt. Ich will von dir wissen, was dich um Himmels willen dazu gebracht hat, dermaßen auszuflippen und um dich zu schlagen.«

»Gar nichts. Es war einfach ein Versehen.«

»Ian. Wenn ich eine Chatnachricht für Quinn an Mom versende – das ist ein Versehen. Bei dir ist es etwas anderes. Also rede mit mir. Bitte.« Ich höre ihn tief ein- und ausatmen. Dann ist es für eine Weile still, als wüsste mein Bruder selbst nicht, was er mir antworten soll.

»Es ist alles zu viel geworden. Jeder Tag wiederholt sich, alle Orte sehen gleich aus, ebenso wie die Gesichter um mich herum.«

»Wieso sagst du dann Sly nicht, dass du eine Pause brauchst?«

»Er hat es schon längst erkannt. Wir haben zwei Wochen Urlaub bekommen, bevor wir anfangen, für die Unplugged-Aufnahme zu proben.«

»Das heißt, du kommst nach Hause?«

»Ja, mein Flug geht morgen.«

»Okay, dann lass uns bei einem Bier über alles reden, okay? Ich mache mir Sorgen um dich.«

»Das brauchst du nicht, glaub mir.«

»Wenn du aufhörst, fremdes Eigentum zu zerstören, würde mir das leichterfallen.«

»Ich sehe ja ein, dass ich Mist gebaut habe, okay? Die Jungs sind ziemlich angepisst, was ich ja verstehe.«

»Na, wenigstens etwas.«

»Ich habe mich entschuldigt, was willst du denn noch?«

»Eine Entschuldigung hilft mir nicht, dich zu verstehen. Wir wollen einfach wissen, was in dir vor sich geht. Du redest mit niemandem, sagst keinem, wie es dir geht.«

»Ich rede jeden Tag mit Quinn und dir.«

»Ja, aber über Banalitäten, nicht über das, was dich wirklich beschäftigt.«

»Bist du mein Bruder ober mein Therapeut?«

»Ich kann gerne auch beides sein, aber ich werde zum Hulk, wenn du nicht aufhörst, einen Skandal nach dem anderen heraufzubeschwören.«

»Ich werde ganz artig sein. Immerhin kannst du mich ab morgen Tag und Nacht überwachen.«

»Das überlasse ich lieber deinem Bodyguard.«

»Der kommt nicht mit.«

»Was? Wieso das denn nicht?«

»Ich fliege nach New York, um euch zu sehen, und die restliche Zeit bin ich in meinem Haus, da bin ich vollkommen sicher.«

»Mir wäre es trotzdem lieber, wenn du nicht allein durch Manhattan spazierst.«

»Keine Sorge, ich bin ein großer Junge.«

»Na schön, dann sehen wir uns morgen, okay?«

»Machen wir. Halt die Ohren steif, Bro.«

»Bye, du Schwachkopf.« Ich lächle zwar, aber es ist eher ein verzweifeltes als freudiges Lächeln. Denn auch wenn wir miteinander telefoniert haben, bin ich nicht wirklich schlauer als vorher. So ist es immer, wenn ich Ian auf den Zahn fühle. Er ist ein Meister darin, das Thema zu wechseln, ohne dass es sein Gegenüber überhaupt merkt.

Vorhin wollte ich in Ruhe Musik hören, aber nach dem Gespräch mit meinem Bruder will ich nun nichts mehr, als endlich nach Hause zu kommen.

Zwei Tage sind vergangen, und Tori hat sich noch immer nicht auf die Annonce gemeldet. Ich habe die Jobanzeige bewusst nur ein Mal ausdrucken lassen, damit sich niemand außer Tori für die Stelle bewirbt. Nach einem Tag bin ich sogar so weit gegangen, dass ich Kayla angerufen und gefragt habe, ob die Anzeige liegen gelassen wurde, doch sie war fort und somit auch meine Chance, Tori wiederzusehen. Der Arbeitstag vergeht heute extrem langsam, dabei will ich nichts mehr, als nach Hause zu fahren und mit Cody an die frische Luft zu gehen.

Es ist später Nachmittag, als ich das Büro verlasse. Nachdem ich beim Restaurant haltgemacht habe und mir Tüten voll mit chinesischem Essen mitgenommen habe, reiche ich Gayle eine Portion.

»Ein herrlicher Tag, nicht wahr?«, begrüßt mich Lawrence, der Portier, wie jeden Tag, wenn ich nach Hause komme.

»Könnte besser sein.« Ich gehe auf seinen Tresen zu und krame in der Tüte herum, bis ich die richtige Box erwische.

»Gebratene Ente ist okay?«, frage ich und ernte ein warmes Lächeln von dem Mann, der mir seit zwölf Jahren zur Seite steht.

»Wie oft habe ich gesagt, dass du mir nichts mitbringen sollst, Junge?«

»Irgendwann habe ich aufgehört zu zählen.« Ich reiche ihm das Essen, das er dankbar nickend annimmt.

»Du brauchst eine Frau.«

»Da nehm ich lieber einen Sportwagen.«

»Merk dir meine Worte«, sagt er, als ich in Richtung Fahrstühle gehe. »Nichts kann die Liebe einer Frau ersetzen.«

»Da wäre ich mir nicht so sicher«, flüstere ich, als sich die Aufzugtüren schließen.

In meiner Wohnung angekommen bleibe ich abrupt stehen. Überall im Vorraum sehe ich dunkle Stoffpartikel liegen, und ich ahne schon, zu was sie gehörten. Nach ein paar Schritten habe ich den Übeltäter in flagranti erwischt. Cody knabbert genüsslich an meinen neuen Anzugschuhen.

»Du weißt aber schon, dass du gerade Schuhe im Wert von eintausend Dollar verspeist, oder?« Der Beagle-Welpe hebt hastig den Kopf, ehe er alles stehen und liegen lässt und auf mich zuläuft. Bellend und hüpfend versucht er, an meiner Hose hochzukommen, und sieht einfach zu süß aus, als dass ich ihm böse sein könnte. Ich stelle die Tüte auf dem Küchentresen ab und nehme das nun heulende Knäuel hoch. Doch das ist Cody nicht genug. Er will hoch hinaus oder, besser gesagt, er will mein Gesicht abschlabbern.

»So weit sind wir in unserer Beziehung noch nicht, Kleiner.« Aber das interessiert ihn nicht wirklich, und er macht in aller Seelenruhe weiter. Ich seufze und drücke ihn etwas fester an meine Brust. Als Quinn entschieden hat, dass ich den Hund nehmen soll, den eigentlich sie sich aus dem Tierheim geholt hatte, war ich erst dagegen. Ich wollte keine weitere Verpflichtung, da ich mit meinem Job genug ausgelastet bin. Doch dieser kleine Racker hat mich schnell umgestimmt, auch wenn er ziemlich ungezogen ist. Ständig kaut er an meinen besten Schuhen, gräbt in der Erde der Topfpflanzen und schläft grundsätzlich nur im Schlafzimmer.

Ich setze ihn ab und schnappe mir mein Smartphone, um meine Schwester anzurufen.

»Hey, großer Bruder.«

»Komm rauf, ich hab uns etwas zu Essen mitgebracht.«

»Du bist ja süß, aber eigentlich wäre heute ich dran gewesen.«

»Aber allem Anschein nach hast du es vergessen, oder?«

»Mist! Du hast mich erwischt, aber dafür hole ich nächstes Mal etwas Brasilianisches.«

»Ja, ja, wenn du es nicht mal wieder vergisst.«

»Halt die Klappe. Hast du Ian schon angerufen?«

»Nope, bin gerade nach Hause gekommen.«

»Okay, dann erledige ich das.«

Keine zehn Minuten später betreten meine Geschwister mein Apartment. Meine ganze Familie wohnt in diesem Gebäude, das unserem Dad gehört. Darin befinden sich renovierte Luxusapartments. Meine Eltern, Quinn und Dorian haben jeweils einen Balkon, während ich eine riesige Dachterrasse mein Eigen nennen darf. Wir haben uns lange darum gestritten, wer die größte Wohnung bekommt, aber nachdem ich die zwei beim Uno-Spielen geschlagen hatte, war mir das Apartment sicher.

»Das riecht ja köstlich hier«, schwärmt meine Schwester und setzt sich an den Esstisch, wo ich die Gerichte schon auf Teller aufgeteilt habe.

»Danke, Brüderchen«, scherzt Ian und drückt mir ein Bussi auf die Wange, doch ich schubse ihn weg, da ich weiß, dass er das nur tut, um mich zu ärgern.

»*Back off.* Sonst war das das letzte Mal, dass ich das Abendessen organisiert habe.«

»Du drohst deinem großen Bruder?«

»Worauf du einen lassen kannst.«

»Jetzt hört mal auf, ihr Affen, und setzt euch.« Wir stürzen uns regelrecht auf das Essen und ausnahmsweise ist es still, aber das hält wie gewohnt nicht lange an.

»Wo ist denn der süße Cody-Schatz?«, fragt Quinn, als sie die Teller in die Küche räumt.

»Ach ja, du schuldest mir tausenddreihundert Dollar.«

»Was?« Quinn blickt mich entsetzt an.

»Oder warte, mittlerweile wären wir bei über fünf Riesen.«

»Willst du mich verarschen?«

»Dein lieber Hund frisst all meine guten Schuhe.« Ian prustet los und greift lachend nach seiner Bierflasche, muss sich aber beruhigen, ehe er einen Schluck trinken kann.

»Das liegt daran, dass du ihn zu lange alleine lässt.«

»Was soll ich denn tun? Ihn mit ins Büro nehmen?«

»Genau, das wäre eine gute Idee.«

»Das kannst du doch nicht ernst meinen.« Ich schnappe das restliche Geschirr und stelle es in den Geschirrspüler, als Quinn mit einem Geschirrtuch nach mir schlägt.

»Das machen viele bei uns im Büro. Hunde streicheln kann den Blutdruck senken und reduziert Stress.«

»Cody bleibt hier. Victoria kümmert sich blendend um ihn«, erläutere ich, denn wie wir alle liebt auch meine Haushälterin Cody sehr.

»Aber du bist sein Daddy«, sagt sie, was mich das Gesicht verziehen lässt.

»Bitte sag das nie wieder. Ich bin sein Besitzer und aus.«

»Ja, du Eisblock. Ich meine damit nur, dass du seine Bezugsperson sein solltest.«

»Ich bin derjenige, der ihm seine Leckerlis kauft. Das weiß er doch. Oder, Kumpel?« Cody, der inzwischen zu uns gekommen ist, neigt neugierig den Kopf, kommt mir aber nicht zu Hilfe.

»Ein Bellen wäre jetzt prima gewesen.«

»Dass er es nicht tut, sollte dich zum Nachdenken anregen.«

»Mann, habe ich diese Diskussionen vermisst«, höre ich Ian sagen, der in Richtung Terrasse geht.

»Wie dem auch sei«, fährt Quinn fort. »Sperr deine Schuhe einfach weg, bis er größer geworden ist.«

»Ich werde es versuchen, aber manchmal vergesse ich, sie zu verstauen.«

»Klar, das kann jeder sagen, aber es sei dir verziehen.«

»Verziehen?«, frage ich empört.

»Ich habe nichts falsch gemacht, immerhin bin ich nicht derjenige, der italienische Anzugschuhe verspeist, obwohl er exquisites Hundefutter bekommt.«

»Jaja. Komm jetzt, lass uns zu Ian auf die Terrasse gehen.«

Drei Stunden später sitzen wir noch immer draußen und unterhalten uns. Ian hat das Hotelzimmerfiasko noch nicht angesprochen, was sicher daran liegt, dass Quinn noch da ist. Sie weiß nichts von seinen Eskapaden, und dabei will mein Bruder es belassen. Aber sie ist schlau und spürt mit Sicherheit, dass ihn etwas bedrückt.

»Wie geht's denn eigentlich dem Lackaffen?«, fragt mein Bruder, worauf Quinn ihm einen vernichtenden Blick zuwirft.

»Er heißt Troy und ist mein Freund«, zischt sie genervt und verschränkt die Arme vor der Brust. Leider werden sich die beiden, was ihren Partner angeht, nicht ganz einig, weil Ian ihn nicht ausstehen kann.

»Troy, Lackaffe, klingt doch gleich in meinen Ohren.« Quinn schnappt sich eins der Kissen von meinen Liegen und bewirft den vorlauten Rockstar damit, doch er lacht nur und wirft es in ihre Richtung zurück.

»Du hast schon früher einen Hang zur Gewalt gehabt. Ich könnte dich locker auf Schmerzensgeld verklagen«, meint er lachend und genießt es, Quinn zu provozieren. Mir scheint es so, als würde er die letzten Monate aufholen wollen, in denen er die Welt bereist hat und sie nicht ärgern konnte.

»Dann mach das doch. Ich vertrete mich selbst und werde dir das Fell über die Ohren ziehen«, schnaubt sie und will schon aufstehen, doch mein großer Bruder setzt sich schnell in Bewegung, greift nach ihrem Ellbogen und entschuldigt sich.

»Ich hab's nicht so gemeint, okay? Bitte setz dich.« Sie nimmt wieder Platz, funkelt Dorian aber noch immer wütend an.

»Wie geht's euch beiden?«

»Willst du das wirklich wissen, oder suchst du nur noch mehr Munition, um mir den Abend zu versauen?«, fragt sie berechtigterweise.

»Ich ziehe dich gern auf, aber es ist mein voller Ernst. Ich muss doch sichergehen, dass meine Kleine in guten Händen ist, auch wenn ich mir ehrlich jemand anderen für dich gewünscht hätte.«

»Ich wünschte, dass du jemanden findest, der Gefühle in dir weckt, wie ich sie für Troy empfinde.«

»Oh Gott, bitte nicht. Habe sowieso genug um die Ohren und käme mit einer Freundin gar nicht klar. Aber ich will es wirklich wissen.« Sie atmet tief durch und beruhigt sich langsam wieder. Da es schon dunkel geworden ist und die Solarleuchte nicht genug Licht spendet, zünde ich die Fackeln an und geselle mich dann wieder zu den beiden.

»Er und sein Vater sind auf Geschäftsreise. Ihm geht's gut, auch wenn er diese Reisen hasst. Am liebsten wäre er hier.«

»Ist er denn gut zu dir?«, frage ich nun. Wir mögen Troy nicht, er hat eine gewisse hochnäsige Art, die uns sauer aufstößt, doch Quinn zuliebe würden wir ihn akzeptieren, wenn er sie gut behandelt.

»Macht euch keine Sorgen. Er ist wunderbar zu mir. Er behandelt mich so, wie ich es von meinem Partner erwarte, und sogar noch besser. Mit weniger würde ich mich auch gar nicht abgeben«, sagt sie grinsend und ehrlich. Ich glaube ihr jedes Wort, denn das Strahlen ihrer Augen, wenn sie über ihn redet, spricht Bände.

»Und seine Mom?«, fragt Ian schließlich und nippt an seinem Wein.

»Shona? Sie ist ein Schwiegerdrache wie er im Buche steht, aber ich lasse mich nicht von ihr unterbuttern.«

»Die Gosse Manhattans hat dich nicht untergekriegt, da schafft es eine Upper-East-Side-Zicke erst recht nicht«, meint mein Bruder stolz. Er war immer derjenige, der ein wachendes Auge über Quinn gehabt hatte. Keiner der Schläger hat sich auch nur in ihre Nähe gewagt. Ich weiß, dass sie einen Freund hatte, als wir noch in der Einrichtung gelebt haben, aber ich persönlich bin ihm noch nie begegnet. Was ich aber noch weiß, ist, dass sie nach dem Beziehungsaus Jahre gebraucht hat, bis ihr gebrochenes Herz wieder geheilt war.

»Aber hallo, jetzt mal zu dir, du Rockstar. Wie geht es dir? Du erzählst gar nichts von der Tour und Kolumbien.« Quinn schaut Ian interessiert an.

»Ach, da gibt es nichts zu erzählen.«

»Das glaube ich dir nicht. Sei nicht so, ich habe mir auch in die Karten schauen lassen.« Wie ich es nicht anders von meinem Bruder erwarte, blickt er auf seine Armbanduhr, die ich ihm letztes Jahr zu Weihnachten geschenkt habe, und erhebt sich.

»Wir können gerne morgen über mein wildes Rockstarleben sprechen, aber es ist spät, und ich muss morgen früh ins Fitnessstudio.«

»Aha«, sagt Quinn nur, denn auch sie hat mit dieser Antwort gerechnet, das sehe ich ihr an.

»Gute Nacht, Leute. Danke für das Essen, Bro.«

»Zieh Leine«, sage ich lachend, auch wenn mir zum Heulen zumute ist.

»Er rückt nicht raus, was in Kolumbien passiert ist, oder?«

»Du weißt es?«

»Natürlich weiß ich es. Ich bin seine Anwältin, so etwas muss ich wissen.« Das ergibt natürlich Sinn.

»Jamie! Er war es, oder?«

»Sei nicht sauer auf ihn, aber er muss mir solche wichtigen Dinge mitteilen. Ich weiß, ihr alle wollt nicht, dass ich mir Sorgen um ihn mache, aber das tue ich so oder so. Er ist auch mein Bruder.« Sie hat völlig recht. Es war nicht richtig, ihr nichts über seine Probleme zu berichten, als Anwältin, aber vor allem auch als Schwester.

»Ich verspreche dir, dass ich dir nichts mehr verheimliche.«

»Danke. Weißt du …« Sie nimmt einen tiefen Atemzug und sieht auf die Fackeln, ehe sie traurig in meine Richtung blickt.

»Unsere Jugend war scheiße, um es wahrheitsgemäß auszudrücken, und wir drei haben manche Dinge noch nicht verarbeitet. Vielleicht verarbeitet er etwas aus der Zeit vor Everstorm.«

»Vielleicht? Aber es wäre toll, wenn er mit uns darüber reden würde.«

»Das wird er, wenn er so weit ist. Gib ihm Zeit.«

»Mach ich.« Sie stellt ihr Weinglas auf dem Tisch ab und erhebt sich, aber eine Frage brennt noch immer auf meiner Seele.

»Sag mal, beschäftigt dich die Zeit davor auch so sehr? Dein Ex zum Beispiel?«

Ihre Augen weiten sich erschrocken, aber sie fasst sich schnell wieder und nickt. »Natürlich tut es das. Das Leben ist ein ewiger Lern- und Verarbeitungsprozess, und ich denke, wir werden noch lange daran zu knabbern haben. Aber das Wichtigste ist doch, dass wir daraus lernen und daran wachsen.«

Sie blickt in die Ferne. Ich folge ihrem Blick, und genau in diesem Moment, als ich denke, dass ich genug Ablenkung um mich herum habe, kommt mir Tori in den Sinn. Und erneut denke ich an die Frau, die seit Tagen meine Gedanken einnimmt und einfach nicht verschwinden will.

5. KAPITEL

Tori

Einige Tage lang lese ich eine Job-Annonce nach der anderen und quäle mich durch Vorstellungsgespräche, nur um schlussendlich doch alleine und ohne Arbeit dazustehen. Je mehr ich den Job will, desto schneller werde ich abserviert. Und dabei bin ich nicht wählerisch, von Fischverkäuferin bis Bäckergehilfin ist alles dabei, aber es soll wohl einfach nicht sein. Enttäuscht und frustriert biege ich in meine Straße ab und genieße die Frühlingssonne, die auf mich herabscheint. Ich wünschte, die Sonne würde meine Laune bessern, aber dem ist nicht so. Also setze ich mich auf die Parkbank gegenüber von unserem Wohngebäude und atme tief durch.

Ich bin kein Mensch, der leicht aufgibt, und morgen werde ich genauso verbissen nach einer Arbeitsstelle suchen wie bisher, aber etwas in mir will nicht wahrhaben, dass ich erneut vom Pech verfolgt bin. In den letzten Jahren war es mein Hauptziel, finanziell besser dazustehen, was aber immer gescheitert ist. Nichtsdestotrotz werde ich es nicht zulassen, dass ich aus der Wohnung fliege. Ich werde kämpfen bis zum bitteren Ende. In Momenten wie diesen wünschte ich, meinen Vater um Rat fragen zu können.

Seitdem er gestorben ist, bin ich auf mich alleine gestellt und fühle mich einsamer denn je. Wie gerne würde ich ihn fragen, was ich noch tun soll. Wohin ich gehen soll, um endlich Licht in meinen tristen Alltag zu bringen. Ich schließe die Augen, versuche, die Tränen zurückzuhalten, und bitte Dad um ein Zeichen. Aber es bleibt aus. Ich seufze und blinzle leicht, als plötzlich ein Schatten auf mich fällt. Als ich meine Augen nun ganz öffne, blicke ich auf meine Nachbarin Donna.

»Hey. Tori, richtig?«

»Genau die bin ich.«

»Schön, dich wiederzusehen.« Mit einem warmen Lächeln setzt sie sich neben mich und lehnt sich ebenfalls zurück. Eigentlich wollte ich alleine sein, aber auf der anderen Seite hätte ich gerne jemanden, mit dem ich über meine Sorgen reden kann.

»Wie läuft's bei dir?«

»Eher schlecht als recht.«

»Das klingt nicht gut.«

»Ja. Vielleicht sind wir die längste Zeit Nachbarinnen gewesen.«

»Wie kommst du auf so etwas?«

»Ich habe meinen Job verloren und suche verzweifelt nach einer Anstellung. Bisher hatte ich aber kein Glück.«

»Sei nicht so negativ. Meine Mom sagt immer, dass es nicht immer bergab gehen kann. Irgendwann muss es wieder besser werden.«

»Ich wäre dafür, dass *irgendwann* jetzt wäre«, sage ich seufzend.

»Keine Sorge. Ich ziehe das Gute an. Halt dich an mich, dann wird das schon.«

»Okay, dann mal her mit deinen positiven Vibes.«

»Willst du sie hier und jetzt empfangen oder zum Mitnehmen?«, fragt sie und klingt dabei wie die Bedienung einer Fast-Food-Kette am Drive-in. Die quirlige Frau an meiner Seite schafft es tatsächlich, dass meine Mundwinkel zucken.

Es ist weit von einem Lächeln entfernt, aber immerhin ein Anfang.

»Ach, ich bin nicht wählerisch. Ich nehme, was ich kriegen kann.«

»Diese Einstellung lobe ich mir. Sag mal, hast du Lust auf einen Hot Dog? Ich lade dich gerne ein, und wir können weiter quatschen und Vibes austauschen.« Ihre großen Augen erinnern mich an die Zeichentrickfigur Rei oder, besser gesagt, Sailor Mars aus der Serie *Sailor Moon*. Nur dass ihre schwarzen Haare zu einem kurzen Bob geschnitten sind.

»Was zu essen klingt herrlich. Ich bin seit Stunden unterwegs.« Nun macht sich der Hunger bemerkbar.

»Na, dann los.«

Wir sind gerade mal einen halben Block gegangen, als auch schon der Hot-Dog-Verkäufer in unsere Richtung sieht und plötzlich lauthals *Like a Virgin* von Madonna zu trällern beginnt. Sein Blick gilt meiner Nachbarin, die nur lächelnd den Kopf schüttelt. »Dieser Spinner«, murmelt sie, hakt sich plötzlich bei mir ein und zieht mich zum Essensstand.

»Hallo, Queen of Pop, wie kann ich Euch heute dienen?« Verwirrt blicke ich zu der Frau neben mir, die meinen Blick erwidert und die Worte des Mannes übergeht, der uns nun freundlich anblickt.

»Mein richtiger Name ist Madonna. Keine Ahnung, was sich meine Eltern dabei gedacht haben. Und der Typ hier bekommt gleich eine Kopfnuss.«

»Im Ernst?«, frage ich erstaunt, irgendwie kann ich es nicht glauben.

Sie rollt mit den Augen, holt ihren Führerschein aus ihrem Portemonnaie und tatsächlich, dort steht es: Madonna Paige Rollins.

»Wow.« Die Arme musste sicher ihr ganzes Leben Witze über sich ergehen lassen.

»Und das Beste ist, dass diese Chartstürmerin hier gar nicht singen kann.«

»Ja, da muss ich ihm recht geben. Ich kann dir gar nicht sagen, wie oft ich meine Eltern verflucht habe, weil sie mir genau diesen Namen gegeben haben. Deshalb nenne ich mich selbst Donna, und das solltet ihr auch tun.« Sie wirft dem Verkäufer einen funkelnden Blick zu. Der reibt sich jedoch nur lachend übers Kinn.

»Also, Donna ist für mich völlig okay.« Ich will mich sicher nicht mit dieser kecken Frau anlegen.

»Hast du das gehört, Ken?«

»Ich bin leider auf einem Ohr taub, deshalb nein, habe ich nicht.« Der Kerl hat echt Nerven und Mumm, das muss man ihm lassen.

»Dieser Typ ist einfach unglaublich«, seufzt sie und verdreht die Augen. Sie tut zwar so, als würde sie die Tatsache stören, dass er sie mit vollem Namen anspricht, aber ich merke, dass sie die Kabbelei auch genießt.

»Was kann ich euch zaubern?«, fragt Ken nun ernst.

»Ich will einen Hot Dog ohne Krautsalat, aber dafür mit Zwiebeln und Jalapeños. Und du?« Ich habe schon lange keinen Hot Dog mehr gegessen, deshalb brauche ich etwas länger mit meiner Bestellung. Aber der erste Bissen von dem herrlichen Brötchen beweist mir, dass ich mich richtig entschieden habe, indem ich einfach alles habe draufpacken lassen. Vielleicht liegt es daran, dass ich so hungrig bin, aber es ist der beste Hot Dog, den ich je gegessen habe. Donna beobachtet mich amüsiert und haut ebenfalls rein.

Nachdem wir gegessen haben, trinken wir von unserem Wasser, ehe sie das Wort ergreift. »Erzähl doch ein bisschen von dir. Ich habe dir mein Madonna-Geheimnis verraten, da habe ich doch einen kurzen Lebenslauf verdient, oder?«

»Um genau zu sein, hat Ken es mir verraten, also zählt das nicht.«

»Ach, komm schon. Du bist doch keine Spionin, oder?«

»Nein, bin ich nicht.« Sie sieht mich erwartungsvoll an, sodass ich schließlich nachgebe.

»Ich bin ursprünglich aus Manhattan und vor zehn Jahren nach Brooklyn gezogen.«

»Na, geht doch. Also eine waschechte New Yorkerin. Du Glückliche. Ich komme aus Nashville, wo du offiziell geächtet wirst, wenn du Countrymusik nicht ausstehen kannst.«

»Was führt dich hierher?«

»Die Großstadt. In Nashville habe ich auch in der Stadt gewohnt, aber egal, wo man hingeht, das ländliche Flair ist immer präsent, und das ist einfach nicht meine Welt.«

»Bist du glücklich hier in New York?« Ich finde, dass Donna viel Mut bewiesen hat, indem sie alles zurückgelassen hat, um in einer fremden Stadt zu leben. Diese Kraft habe ich noch nicht aufgebracht. Ich bin hier geboren, und würde ich New York verlassen, würde ich nirgendwo an Dad erinnert werden und könnte sein Grab nicht so oft besuchen. Er hat NYC geliebt und stets gemeint, dass er hier sterben will. Nur dass das so früh passieren würde, hatte keiner von uns erwartet.

»Und wie. Ich genieße mein Leben, solange ich kann, und besuche meine Familie, wann immer mich das Heimweh überkommt. Wohnt deine Familie auch hier?« Da ist sie. Die Frage, die ich um jeden Preis umgehen will, was ich bis jetzt auch gut geschafft habe. Ich vermeide es, sie anzusehen und blicke stattdessen zu Boden. Mein Herz klopft mir bis zum Hals, und auch wenn ich den Mund aufmachen würde, könnte ich keinen geraden Satz herausbringen.

»Schwieriges Thema, hm? Sorry. Ich wollte dir nicht zu nahetreten.«

»Du hast recht, das ist ein Thema, das sehr privat für mich ist. Ich hoffe, das ist okay?«

»Und ob das in Ordnung ist. Ich rede manchmal ohne Punkt und Komma und habe die Angewohnheit, Menschen in Verlegenheit zu bringen, ohne es zu wollen. Meine beste Freundin Quinn kann dir ein Lied davon singen.«

»Mach dir darüber keine Sorgen. Ich bin Konversation mit Fremden nicht gewöhnt. Ich bleibe gerne für mich.«

»Ach was, als Nachbarinnen sind wir doch keine Fremden mehr.«

»Nicht?«, frage ich lachend und nehme noch einen Schluck.

»Niemals. Du wirst sehen, wir werden noch dicke Freundinnen.« Da ist aber jemand zuversichtlich.

»Erzähl doch mal, was du in deiner Freizeit so machst«, fragt Donna gleich weiter.

»Ich arbeite ehrenamtlich in der Tierklinik. Führe die Hunde aus und jogge mit ihnen, und ich liebe ausgiebige Schaumbäder.«

»Das klingt ja wie eine Beschreibung für ein Datingportal.«

»Du hast recht, das tut es tatsächlich.«

»Und wie sieht es bei dir aus?«, frage ich, um ein wenig von mir abzulenken. Ich finde Donna erfrischend, bin aber noch nicht geübt im Umgang mit Freundinnen, da ich in den letzten Jahren schlichtweg keine gehabt habe.

»Ich liebe es, unterwegs zu sein und neue Coffeeshops, Buchläden und Restaurants zu entdecken. Geheimtipps, wie man so schön sagt. Meine große Klappe hat mich schon in manch brenzlige Situationen gebracht, aber bis jetzt ist es noch nie zum Supergau gekommen, und ich liebe Männer und Frauen. Kann und will mich für keine der beiden Seiten entscheiden.« Wow. Ich bewundere ihre Offenheit. Wie gelassen sie über ihr Leben spricht. Donna scheint keine Angst zu haben, was die anderen über sie denken, sie liebt und lebt ihr Leben. So scheint es zumindest.

»Oh, diese Geheimtipps würde ich auch zu gerne austesten. Ich habe das Gefühl, ich gehe immer in dieselben Lokale.«

»Das nächste Mal, wenn Quinn und ich unterwegs sind, rufe ich dich an. Wir haben letztens ein wunderschönes Restaurant gefunden. Die Weine waren allesamt so lecker, dass wir uns für keinen entscheiden konnten. Quinn trinkt nicht viel, also musste ich jedes Glas leeren, an dem sie genippt hat.«

»Uh. Wie ist das ausgegangen?«, will ich wissen.

»Na ja, ich war sehr besoffen und wäre im Foyer von Quinns Haus fast gegen die Wand gelehnt eingeschlafen.«

Daraufhin muss ich heftig lachen. »Hast du es denn noch ins Bett geschafft?«

»Ja, Quinn hat ja auf mich aufgepasst. Das war auch das Mindeste, schließlich hat sie mich alles allein trinken lassen.«

Ich bleibe beim Thema und muss immer noch leicht grinsen. »Ich liebe es, den Tag gemütlich mit einem Glas Wein ausklingen zu lassen. Es ist so meine Art von Entspannung. Meine Wohnung ist meine Ruheoase, weshalb es für mich schrecklich wäre, wenn ich sie verlassen müsste.«

»Wir bekommen das schon hin. Du wirst nirgendwohin gehen. Dafür sorgen wir beide schon.«

»Wieso bist du so nett zu mir?«

»Du bist eine Skeptikerin, was?«

»Nein, nur realistisch. Niemand hilft einem Wildfremden, ohne eine Gegenleistung zu verlangen.«

»Dann bist du noch nie Menschen wie mir begegnet. Als du meinen Cousin angefleht hast, dass er dir einen Aufschub gibt, hat es mich berührt. Ich war ja selbst in dieser Situation, als ich als Landei nach New York gezogen bin. Diese Stadt ist wunderschön, kann aber auch unberechenbar sein.«

»Oh ja. Das kann sie«, stimme ich ihr zu.

»Deshalb reiche ich dir eine helfende Hand, wenn du sie gebrauchen kannst, und das ganz ohne Gegenleistung.«

»Du bist außergewöhnlich, Donna.«

»Wie mein Vorname, was?«

»Genau. Ich möchte nicht wissen, welche Sprüche du dir früher wohl anhören musstest.«

»Früher? Es ist nicht vorbei. Aber bei Ken stört es mich nicht, er zieht mich deswegen immer auf. Es ist sozusagen unser Ding.«

»Das dachte ich mir schon.«

»Was machst du diesen Samstag?«

»Wow, du fragst Sachen. Ich weiß nicht mal, was ich morgen machen werde«, antworte ich kichernd.

»Ich gehe jeden Samstag zum Zumba. Vielleicht hast du Lust mitzukommen?«

»Um ehrlich zu sein, muss ich so viel Geld wie möglich sparen.« Es ist mir nicht peinlich zuzugeben, dass ich knapp bei Kasse bin. Immerhin weiß Donna über meine missliche Lage Bescheid.

»Ach, die erste Stunde ist immer kostenlos. Vielleicht gefällt es dir ja.«

»Ich sag dir noch Bescheid, ja?«

»Gerne. Ich geb dir mal meine Nummer.« Wir tauschen unsere Telefonnummern aus und verabschieden uns von Ken, um zu unserem Wohnhaus zu gehen. Vielleicht war diese Begegnung mit Donna gar kein Zufall. Ich hatte Dad um ein Zeichen gebeten und vielleicht ist seine Antwort meine Nachbarin gewesen. Egal was es ist, ich bin froh, sie heute getroffen zu haben.

Sie hat mich aus dem Tief geholt, das ich hatte, weil ein neuer Job so weit entfernt scheint. Ihre aufgeweckte und positive Art hat mich abgelenkt und mich selbst fröhlicher gestimmt, sodass meine Probleme zwar nicht verschwunden sind, ich mein Augenmerk aber auf die Lösung richten kann. Ich habe das Gefühl, wieder freier atmen zu können.

Am nächsten Tag ist es aber wieder dasselbe Spiel. Zwei Bewerbungsgespräche, keine Zusage. Frustriert betrete ich das Treppenhaus und stapfe die Treppe hoch, als ich vor meiner Tür Donna erblicke, die mit einer Flasche Weißwein auf mich gewartet haben muss. Gestern haben wir die Nummern ausgetauscht und heute immer mal wieder gechattet. Sie wusste, dass ich heute ein Bewerbungsgespräch hatte, nur wusste sie nicht genau wann. *Wie lange sie wohl auf mich gewartet hat?*

»Da bist du ja. Und? Gibt es was zu feiern?«

»Leider nicht. Aber komm rein, der Wein flüstert meinen Namen.« Es ist das erste Mal, dass ich jemanden zu mir einlade, und es fühlt sich merkwürdig an, eine Fremde in meiner Oase zu sehen. Wobei das nicht so richtig stimmt, denn Donna ist genau genommen keine Fremde mehr. Meine Unsicherheit und Zurückhaltung haben die meisten abgeschreckt, aber Donna ist hartnäckig, und genau solch einen Menschen brauche ich wohl dringender, als ich gedacht habe. »Schön hast du es hier. Deine Wohnung sieht tausendmal besser aus als mein Loch. Ich komme mir vor wie in einem Ikea-Schauraum.«

»Das ist hoffentlich ein Kompliment.«

»Und ob. Ich liebe Ikea und gebe niemals unter zweihundert Dollar aus, auch wenn ich eigentlich nur eine Kerze kaufen will.«

»Danke, es war harte Arbeit, das alles so hinzubekommen.«

»Ich werde bei der nächsten Umgestaltung auf jeden Fall

auf dich zukommen.« Ich angele zwei Gläser aus dem Regal, schenke uns ein und reiche ihr ein Glas.

»Was machst du eigentlich beruflich?«, frage ich sie, als ich mich auf die Couch plumpsen lasse. Wir haben über alles Mögliche gechattet, aber auf das Thema Arbeit sind wir nicht gekommen.

»Ich arbeite in einer Anwaltskanzlei. Ich verwalte Erbrechtsakte und kümmere mich um bürokratische Dinge.«

»Klingt gut bezahlt.« Geld scheint wohl alles zu sein, woran ich im Augenblick denken kann.

»Ich verdiene mehr als doppelt so viel wie mein Dad, und der ist Chefredakteur unserer Kleinstadtzeitung.«

»Ja, wenn man die richtige Anstellung findet, lässt es sich leichter leben.«

»In welchem Bereich suchst du eigentlich nach einem Job?«

»In allen«, antworte ich lachend, denn das ist die Wahrheit, auch wenn mich niemand zu brauchen scheint.

»Wie meinst du das?«

»Ich habe keine Ausbildung und nehme, was ich kriegen kann, aber das scheint schwerer zu sein, als ich gedacht habe.«

»Gibt es nicht etwas, was du unbedingt machen willst?«

»Eigentlich habe ich keine bestimmten Vorstellungen und Wünsche. Ich will einfach einen gut bezahlten Job und diesen auch halten können.«

»Aber was sind deine Interessen?«

»Ich helfe ehrenamtlich in der Tierklinik hier in Brooklyn aus.«

»Stimmt, das hattest du erzählt. Da haben wir doch schon einen Anhaltspunkt: Du arbeitest gerne mit Tieren. Hast du in diesem Bereich schon nach Stellenanzeigen gesucht?«

»Klar, aber keine Chance. Und ich kann auch nicht warten, bis sich etwas ergibt.«

»Das verstehe ich. Darf ich fragen, wieso du gerne mit Tieren arbeiten willst? Ich stelle mir das schwierig vor.«

»Weil sie ehrlich sind und dir nichts Böses wollen. Sie greifen in den meisten Fällen nur an, wenn sie sich bedroht fühlen, und würden niemals jemanden aus Spaß verletzen. Sie enttäuschen einen nicht.«

»Bist du oft enttäuscht worden?«, fragt sie vorsichtig nach.

Ich leere mein Glas in einem Zug und schenke mir nach.

»Viel zu oft. Aber hey, so ist das Leben.«

»Es ist hart, aber man sollte auch das Positive sehen. Du bist gesund, und es ist noch nicht alles verloren. Du hast immer noch fast zwei Monate, bis du das Geld zusammenkratzen musst, und ich werde dich unterstützen, so gut ich kann.«

»Du bist so anders«, sage ich freiheraus und bereue es sofort. Der Wein scheint mir schon zu Kopf zu steigen und meine Zunge zu lockern.

»Das höre ich häufiger.«

»Versteh mich nicht falsch, aber du überraschst mich einfach jedes Mal.«

»Das ist auch so beabsichtigt. Ich liebe das Leben und genieße es, wo ich kann. Außerdem war ich selbst einmal in deiner Lage und habe es sogar noch schlimmer gehabt. Das Leben hat mir Zitronen aufgetischt, aber ich habe sie ihm in die Augen ausgedrückt und mir geholt, was ich verdiene. Und das wirst du auch tun.«

»Darauf trinke ich«, rufe ich übermütig.

»Genau, krall es dir, Tori.« Wir stoßen an und trinken auf ex.

»Und ob ich das tun werde.« Auch wenn ich keine Ahnung habe, wie ich das anstellen soll.

Eine halbe Stunde später bin ich leicht angesäuselt. Ich habe nicht viel zu Abend gegessen, sodass der Alkohol sich schön entfalten kann. Wenn ich trinke und wenn ich sauer bin, rede ich ohne Punkt und Komma, dabei gestikuliere ich, als wäre ich ein blinder Ninja oder eine ganz schlechte Pantomimin. Meine Nachbarin jedoch scheint Gefallen an der betrunkenen Tori zu haben.

Ich stehe eher schlecht als recht auf und krame in meiner Tasche nach meinem Smartphone, weil ich ihr Panda, einen süßen Collie zeigen will, den ich mitgepflegt habe und der sogar das erste Tier war, um das ich mich kümmern durfte. Ich stelle mich aber so holprig an, dass mir die Tasche von der Kommode fällt. Ein Zettel flattert hinaus und landet direkt vor Donnas Füßen – es ist die Stellenanzeige, die ich im Café eingesteckt habe.

»Was ist denn das?« Sie greift danach und überfliegt die Zeilen.

»Das habe ich an meinem letzten Tag im Coffeeshop gefunden.«

»Warte mal. Ich glaube, der Bruder meiner Chefin ist CEO bei Ever Records.«

»Wirklich?«

»Ja, er ist total nett, und nach dem, was ich gehört habe, ein toller Boss. Hast du dich schon beworben?«

»Nein, habe ich nicht.«

»Und wieso betrinken wir uns und schreiben nicht an deiner Bewerbung?«

»Weil es sinnlos wäre.«

»Und wieso das?«

»Dieser CEO sucht in der Anzeige nicht nach einer Harvard-Absolventin und fordert relativ wenig von seiner neuen Assistentin. Ich glaube eher, dass dies keine richtige Anzeige ist, sondern nur ein schlechter Scherz.«

»Das wirst du nie erfahren, wenn du dich nicht bewirbst. Ich habe gelesen, dass die Geschäftsleute heutzutage weniger auf die Referenzen schauen, sondern darauf, ob der Mensch die nötigen Fähigkeiten für den Job besitzt.«

»Bei meinem Glück landet meine Bewerbung versehentlich im Mülleimer, und ich höre nie wieder von denen.«

»Oder sie laden dich zu einem Bewerbungsgespräch ein und du bekommst den Job. Du würdest garantiert gut verdienen, könntest wahrscheinlich bereits mit dem ersten Gehalt deine Schulden bei meinem Cousin begleichen und anschließend sparen, damit so etwas nie wieder geschieht.«

»Das wäre wirklich ein Traum«, seufze ich.

»Wieso erfüllst du ihn dir dann nicht?«

Das ist eine gute Frage. Ja, ich befürchte, dass ich nicht eingeladen werde, aber vielleicht sollte ich die Niederlagen der letzten Tage auch einfach als Chance nutzen, mal etwas zu wagen.

»Vielleicht sollte ich es einfach tun und sehen was passiert.«

»Das ist genau die richtige Einstellung. Komm, trink dir noch ein Glas Mut an, und dann setzen wir uns ran.« Wir prosten uns zu, ehe wir noch eine Flasche Wein öffnen und uns an den Laptop setzen, um meine Bewerbungsunterlagen zusammenstellen.

Am nächsten Morgen wache ich mit einem Kater auf, der sich gewaschen hat. Als Konsequenz der letzten Nacht spielt mein Magen verrückt, und mein Zimmer scheint sich um mich zu drehen. Aber wenn ich an gestern Nacht denke, muss ich auch schmunzeln. So übel es mir auch gerade geht, es hat gutgetan, mit Donna den Abend zu verbringen. Ihre gute Laune und ihr aufgewecktes Wesen sind genau das, was ich brauche.

Ich mache mir eine Kanne Filterkaffee und setze mich im Morgenmantel an den Esstisch. Der Laptop ist noch aufgeklappt, und ich will ihn gerade wegräumen, als ein Flashback vor meinem inneren Auge erscheint. Ich erinnere mich an den Wein, aber auch an die Annonce. »Oh Gott!« Ich presse meine Hände vor den Mund, schnappe mir dann aber den Laptop und schalte ihn ein. Bevor ich aber unter *Gesendet* nachsehen kann, was ich weggeschickt habe, entdecke ich eine neue Mail im Posteingang. Mit zittrigen Fingern klicke ich auf die Mail, spreche mir Mut zu und fange an zu lesen.

HM: Sehr geehrte Miss Lancaster,
ich möchte mich herzlich für Ihre Bewerbung bedanken. Ihr Lebenslauf ist beeindruckend, und obwohl ich normalerweise meine Sekretärin die Antwortschreiben verfassen lasse, nehme ich mir die Freiheit, Ihnen persönlich zu antworten. Ich suche eine persönliche Assistentin, und da kann es natürlich nicht schaden, jemanden im Team zu haben, der professionelle Löwen-Dompteurin ist. So fühle ich mich sicher und spare mir das Geld für Bodyguards. Auch ihre Erfahrung als Jetpilotin kann natürlich von Vorteil sein, falls mein Pilot einmal ausfallen sollte. Lange Rede, kurzer Sinn: Ich mag außergewöhnliche Bewerbungsschreiben, denn ich bekomme täglich Hunderte zugesandt, die irgendwie alle gleich aussehen und sich auch so lesen. Sie haben mein Interesse geweckt, weshalb ich Sie gerne zu einem persönlichen Gespräch einladen würde. Ich freue mich darauf, von Ihnen zu hören.
Mit freundlichen Grüßen
Hayden Millard

»Heilige Scheiße«, hauche ich und klatsche mir mit der Handfläche auf die Stirn, ehe ich langsam im Erdboden versinke.

6. KAPITEL

Hayden

TL: Sehr geehrter Mr Millard,
erstens möchte ich mich für Ihre persönliche Antwort bedanken.
Zweitens muss ich Ihnen leider mitteilen, dass nichts im Le-
benslauf der Wahrheit entspricht. Leider habe ich versehentlich
den falschen Lebenslauf verschickt, den ich einmal als Tipp-
übung abgespeichert habe. Sie erhalten im Anhang die richti-
ge Übersicht über meine beruflichen Leistungen, und ich hoffe,
dass Sie nicht enttäuscht sind, falls sie sich wie die anderen hun-
dert liest. Ich bin vielleicht keine Korallentaucherin oder frei-
berufliche Pantomimin, aber ich bin jemand, der wissbegierig
ist und schnell lernt. Wenn Sie dann immer noch ein Gespräch
wünschen, lassen Sie es mich wissen. Ich verspreche, dass solche
Versehen nicht mehr passieren werden, und wünsche noch einen
angenehmen Tag.
Mit freundlichen Grüßen
Tori Lancaster

Mit gerunzelter Stirn fahre ich mir durchs feuchte Haar. Ich
wollte mich eigentlich anziehen, setze mich nun aber stattdessen nur mit einem Handtuch bekleidet an den Esszimmer-
tisch, wo ich meinen Laptop abgestellt habe. Normalerweise
schalte ich den Ton auf stumm, da ich Dutzende Mails bekomme und mich das ständige Piepen nervt, aber seitdem ich

Tori geantwortet habe, warte ich fast versessen auf eine Antwort ihrerseits. Mit dieser lahmen Ausrede habe ich allerdings nicht gerechnet.

Ich mochte ihren Lebenslauf, auch wenn mir völlig klar war, dass sie entweder high oder betrunken gewesen sein musste, als sie ihn geschrieben hat. Neben dem Inhalt wiesen auch die vielen Rechtschreibfehler darauf hin. Was mich aber beim korrigierten Lebenslauf die Stirn runzeln lässt, ist eine ziemlich große Lücke zwischen ihrem achtzehnten und ihrem dreiundzwanzigsten Lebensjahr. Danach war ein mieser Job nach dem anderen aufgelistet, was mich völlig verwundert. Ich habe es mir zwar stets verboten, kann aber jetzt nicht anders, als ihren Vater zu googeln.

Wells Lancaster war ein pensionierter Rennfahrer, der sich sogar einen Weltmeistertitel erkämpft hatte. Wegen seiner Popularität rissen sich die Unternehmen um ihn und wollten ihn für Werbezwecke gewinnen. Allein durch die Werbeeinnahmen wurde er Millionär. Nachdem er Vater geworden war und seine Frau verloren hatte, führte er ein zurückgezogenes Leben. Es gibt fast keine Fotos von seinen Angehörigen, aber dafür eines, was mich schwer schlucken lässt. Es ist die letzte Aufnahme von ihm, die ihn bei der Eröffnung einer neuen Rennstrecke in Indianapolis zeigt. Er war nur noch Haut und Knochen, und das nächste Bild macht es nicht besser. Es ist die Todesanzeige von Wells. Er starb nach langer Krankheit, so steht es dort – Tori muss damals ungefähr achtzehn Jahre alt gewesen sein.

Ich kann nicht behaupten, dass ich sie früher gekannt habe, da wir uns damals nie unterhalten haben, aber ich weiß, dass sie ihrem Dad ziemlich nahestand. Der Verlust muss sie schwer getroffen haben, was auch die Lücke in ihrem Lebenslauf erklären würde. Ich tippe nun ihren Namen ins Suchfeld, finde allerdings nur Fotos aus Highschoolzeiten, wo sie für die

Schülerzeitung abgelichtet wurde. Einmal, als sie die Wahl zur Schulsprecherin gewonnen hatte, und einmal als Cheerleaderin. Nicht zu fassen, dass mittlerweile über zehn Jahre vergangen sind.

Keine einzige Info über ihren derzeitigen Wohnort oder ihre Situation. Ich finde auch keinen Social-Media-Account, der sich ihr zuordnen lässt. Ihr Vater war reich, deshalb brenne ich darauf zu erfahren, was mit dem Vermögen passiert ist. Vielleicht werde ich die Wahrheit nie erfahren, aber was ich sicher weiß, ist, dass ich sie unbedingt wiedersehen muss. Seit Tagen geht sie mir nicht aus dem Kopf, und nachdem ich ihre E-Mail gelesen habe, juckt es mich in den Fingern, ihr erneut zu schreiben.

Um mich abzulenken, gehe ich mit Cody spazieren. Wir drehen eine Runde im Central Park und gehen auf die Hundewiese. Mein Welpe ist zu Hause schon ein Wirbelwind, aber als ich die Leine löse, scheint er völlig durchzudrehen. Er dreht zehn Runden im Kreis und jagt einem Hund nach dem anderen nach. Bei dem Anblick muss ich schmunzeln. Er ist winzig klein und trotzdem hat er sich schon Respekt bei den anderen Hunden verschafft, die einen großen Bogen um ihn machen.

Mein Smartphone vibriert in meiner Hosentasche, also sehe ich nach.

Kendall: Hallo, Fremder. Lange nichts mehr von dir gehört. Hast du Lust, mich am Freitag schick auszuführen?

Es ist lange her, dass sich Kendall bei mir gemeldet hat. Beim letzten Mal habe ich sie im Aufzug vernascht, ehe wir in ihrem Bett weitergemacht haben. Soweit ich weiß, ist sie mit dem Sohn des Senators zusammen. Sie sollen sogar verlobt sein, weshalb es mich umso mehr erstaunt, von ihr zu hören.

Ja, ziemlich lange her. Solltest du nicht längst in die New Yorker
Politik eingeheiratet haben?

Sagen wir es mal so, die Politik hat ihn dazu gebracht, mit
seinem Schwanz weibliche Wählerstimmen anzuwerben, und
dafür war ich mir zu schade

Ich hoffe, du hast ihn leiden lassen

Seine Eier sind nach meinem Tritt wohl noch immer in der
Rippengegend, also wird er sich noch lange an mich erinnern

Gut gemacht

Vielleicht war ich zu forsch und störe dich gerade. Falls du
vergeben bist, will ich mich nicht dazwischendrängen. Ich habe
letztens ein Foto von uns gefunden und dachte, wir könnten
uns treffen

Kendall und ich hatten nie etwas Ernstes am Laufen, nur guten
Gelegenheitssex, wenn es mein Terminkalender zugelassen hat,
aber auch das ist schon lange her.

Kurz blicke ich auf und stelle entsetzt fest, dass ich Cody
nirgendwo entdecken kann.

»Cody?«, rufe ich und gehe ein paar Schritte. Es sind verdammt viele Hunde ohne Leine unterwegs, viele davon sind
groß, sodass ich meine Fellnase nicht sofort unter ihnen aus-
findig machen kann.

»Verdammt.« Ich beschleunige meine Schritte und laufe
weiter. Dabei rufe ich seinen Namen, aber er scheint wie vom
Erdboden verschluckt zu sein. Sorge macht sich in mir breit.
Ich habe ihn erst seit ein paar Wochen, aber dieser Kleine ist

mir ans Herz gewachsen, und ich könnte es nicht ertragen, ihn zu verlieren. Ich will gerade voller Verzweiflung Ian, Quinn oder Gayle anrufen, damit sie mir helfen, als ich ihn zwischen zwei Schäferhunden entdecke. Ohne lange zu überlegen, laufe ich auf ihn zu.

Ich verspüre unbändige Erleichterung, aber auch Wut. Ich will ihn dafür schimpfen, dass er abgehauen ist, aber ich bin ja selbst schuld, dass es so weit gekommen ist. Ich hätte besser auf ihn achtgeben müssen.

»Da bist du ja, du kleiner Satansbraten. Du kannst doch nicht einfach so abhauen!« Cody läuft auf mich zu und hüpft vor mir auf und ab. Er freut sich, mich zu sehen, von Reue keine Spur.

»Sie sind nicht zu bändigen, wenn sie Welpen sind, aber das sollte sich bald legen«, höre ich eine weibliche Stimme sagen und hebe den Blick, als ich Cody die Leine wieder angelegt habe. Als ich die Frau erkenne, komme ich aus dem Staunen nicht mehr heraus, denn keine Geringere als Tori Lancaster steht vor mir, in Laufhose und bauchfreiem Sportshirt. Mein Blick klebt an den Schweißperlen, die ihre Haut bedecken, ehe ich mich zusammenreiße und endlich in ihre honigfarbenen Augen blicke.

»Sie«, sage ich voller Überraschung, dabei wollte ich gar nichts sagen. Sie nur anzusehen hätte gereicht.

»Ja, ich. So schnell sieht man sich wieder.«

»In der Tat.«

»Ist das Ihr Beagle?«

»Nein.« Eine Schweißperle ist gerade über ihren Bauchnabel in tiefere Regionen gewandert, und ich kann nicht anders, als ihr mit meinem Blick zu folgen. Dabei sollte ich mich auf ihr Gesicht konzentrieren.

»Nein?«

»Ich meine, ja.« *Verdammt!* Ich führe mich unmöglich auf. Sie ist verschwitzt und heiß. *Ist nichts Neues, krieg dich wieder ein, Millard!*

»Eigentlich hat er meiner Schwester gehört, aber sie hat eine Allergie, und so ist er zu mir gekommen.«

»Er ist zuckersüß«, sie beugt sich zu ihm, um ihm das Köpfchen zu kraulen, aber er umrundet sie, sodass sie sich ebenfalls drehen muss und mir ihren prallen Hintern präsentiert. Das hier ist wirklich reinste Folter. *Wie könnte ich da nicht die Aussicht genießen? Cody, du Schlingel, dich sollte ich öfter mitnehmen, wenn ich Frauen treffe.* Bevor sie mich beim Gaffen erwischen kann, schnappe ich mir Cody und hebe ihn hoch, da ihre Hunde nun in Spiellaune sind und die Leinen sich zu verheddern drohen.

»Hiergeblieben«, sagt Tori in einem Befehlston, der mich tierisch anmacht. Ich brauche dringend eine kalte Dusche und viel Abstand von dieser Frau. Die Hunde folgen aufs Wort, und selbst Cody legt den Kopf schief und scheint Respekt vor ihrem Ton zu haben.

»Ihre Hunde sind ziemlich gut erzogen.«

»Oh, sie gehören nicht mir. Ich führe sie ehrenamtlich aus.« *Wer ist diese Frau, und was ist aus der Tori aus meiner Jugend geworden?* Ihre Fitnessuhr gibt ein Piepen von sich. »Ich muss los, hat mich gefreut, Sie wiederzusehen. Bis zum nächsten Mal.«

»Bye.« Ich winke und blicke ihr lange nach. *Was zum Teufel sollte das?* Wenn ich könnte, würde ich jetzt gerne mein Spiegelbild anschreien. Ich muss mich besser beherrschen, wenn sie in meiner Nähe ist. Immerhin werden wir zusammenarbeiten, wenn alles klappt, wie ich es mir vorgestellt habe, und da muss ich die Distanz wahren.

Nach einer eiskalten Dusche gehe ich zu Quinn runter, um mit meinen Geschwistern zu Abend zu essen, ehe wir unsere Eltern über Facetime anrufen und mit ihnen plaudern. Die beiden verbringen die meiste Zeit in ihrem Feriendomizil in den Hamptons, da die Meeresluft Dad hilft, der in New York ständig erkältet war. Ich vermisse die beiden und bin froh, dass sie in ein paar Tagen wieder in die Stadt kommen, um das Jubiläum der Anwaltskanzlei zu feiern.

»Ach, Hayden. Vergiss nicht, dass ich Constance versprochen habe, dass du als meine Vertretung zur Spendengala für die Wasserbrunnen in Afrika kommen wirst«, sagt meine Adoptivmutter Eve und erwischt mich eiskalt.

»Wann sollte diese Gala sein, und wieso weiß ich nichts davon?«

»Ich habe vergessen, dir früher Bescheid zu geben. In zwei Wochen im Met.«

Ich schnaube verärgert, denn ich habe schlichtweg keine Zeit, um auf Partys zu gehen. »Wieso kann Quinn nicht gehen?«

»Weil sie sich auf eine Verhandlung vorbereiten muss, und Dorian hat keine Lust.«

»Ich habe aber auch keine Lust.« Ich höre mich an wie ein schmollendes Kleinkind, aber ich kenne Constance und die anderen Freundinnen meiner Mutter. Das sind eitle Drachen, die mich am liebsten an ihre Enkelinnen, Töchter oder Schwestern verheiraten würden und das am besten gleich vor Ort.

»Geh in Begleitung hin, dann werden sie dich in Ruhe lassen.«

»Du sagst das so, als wäre es leicht, auf die Schnelle jemanden aufzutreiben.« Okay, ich übertreibe. Ich könnte Kendall fragen, ob sie mich begleitet, aber ich mag nun mal nur bestimmte Veranstaltungen in New York, und diese gehört mit Sicherheit nicht dazu.

»Du arbeitest zu viel«, meldet sich nun auch noch mein Vater zu Wort und erscheint wieder auf dem Bildschirm, den mir Quinn entgegenhält.

»Ein Label führt sich nicht von selbst, Dad.«

»Das verstehe ich schon, aber du solltest auch mal Spaß haben.«

»Ich habe Freude an meiner Arbeit.«

»Eigentlich habe ich eine andere Art von Spaß gemeint. Du weißt schon …« Er macht eine Geste mit den Händen, die überhaupt nichts mit Sex zu tun hat, aber ich lasse ihn gerne zappeln, vor allem da Ian und Quinn sich bereits auf die Lippen beißen müssen, um nicht lauthals loszuprusten.

»Bitte sag nicht, dass ich mit den Bienchen und Blümchen anfangen muss.« Nach diesen Worten können wir uns alle nicht mehr halten und lachen laut los. Selbst bei Mom erkenne ich Lachtränen.

»Jaja. Lacht nur auf meine Kosten.« Nun ist er derjenige, der schmollt.

»Eigentlich lachen sie auf meine Kosten, Dad.«

»Aber wir verstehen uns, oder?«

»Ja, Sir. Ich verspreche, heute noch eine Kellnerin zu schwängern und mit ihr auf Constances Gala meine Hochzeit zu feiern. Ihr seid übrigens herzlich eingeladen.«

»Ian«, sagt mein Vater, und dieser versteht sofort und gibt mir einen leichten Klapps auf den Hinterkopf.

»Autsch.«

»Danke, Sohn.«

»Immer wieder gern, Dad. Sag nur Bescheid.« Ian grinst mich doch tatsächlich auch noch frech an.

»Halt jetzt die Klappe«, zische ich und drohe ihm mit dem Finger.

»Also, Mom und Dad«, meldet sich Quinn zu Wort. Sie hat

die Streitereien satt und dreht die Kamera in ihre Richtung. »Wir vermissen euch und freuen uns auf ein Wiedersehen bei dem Jubiläum.«

»Wir haben euch lieb. Passt auf euch auf.«

»Bye«, rufen wir alle, und als Quinn auflegt, boxe ich Ian gegen die Schulter. Er verzieht keine Miene. Dieser Berg von einem Mann muss wohl Muskeln aus Stahl haben. *Wie kann ein Mann wie er so robust aussehen und doch eine solch sanfte Stimme haben?* Dieses Mysterium werde ich wohl niemals verstehen. Wir unterhalten uns noch ein wenig, ehe die beiden nach Hause gehen und ich mich wieder an den Schreibtisch setze, um mich noch einigen der unzähligen Mails in meinem Posteingang zu widmen.

Als ich alleine im Bett liege, ist an Schlaf nicht zu denken. Ich habe zwei Stunden gearbeitet, und trotzdem fühle ich mich ruhelos. Es sollte mich nicht wundern, dass es Tori ist, die all meine Gedanken einnimmt. Sie hat verschwitzt und heiß ausgesehen, aber das ist es nicht, was meinen Puls zum Rasen bringt. Es ist ihr Lächeln. Es war immerhin ihr Lachen, in das ich mich auf den ersten Blick verliebt habe, als ich sie das erste Mal gesehen habe.

Ich ärgere mich über mich selbst, denn diese Gefühle sollten mich nicht überkommen, ich sollte nicht von ihr schwärmen, wenn es doch Rache ist, auf die ich aus bin. Sie war ein Biest und hat meine Gefühle nicht verdient, damals wie heute, also konzentriere ich mich auf den Plan, den ich geschmiedet habe. Und der sieht es vor, dass ich ihr alles heimzahle, was sie mir damals angetan hat.

Ich setze mich auf und fahre mir aufgebracht durchs Haar. Jedes Mal, wenn diese Frau sich in mein Leben schleicht, scheint sie all mein Denken und Handeln zu beeinflussen, ohne dass ich etwas dagegen tun könnte. Also stehe ich auf und schnappe mir meinen Laptop, um mich wieder aufs Bett zu setzen. Es ist längst Mitternacht, und auch wenn ich das nicht zu solch später Stunde tun sollte, öffne ich den Mailverlauf von Tori und mir und klicke auf *Antworten*.

7. KAPITEL

Tori

Nach dem Joggen springe ich unter die Dusche und stelle sie absichtlich auf kalt. Seit Tagen ist mir der attraktive Fremde nicht aus dem Kopf gegangen und ihn ausgerechnet dann wiederzusehen, wenn ich völlig verschwitzt bin und schrecklich aussehe, hat mich schwer getroffen. Es war leichter, sich vorzustellen, dass dieser Anzugtyp arrogant ist und nur auf Models abfährt und somit nicht für mich infrage kommt. Aber er ist vorhin derart süß mit seinem Hund umgegangen, dass er für mich nun noch attraktiver ist.

Das Wasser umhüllt mich, doch die Kälte kann dieser Hitze in mir nichts anhaben. Frustriert greife ich nach meinem Duschschwamm und drücke einen Klecks meines Lieblingsduschgels darauf. Wie immer beginne ich damit, meine Arme einzuseifen, nur diesmal energischer als sonst. Ich will mich nicht so fühlen, will nicht einen völlig Fremden begehren oder besser gesagt nicht diesen einen bestimmten Mann.

Üblicherweise suche ich mir Fremde aus, mit denen ich ein paar leidenschaftliche Stunden verbringe, ehe wir getrennte Wege gehen – auch wenn das letzte Mal schon eine Weile her ist. Aber dieser Mann, dessen Namen ich nicht mal kenne, bildet hier eine Ausnahme. Er ist gefährlich für mich, weil er von Anfang an mein Interesse geweckt hat. Es ist nicht nur sein gutes Aussehen, das mich an ihm fasziniert, obwohl ich nicht leugnen kann, ihn verdammt attraktiv zu finden: sein dichtes Haar, das ich gerne berühren möchte, die Adern auf seinen starken Unterarmen, mit denen er meinen Körper an sich pressen würde, seine tiefe Stimme, mit der er mir schmutzige Dinge ins Ohr flüstern würde. Plötzlich bin nicht mehr ich es, die mich einseift, sondern er. Er geht gründlich und quälend langsam vor.

Meine Atmung beschleunigt sich, als ich mir vorstelle, wie seine Finger über meine nasse Haut gleiten und meinen Bauch streicheln. Der Schwamm gleitet aus meiner Hand, und der Schaum ist längst fortgespült, aber meine Erregung ist umso größer. Ein Bild festigt sich in meinen Gedanken: Da ist der Fremde, der mich gegen die Wand presst, mich leidenschaftlich küsst und seine Finger gleichzeitig zwischen meine Beine wandern lässt.

Ich ahme die Bewegungen meiner Fantasie nach und lasse einen Finger in mich gleiten und keuche auf, da ich plötzlich nur noch aus Emotionen zu bestehen scheine. Ich stelle mir vor, dass er herrliche Dinge mit seinen Fingern in mir anstellt und mir ins Ohr knurrt, wie sehr er mich will und dass ich ihn verrückt mache. Aus einem Finger werden zwei, und es dauert nicht lange, bis ich mit einem Aufschrei komme und mich mit einer Hand an den Fliesen festhalte, um den Halt nicht zu verlieren. Aber meine Gedanken gehen weiter, und ich sehe vor meinem inneren Auge, wie er mich in den Arm nimmt und mir sagt, dass er mich niemals wieder verlieren möchte. Keuchend und äußerst schockiert öffne ich die Augen und hebe den Kopf, damit das Wasser diese einnehmende Hitze fortspült.

Meine Gedanken klären sich schlagartig, und erst jetzt wird mir bewusst, dass ich noch nie so intensiv über einen Mann fantasiert habe, während ich mich selbst befriedigt habe. Nicht einmal als Teenager, und das macht mir zu schaffen. Denn solche Empfindungen sind gefährlich, und ich will sie nicht in meinem Leben. Dieser Mann sollte nur für diese eine Sache gut sein und nicht mehr. *Wieso habe ich mir vorgestellt, dass er mich nie wieder gehen lassen möchte?* Sex ist alles, was ich mir mit ihm vorstellen sollte. Und nichts weiter. Für eine Beziehung habe ich keine Zeit. Und ich habe auch keine Lust, ihm zu erklären, wieso ich kein Geld und womöglich bald auch keine Wohnung mehr habe, von einer Familie ganz zu schweigen. Das ist eine Tatsache, an die ich nie wieder denken und von der ich nie jemandem erzählen möchte.

Nach der Dusche esse ich eine Kleinigkeit, ehe Scar und ich uns auf die Couch plumpsen lassen und uns Trash-TV vom Feinsten genehmigen. Wenn ich mir einige der Sendungen ansehe, wo die Reichen herumheulen, weil sie eine Birkin Bag nicht geliefert bekommen, kann ich einerseits nur den Kopf schütteln, aber andererseits macht es mich auch nachdenklich, dass ich als Teenie selbst diesen Frauen geähnelt habe.

»Kaum zu glauben, wie das Leben so spielt, früher habe ich die Designer-Stores nie besucht, da sie meine Größe hatten und mir einfach die neuesten Kollektionen nach Hause geliefert haben. Was mir gefallen hat, habe ich behalten, den Rest hat ein Mitarbeiter des Ladens wieder abgeholt.« Scar hebt gähnend den Kopf und kuschelt sich wieder auf meinen Bauch.

»Ich weiß, dass du nichts für Mode übrig hast, aber für mich war das damals ziemlich wichtig. Jetzt sehe ich viele Dinge natürlich anders, eine dieser Kollektionen hat genau so viel gekostet wie meine Miete für ein halbes Jahr.« Mein Kater ist längst auf meinem Bauch eingeschlafen, aber ich rede trotzdem weiter auf ihn ein, weil ich es vermisse, mich mit jemandem zu unterhalten. Ich vermisse es, Freunde zu haben, denen ich mich anvertrauen kann. Aber dann wird mir klar, dass ich mich bewusst dafür entschieden habe, Abstand zu anderen Menschen zu suchen.

Mit dieser Erkenntnis fühlt sich das Atmen nicht mehr so schwer an, und auch meine Nerven beruhigen sich langsam wieder. Nach einiger Zeit werden meine Lider schwer, und ich drohe vor dem TV einzuschlafen, als ich den Benachrichtigungston einer neuen Mail vernehme. Plötzlich werde ich hellwach, weil ich insgeheim hoffe, dass es Mr Millard ist. Es ist unwahrscheinlich, dass mir der erfolgreiche Labelbesitzer spät abends eine E-Mail schreibt, und trotzdem breitet sich Aufregung in mir aus.

Scar beschwert sich lautstark, dass ich ihn geweckt habe, und tapst empört ins Badezimmer. Ich jedoch springe von der Couch auf, um zum Esstisch zu gehen, auf dem ich den Laptop abgestellt habe. Ich eile wieder auf die Couch, decke mich bis zur Hüfte zu und lege ihn mir auf den Schoß. Ich lasse den Cursor über das Briefumschlagssymbol kreisen, doch plötzlich kommen mir Zweifel. *Was, wenn es gar nicht der CEO von* Ever Records *ist? Was, wenn er es doch ist und mir sagt, dass die Stelle schon vergeben wurde? Könnte ich nach der emotionalen Achterbahnfahrt der letzten Stunden die Enttäuschung ertragen?* Ich knabbere gedankenverloren an meinem Daumennagel, ehe ich die Entscheidung treffe, dass ich akzeptieren werde, was auch immer kommen mag. Ich bin keine Frau, die sich von Niederlagen oder Gefühlen einschüchtern oder aufhalten lässt. Ich habe auf den Straßen New Yorks überlebt, habe mir ein kleines Heim geschaffen und mich durchgeboxt. Es gibt nichts, was mich stoppen könnte.

Ich stand schon öfter ohne Job da, und ich habe es bis jetzt immer geschafft, mich aus dem Schlamassel zu ziehen, also wird es diesmal nicht anders sein. Entschlossen klicke ich auf die Mail und beginne zu lesen.

HM: Sehr geehrte Miss Lancaster,
ich muss gestehen, dass ich etwas enttäuscht bin, dass ich keine echte Pantomimin kennenlernen werde, aber ich verstehe natürlich, dass es sich um ein Versehen gehandelt hat. Ich habe mir Ihren Lebenslauf angesehen, wie Sie es gewünscht haben, und habe nun eine Frage an Sie.
Wieso sollte ich Sie einstellen?

TL: Mr Millard,
danke für Ihre Antwort. Es freut mich, von Ihnen zu hören. Ich weiß, dass der neue Lebenslauf nicht so spektakulär ist wie der vorherige und dass ich auch keine Erfahrung mitbringe. Aber der Grund, wieso Sie mich einstellen sollten, ist schlichtweg, dass ich von mir selbst überzeugt bin – ohne jetzt überheblich klingen zu wollen. Ich weiß, dass ich Ihren Anforderungen gerecht werden kann, weil ich alles tun werde, um die Arbeitsanweisungen zu ihrer Zufriedenheit auszuführen. Ich lerne sehr schnell, bin gut mit Zahlen und motiviert. Wenn Sie erlauben, würde ich Sie gerne in einem persönlichen Gespräch davon überzeugen, dass ich die Richtige für diesen Job bin.

Meine Finger zittern, als ich die Nachricht verfasse und absende. Zuerst bereue ich es, ehrlich gewesen zu sein, immerhin ist das mein künftiger Boss, und ich sollte zurückhaltend und professionell wirken. So klinge ich irgendwie verzweifelt, aber meine Zweifel verfliegen, als ich kurz darauf schon eine Antwort bekomme.

HM: Ich finde Sie nicht überheblich, sondern ehrlich. Bis jetzt habe ich mich nie von guten Zeugnissen und Abschlüssen blenden lassen. Ich überzeuge mich immer selbst von dem Können meiner Mitarbeiter, ohne vorschnell über sie zu urteilen. Nur weil jemand nicht das College besucht hat, heißt das nicht, dass er nicht für den Job geeignet wäre.

Mein Herz macht einen Satz. *Kann es sein, dass ich einen der wenigen Bosse erwischt habe, die wirklich auf die Leistung und nicht auf College-Diplome achten?* Ich will ihm antworten, doch er ist schneller und hat mir erneut eine Nachricht zukommen lassen.

HM: Es gibt eine Frage, die ich jedem meiner Mitarbeiter stelle, und nun auch Ihnen. Was ist Ihr Lieblingssong?

TL: Mein Lieblingssong ist älter und, um ehrlich zu sein, kennen ihn die meisten nicht. Soulmate *von Natasha Bedingfield.*

HM: Den kenne ich tatsächlich. Wieso ist es Ihr Lieblingssong, Miss Lancaster?

Das ist eine ziemlich persönliche Frage, und etwas in mir sträubt sich dagegen, es ihm zu verraten. Aber ich habe keine Wahl. Wenn ich diesen Job haben will, muss ich aus meiner Komfortzone raus und mich öffnen, auch wenn der Boss eigentlich der Letzte sein sollte, den ich zu nahe an mich ranlasse.

TL: Weil der Text etwas widerspiegelt, das wir alle durchleben. Tief in uns suchen wir nach einem Seelenverwandten, jemandem, der uns hält und uns das Gefühl von zu Hause vermittelt. Die Sängerin fragt, weshalb sie einsam und alleine ist, wenn es

doch für jeden Menschen ein Gegenstück geben muss. Die herr-
liche Melodie und die berührenden Lyrics machen ihn zu mei-
nem Lieblingssong, der mich durch harte Zeiten gebracht hat.

Plötzlich legt sich eine Schwere über mich, und ich muss die
Tränen wegblinzeln. Mir war nicht bewusst, wie viel mir dieser Song bedeutet und wie sehr er mich beschreibt. Ich bin wie
Natasha, insgeheim suche ich nach meinem Seelenverwandten,
auch wenn ich tierische Angst davor habe, mich jemandem zu
öffnen und ihm alles von mir zu offenbaren.

HM: Ich kenne diesen Song, wobei mir die Songs von Nata-
shas Bruder Daniel besser gefallen. Und ich weiß, was Sie mir
mitteilen möchten, ohne es zu sagen. Das ist es, was ich an der
Musik so liebe. Sie bringt die Menschen zusammen. Ich weiß,
die Frage nach dem Lieblingssong ist eine sehr intime, aber Sie
haben ja keine Ahnung, was die Lieder über die Menschen aus-
sagen. Danke für Ihre Ehrlichkeit.

TL: Ich danke Ihnen für das »Gespräch«. Um ehrlich zu sein,
habe ich nach dem Lebenslauffiasko gedacht, ich höre nie wieder
von Ihnen.

HM: Der Lebenslauf hat Sie sogar noch interessanter gemacht,
und deshalb möchte ich Sie gerne zu einem Bewerbungsgespräch
einladen.

Ich breche in Jubel aus, lege den Laptop zur Seite und hüpfe
vor Freude auf und ab. Es mag lächerlich aussehen, aber es ist
ein erster Schritt in Richtung finanzieller Sicherheit und eine
Aussicht auf einen prestigeträchtigen Job. Ich habe es tatsächlich geschafft, ihn zu überzeugen mich zu treffen. Der Drang,

Donna anzurufen, ist groß, aber da es ziemlich spät ist, werde ich ihr morgen die tollen Neuigkeiten überbringen. Ich juble erneut, zucke aber zusammen, als plötzlich jemand laut an meiner Tür klopft. Ich bekomme selten bis nie Besuch und sicher nicht nach Mitternacht.

»Ich bin's. Donna«, höre ich die Stimme gedämpft und öffne die Tür. Sie macht einen Schritt in meine Wohnung und blickt sich alarmiert um, als würde sie erwarten, noch jemanden in der Wohnung anzutreffen.

»Bist du alleine?«, fragt sie und mustert mich besorgt.

»Ja klar. Wieso fragst du?« Ihr Verhalten macht mich stutzig.

»Du hast doch gerade geschrien. Ich habe den Müll rausgebracht, und als ich zufällig an deiner Tür vorbeigekommen bin, habe ich gedacht, du wirst überfallen oder so. Da habe ich mir Sorgen gemacht.«

»Das ist ja lieb von dir, aber keine Panik, alles ist gut. Sogar besser als gut.«

»Hast du im Lotto gewonnen?«, fragt sie freudig, aber ich schüttle lachend den Kopf.

»Fast, aber nein. Ich habe eine Einladung zum Bewerbungsgespräch mit Hayden Millard bekommen«, erkläre ich voller Stolz und schließe meine Wohnungstür.

»Tatsächlich?« Donna zieht mich in eine freudige Umarmung, bevor sie weiterspricht. »Nach all dem Unsinn, den wir in der ersten Mail geschrieben haben?« Sie setzt sich auf die Couch und blickt mich abwartend an.

»Ja. Ist das zu fassen?«

»Um ehrlich zu sein, nicht. Ich habe eher gedacht, er würde lachend deine Bewerbung löschen, und wir hören nie wieder von ihm.«

»Ja, deine Version wäre für mich auch glaubwürdiger gewesen, aber nein, Mr Millard ist nicht so. Er scheint wirklich nicht darauf zu achten, ob jemand einen Ivy-League-Abschluss vorweisen kann, sondern will jemanden, der zum Label passt.«

»Eigentlich sollte ich nicht überrascht sein, denn Hayden, Quinn und Dorian tun oft Dinge, die man nicht von ihnen erwartet. Und genau deswegen mag ich sie so sehr. Sie geben jedem eine Chance, ohne Vorurteile zu haben.«

»Quinn ist ja dein Boss, oder?«

»Und meine beste Freundin, ja.«

»Ist es da nicht schwer, eine Grenze beizubehalten in der Kanzlei?«, frage ich neugierig, ich stelle mir diese Trennung schwer vor.

»Eigentlich nicht. Wenn Kunden in der Kanzlei sind, geben wir uns professionell, bis wir wieder in den Bestie-Modus verfallen, wenn wir alleine sind. Klar, bei manchen verschwimmt diese Abtrennung zwischen Privatem und Beruflichem, aber wir bekommen das eigentlich gut hin.«

»Das klingt nach einem tollen Arbeitsklima.« Ich setze mich seufzend neben sie und entdecke Scar, der herbeieilt, um sich eifersüchtig zwischen mich und Donna zu quetschen.

»Und so eines wirst du auch bald erleben, immerhin hast du es zu einem Bewerbungsgespräch geschafft. Das muss gefeiert werden.«

»Keine Chance. Ich trinke nie wieder etwas.« Das Fiasko von letzter Nacht liegt mir noch immer in den Knochen.

»Alkohol habe ich auch nicht gemeint.«

»Was dann?«

»Hast du Lust, mich dieses Wochenende auf eine Firmenparty zu begleiten?«

»Da gibt es doch auch Alkohol«, stelle ich klar, was Donna zum Kichern bringt.

»Das mag sein, aber wir werden es langsam angehen, okay?«

»Ich weiß nicht. Ich gehe eigentlich nicht oft aus und habe noch einiges zu tun.« Das ist zwar gemogelt, aber etwas in mir sträubt sich dagegen, unter Menschen zu gehen.

»Komm schon. Ich verspreche dir, ich werde die Drinks von dir fernhalten, als Entschuldigung dafür, dass ich dich dazu angestiftet habe, einen neuen Lebenslauf zu verfassen.«

»Das warst du?«, frage ich verwundert, da ich mich nur fetzenweise an die Nacht erinnern kann.

»Weißt du das denn nicht mehr?«

»Nein, leider nicht. Wenn ich eine gewisse Menge Alkohol trinke, kann es passieren, dass ich manche Momente völlig vergesse.«

»Dann würde ich mich an kein Wochenende auf dem College erinnern können.«

»Warst damals schon eine Wilde, was?«

»Na ja, nicht so schlimm wie jetzt, aber ich habe meine Jugend genossen. Auf welchem College warst du?«

»Auf gar keinem. Ich bin nach der Highschool arbeiten gegangen.« Ich senke den Blick, da es mir etwas unangenehm ist, nicht aufs College gegangen zu sein. Irgendwie wird von einem erwartet, auf eine höhere Schule zu gehen, egal ob du es dir leisten kannst oder nicht. Aber Donna merkt, dass mir die Sache nahegeht, und wechselt sofort das Thema. Sie gehört zu den Menschen, die merken, wenn sich jemand unwohl fühlt, ohne nachzufragen. Sie gibt sich wirklich Mühe, damit ich mich in ihrer Gegenwart wohlfühle. Sie erzählt von Quinn und den spannenden Fällen, die sie bis jetzt betreut hat, und als sie mich erneut fragt, ist die Antwort für mich klar.

»Ich begleite dich sehr gern zu deiner Firmenparty.«

Wo bin ich denn hier gelandet? Ich blicke noch mal auf mein trägerloses grünes Cocktailkleid, das mir bis zu den Knien reicht und sehr figurbetont ist, und bezweifle, dass ich hierher passe. Die Damen sehen aus, als wären sie alle mit dem goldenen Löffel im Mund geboren worden, und die Herren sehen in ihren Anzügen allesamt vornehm und elegant aus. Selbst Donna, die sich für einen lässigen Jumpsuit entschieden hat, sieht aus, als gehöre sie hierher. Früher war ich ein Teil dieser Welt, nun fühle ich mich fehl am Platz.

»Keine Panik. Du siehst umwerfend aus.«

»Da wäre ich mir aber nicht so sicher.«

»Die meisten von denen sind in Ordnung. Halte dich nur von der Chanel-Wolke fern. Das sind die Drachen unseres Unternehmens, und die würden sogar an einem Engel einen Makel finden.«

»Okay, ist notiert.« Memo an mich: allen älteren Frauen aus dem Weg gehen.

Wir betreten den eigentlichen Festsaal, der gut gefüllt und elegant geschmückt ist. Dezente Farbtöne und viele Blumenarrangements, die geschmackvoll verteilt sind, sorgen für eine schöne Kulisse. Anzüge und Designerkleider, wohin das Auge reicht. Man merkt, dass die Kanzlei von Quinn Millard meist wohlhabende Klienten vertritt. Es sind so viele Menschen anwesend, dass die Gesichter für mich alle gleich aussehen. Man kann wirklich nicht sagen, dass ich mich unter Fremden wohlfühle.

Eine Parade findet unter freiem Himmel statt, aber dieser Saal ist jetzt schon brechend voll, und dabei fängt die Gala erst in gut einer Stunde an. Donna zieht mich zur Bar und bestellt uns zwei Bloody Marys, wobei sie für mich die alkoholfreie Variante ordert.

»Kennst du all die Leute hier?«, frage ich erstaunt und sehe mich um. Die Galas, die ich von früher kenne, waren eher spärlich besucht oder räumlich besser organisiert.

»Nein, da sind natürlich auch Klienten eingeladen worden, inklusive Begleitung. Wie man sehen kann, sind die meisten gut betucht. Die Mehrheit der Leute hier ist aber wirklich nett, auch wenn es ein paar Ausnahmen gibt.«

»Was wird denn heute gefeiert?«

»Das vierzigjährige Bestehen der Kanzlei. Der Großvater meiner Chefin hat die Kanzlei eröffnet, nach seinem Tod hat seine Tochter das Unternehmen geleitet, bis sie sich zur Ruhe gesetzt hat, und nun ist Quinn in ihre Fußstapfen getreten.«

»Nennen alle deine Chefin beim Vornamen?«

»Klar, das tun alle hier. Wir sind eine lockere Kanzlei, und die meisten sind wirklich in Ordnung. Und die, die es nicht sind, denen gehe ich einfach aus dem Weg.«

»Gute Einstellung.«

»Das Leben ist zu kurz, um es mit falschen Menschen zu vertrödeln.« Kurz verlieren ihre Augen den üblichen Glanz, als würde sie sich an etwas Schlimmes erinnern, doch es vergeht so schnell, wie es gekommen ist. Ihren Bob hat sie heute nach hinten gegelt, und während das bei jemand anderem merkwürdig aussehen würde, steht es ihr unglaublich gut. Sie sieht aus wie Dua Lipa in ihrem Video zu *IDGAF*.

»Da hast du recht.« Mit falschen Leuten kenne ich mich bestens aus. Die Drinks werden vor uns abgestellt, und kaum hat Donna sich ihren geschnappt, wird sie auch schon von einer älteren Frau angesprochen und in ein Gespräch verwickelt. Sie unterhalten sich angeregt über die Arbeit und eine Verhandlung, die wohl in der Presse heiß diskutiert wurde. Sie ist einer dieser Menschen, die vor Lebensfreude nur so sprühen. Wenn sie über etwas redet, dann wird sie richtig zur Entertainerin und versprüht ihr Charisma, was sie noch sympathischer macht.

Ich hatte seit Jahren keine Freundin, weil ich zu sehr damit beschäftigt war, mich über Wasser zu halten, und weil die meisten sich von mir abgekapselt haben, als ich ihnen nicht mehr über meine Vergangenheit erzählen wollte. Sie haben sich damals beschwert, dass ich ihnen nie die wahre Tori zeige. An das Alleinsein habe ich mich gewöhnt, aber je mehr Zeit ich mit Donna verbringe, desto eher kann ich mir vorstellen, dass sie und ich Freundinnen werden könnten.

Sie und die andere Frau sind nach wenigen Minuten so sehr in ihr Gespräch vertieft, dass ich beschließe, mich ein wenig umzusehen. Auf der Bühne ist ein Podest aufgebaut, und ich ahne, dass ich später einige Reden werde ertragen müssen. Doch auch eine Band hat gerade ihre Instrumente gestimmt und scheint zuerst dran zu sein. Mittlerweile haben sich einige Gäste gesetzt, sodass es nicht mehr überfüllt wirkt und mir das Atmen leichter fällt. In einem Raum voller fremder Menschen zu sein macht mich nervös. Vor allem auf Partys gut betuchter Kreise, wo mich vielleicht jemand von früher erkennen könnte. Das ist etwas, was ich unbedingt vermeiden will.

Ich gehe hinaus auf die Dachterrasse, die mit Lichterketten und vielen Pflanzen dekoriert ist und richtig romantisch wirkt. Die weißen Stühle sind kaum belegt, weil die meisten Gäste sich im Saal aufhalten. So bietet sich mir eine tolle Gelegenheit, die Aussicht zu genießen. Wir befinden uns in einem belebten Viertel in Manhattan, und selbst spät abends ist auf den Straßen einiges los. Im Saal erklingt Musik – sanfte Jazzklänge – und dringt gedämpft zu mir ins Freie.

Ich schließe die Augen und fühle die frische Abendluft auf meiner erhitzten Haut. Ein Balkon oder eine Terrasse ist das Einzige, was ich in meiner gemütlichen Wohnung vermisse. An Abenden mit angenehmen Außentemperaturen mache ich es mir auf der Feuerleiter gemütlich und höre bei einem Glas Wein Musik und beobachte die Sterne. Dies tute ich allein.

Immer. Ein beklemmendes Gefühl macht sich in mir breit, wenn ich daran denke, dass ich in den letzten zehn Jahren keinen Menschen in meinem Leben hatte, dem ich von meinem Arbeitstag, den Sorgen und den Freuden des Lebens berichten konnte. Klar, ich habe nun Scar in meinem Leben und würde ihn trotz Hoheitsgetue nicht missen wollen, aber er ist nur ein Tier und antwortet nicht.

Wird es ewig so weitergehen?

Ich hatte eine Familie, war finanziell abgesichert und hatte einen Freund. Auch wenn ich ihn nicht geliebt habe, war ich damals zumindest nicht einsam. Immer hatte ich eine Person in meinem Leben, die mir Halt und Vertrauen entgegengebracht hat und an deren Schulter ich mich anlehnen konnte. Nun habe ich nur seltene One-Night-Stands oder erotische Fantasien von Fremden, von denen ich mich magnetisch angezogen fühle.

Der attraktive Fremde kommt mir wieder in den Sinn. Früher hätte ich ihn nach seinem Namen und seiner Nummer gefragt, ohne mir etwas dabei zu denken, aber nun lähmt mich meine Unsicherheit und Angst. Vielleicht werde ich ihn nie wiedersehen, dabei war er der erste Mann seit langer Zeit, der mein Interesse geweckt hat. Es gab einige, die mich körperlich angezogen haben, aber bei ihm war da mehr. Doch ich werde wohl nie erfahren, was genau.

»Die Welt ist ziemlich klein. Finden Sie nicht auch?« Erschrocken zucke ich zusammen und wende mich der dunklen Stimme zu, die mich aus meinen Gedanken gerissen hat. Die Erkenntnis, dass es sich tatsächlich um den Mann handelt, an den ich gerade gedacht habe, lässt mich kaum merklich den Kopf schütteln. Der Fremde hat wieder einen Anzug an, wie bei unserer ersten Begegnung, und auch dieser sieht aus, als würde er mehr kosten als meine gesamte Garderobe. Seine gewellten Haare sind perfekt gestylt, und trotzdem ist da diese eine Locke, die ihm in die Stirn fällt. Sie scheint mich wie ein Magnet anzuziehen, denn meine Finger kribbeln und wollen sie ihm fast zwanghaft aus dem Gesicht streichen. Er hat einen leichten Bartschatten, den er bei unserer ersten Begegnung nicht hatte, der ihm aber unglaublich gut steht. Ich bin zu überrascht, um etwas zu erwidern, also stellt er sich neben mich und blickt mit mir auf das nächtliche Manhattan.

»Wunderschön, nicht wahr?«, fragt er, ohne mich anzusehen. Er meint die Stadt, die mir so viel bedeutet, also nicke ich. New York ist mein Zuhause und hat mir mit den Jahren schöne und schreckliche Erinnerungen beschert. Mein ganzes Leben lang wohne ich in der Stadt, die niemals schläft, und würde auch nirgendwo anders leben wollen. Überall hier fühle ich mich an meinen Dad erinnert, der diese Stadt ebenso geliebt hat wie ich. Ich kann mir nicht vorstellen wegzuziehen, denn es würde sich anfühlen, als hätte ich Dad enttäuscht.

»Ja. Ich wohne schon mein Leben lang in dieser Stadt, und ständig schafft sie es, mich mit ihrer Schönheit zu überraschen«, antworte ich mit einem Kloß im Hals. *Selbst an den dunklen Tagen.* Das sage ich natürlich nicht laut.

»Wollten Sie nie wegziehen?«, fragt er mich, als würde er mich tatsächlich näher kennenlernen wollen.

»Nein. Sie?« Als ich auf seine Antwort warte, komme ich mir plötzlich dumm vor, denn wer garantiert mir, dass er selbst in Manhattan wohnt. Er könnte auch von außerhalb sein und nur beruflich hierhergereist sein. Alles ist möglich. Er braucht eine Weile, um zu antworten.

»Damals habe ich diese Stadt gehasst, weil ich all das Schlechte mit ihr in Verbindung gebracht habe, aber ich habe gelernt, sie zu lieben. Ich bin um die ganze Welt gereist, und trotzdem gefällt es mir hier am besten.«

»Ich wollte immer nach Irland und Schottland. Einen Mietwagen organisieren und das Land auf eigene Faust erkunden.«

»Wieso gerade diese zwei Länder?«

»Das ist eine persönliche Frage«, stelle ich klar.

»Finde ich nicht«, sagt er und hebt die Mundwinkel. Natürlich hat er recht, aber die Antwort ist mir ein wenig peinlich.

»Okay, meine Antwort ist persönlich. Ihre Frage ist natürlich gerechtfertigt.«

»Sie machen es aber spannend, jetzt muss ich die Antwort erfahren.« Ich blicke in sein hübsches Gesicht, dass durch die schwache Beleuchtung irgendwie vertraut wirkt. Als würde er mich an jemanden erinnern, den ich von früher kenne, also tue ich etwas, was ich sonst niemals getan hätte. Ich werde persönlich.

»Es gab eine Zeit, in der mich die Realität so runtergezogen hat, dass ich flüchten musste. Ich habe mir einen Highlander-Roman nach dem anderen ausgeliehen und die Geschichten regelrecht verschlungen. Einige der Bücher waren so lebhaft und detailliert beschrieben, dass sie den Wunsch in mir geweckt haben, diese Länder zu besuchen, die als fiktiver Schauplatz der Bücher gedient haben.«

»Highlander-Romane?«, fragt er zu allem Überfluss und scheint zu überlegen. Ich erröte und verfluche mich selbst, wieso ich überhaupt davon angefangen habe, als sich sein Blick klärt, und er endlich weiß, welche Art Bücher ich meine.

»Ach, Sie meinen die Bücher mit den langhaarigen Kerlen, deren nackte Oberkörper auf den Covern zu sehen sind?«

»Ja, genau die«, sage ich zerknirscht und erröte noch mehr.

»Das muss Ihnen nicht unangenehm sein. Männer sehen sich erotische Filme an, wieso können Frauen dann nicht ein erotisches Buch genießen können?«

»Das war damals eben mein Rettungsanker.«

»Und meiner war die Musik. Wir sind verschieden, und das ist auch gut so«, sagt er mit sanfter Stimme. Ich blicke in seine Augen, und sie sind so faszinierend und zeigen mir, dass er mich nicht verurteilt, sondern seine Worte ernst gemeint sind. Ich kann es mir nicht erklären, aber ich weiß es einfach.

»Sie sind eine sehr interessante Frau.«

»Bin ich das? Weil ich ihnen verraten habe, dass ich gerne zu den Schauplätzen der erotischen Romane reisen will, über die ich gelesen habe?«

»Sie sind aus vielerlei Gründen faszinierend, aber die meisten Frauen auf diesen Partys träumen von einer Hängematte am Strand, umgeben von Luxushotels und Spas.«

»Wissen Sie, wenn Sie mich vor fünfzehn Jahren gefragt hätten, wäre meine Antwort ähnlich ausgefallen. Aber ich finde, dass sich die Träume und Ziele mit den Lebensumständen verändern.«

»Wieso sind Sie hier alleine? Sollten Sie nicht drinnen bei Ihrem Freund sein?«

»Ich bin hier in Begleitung meiner Nachbarin Donna.« Dass er direkt einen Freund anspricht, überhöre ich absichtlich. Ich finde, dass ich genug über mich geredet habe.

»Madonna Rollins?«

»Ja, genau die. Aber nennen Sie sie bitte nicht so, da wird sie ziemlich wild.«

»Ich weiß, aber ich mag es, sie etwas damit aufzuziehen.« Ein schelmisches Grinsen breitet sich auf seinem Gesicht aus und lässt ihn jünger aussehen. Dabei schätze ich ihn nur auf ein paar Jahre älter als mich.

»Ach, so einer sind Sie.«

»Ja, zu meiner Schande muss ich gestehen, dass ich es genieße, Frauen auf die Palme zu bringen.«

»So werden Sie sich aber keine Freunde machen«, sage ich und stelle fest, dass ich ihm, seitdem er sich neben mich gestellt hat, unwillkürlich näher gekommen bin.

»Das Risiko gehe ich ein.« Ich muss schmunzeln, weil ich mir lebhaft vorstellen kann, wie Donna an die Decke geht. Wir blicken erneut in die Ferne, und es herrscht angenehmes Schweigen. Dieser Mann ist auf vielerlei Weise gefährlich für mich, und doch will ich alles über ihn wissen. Seine Stimme und die Fantasien über ihn haben mich sogar zum Höhepunkt gebracht und das, obwohl ich nicht einmal seinen Namen kenne. Trotzdem habe ich das Gefühl, ihn schon ewig zu kennen. Diese Augen habe ich schon einmal gesehen, mir will nur nicht einfallen, wo. Oder ist es mein Kopf, der mir einen Streich spielen will, weil er die Nähe zu diesem Mann genießt?

»Möchten Sie tanzen?«, fragt er mich plötzlich, als *The way you look tonight* von Frank Sinatra erklingt. Die Band spielt den Song langsamer als üblich, trotzdem hört es sich wunderbar an. Ich bin so verblüfft von seinem Angebot, dass ich mich sammeln muss, ehe ich antworten kann.

»Hier?« Ich sehe mich um, doch außer uns ist keiner auf der Terrasse.

»Wieso nicht? Drinnen ist es stickig und überfüllt, und ich bin nur wegen meiner Familie hier, wieso sollten wir also nicht die Regeln brechen und hier tanzen?« Er reicht mir seine Hand, und mein Herz beginnt heftig zu klopfen, weil es schon eine Weile her ist, seitdem ich eng mit jemandem getanzt habe. Seine gepflegten Hände sehen einladend aus, aber etwas in mir hält mich zurück. Dabei wünschte ich, es wäre anders. Ich wünsche mir manchmal die unbeschwerte Tori zurück, die nicht jede Entscheidung anzweifelt und das Für und Wider abwägt.

»Nur Mut. Ich beiße nicht«, flüstert er, aber seine Stimme hat einen gewissen Unterton, als wäre er eine Raubkatze und ich die Beute, die ihm auf den Leim geht. Habe ich mich vorhin nicht gefragt, wie lange es mit dieser Einsamkeit weitergehen soll? *Vielleicht sollte ich etwas riskieren. Vielleicht ist es genau dieser Mann, der mir den Glauben an die Liebe zurückbringt? Vielleicht werden wir aber auch nach dieser Nacht getrennte Wege gehen und uns nie wiedersehen.* Wie auch immer, ich fühle mich zu ihm hingezogen, auch ohne etwas über ihn zu wissen, also lege ich meine Hand in seine und lasse es zu, dass er mich an sich zieht.

Seine andere Hand ruht auf meiner Taille und lässt Hitze in mir aufsteigen. Ich schlucke und blicke ihm in die Augen, von denen ich schwören könnte, sie zu kennen. Diese Gedanken sind aber unbegründet, da mir ein Mann mit solch einer Präsenz im Gedächtnis geblieben wäre. Er ist einer dieser Männer, die durch ihre Ausstrahlung glänzen und deren Selbstvertrauen einen wie magisch anzieht.

Oder ist das nur bei mir so? Meine Hand wird von seiner sanft umschlossen, trotzdem bleibt die Nervosität und beschleunigt meinen Puls. Wir bewegen uns, und es stellt sich heraus, dass meine Angst, es verlernt zu haben, unbegründet war. Der Fremde ist ein guter Tänzer und führt mich. Da scheinen sich die Debütantinnenbälle meiner Jugend ausgezahlt zu haben, denn ich stelle mich gar nicht so schlecht an. Auch wenn die Aufregung groß ist und ich loslassen könnte, will etwas in mir ihm nicht die Oberhand lassen.

Es wäre jetzt ein Leichtes, mich auf einen Flirt mit diesem Mann einzulassen. Ich sollte mich nicht so anstellen und endlich Spaß haben. Spaß, der in all den Jahren zu kurz gekommen ist. Aber ich kann nicht aus meiner Haut, denn das letzte Jahrzehnt hat mich gelehrt, immer vorsichtig zu sein. Auch wenn es sich um unheimlich attraktive Anzugträger mit lockigem Haar und Bartschatten handelt.

»Lassen Sie los. Sie sind zu verkrampft«, flüstert er mit sanfter Stimme, die mich eigentlich zum Schmelzen bringen sollte. *Wieso funktioniert es dann nicht?*

»Ich weiß nicht, wie«, gebe ich zu und erröte. *Himmel! Wieso bin ich in den Armen dieses Mannes so nervös? Und wieso gebe ich meine Schwäche vor ihm zu?*

»Dann zeige ich es Ihnen.« Ich habe mit allem gerechnet. Das habe ich wirklich. Nur nicht damit, dass er seine Lippen auf meine legt und mich sanft küsst.

8. KAPITEL

Hayden

Wieso muss diese Frau mich ständig verfolgen? Es ist so, als würde Gott mich verhöhnen wollen. Da schaffe ich es, eine Stunde lang nicht an sie zu denken, und plötzlich steht sie auf der Gala meiner Familie vor mir und sieht auch noch wunderschön aus. *Ist es Schicksal?* Vielleicht, aber das muss nicht heißen, dass es mir gefällt. Ich hatte heute viel Zeit, um nachzudenken. Der persönliche Mailaustausch mit ihr war ein Fehler. Sie hat mich verletzt, körperlich wie seelisch, und der einzige Grund, wieso ich sie als meine Assistentin anstellen möchte, ist Rache. Rache für all den Schmerz, den ich durch sie erleiden musste.

Das alles sagt mir mein Kopf, und dieser will auch, dass dieser Kuss keinerlei Effekt auf mich ausübt, da es nur ein Schachzug sein sollte. Er sollte ihr den Einstieg ins Label erschweren. Ich will, dass sie sich windet vor Verlegenheit, wenn Sie erkennt, dass ich ihr neuer Boss sein werde. Ohne dass ich es will, wirbelt dieser keusche Kuss auch meine Gefühle durcheinander. Ich will sie hassen und nicht ihre weichen Lippen genießen, aber ich bin schwach und vertiefe sogar den Kuss. Weil mir körperlich keine andere Wahl bleibt. Es ist beinahe so, als würden mein Mund und meine Finger gegen mich arbeiten. Ihr Körper reagiert auf mich, und das schon seit unserer ersten Begegnung. Das habe ich sofort bemerkt, so sollte es auch sein.

Aber dass ich ihren Körper nun fest an mich ziehe, war niemals Teil des Plans. Sie ist wie die Luft zum Atmen, und ich bin ein Ertrinkender, der nach ihr giert. Wie oft habe ich es mir ausgemalt, wie es sich wohl anfühlen würde, sie zu küssen. All meine Jugendfantasien haben sich um sie gedreht, und ihre weichen Lippen nun tatsächlich zu spüren fühlt sich wie ein Verrat meines Körpers an meinen Gedanken an. Ich sollte mich gleich von ihr lösen und nur an meine Rachepläne denken, doch als sie seufzt, als ich meine Hände ihn ihren Haaren vergrabe, ist es wie ein Weckruf, mich endlich zusammenzureißen.

Ich löse mich von ihr und blicke auf ihre geschlossenen Lider.

Sie steht noch immer in meinem Bann. Und ich stelle fest, dass ich mich zu etwas habe hinreißen lassen, das ich gar nicht geplant hatte. Diese Frau macht mich verrückt, weil sie so umwerfend ist, ohne sich große Mühe zu geben. Ich hatte nicht vor, sie zu küssen, habe mich aus Neugier dazu verleiten lassen. Mit flatternden Lidern öffnet sie die Augen und blickt mich erstaunt an. Ich habe sie überrumpelt, aber sie hat es genossen, das weiß ich. Schließlich hat sie den Kuss erwidert.

»Wie heißen Sie?«, flüstert sie und blickt mir tief in die Augen, als würde sie den nerdigen Teenie von damals darin finden. Jetzt scheint ihr wohl klar zu sein, dass sie gerade einen Mann geküsst hat, dessen Namen sie überhaupt nicht kennt, aber ich werde mir nicht in die Karten schauen lassen. Sie wird meinen Namen noch früh genug erfahren.

»Sie zuerst.«

»Tori«, sie räuspert sich und wiederholt ihren Namen.

»Das ist ein schöner Name.« Ich wickle eine Strähne ihres Haars um meinen Finger, ehe ich ihr in die Augen sehe. Wir sind einander noch immer nah, und sie macht keine Anstalten, sich von mir zu entfernen. Ich habe jedoch nicht vor, mehr Zeit mit ihr zu verbringen als nötig. Sonst tue ich erneut etwas, das ich gar nicht will.

»Ich wünsche Ihnen noch einen schönen Abend, Tori. Danke für den Tanz.« Ich setze ein Lächeln auf, das auch mich nicht überzeugen würde, und gehe in den Saal zurück. Gerade weil der Kuss auch mir den Kopf verdreht hat, muss ich die Reißleine ziehen und gehen. Sie soll mich hassen und ich sie auch, da sind andere Gefühle fehl am Platz. Meine Lippen kribbeln immer noch, und ich brauche einen Scotch, um das Gefühl ihres Mundes wegzuspülen. Nachdem ich den ersten Drink heruntergekippt habe, bestelle ich mir gleich noch einen. Sie für den Rest des Abends auf der Party sehen zu müssen, wird die Hölle für mich werden. Tori kommt ebenfalls zurück und setzt sich neben Donna. In ihrem Gesicht erkenne ich Wut, weil ich sie einfach stehen gelassen habe, aber auch Enttäuschung. Das sollte mir egal sein, aber das ist es nicht. Ich trinke erneut und zwinge meine Augen, nicht ständig in ihre Richtung zu blicken.

Sie unterhält sich mit ihrer Freundin und würdigt mich keines Blickes, aber das ist auch gut so. Ich will, dass sie wütend auf mich ist. Das wird es mir im Büro umso leichter machen, sie zu provozieren.

»Hayden! Ich habe dich schon gesucht.«

Ich drehe mich um und entdecke Kendall, die ein zitronengelbes Cocktailkleid trägt, das seitlich eingeschnitten ist, sodass man ihre gebräunten Oberschenkel sieht. Ihr langes schwarzes Haar und der schlanke, durchtrainierte Körper lassen sie wie die Schauspielerin Megan Fox aussehen. Ich küsse sie zur Begrüßung und bitte sie, mir Gesellschaft zu leisten. Sie setzt sich auf den Barhocker neben mich und lächelt mich strahlend an.

»Ich schätze, du liebst noch immer Mojitos?«, frage ich und schmunzele, als ich mich daran erinnere, dass ich diesen Drink sogar schon einmal aus ihrem Bauchnabel genippt habe.

»Du hast es nicht vergessen.«

»Es gibt da einiges, was ich nicht vergessen habe.« Ich grinse sie neckisch an, denn an den Sex erinnere ich mich sehr lebhaft, und an ihrem Blick sehe ich, dass sie ebenfalls daran denkt.

»Ja, wir haben gut miteinander harmoniert.« Da untertreibt sie, denn wir haben es ziemlich krachen lassen.

»Das haben wir«, stimme ich ihr zu und erinnere mich an das eine Mal, als ich sie im Aufzug vernascht habe.

»Wie wäre es, wenn wir unsere ›Beziehung‹ um der alten Zeiten willen wieder aufleben lassen?« Kurz blicke ich zu Tori, die uns beide aus wütenden Augen anfunkelt. Genau so, wie ich es wollte. Als ich Kendall erneut ansehe, erkenne ich Begierde und Sehnsucht in ihren Augen, also greife ich nach ihrer Hand und ziehe sie mit mir in die Eingangshalle.

Eigentlich hatte ich vor, Kendall mit zu mir zu nehmen und mir Zeit mit ihr zu lassen, aber weiter als bis zur nächsten Besenkammer kommen wir nicht. Wie damals will sie es hart und ohne großes Vorspiel. Es ist grandios, es ist heiß – bis ich dann plötzlich Toris Gesicht vor Augen habe und auf der Stelle komme. Danach bin ich froh, dass Kendall sagt, dass sie mich anrufen wird, um die Sache zu wiederholen. Denn nach all den Ereignissen der letzten Stunde brauche ich Zeit zum Nachdenken. Zuerst küsse ich Tori, dann dieses Gefühlschaos und schließlich der Sex mit Kendall, der toll war, bis wieder Tori sich in meinen Kopf geschlichen und alles durcheinandergebracht hat.

Als ich allein bin und mich wieder angezogen habe, blicke ich mich genauer um. Ich bin nicht in einer Besenkammer, sondern einem Lagerraum für gebügelte Tischdecken. Vorhin war ich zu beschäftigt, um das zu merken. Es verwirrt mich, dass ich Toris Gesicht vor Augen hatte, während ich mit

Kendall Sex hatte. Das ist Kendall gegenüber nicht fair, denn sie hat meine volle Aufmerksamkeit verdient. Plötzlich fühle ich mich mies und allein.

Meine ganze Familie ist auf dieser Party, die meinem Großvater zu Ehren veranstaltet wird, aber anstatt mit meinen Eltern, Dorian oder Quinn zu reden, rufe ich die Person an, die mich neben ihnen am besten kennt. Jamie hebt nach dem zweiten Klingeln ab.

»Aber hallo. Wer stört mich denn zu dieser unchristlichen Uhrzeit?«, fragt mein bester Freund, und ich höre Papier rascheln, was mich vermuten lässt, dass er immer noch am Arbeiten ist. Mein Personalchef ist eine Nachteule und arbeitet gerne bis in die frühen Morgenstunden.

»Bin ich ein schlechter Mensch?« Ich falle gleich mit der Tür ins Haus, denn nach all dem Chaos heute fühle ich mich zwiegespalten und brauche den Rat eines Vertrauten.

»Wie kommst du darauf?«, fragt er verwundert.

»Nur so.« Diese Selbstzweifel kenne ich normalerweise nicht von mir. Die habe ich in der Highschool gelassen.

»Du hast Hunderttausende Dollar in deine Wohltätigkeitsorganisationen gesteckt, ohne es öffentlich zu machen, und hast unzähligen Menschen geholfen, ein neues Leben zu beginnen. Du stellst die Bedürfnisse deiner Familie über deine eigenen und, nicht zu vergessen, du hast Cody zu dir geholt, obwohl du weiß Gott keine Zeit für einen Hund hast.«

»Das klingt so, als hättest du das auswendig gelernt«, ziehe ich ihn auf, damit er nicht merkt, wie nahe mir seine Worte gehen.

»Klar, du Klugscheißer. Ich habe immer ein Notizbuch zur Hand, in dem ich künftige Gespräche geplant habe, für den Fall, dass du mal an dir zweifelst.« Seine Worte sorgen dafür, dass sich meine Mundwinkel anheben.

»Das musst du mir mal zeigen. Was hast du notiert für den Fall, dass ich dich mal betrunken anrufe?«, will ich wissen.

»Da habe ich vor, alles aufzunehmen und es später einmal auf deiner Hochzeit abzuspielen.«

»Sehr einfallsreich. Das muss ich dir lassen.« Er hatte schon immer die lustigsten Ideen, wenn es darum geht, jemanden durch den Kakao zu ziehen.

»Das wusstest du ja schon früher. Also heraus mit der Sprache, was ist los? Du rufst mich sicher nicht einfach so von der Party aus an. Es ist verdächtig still, bist du allein?«

»Ich bin im Bügelzimmer oder so ähnlich.«

»Versteckst du dich vor deiner Mom, die dir wieder damit in den Ohren hängt, dass du zu viel arbeitest?«

»Nein, das nicht. Vielleicht bin ich überarbeitet, aber ich wollte einfach mal wissen, ob ich ein Arschloch bin.«

»Also, wenn du mir nach dieser Fortbildung für die neue Personaler-Software keine Gehaltserhöhung gibst, dann wärst du eines. Aber jetzt mal im Ernst. Du bist echt okay. Wieso diese Zweifel? Hat es mit einer Frau zu tun?« Ich will protestieren, zögere aber einen Augenblick zu lange.

»Natürlich geht es um eine Frau. Wer ist sie?«

»Niemand.«

»Ist sie heiß?«

»Nein.«

»Das glaube ich dir nicht«, sagt er lachend. Bei Beziehungsproblemen kennt er sich aus. Immerhin ist er nach einigen Ups und Downs endlich glücklich verheiratet.

»Okay, ja, sie sind heiß«, gebe ich zu.

»Warte mal, wir reden hier von mehr als einer Frau? Ich dachte, die Dreier hast du nach der Überanstrengung am College aufgegeben«, sagt der Klugscheißer lachend.

»Ich hatte keinen Dreier«, stelle ich klar.

»Alter, lass dir nicht alles aus der Nase ziehen. Ich habe eine Woche lang trockenen Vorträgen lauschen müssen, du bist mir was schuldig, also raus mit der Sprache. Was geht in dir vor?«

»Reden wir jetzt über unsere Gefühle und flechten uns virtuelle Zöpfe?« Ich versuche, mit einem Scherz vom Thema abzulenken, aber ohne Erfolg.

»Ich warte«, sagt er geduldig. Ich kenne Jamie, er wird mich so lange mit Anrufen bombardieren, bis ich endlich mit der Sprache rausrücke.

»Ich hatte gerade Sex mit Kendall, habe aber währenddessen an Tori denken müssen.«

»Die Kleine aus dem Coffeeshop?«

»Genau die.«

»Oh. Damit habe ich jetzt nicht gerechnet.«

»Wäre dir ein Dreier lieber gewesen?«

»Um ehrlich zu sein, ja, da hätte ich dir Tipps geben können. Aber bei deiner Geschichte spielt vieles mit rein, was du nicht verarbeitet hast, Mann.« Natürlich trifft Jamie den Nagel auf den Kopf. Selbst ein Blinder würde sehen, dass die Sache zwischen Tori und mir noch nicht vorbei ist.

»Ich weiß.«

»Du musst zu Tori gehen und dir alles von der Seele reden. Sonst wird es dich ewig verfolgen.«

»Das tut es schon lange.«

»Dann wäre es wohl an der Zeit, das alles hinter dir zu lassen und von vorn zu beginnen.«

»Vielleicht hast du recht.«

»Natürlich habe ich recht. Dass du nach all den Jahren noch an mir zweifelst.«

»Na ja, so ein toller Samariter bist du auch nicht.«

»Jetzt hör aber auf!«

»Wer hat denn Klaus geraten, Quinn in betrunkenem Zustand seine Gefühle zu gestehen?«

»Okay, da bin ich etwas übers Ziel hinausgeschossen, aber er selbst nimmt es mir nicht mehr übel, da mittlerweile Gras über die Sache gewachsen ist.«

»Ja, Glück für dich.«

»Du willst nicht, dass ich mit all deinen schlechten Ratschlägen anfange, Boss.«

»Nein, bloß nicht. Ich muss gehen, meine Mom will mit mir die Namen meiner Kinder mit Bunny Willington besprechen.«

»Bunny? Dann bete ich für dich, mein Freund.«

»Danke.« Wieder höre ich das Rascheln von Papier, als würde er sich erneut in die Arbeit stürzen, aber ich atme noch einmal tief durch. Will ihn nicht schnell abwürgen. Das hier ist jetzt in Geplänkel umgeschwenkt, aber es hat mir viel bedeutet, dass ich mich ihm anvertrauen konnte.

»Kein Ding.«

»Ich meine, danke fürs Zuhören.«

»Immer doch. Aber das mit der Gehaltserhöhung ist ernst gemeint.«

»Ich … Verbindung … bricht ab …« Ich mache ein paar raschelnde Geräusche und muss selbst darüber lächeln, wie schlecht ich mich dabei anstelle.

»Lügner.«

»Wir … sehen … nächste … Woche …« Dann lege ich auf und schüttle lachend den Kopf. Dieses Gespräch hat gutgetan und mich in meinem Plan bestärkt. Ich bin ein guter Mensch, und das wird sich auch nicht ändern, nur weil eine Frau aus meiner Vergangenheit wieder in mein Leben zurückgekehrt ist und alles auf den Kopf stellt.

Sie trägt für unser Bewerbungsgespräch einen engen dunkelgrauen Bleistiftrock zu hochgeschlossener weißer Bluse, die ihren Kurven schmeichelt. Das schulterlange Haar hat sie offen gelassen und sich kaum geschminkt, abgesehen vom kirschroten Lippenstift, der schon seit der Highschool ihr Markenzeichen ist. Sie sitzt im Empfangsbereich des Gebäudes, und durch die Sicherheitskameras sehe ich ihr an, dass sie nervös ist. Sie ahnt nicht im Geringsten, was sie erwartet und dass dieses Gespräch eigentlich eine Farce ist, da sie den Job ohnehin bekommen wird. Genauso, wie ich meine Rache bekommen werde.

Wenn sie am eigenen Leib spürt, was es heißt, am Boden zu sein und erniedrigt zu werden, werde ich mich zu erkennen geben. Auf ihren Gesichtsausdruck freue ich mich jetzt schon. Normalerweise führen Jamie oder Vance die Bewerbungsgespräche und entscheiden, ob eine Person für einen Posten geeignet ist oder nicht. Es ist sehr unüblich, dass ich das Gespräch führe, aber bei Tori ist das anders. Die ganze Situation ist anders, das habe ich auch meiner Sekretärin Holly und Vance erklärt. Letzterer ist für die neuen Mitarbeiter zuständig und hilft bei der Einarbeitung.

Tori wird meine Angelegenheit sein. Nicht mehr, nicht weniger. Es wird keine privaten Gespräche geben, keinen Mailaustausch oder dergleichen. Ich habe eine Grenze gesetzt und werde mich ab jetzt auch an sie halten. Ich lasse Tori absichtlich fünfzehn Minuten länger warten, ehe ich Holly bitte, sie hineinzulassen. Ich stehe vor dem bodentiefen Fenster und starre ins Nichts. Ihren Blick spüre ich im Rücken, noch bevor ich höre, dass Holly die Tür sacht schließt. Der alte Hayden rückt nun in den Hintergrund, und der neue Hayden, den ich für Tori erschaffen habe, kommt zum Einsatz. Und er wird jemand sein, den Tori ihr Leben lang nicht vergessen wird.

Showtime.

Als ich mich umdrehe, verblasst ihr strahlendes Lächeln von einer Millisekunde zur nächsten, und auch ich gebe mich überrascht. Einige Sekunden halte ich die Fassade der Überraschung aufrecht, ehe ich auf sie zugehe und ihre Hand schüttle. Erst jetzt, wo wir uns erneut nah sind, sehe ich die funkelnde Wut in ihren Augen, aber sie lässt das Gefühl nicht an die Oberfläche dringen. Allerdings weiß ich nicht, weshalb sie wütend ist: weil ich sie geküsst habe und gegangen bin oder wegen Kendall?

»Langsam glaube ich, dass Sie mich verfolgen«, sagt sie schließlich unterkühlt und weicht einen Schritt vor mir zurück. Meine Mundwinkel heben sich, und ich bitte sie, Platz zu nehmen. Zögerlich geht sie zum Stuhl, um sich zu setzen.

»Das Leben ist manchmal verrückt.«

»Das stimmt.« Sie wirkt zerknirscht, aber ich gehe nicht darauf ein.

»Auch wenn wir uns schon öfter getroffen haben, kennen wir uns nicht wirklich.«

»Ja, dabei hätten wir uns gleich offiziell vorstellen sollen«, sagt sie schmollend. Das finde ich jedoch weniger.

»Ich fand es eigentlich ganz erfrischend, Ihren Namen nicht zu kennen.« Sie kaut auf ihrer Unterlippe herum, als wolle sie mir Kontra geben, aber es kommt nichts. Sie hält sich ziemlich gut, aber ich will sie aus der Reserve locken. Ich will es ihr schwer machen.

»Es freut mich trotz allem, Sie wiederzusehen, Miss Lancaster.«

»Ich …« Sie räuspert sich und scheint sich zu sammeln. Genau so habe ich es mir vorgestellt.

»Die Freude ist ganz meinerseits, auch wenn ich ziemlich überrascht bin, wie sich die Dinge entwickelt haben.«

»Ich auch, das können Sie mir glauben. Aber nichtsdestotrotz ist das hier ein Bewerbungsgespräch, und wir werden professionell an die Sache herangehen.« Ich gebe mich kühl und reserviert, was sie etwas aus dem Konzept bringt, doch schließlich nickt sie. Während unseres Gesprächs, das ziemlich gut läuft, gleitet ihr Blick immer wieder zu meinen Lippen, und ich weiß genau, weshalb. Sie denkt an den Kuss.

Abgesehen von ihren Blicken ist sie völlig cool und gefasst. Sie beantwortet meine Fragen und überzeugt mich tatsächlich davon, dass sie für diesen Job geeignet ist. Ich vereinbare mit ihr eine Probezeit von vier Wochen. Aber so lange wird sie hier gar nicht angestellt sein. Ich gebe ihr eine Woche, ehe sie das Handtuch wirft und ich endlich meine Rache bekomme. Der Plan ist, sie schuften zu lassen und sie bei jeder Gelegenheit zu provozieren. Schließlich will ich sie am Boden sehen, ehe ich die Maske fallen lasse und meinen Triumph genieße.

Noch vor der Verabschiedung erhält sie von mir die Zusage, dass sie nächste Woche anfangen kann. Ihre Freude ist beinahe ansteckend, auch wenn das alles hier eine Farce ist. Sie freut sich tatsächlich wie ein Kind darüber, dass sie meine Assistentin wird. Dass all das ein großer Fehler ist, wird sie erst später erfahren.

Als sie gegangen ist, hängt der Geruch ihres Parfüms noch immer in der Luft. Selbst ihr Duft ist noch immer derselbe. Ich brauche eine Auszeit von den Gedanken an die Vergangenheit und beschließe, heute Überstunden zu machen, da mich nichts besser ablenkt als die Arbeit.

Gegen sechzehn Uhr erhalte ich einen Anruf von der Leiterin des Frauenhauses in Downtown.

»Uma. Was kann ich heute für Sie tun?«

»Guten Tag, Mr Millard. Es gibt tatsächlich etwas, das Sie

tun könnten.« Es ist ziemlich untypisch, dass Uma meine Hilfe bei ihrer Arbeit benötigt. Ich erhebe mich von meinem Bürostuhl und gehe ein paar Schritte in meinem Büro auf und ab.

»Ist alles in Ordnung?«

»Es geht um Kyle.« Ich schließe die Augen, denn ich weiß, dass mir nicht gefallen wird, was ich nun hören werde.

»Was hat er schon wieder angestellt?«

»Er hat sich in der Schule geprügelt und hat hier im Haus vor Wut ein Fenster eingeschlagen.«

»Verdammt. Ist er verletzt?«

»Er hat sich geschnitten, aber nicht tief. Was mir allerdings Sorgen macht, ist, dass er seit einer Stunde in seinem Zimmer sitzt und weint.«

»Wo ist seine Mom?«

»Sie wollte einkaufen gehen. Das ist jetzt zwanzig Stunden her.«

»Ich komme sofort.«

»Danke.«

Gayle schafft es, geschickt den Stau zu umfahren, sodass wir in zwanzig Minuten vor dem Gebäude zum Stehen kommen. Dieses Frauenhaus war das erste, das ich eröffnet habe, und meiner Meinung nach ist es auch das schönste. Es befindet sich in einer ruhigen Gegend und ist noch gut in Schuss. Die helle Backsteinfassade sieht gepflegt aus. Auch innen habe ich vor der Eröffnung alles renovieren lassen.

Normalerweise mische ich mich nicht in die Verwaltung ein, sondern besuche die Häuser ab und zu unangekündigt, um nach dem Rechten zu sehen. Ich bin ziemlich zufrieden mit dem Team, das ich zusammengestellt habe, und auch die Bewohnerinnen sind dankbar für den Zufluchtsort. Trotzdem habe ich in den letzten Monaten besonders viel Zeit hier verbracht. Und Kyle ist einer der Gründe. Der Ex seiner Mutter hat ihn und auch sie misshandelt. Jahrelang. Als dieses Arschloch Kyle einmal fast totgeprügelt hatte, hat sie ihn verlassen. Der Junge ist erst acht Jahre alt und auf der Suche nach einem Ventil für all seinen Frust und einer Bezugsperson. Ich habe schnell erkannt, dass ich genau das für ihn geworden bin.

Bei unserer ersten Begegnung hatte ich Probleme mit meinem Smartphone, konnte keine Mails empfangen, obwohl ich auf eine wichtige wartete. Kyle schnappte einfach wortlos mein Handy und stellte alles richtig ein. Wir kamen ins Gespräch, redeten stundenlang und danach besuchte ich ihn so oft ich konnte, was bei meinem straffen Zeitplan immer schwieriger wurde.

Er ist ziemlich intelligent, seine Lehrer sehen viel Potenzial in ihm, aber seine harte Kindheit nagt an ihm. Anfangs war er der Stille, der Außenseiter an der Schule. Eines Tages lief er weg, und die Polizei brachte ihn zurück ins Frauenhaus. Nun scheint es, als würde er zu Gewalt neigen.

Ich begrüße das Team und gehe in Richtung der Wohnung von Kyle und seiner Mutter. In dem Gebäude gibt es zehn kleine Apartments mit jeweils zwei Schlafzimmern, einer Wohnküche und einem Badezimmer. Die Bewohnerinnen ohne Kinder teilen sich Apartments. Die Wohneinheiten sind klein, aber geräumig und sicher. Ich bin keine drei Schritte mehr von der Tür entfernt, als ich die Schluchzer vernehme, die aus dem Apartment kommen. Die Tür ist nicht verschlossen, also öffne ich sie und trete langsam ein. Kyle liegt auf der Couch, das Gesicht in einem Kissen vergraben, und sein ganzer Körper bebt vom heftigen Weinen.

»Hey, Kumpel. Ich bin's.« Obwohl ich eher leise gesprochen habe, richtet er sich sofort panisch auf und geht in Kampfposition. Ich hebe beide Handflächen hoch und rede auf ihn ein.

»Alles gut, ich bin's nur. Hayden.« Erst als er mich erkennt, entspannt er sich, bricht erneut in Tränen aus und läuft auf mich zu. Ich nehme ihn in die Arme und drücke ihn fest an mich, gebe ihm den Halt, den ihm eigentlich seine Eltern geben müssten. Aber ich tue es gern, versuche, die Person zu sein, die ich in meiner Kindheit dringend gebraucht hätte.

9. KAPITEL

Tori

Nachdem ich meinen Kleiderschrank durchwühlt, mir dutzende Outfit-Ideen zurechtgelegt und sie im Anschluss wieder verworfen habe, trage in an meinem ersten Arbeitstag einen schwarzen Bleistiftrock, der mir bis zu den Knien reicht, und eine hochgeschlossene zartrosafarbene Bluse mit langen Ärmeln. Außerdem entscheide ich mich für meine schwarzen Louboutins aus samtigem Material, die ich gebraucht ergattern konnte. Ich habe ziemlich lange gespart, um mir genau diese Heels kaufen zu können.

Mein Herz rast vor Aufregung, als ich das imposante Gebäude betrete, den Firmensitz von Ever Records, meinem neuen Arbeitsplatz. Meine Absätze klackern auf den grauen Steinfliesen. Der Empfangsbereich wird streng bewacht, es stehen vier Security-Mitarbeiter am Eingang und zwei bei der Sicherheitskontrolle. Ich gehe zum Empfang, wo mir ein Mitarbeiterausweis überreicht wird.

Nach der Sicherheitskontrolle finde ich mich in einer Halle wieder. Dort gibt es reichlich Sitzgelegenheiten. Ich durchquere das heitere Treiben, gehe an meinen künftigen Kollegen vorbei, von denen mich einige neugierig mustern. Im siebten Stock befinden sich die Firmenleitung sowie der Vorstand. Der Boden hier ist aus hellem Holz, die Tische sind ebenfalls hochwertig und doch anders, als ich es in diesem Gebäude erwartet hätte. Alles wirkt eher gemütlich als luxuriös. Ein Ort, an dem man sich gerne aufhält. Das passt so gar nicht zum hochmodernen Eingangsbereich.

Diese Details waren mir bei meinem ersten Besuch nicht aufgefallen, da die Nervosität mich fest im Griff hatte. Als ich vorige Woche erfuhr, dass der attraktive Fremde mein neuer Boss ist, fiel ich aus allen Wolken. Schlimm genug, dass ich die ganze Woche an ihn denken und mich deshalb sehr über mich selbst ärgern musste. Es stellte sich nun heraus, dass ich sein hübsches Gesicht jetzt tagtäglich ertragen muss.

Was mich aber am meisten stört, ist, dass er beim Bewerbungsgespräch wie ein völlig anderer Mensch auf mich gewirkt hat. Er war so abweisend und kalt, keine Spur mehr von den freundlichen Augen, die mir bei unseren ersten Begegnungen entgegengeblickt haben.

Das mit uns ist bisher nicht gerade gut gelaufen, aber davon lasse ich mir meinen neuen Job nicht vermiesen, auch wenn ich beim Betreten des Gebäudes ein mulmiges Gefühl verspürt habe. Es ist die beste Anstellung in all den Jahren, seit ich mein Zuhause verloren habe. Das, was gewesen ist, spielt nun keine Rolle mehr. Bevor mich ein Kollege von der Personalabteilung abholt, soll ich noch mal zu Hayden ins Büro. Zwar bin ich etwas nervös, aber ich straffe die Schultern und betrete es. Mr Millard hat mich wohl schon erwartet, denn er lehnt lässig an seinem Tisch und nickt mir zu. Kein Wort kommt über seine Lippen.

»Guten Morgen, Mr Millard.« Ich setze mein freundlichstes Lächeln auf und ignoriere die Tatsache, dass er mich von oben bis unten mustert. Er stößt sich vom Tisch ab, umrundet ihn und setzt sich auf seinen Bürostuhl. Ich gehe entschlossen ein paar Schritte auf den Tisch zu, denn ich werde den Teufel tun und mich von ihm einschüchtern lassen.

»Also, Miss Lancaster. Ich sage Ihnen, wie es läuft.« Er verschränkt die Finger miteinander.

»Ich brauche eine Mitarbeiterin, die mir vierundzwanzig Stunden, sieben Tage die Woche zur Verfügung steht. Sei es für private Besorgungen oder geschäftliche Aufgaben.«

»Von einer Rund-um-die-Uhr-Stelle war in der Ausschreibung aber nicht die Rede.« Ich bin mutig und äußere gleich meine Bedenken.

»Das war es nicht, aber ich habe die Karten neu gemischt, Miss Lancaster. Ich werde Sie sehr gut dafür bezahlen, dass Sie für mich arbeiten. Erwarten Sie keine Lobgesänge oder netten Worte. Zeit ist Geld, und je mehr Zeit Sie in meine Zufriedenheit investieren, desto besser.« Ich kann nicht fassen, was ich da höre. Ich habe ihn falsch eingeschätzt, gedacht, dass er einer von den Guten ist, aber er ist auch nur ein Arsch wie viele andere Männer. Er zeigt mir die kalte Schulter, aber das soll mir nur recht sein. Ich bin eine Kämpferin und lasse mich nicht so schnell ins Bockshorn jagen.

»Ich werde mein Bestes geben, um Ihren Arbeitsanweisungen zu Ihrer Zufriedenheit zu folgen.« Das Wort *Arbeit* habe ich besonders betont, damit wir uns auch wirklich verstehen. Dieser Kuss war eine einmalige Sache, und ich werde es nie wieder so weit kommen lassen.

»Das werden wir noch sehen.« Er schnappt sich den Telefonhörer und drückt eine Taste.

»Hey, Vance, meine neue Assistentin ist gerade hereingeschneit.« Er mustert mich von oben bis unten und wendet den Blick dann gleich wieder ab.

»Gut, bis gleich.« Er legt den Hörer auf und wendet sich wieder mir zu.

»Vance ist für die Einarbeitung der Angestellten zuständig. Er wird Ihnen helfen, sich zurechtzufinden.« Ich würde mit jedem mitgehen, nur um nicht noch länger in diesem Büro sein zu müssen.

»Okay.«

»Na dann. Willkommen bei Ever Records«, sagt er mit einem Lächeln, das seine Augen nicht erreicht. Ich weiß zwar nicht, wieso, aber diese Worte jagen mir einen eiskalten Schauer über den Rücken.

Ich habe mit vielem gerechnet, aber dass ich meinen ersten Arbeitstag im Keller verbringen werde, hätte ich nicht gedacht. Meine Aufgabe besteht darin, Kartons zu öffnen und Verträge alphabetisch nach Nachnamen zu sortieren. Eigentlich keine schwere Arbeit, aber vor mir türmen sich Hunderte solcher Kisten. Da ich keine Zeit verlieren und meinen Boss, auch wenn er sich unmöglich verhält, zufriedenstellen möchte, kremple ich die Ärmel hoch und mache mich an die Arbeit. In einem schwach beleuchteten unterirdischen Raum kann man leicht das Zeitgefühl verlieren, denn als Vance plötzlich die Tür öffnet und mir mitteilt, dass es Zeit für die Mittagspause ist, hätte ich ihm beinahe nicht geglaubt. Die Zeit ist schnell vergangen, zum einen, weil ich gut ausgelastet war, und zum anderen, weil mir die Arbeit tatsächlich Spaß gemacht hat.

»Das sieht schon gut aus.« Er blickt auf die andere Seite des Raums, wo die noch fast leeren Regale stehen, und nickt. Dort habe ich die fertigen Kartons nach Datum sortiert abgestellt. Mit Zahlen arbeiten kann ich, weil ich seit meiner Kindheit Mathe liebe. In der Highschool war ich die Coole, das beliebte Mädchen, aber ich habe stets die Nerds beneidet, die zu den Mathematik-Schulmeisterschaften fahren konnten. Ich hätte gern einmal erlebt, wie es wohl wäre, dort als Team zu gewinnen.

Ich war zwar Cheerleaderin, und da wird Teamgeist ja ebenfalls großgeschrieben, aber gegen Ende meiner Schulzeit merkte ich mehr und mehr, dass unsere Tänze immer anzüglicher und die Blicke der Männer immer gieriger wurden. Ich kam mir vor wie eine Go-go-Tänzerin, weshalb ich schließlich aufgehört habe.

»Ich brauche noch eine Weile, aber es läuft ziemlich gut.«

»Schön zu hören. Die meisten meckern, wenn sie zum Kellerdienst geschickt werden, aber du bist der ›Das Glas ist halbvoll‹-Typ, oder?« *Bin ich das?*

»Nach all den Jobs, die ich in den letzten Jahren machen musste, ist dies hier das Paradies auf Erden.«

»Tatsächlich?« Ich nicke und greife nach meiner Wasserflasche, um einen Schluck zu trinken.

»Dann kannst du ja später mit genauso viel Elan weitermachen. Jetzt ist auf jeden Fall Zeit zum Essen.«

Wir kommen gerade mal bis zum Aufzug, als mir einfällt, dass ich meinen Ausweis in meiner Tasche vergessen habe. Ohne den kann ich die Kantine nicht betreten.

»Mist, mein Ausweis ist noch oben. Ich komme nach, okay?«

»Klar, du kennst den Weg ja von der Führung vorhin.«

»Danke, ich habe es nicht vergessen.«

Der siebte Stock ist leer, als ich dort ankomme. Es ist wirklich schön hier. Die vielen Pflanzen, die gemütlichen Bürostühle und die geschickt platzierte Deko schaffen eine harmonische Atmosphäre. Wer diese Räume eingerichtet hat, hat wohl Wert darauf gelegt, dass sich die Angestellten wohlfühlen, denn das tue ich, seit ich den Fuß in die Etage gesetzt habe.

Auch wenn mein heutiges Aufeinandertreffen mit dem Boss nicht so erfreulich war, finde ich meinen bisherigen Arbeitstag gelungen. Ich krame in meiner Handtasche nach dem Ausweis und meinem Portemonnaie und will wieder gehen, als ich ein tiefes Stöhnen vernehme. Ich halte inne und lausche. Kurz denke ich, dass ich mir das Geräusch eingebildet habe, doch dann vernehme ich es erneut. Die Geräusche kommen aus dem Büro von Mr Millard. Ich sollte verschwinden, sollte in die Kantine gehen, aber ich kann es nicht. Ohne lange darüber nachzudenken, tue ich einen weiteren Schritt, der mir schließlich freie Sicht verschafft, da die Tür einen Spaltbreit geöffnet ist.

Ich sehe meinen Boss, der gerade mitten im Büro Liegestütze macht. Er hört und sieht mich nicht, da er EarPods trägt, aber dafür sehe ich umso mehr. Er trägt ein völlig durchnässtes Achselshirt und eine dunkle Jogginghose. Sein Haar ist feucht, ebenso der Rest seiner Haut. Ich beiße mir auf die Unterlippe, als er plötzlich nur noch einen Arm benutzt, um sich auf und ab zu stemmen. Ich habe eine solche Körperkontrolle noch nie gesehen und bin beeindruckt. Außer ein paar Ächzern, die ich mit Stöhnen verwechselt habe, ist er ganz Herr seines Körpers.

Plötzlich habe ich das Gefühl, als wäre es zu warm hier drinnen, als wäre ich am Verdursten, aber es ist mein verräterischer Körper, der mir zeigt, dass ich mich nach körperlicher Nähe sehne. Gucken ist in diesem Fall erlaubt, denn Hayden trainiert mit dem Rücken zu mir und kann mich somit nicht sehen. Ich sollte den Anblick nicht genießen, vor allem nicht nach dem Kuss und seinem abweisenden Verhalten mir gegenüber. Und obwohl ich gehen sollte, stelle ich mir vor, wie es wohl wäre, wenn ich unter ihm liegen würde, wenn er mich an der Hüfte packen und mir in die Augen sehen würde, ehe er tief in mich eindringt.

»Er ist schon heiß, unser Boss, oder?« Ich schreie erschrocken auf, drehe mich um und versuche panisch, die Person hinter mir wegzuschubsen. Meine Beine fühlen sich jedoch plötzlich wie Gummi an, sodass ich nicht Vance wegstoße, sondern selbst mit dem Hintern voran ins Büro falle. Die Tür knallt mit voller Wucht gegen die Wand und macht meinen peinlichen Auftritt nur noch schlimmer. Mr Millard stoppt sein Training und stellt sich neben mich, um mich von oben zu mustern.

»Miss Lancaster. Was machen Sie in meinem Büro?«

»Ich ... Also, das war so ... Eigentlich wollte ich ...«

»Sie hat sich in der Tür geirrt, Boss.« Ich blicke zu Vance, der mir mit den Augen verklickert, dass ich mitspielen soll.

»Ich wollte eigentlich zur Kaffeeküche.« Haydens Augen werden plötzlich eine Spur grüner und verengen sich zu Schlitzen. Er scheint ziemlich sauer zu sein.

»Das ist ja witzig, da die Kaffeeküche ein Stockwerk tiefer ist.«

»Echt?«

»Ich hab doch gesagt, dass du auf mich warten sollst«, wirft Vance ein, aber ich traue mich nicht, in seine Richtung zu sehen. Um dem wütenden Gesichtsausdruck meines Chefs zu entgehen, senke ich verlegen den Kopf, was sich jedoch als Fehler erweist. Auf seine definierte Brust zu starren hilft mir jetzt auch nicht.

»Es tut mir leid, Mr Millard. Es wird nicht wieder vorkommen.«

»Das hoffe ich, denn ich mag es nicht, wenn man mich anlügt. Eines muss Ihnen klar sein, Miss Lancaster. Ich gebe keine zweiten Chancen«, knurrt er und stellt mit dieser Tonlage einiges mit meinem Körper an. Aber vor allem macht es mich wütend, und zwar auf mich selbst.

»Das wird auch nicht nötig sein.« Denn ich werde mich dieser Tür nie wieder nähern, es sei denn, ich werde herzitiert.

Mit hochrotem Kopf stürme ich aus dem Büro meines Bosses, gefolgt von Vance, der sich ein Kichern nicht verkneifen kann.

»Das ist nicht witzig!«

»Und ob es das ist. Du hättest deine Po-Landung sehen sollen. Ich finde, es war eine glatte Zehn.«

»Ich dachte, du wartest in der Kantine auf mich?« Ich versuche, ihn zu ignorieren, aber er folgt mir in den Fahrstuhl.

»Ich musste selbst noch etwas von oben holen und dachte, ich begleite dich.«

»Ist zwar nett von dir, aber nicht nötig.«

»Ist notiert«, sagt Vance und drückt kichernd den Knopf für das Erdgeschoss.

»Was machst du mit deinem Portemonnaie?«, fragt er schließlich und deutet mit dem Kopf darauf.

»Mir Essen in der Kantine kaufen.«

»Ach so. Im ganzen Trubel des Montags habe ich bei der Führung vergessen, dir zu sagen, dass du mit deinem Arbeitsausweis kostenlos in der Kantine essen kannst.«

»Gratis-Essen?«

»Ja, jeden Montag, Mittwoch und Freitag spendiert uns Mr Millard ein Mittagessen.«

»Wie nett von ihm.« Ein Arsch und ein großzügiger Chef. Tolle Mischung.

»Nett … ja.« Er grinst bis über beide Ohren, was mich noch verlegener macht.

»Was ist?«

»Also, niemand hat Hayden Millard bisher als *nett* bezeichnet. Worte wie heiß, großzügig, liebevoll, attraktiv und eine Sünde wert sind wohl die häufigsten Beschreibungen gewesen.« Ich verdrehe die Augen und gehe weiter. Dass er zum Anbeißen aussieht, habe ich schon vor einer Weile geschnallt. Vance hält Schritt und stellt sich hinter mich in die Schlange. *Wieso reden wir überhaupt über ihn?* Ich habe ihn beobachtet und daraus ist dieser peinliche Moment entstanden. *Na und?* Aus den Augen, aus dem Sinn und basta.

»Keiner wird es dir übel nehmen, dass du gegafft hast.« *Oh Mann, das wird mich ewig verfolgen.*

»Ich habe nicht gegafft«, stelle ich empört klar, doch mein Arbeitskollege hebt nur ungläubig die Brauen und weiß natürlich, dass ich schwindle. Er kann ja nicht wissen, dass ich diesen Mann schon einmal küssen durfte, und es mehr genossen habe, als ich sollte. »Na schön, dann habe ich eben geguckt. Ist das ein Verbrechen?«

»Ganz und gar nicht. Ich selbst habe Hayden schon des Öfteren angegafft. Gucken ist ja erlaubt, auch wenn ich mittlerweile verheiratet bin.«

»Okay, dann fühle ich mich nicht ganz so schlecht.«

»Also, nach so einem Anblick solltest du dich nicht schlecht fühlen. Eher erhitzt oder aufgekratzt.«

»Ich würde gerade gerne im Erdboden versinken. Mit jeder Sekunde immer tiefer.« Ich will nicht über den heißen Anblick meines Vorgesetzten sprechen, nicht, nachdem er mich so wütend angesehen hat. Aber ich kann es ihm nicht verübeln. Ich würde es auch nicht wollen, dass mich jemand beim Joggen beobachtet oder in ähnlicher Weise meine Privatsphäre verletzt.

»Das musst du nicht, denn niemand wird davon erfahren. Das verspreche ich.« Ich glaube ihm, weiß, dass er mich nicht öffentlich blamieren würde. Wieso, kann ich nicht sagen, aber ich spüre es.

»Komm, lass uns das Buffet stürmen, und dann kannst du mir haarklein erzählen, was dieser herrliche Anblick in dir ausgelöst hat.« *Au Backe!*

Vance hat es sich offenbar zur Aufgabe gemacht, mich zum Lachen zu bringen. Er ist der Jüngste von vier Geschwistern und kommt aus einem lauten, aber liebevollen Zuhause. Er hat sich in der Highschool geoutet und ist seit über zehn Jahren mit der

Liebe seines Lebens zusammen. Ich habe noch nie jemanden kennengelernt, der so viele Flachwitze kennt wie Vance. Er ist es, der mir den ersten Arbeitstag versüßt. Ich bin heute Morgen mit einem mulmigen Gefühl im Bauch ins Gebäude gekommen, und jetzt fühle ich mich pudelwohl. Ich denke, hier könnte es mir gefallen, wenn ich einen großen Bogen um den Boss mache.

Nach der Mittagspause begebe ich mich umgehend in den Keller, um weiterzuarbeiten. Auch wenn ich als Assistentin des Bosses eigentlich andere Aufgaben erledigen müsste, als Akten zu sortieren, gefällt mir die Arbeit. Zum Glück hat der Kellerraum einige kleine Fenster, sodass sich meine panische Angst vor fensterlosen Räumen nicht bemerkbar macht.

Nachdem ich vor lauter Arbeit die Zeit vergessen habe, steige ich erschöpft in den Aufzug und blicke auf meine Armbanduhr. Es ist schon siebzehn Uhr dreißig, die Zeit ist wie im Flug vergangen. Ich seufze auf, und erst jetzt, wo ich nicht mehr arbeite, merke ich, wie erschöpft ich bin. Teils wegen der körperlichen, aber viel mehr von der monotonen Arbeit.

Ich lehne meinen Kopf gegen den Spiegel hinter mir und schließe die Augen. Ich lausche der klassischen Musik, die aus den Lautsprechern dringt, und erlaube mir zum ersten Mal seit Wochen, tief durchzuatmen. Ich habe einen Job, der mir Spaß macht und gut bezahlt ist. Mein Boss ist zwar ein Arsch, aber das haben Chefs so an sich, zumindest die, die ich bis jetzt kennenlernen durfte. Bei unserer ersten Begegnung habe ich ihn nicht als Arsch eingeschätzt, da war ich hin und weg von seinen Augen, von seiner Präsenz. Seit Jahren war er der erste Mann, der mir auf Anhieb gefallen hat, was ich als gutes Zeichen sehe.

Vielleicht fällt es mir in Zukunft leichter, auf Männer zuzugehen oder sie an mich heranzulassen. Der Aufzug hält im dritten Stock, und die Türen öffnen sich mit einem »Ding«.

Eine Frau, ungefähr in meinem Alter, betritt den Aufzug und lächelt mich höflich an. Ich erwidere den stummen Gruß, ehe ich wieder die Augen schließe. Ich kann es kaum erwarten, nach Hause zu kommen.

Die hübsche Fremde mit dem blonden Haar steigt ebenfalls im siebten Stock aus, lässt mir aber den Vortritt. Ich gehe zu dem Schreibtisch, der für die Assistentin des Bosses vorgesehen ist, und schnappe mir meine Tasche. Ich bin abgelenkt, sodass ich nicht sehe, wohin die hübsche Frau geht. Doch dann zucke ich erschrocken zusammen, als ich plötzlich ein Kreischen vernehme. Ohne nachzudenken, gehe ich in die Richtung, aus der der Schrei zu kommen scheint und finde mich erneut vor der Tür von Mr Millard wieder. Diese ist wieder einen Spalt geöffnet, und auch wenn ich vor wenigen Stunden noch gesagt habe, dass ich es nie wieder tun werde, spähe ich hinein.

Ein Lachen erklingt, sein Lachen gefolgt von einem weiblichen Kichern. Dann erkenne ich, dass Mr Millard die blonde Frau im Kreis wirbelt, ehe er sie absetzt und fest umarmt. Der Schrei eben war ein Freudenschrei. Natürlich hat dieser Typ eine wunderschöne Freundin, das haben sie doch alle. Dann war die Frau, mit der er auf der Party verschwunden ist, auch nur eine von vielen. Nicht zu fassen, dass ich mich auch in den Kreis seiner Verflossenen eingereiht hätte, wenn er mich nach dem Kuss nicht hätte stehen lassen. Aber es ist ein Weckruf für mich, mich von den bösen Jungs fernzuhalten. Wenn ich mit jemandem eine Beziehung beginnen werde, dann wird es mit einem der Guten sein.

Um den intimen Moment nicht zu stören, wende ich mich ab und gehe in Richtung des Fahrstuhls und meinem wohlverdienten Feierabend entgegen.

10. KAPITEL

Hayden

»Hast du zugenommen?«, frage ich meine kleine Schwester, um sie aufzuziehen. Ich habe sie zwar vor ein paar Tagen gesehen, freue mich aber jedes Mal, wenn sie mich im Büro besucht. Sie boxt mich gegen die Schulter und das ziemlich fest.

»Autsch.« Ich reibe mit der Hand über die schmerzende Stelle.

»Ja, du Jammerlappen. Ich habe tatsächlich ein paar Pfunde zugelegt, aber ich bin schon dran, wieder abzuspecken.«

»Du weißt aber schon, dass ich das nur zum Spaß gesagt habe, oder?« Ich will sie nur aufziehen und keinesfalls verunsichern.

»Natürlich, aber Troys Mutter hat letztens einen Kommentar fallen lassen. Sie meinte, ich sollte doch mehr Sport treiben, weil straffere Haut gerne gesehen wird. Oh, und sie meinte, ich könne die Familienkarte in ihrem Fitnessstudio nutzen, als könnte ich mir selbst keine Mitgliedschaft leisten.« Sie verdreht die Augen und will es herunterspielen, aber ich sehe ihr an, dass diese Worte sie getroffen haben.

»Was für ein Bullshit. Du weißt hoffentlich, dass sie spinnt, oder?«

»Du hast recht, aber dieser Frau kann man einfach nicht das Maul stopfen.«

»Hast du es schon mal mit Seife probiert? Ist sehr effektiv.«

»Glaub mir, ich habe oft darüber fantasiert, aber wie ich es drehe und wende, ich würde Ärger bekommen. Du jedoch kannst es ja bei der nächsten Feier probieren.« Als ob ich noch einmal auf eine der Cocktailpartys von Troys Mom gehen würde. Bei der letzten hat sie mir zu verstehen gegeben, was sie von unserer Familie hält.

»Die Wette gilt.« Wir lachen beide, ehe ihr Blick zu meiner Bürotür schweift. Plötzlich schlägt ihre Laune um, und sie wirkt ernster.

»Hayden«, sie sagt meinen Namen in dem berühmten Wir-müssen-reden-Ton, den ich eigentlich nicht besonders mag. Ich lehne mich gegen meinen Schreibtisch und verschränke die Arme vor der Brust.

»Ja, Quinn?« Wer weiß, was jetzt kommt.

»Kannst du mir verraten, was zum Teufel Tori Lancaster in deinem Label verloren hat?« *Shit, ich habe nicht gedacht, dass sie sich über den Weg laufen.*

»Ich habe sie eingestellt. Wieso? Hat sie etwas zu dir gesagt?«

»Sie hat mich nicht einmal erkannt. War sie nicht auch auf der Party?«

»Ach, wirklich? Sie wusste nicht, wer du bist?« Wobei mich das auch nicht wundert. Das gemeine Fußvolk hat sie noch nie interessiert.

»Und ja, sie war tatsächlich auf der Party«, beantworte ich die Frage meiner Schwester.

»Dachte ich mir doch, dass sie mir bekannt vorkommt.«

»Trotzdem hätte ich gedacht, dass sie dich wiedererkennen würde.« Eine Frau wie Quinn vergisst man normalerweise nicht so schnell. Mein Blick schweift aus dem Fenster, wo die Sonne dabei ist unterzugehen und die Welt in ein orange-lila

Licht taucht. Tori scheint noch immer die Nase ziemlich hoch zu tragen, auch wenn Vance in unserem kurzen Meeting vor einer Stunde anderes behauptet hatte. Aber ich kenne Tori. Ich weiß, dass sie der personifizierte Teufel in Engelsgestalt ist. Die Blutergüsse auf meiner Haut damals haben mir das bestätigt.

»Was ist hier los? Wieso arbeitet sie für dich?« Die wahren Gründe kann ich meiner Schwester unmöglich verraten. Sie sieht in mir den guten Bruder, der nicht durch Skandale glänzt, sondern Mom und Dad stolz macht und ein guter Kerl ist. Wenn es jedoch um Tori geht, werde ich ein böser Junge, und es macht mir keineswegs etwas aus.

»Sie brauchte einen gut bezahlten Job, und ich hatte einen zu vergeben.« Mehr bekommt sie nicht aus mir raus. Das ist eine Sache zwischen Tori und mir. Dieses Gespräch lässt Erinnerungsfetzen vor meinem inneren Auge aufblitzen. Die Gesichter der Jungs, die mir das Leben schwer gemacht haben. Der damit verbundene Schmerz erfüllt mich erneut. Ich hasse diese Erinnerungen.

»Aber ich dachte, du hasst sie.«

»Natürlich tue ich das!« Meine Stimme spiegelt meine Wut auf Tori wieder. *Wie könnte ich sie nicht hassen nach all dem, was sie mir angetan hat?* Wegen ihr und ihren Freunden habe ich nächtelang kein Auge zugetan und musste mehr Schläge erdulden, als ich vertragen konnte.

»Dann verstehe ich nicht, wieso du sie eingestellt hast.«

»Es ist eben so. Vertraue mir, Schwesterchen, ich weiß, was ich tue.« Sie kommt mit einem warmen Lächeln auf mich zu und umarmt mich ganz fest. Ich lasse es zu, weil ich gerne von meiner Schwester umarmt werde und weil ich ihre Nähe jetzt brauche. Sie hilft mir, die Bilder der Vergangenheit ein wenig zu verdrängen.

»Ich kenne dich, Hayden. Und ich vertraue dir.« Ich nicke ihr dankbar zu und bin froh, das Thema vorerst vom Tisch zu wissen.

Jedes Mal, wenn mich meine Schwester besucht, führe ich sie zum Essen aus, und wie es die Tradition will, gehen wir in mein Restaurant *Nerds*. Ich habe es zwar gekauft und renovieren lassen, aber die Leitung meinem guten Freund Klaus überlassen, Jamies Bruder.

»Hayden! Wie schön, dich und deine bezaubernde Schwester wiederzusehen.« Klaus begrüßt uns persönlich am Tisch, sobald er uns entdeckt hat. Wie immer ist er hin und weg, wenn er auf Quinn trifft. Seit dem College ist er in sie verknallt, hatte aber nie den Mumm, es ihr zu sagen, wenn man von dem feuchtfröhlichen Abend damals einmal absieht.

»Hey, Kumpel.« Wir begrüßen uns mit einem Handschlag aus Collegezeiten, ehe er Quinns Hand schüttelt.

»Was darf ich euch bringen?«

Quinn blickt auf die Karte und bleibt bei den Salaten hängen, was ich aber zu verhindern weiß.

»Wir nehmen beide den Grand Burger mit Pommes und dazu Eistee.«

»Kommt sofort.« Sobald Klaus uns den Rücken zudreht, verpasst mir Quinn mit ihren Heels einen ziemlich heftigen Tritt gegen das Schienbein.

»Verdammt!«, zische ich und blicke sie wütend an. Sie erwidert meinen Blick mit der gleichen Intensität.

»Hayden! Ich wollte einen Salat bestellen.«

»Du wolltest ein Steak oder den Burger, aber die nervige Stimme von Shona hat dir vorgegaukelt, du wollest einen Salat essen. Quinny, du musst nicht abnehmen. Du siehst klasse aus.«

»Das weiß ich doch, Hayden. Ich will einfach nur auf meine

Ernährung achten und mehr Sport treiben. Das ist alles. Shona kann mich mal. Mir ist immer noch am wichtigsten, wie ich mich in meinem Körper fühle.«

»Wenn du das sagst, dann glaube ich dir. Du bist wunderschön, und keiner sollte dir das Gegenteil vermitteln.«

»Alles gut, großer Bruder, das weiß ich doch.«

»Gut, dann lass dir den Burger schmecken. Der ist nämlich grandios.«

»Schon gut, aber vorher will ich wissen, wie Cody und du miteinander auskommt.«

»Eher schlecht als recht. Wenn ich zu Hause bin, lässt er mich spüren, wie sehr er mich vermisst hat.«

»Armes Baby.«

»Wer jetzt? Ich oder Cody?« Aber ich ahne, dass das Mitleid nicht mir gilt.

»Cody natürlich. Du arbeitest zu viel.«

»Nicht das schon wieder.« Sie ist noch schlimmer als Mom. Alle wollen mir weismachen, dass ich mich zu sehr auf das Label konzentriere. Aber ich liebe meinen Job, und es macht mir nichts aus, über achtzig Stunden in der Woche zu arbeiten, wenn ich doch weiß, dass es das Beste für mein Unternehmen ist.

»Ich habe ihn in deine Obhut gegeben, weil ich gehofft habe, dass er dort gut aufgehoben ist und Liebe erfährt.«

»Ich gebe mir Mühe, und ich lasse ihn nie lange alleine. Victoria ist da.«

»Aber er sollte mehr Aufmerksamkeit von dir bekommen statt von deiner Haushälterin.«

»Ich weiß. Ich habe ihm gerne ein Heim gegeben und habe ihn auch liebgewonnen, aber meine Arbeit ist nicht weniger geworden. Das Musikgeschäft ist härter denn je, und ich muss das Label auf Kurs halten.«

»Ich respektiere deinen Ehrgeiz, aber sehnst du dich nicht manchmal nach mehr?«

»Mehr was?«

»Nähe, Reisen, Freiheit und Liebe. Willst du denn nie eine Freundin haben oder heiraten?«

»Ich dachte, ich gehe mit meiner Schwester gemütlich essen und nicht zum Verhör.« Ich schenke ihr ein halbes Lächeln, das sie erwidert.

»Es tut mir leid, so sollte das nicht rüberkommen, aber ich mache mir Sorgen um euch.«

»Ach, du meinst Ian?« Sie nickt niedergeschlagen und sieht aus dem bodentiefen Fenster neben uns.

»Etwas stimmt nicht mit ihm. Die Aktion in Kolumbien war ja nur eine von vielen.«

»Da muss ich dir zustimmen. Er tut zwar immer so, als wäre alles in Ordnung, aber irgendetwas macht ihm zu schaffen.«

»Der Ruhm?« Quinn denkt laut nach und sieht mich dabei mit besorgter Miene an.

»Ich weiß es nicht. Aber ich werde alles tun, um ihm zu helfen. So, wie er uns immer geholfen hat.« Sie kichert und scheint sich wie ich an die Zeiten zurückzuerinnern, in denen unser großer Bruder uns aus dem Schlamassel ziehen musste.

»Oh ja. Ian hat uns schon einige Male den Arsch gerettet. Da wäre es das Mindeste, wir würden uns revanchieren.«

»Das werden wir, Schwesterherz. Das werden wir.«

Am nächsten Morgen hole ich mir bei Kayla meinen Kaffee. Es ist ein frischer Frühlingsmorgen, und ich bin froh, mich heute für eine gefütterte Lederjacke entschieden zu haben. Der Übergang vom Winter zum Frühling kann in New York tückisch sein, denn manchmal fühlen sich fünfzehn Grad durch den eisigen Wind wie Minusgrade an.

Ein paar Meter vor dem Gebäude bemerke ich einen schicken BMW, der genau vor dem Eingang parkt. Die Tür geht auf und keine Geringere als Tori steigt aus dem Wagen. Eine weitere Person mit kürzeren dunklen Haaren, die ich aber aus der Entfernung nicht erkenne, steigt ebenfalls aus und setzt sich nun hinters Steuer. Sie wechseln ein paar Worte, ehe sie weiterfährt. Dann steht Tori regungslos da und blickt auf das Logo des Labels. Sie trägt auch heute wieder einen knielangen Rock, dessen Schnitt an die Fünfziger erinnert, weil er nach unten hin immer weiter wird.

Sie sieht wie immer perfekt aus, weil Menschen wie sie immer gut aussehen. Menschen, die glauben, etwas Besseres zu sein. Diese brodelnde Wut in mir sickert erneut an die Oberfläche, sobald ich sie erblicke, und ich kann es kaum erwarten, ihr zu folgen und sie erneut in den Keller zu schicken. Sie glaubt, sie hat einen Job als meine Assistentin ergattert, aber ich werde ihr noch zeigen, dass sie kein Recht darauf hat, mit mir zusammenzuarbeiten.

Ich bitte den Hausmeister, für die nächsten Stunden die Heizung im Keller auf volle Leistung zu drehen. Ich warte darauf, dass Tori sich beschwert und ich ihr Kontra geben kann, aber sie taucht auch nach vier Stunden nicht auf. Neugierig, ob sie nicht heimlich abgehauen ist, fahre ich selbst mit dem Fahrstuhl in den Keller und schaue nach ihr. Es ist unglaublich heiß hier unten, was die Frage aufwirft, ob sie womöglich in Ohnmacht gefallen ist. Ich beschleunige meine Schritte und fahre mir durch das bereits feuchte Haar. In meinem langärmeligen Hemd komme ich hier unten ziemlich ins Schwitzen.

Die Tür zum Aktenraum steht einen Spaltbreit offen, und Musik dringt hinaus in den Flur. Ich öffne die Tür und staune nicht schlecht, als ich Toris verschwitzten Rücken erblicke. Sie trägt nur ein Tanktop und ihren Rock. Die Schuhe hat sie ausgezogen und sie tanzt, während sie die Akten sortiert. Ich bin zu überrascht, um einen weiteren Schritt zu gehen. *Sie tanzt bei dieser Affenhitze? Das kann doch nicht möglich sein.* Sie wackelt mit dem Hintern und summt einen Hit von Everstorm mit. Meine Augen kleben auf ihrem feucht glänzenden Körper. Obwohl ich sie nicht anstarren sollte, tue ich es. Mein Hals fühlt sich plötzlich trocken an, und das Schlucken fällt mir noch schwerer, weil ihr Anblick mich erneut verwirrt. Ich sollte sie nicht begehren, wenn ich sie am Boden sehen will. *Wieso kann ich dann an nichts anderes denken als daran, ihren Körper mit Küssen zu bedecken?* Sie hat ihr Haar zu einem Pferdeschwanz gebunden, und ihr Oberteil ist durch und durch nass. Als der Song rockiger wird, dreht sie sich im Kreis, und ich sehe ein Lächeln auf ihren Lippen, das sofort verblasst, als sie mich erblickt. Sie schreit erschrocken auf und legt die Hand auf ihre Brust. Mein Blick wandert genau dorthin, auf die Schweißperlen, die in ihren Ausschnitt wandern, wie damals, als ich sie beim Joggen getroffen habe. Meine Fantasien nehmen Fahrt auf, als ich mir vorstelle, wie es sich anfühlen würde, wenn ich sie auf meinem Schreibtisch nehmen würde.

»Mr Millard. Sie haben mich vielleicht erschreckt.« Ich sage noch immer nichts, sondern starre sie nur an und bin wie erstarrt. Wenn sie so viel Haut zeigt wie jetzt, fühle ich mich wieder wie der pubertierende Teenie, der sie damals von der Tribüne aus angehimmelt hat, als sie als Cheerleaderin alles gegeben hat.

»Ähm, hallo?«, sagt sie unsicher und holt mich endlich aus der Vergangenheit ins Hier und Jetzt zurück. In dieser Version unserer Geschichte bin ich derjenige, der das Sagen hat, und sie ist das Fußvolk.

»Ich habe die Musik gehört und wollte wissen, woher sie kommt.«

»Oh, Verzeihung. Darf ich keine Musik aufdrehen?« Sie greift nach einem verbeulten Smartphone, dessen Display völlig zersprungen ist, und stellt die Musik ab. Jetzt, wo die Stimme meines Bruders nicht mehr durch den Raum hallt, kann ich mich besser konzentrieren. Auf Tori, diejenige, die ich heute leiden lassen will. Doch sie macht keinen unglücklichen Eindruck.

»Warm hier drin«, sage ich und hoffe, dass sie meinen Köder schluckt, damit ich endlich loslegen kann.

»Ja, das stimmt. Etwas scheint mit der Heizung nicht zu stimmen. Ich habe schon dem Hausmeister Bescheid gegeben.«

»Verstehe.« Dass sie das so gut aufnimmt, habe ich nicht erwartet. *Sollte sie nicht außer sich sein?* Darüber, dass die feine Dame hier diese Praktikantenarbeit verrichten muss und das noch bei gefühlten fünfzig Grad?

»Haben Sie auch genug zu trinken hier?«, höre ich mich selbst fragen.

»Danke, ich fülle meine Wasserflasche stetig nach.«

»Na dann. Weitermachen, ich werde mich um die Heizung kümmern.«

»Danke.« Sie macht sich zügig wieder an die Arbeit, und erst jetzt sehe ich mich um. In diesem stickigen, chaotischen Raum lagern wir die Kartons mit den unterzeichneten Vertragskopien. Alles wurde einfach in Kisten geworfen und hätte schon vor Wochen sortiert werden sollen. Tori scheint das in ein paar Tagen fast erledigt zu haben. Nur vier Kartons stehen noch auf dem Boden, die anderen sind fein säuberlich geordnet und beschriftet im neu aufgebauten Regal verstaut. Ich komme aus dem Staunen nicht heraus.

»Sind Sie zufrieden?«, fragt sie unsicher und lässt mich den Kopf ruckartig in ihre Richtung drehen. *Unsicherheit?* Das habe ich noch nie bei ihr wahrgenommen, aber tatsächlich. Die

Homecoming-Queen meiner Highschool blickt mich schüchtern an und fragt, ob sie gute Arbeit leistet.

»Es sieht sauber aus, aber ich lasse den Inhalt noch einmal von Vance kontrollieren. Nicht dass die Akten in den Kartons unsortiert sind, und es nur von außen ordentlich aussieht.« Ihr leichtes Lächeln verschwindet schnell, genau wie ich es beabsichtigt habe. Doch statt mir Kontra zu geben, nickt sie nur und wendet sich wieder ihrer Arbeit zu. *Das war's? Keine böse Erwiderung?*

Ungläubig mache ich kehrt und werfe noch einen letzten Blick auf meine ehemalige Schulkameradin, die ich heute provozieren wollte. Das scheint mir jedoch nicht gelungen zu sein. Doch morgen ist auch noch ein Tag, und da muss es mir gelingen, sie fertigzumachen. Das bin ich dem schlaksigen Nerd von damals schuldig.

11. KAPITEL

Teri

Ich blicke Mr Millard noch eine Weile nach, da ich es mir nicht erklären kann, was er hier im Keller zu tun hatte. Vertraut er mir nicht und kommt, um mich zu kontrollieren? Ich habe eine Verschwiegenheitserklärung unterzeichnet, die mich dazu verpflichtet, keine internen Informationen weiterzugeben, und in diesen Verträgen stehen sicher viele heikle und geheime Infos. Aber ich denke nicht, dass dies der Grund für seine Stippvisite war. Etwas in seinen Augen hat mir das Gefühl gegeben, dass sein Besuch nicht beruflicher Natur gewesen ist.

Mit den Augen hat er mich wahrlich ausgezogen, und statt darüber empört zu sein – schließlich ist er mein Boss und noch dazu ein gemeiner Arsch –, war eher das Gegenteil der Fall. Ich habe mich begehrt gefühlt wie schon lange nicht mehr. Zumindest so lange, bis er meine Arbeit angezweifelt hat und mich so auf den Boden der Tatsachen zurückgeholt hat. Alles, was ich noch attraktiv an ihm gefunden habe, war mir nun ein Dorn im Auge, weil es nichts gibt, was ich mehr hasse, als wenn jemand etwas kritisiert, wofür ich wirklich hart gearbeitet habe.

Am nächsten Arbeitstag geht es genauso weiter wie bisher. Hayden würdigt mich keines Blickes und redet nur mit mir, um mich zurechtzuweisen oder zu tadeln. Ich habe ihm seinen

Kaffee zu heiß serviert, ihm die falsche Zeitung gebracht und ihn gestört, als er damit beschäftigt war, auf seine Tastatur zu hämmern. Sobald er in meine Richtung sieht, verdüstert sich seine Miene, und langsam habe ich wirklich das Gefühl, als würde nur ich seine miese Laune abbekommen, denn zu den anderen Mitarbeitern ist er freundlich und zuvorkommend. Es schmerzt, dass ich von Anfang an keinen guten Start bei Ever Records habe, aber mein Kampfgeist ist stark.

Wenn ich Mr Millard nicht gerade etwas bringen muss, bin ich im Keller, höre Musik und arbeite weiter an der Sortierung der Akten. Gegen elf Uhr vormittags bin ich auch mit dem letzten Karton fertig und fahre in den siebten Stock, wo ich auf Vance treffe, der sich gerade mit unserem Boss unterhält. Er nickt mir freundlich zu, während der Chef mich wieder nur abschätzig mustert. Ich gehe zu meiner Tasche und checke mein Telefon, obwohl ich schon ahne, dass mir niemand schreibt oder mich anruft. Es ist eher ein Reflex, um dem intensiven Blick von Hayden auszuweichen. Aber ich habe falsch gedacht, denn ich habe tatsächlich eine Chatnachricht.

> Donna: Hallo an meine liebste Löwen-Dompteurin. Wie läuft es bei Ever Records? Ich hoffe ja doch, dass du mich stolz machst ;)

Könnte besser sein, aber ich beiße mich schon durch

> Du brauchst Ablenkung, Wein und 'nen Kerl

Punkt eins und drei sind fast dasselbe

> Ich habe aber eine andere Art Ablenkung im Sinn

Schieß los.

Lust, mich am Samstag zum Zumba zu begleiten?

Ich und Zumba?

Klar, ich tanze gerne, aber meistens zu Hause, ohne neugierige Blicke auf mir zu spüren. Es ist etwas Neues, und diese Dinge habe ich in der Vergangenheit eher gemieden.

Ich will schon antworten, dass ich keine Zeit und Lust habe, halte dann aber inne. *Wieso sollte ich Donna auf Abstand halten, wenn sie sich wirklich Mühe gibt, eine Freundschaft mit mir aufzubauen?* Als meine Familie zur Sprache gekommen ist, hat sie Verständnis gezeigt und mir somit bewiesen, dass sie Geduld hat, und ein Mensch ist, der für einen da ist, wenn man ihn braucht. Ich bin an einem Punkt im Leben angekommen, wo ich offen für Neues bin und mich öffnen *will*.

Tori: Ich weiß nicht, ob Zumba etwas für mich ist, aber ich kann es ja mal versuchen

Du wirst es nicht bereuen, dafür werde ich sorgen. Ich freue mich schon

Ich mich auch

Ich habe ein Lächeln auf dem Gesicht, als ich das Handy auf den Tisch lege. Es verblasst jedoch schnell wieder, als sich ein Schatten auf mich legt. Hayden steht vor mir und blickt mich aus tiefgrünen Augen an. Er ist mir so nah, dass ich sein Aftershave riechen kann. Es ist ein herrlich männlicher Duft, der mir schon bei unserer ersten Begegnung gefallen hat. Und wenn ich ihn nicht hassen würde, wäre ich erneut hin und weg von ihm. »Ich wäre Ihnen verbunden, wenn Sie Ihre Fanpost in den Pausen und nicht während der Arbeitszeit beantworten.«

Ich fühle mich vor den Kopf gestoßen und bemerke, wie plötzliche Wut in mir aufflammt.

»Ich … habe nicht …«

»Zeit ist Geld, Miss Lancaster.«

»Okay«, sage ich zerknirscht und schlucke all die Worte runter, die ich ihm gerne gegen den Knopf knallen würde.

»Was ist denn das?«, fragt er und rümpft empört die Nase. Zuerst kann ich ihm nicht ganz folgen, bis mir klar wird, dass er mein Smartphone meint. Eigentlich ist sein Verfallsdatum längst erreicht, aber ich kann mir eben kein neues leisten.

»Das ist mein Handy.«

»Das ist eher eine Katastrophe. Funktioniert das Ding überhaupt?«

»Ja, das tut es«, antworte ich knapp. Seine spitzen Bemerkungen gehen mir gehörig auf die Nerven. Klar, es ist verbeult und zersprungen, aber es hat mir stets gute Dienste erwiesen.

»Haben Sie nicht Schnittwunden an Ihren Fingern vom zersprungenen Display?«

»Da ist noch eine Folie drüber, also nein.« Ich kralle mir mein Handy, stopfe es in meine Tasche und will schon gehen, als mir klar wird, dass ich die mir zugewiesene Arbeit schon erledigt habe und ursprünglich hergekommen bin, um mich nach meiner nächsten Aufgabe zu erkundigen.

»Wieso sind Sie nicht im Keller?«, will er wissen und verschränkt die Arme vor seiner Brust.

»Weil ich gerade mit den Kartons fertig geworden bin.« Ich recke stolz das Kinn nach vorne, als sich seine Augen vor Überraschung weiten. Ja, ich habe hart gearbeitet, geschwitzt und mich reingehängt, und das hat sich ausgezahlt.

»In nicht mal drei Tagen sollen Sie alles erledigt haben, wofür ein Praktikant mindestens eine Woche bräuchte?«

»Sie können es gern von Vance prüfen lassen, aber er wird keinen Fehler finden.« Ich bin etwas mutiger geworden und sehe ihm fest in die Augen. Ich mag abhängig von diesem Job sein, aber ich lasse mir nicht vorwerfen, dass ich schlechte Arbeit abliefere.

»Wenn Sie meinen … Dann können Sie zum Drucker gehen, da scheint es ein Problem mit den Druckerpatronen zu geben.«

»Haben wir nicht einen Techniker für so einen Fall?«

»Der hat alle Hände voll zu tun, und ich denke, dass Sie die perfekte Kandidatin für diese Arbeit sind.« Seine Arroganz lässt mich innerlich kochen, aber ich bleibe ganz cool. Ich werde ihn nicht gewinnen lassen, niemals. Er hat offensichtlich etwas gegen mich, und ich werde alles tun, um mich von meiner besten Seite zu zeigen. Trotz meiner Motivation fühle ich mich gegen Feierabend, als hätte Hayden mir all meine Energie entzogen. Ich muss eine unsinnige Arbeit nach der anderen verrichten, die Böden saugen, die Kaffeemaschine entkalken und noch einige andere Dinge erledigen, die eher einer Aushilfe würdig wären.

Erst als ich das Gebäude verlasse, habe ich das Gefühl, wieder frei atmen zu können. Es ist ein herrlich warmer Frühlingsabend, sodass ich mir, nachdem ich zu Abend gegessen habe, meine Decke schnappe und mich auf die Feuertreppe setze. Da ich keinen Balkon habe, aber immer noch eine Sonnenanbeterin bin, ignoriere ich die Hausregeln, um mir hier ein kleines Open-Air-Plätzchen zu schaffen. Im Schein der Straßenlaterne genieße ich meinen Feierabend mit Scar, der sich auf meinem Schoß eingekuschelt hat und friedlich schlummert.

Außer dem Straßenlärm ist es ruhig, und mir bietet sich viel Raum zum Nachdenken, obwohl ich das gar nicht will. Ich will nicht mehr grübeln, sondern einfach machen. Deshalb freue ich mich auf dieses Wochenende, denn ich werde mit Donna zum Zumba gehen und sie fragen, ob wir mal zusammen ausgehen wollen. Zu gerne möchte ich mal wieder die Tanzflächen unsicher machen. Jahrelang habe ich mich versteckt, habe gespart und alles getan, um nicht aufzufallen. Auch wenn ich nicht stolz bin auf die alte Tori und die Dinge, die sie getan hat, vermisse ich ihre Lebensfreude. Ein letztes Mal blicke ich in den Nachthimmel. Die Sterne über mir funkeln, und langsam wird es kühler, also schnappe ich mir das einzige männliche Wesen in meinem Leben, mit dem ich das Bett teile, und falle todmüde in dasselbe.

Am Donnerstagmorgen erhalte ich einen Anruf von der Tierklinik, dass sie mich heute Abend dringend brauchen, und obwohl ich weiß, dass ich bis siebzehn Uhr arbeiten muss, sage ich zu. Bereits gegen Mittag bereue ich meine Entscheidung, da Hayden einen besonders miesen Tag zu haben scheint. Er hat dunkle Ringe unter den Augen und ist wortkarg, aber das heißt nicht, dass er mir wohlgesonnen ist. In meiner Mittagspause versucht er, mich auf meinem Telefon zu erreichen, jedoch klingelt mein Handy nicht, was ihn ziemlich wütend macht. Er macht eine Szene in der Mensa und blamiert mich vor allen anderen.

Mein Gesicht ist knallrot, aber nicht aus Verlegenheit, sondern vor Wut. Ich will ihm so vieles an den Kopf werfen, reiße mich aber zusammen und entschuldige mich sogar, ohne es wirklich zu meinen. Dieser Mann wird mich nicht kleinkriegen, denn ich weiß, dass ich keinen Fehler gemacht habe. Ich weiß, dass er an mir nur seine miese Laune auslassen will, aber meine eigentliche Arbeit hat er nicht kritisieren können, weil mir keine Fehler passiert sind. Und nur, wenn ich die Aufgaben nicht bewältigen könnte, wäre das für mich ein Kündigungsgrund. Er wird sich schon mit der Zeit beruhigen und einsehen, dass ich die beste Assistentin bin, die er je gehabt hat.

Um Punkt siebzehn Uhr verlasse ich das Gebäude des Labels und eile zur Subway-Station, um nicht zu spät zu meinem zweiten Job zu kommen. Meine Schicht in der Tierklinik verläuft chaotischer als sonst. Wir sind unterbesetzt und gerade heute Abend sind fünf übel zugerichtete Kampfhunde gerettet worden, die ich mit den anderen Freiwilligen versorgen muss. Die Armen wurden monatelang gequält und absichtlich unterernährt, von ihren offenen Wunden ganz zu schweigen. Maude, die diensthabende Tierärztin muss sie allesamt betäuben, damit sie aufhören, durchzudrehen und um sich zu beißen.

Es ist beängstigend, wozu Menschen fähig sind. Wir sollten Tiere respektieren, pflegen und lieben. Wir sollten die klügere Spezies sein, aber wenn ich mir das Chaos und den Schrecken hier ansehe, haben wir noch einen langen Weg vor uns. Nun sehen die Hunde friedlich aus, zahm und wunderschön. Ich will sie beschützen und ihnen dabei helfen zu genesen, so wie ich genesen bin, nachdem ich alles verloren hatte. Ich sehe so viel von mir selbst in den Tieren, um die ich mich kümmere.

Merkwürdigerweise arbeite ich unter Druck am effektivsten. Während um mich herum Chaos herrscht, bleibe ich ruhig und fokussiert. Jeder Handgriff, jede Bewegung sitzt und steht im Einklang mit Maudes Anweisungen, die bei der Behandlung der Tiere keine Miene verzieht. Nach über dreißig Jahren im Dienst hat sie sicher schon Schlimmeres gesehen, aber mir bricht es immer wieder das Herz und ich gebe mir noch mehr Mühe, den Tieren zu helfen.

Maude und ich sind seit Jahren ein gutes Team, auch wenn wir, außer wenn's ums Berufliche geht, kaum ein Wort miteinander wechseln. Sie ist eher wortkarg, aber ihre Augen sagen viel. Wie bei Hayden, dessen Augen wie ein Stimmungsring sind. Wenn sie ins Grünliche tendieren, ist er meist sauer. Sonst sind sie grau, manchmal bekommen sie einen Blaustich. Ohne dass ich es will, denke ich an unsere erste Begegnung im Coffeeshop. Ich war hin und weg von diesem Mann, den ich noch nie gesehen hatte, aber trotzdem zu kennen glaubte.

Damals wie heute finde ich ihn attraktiv, sein Aussehen hat mir von Anfang an gefallen. Wenn ich an den Moment in der Nische denke, klopft mein Herz augenblicklich schneller. Damals hat er einen positiven ersten Eindruck hinterlassen. In meiner Fantasie war er ein aufmerksamer und liebevoller Mann, der mehr als nur ein hübsches Gesicht ist. Meine Beziehungen waren bis jetzt nie ernster Natur, aber wenn ich mich je richtig verlieben würde, sollte der Mann mich respektieren und mir das Gefühl geben, dass wir ebenbürtige Partner sind.

Jetzt finde ich sein Verhalten mir gegenüber unmöglich und unbegründet, doch, auch wenn ich wütend auf ihn bin und ihm alles sagen möchte, was mir auf dem Herzen liegt, ist da auch ein gewisses Begehren, das ich verspüre. Ich würde am liebsten meine Lippen auf seine pressen und all die Wut im Bett auslassen. Bei den Gedanken erfüllt Hitze meinen Körper, und meine Fantasie geht ziemlich ins Detail, was meinen Puls in die Höhe schießen lässt.

Als ich den Infusionsbeutel an der Stange befestigen will, halte ich plötzlich inne, denn mir wird klar, dass ich länger an meinen Boss gedacht habe, als gut für mich ist. Diese Gedanken sind völlig fehl am Platz und ärgern mich. Ich will ihn hassen und nicht begehren. In den Sprüchen heißt es doch immer, dass die Grenze zwischen Hass und Liebe ziemlich dünn ist, aber bei mir wäre es eher die feine Linie zwischen Hass und Begehren. Auch wenn er mir die Stunden bei der Arbeit mit seinem Verhalten vermiest, ist da doch etwas in mir, das sich nach ihm verzehrt – ob ich es nun will oder nicht.

Erschöpft, aber glücklich beende ich meine Schicht um einundzwanzig Uhr und bin froh, dass ich nun eine Woche nicht in die Tierklinik muss. Ich bin vom Büro direkt hergefahren und trage noch immer mein Outfit von heute: eine knöchellange, waldgrüne Skinny-Hose zu einer gelben ärmellosen Bluse. Dazu trage ich Heels, die ich für die Arbeit in der Klinik natürlich gegen Arbeitsschuhe eingetauscht habe. Ich ziehe meinen leichten Trenchcoat an, als ich die Klinik verlasse, und merke erst jetzt, wie hungrig ich bin. Wenn ich so richtig in meine Arbeit versunken bin, kann es passieren, dass ich vergesse zu essen. Ich überlege gerade, was mein Kühlschrank noch hergibt, als mein Handy zu läuten beginnt. Eine unbekannte Nummer.

»Lancaster?«, melde ich mich und höre jemanden am anderen Ende der Leitung atmen.

»Miss Lancaster. Endlich!« Das klingt ganz wie mein Boss, aber das kann doch nicht sein, oder?

»Mr Millard?«

»Gut erkannt. Ich brauche Sie.« Kurz angebunden wie immer und keine Spur von Freundlichkeit in seiner Stimme. Überraschen sollte es mich wirklich nicht.

»Jetzt?« Das kann er doch nicht ernst meinen. Ich bin in Brooklyn. Bis in die Stadt brauche ich mindestens eine halbe Stunde.

»Ja, genau jetzt.« *Nicht zu fassen!*

»Ähm«, mache ich nur und bin zu schockiert, als dass ich einen vollständigen Satz herausbringen könnte.

»Der Paketdienst hat eine Lieferung falsch abgegeben, und ich benötige sie ganz dringend heute noch.« Sein Tonfall ist bestimmt.

»Aber heute dauert nur noch drei Stunden«, füge ich hinzu.

»Wie bitte?«, bellt er ins Telefon, aber das lässt mich kalt.

»Ab Mitternacht beginnt ein neuer Tag, also, was kann so dringend sein, dass Sie es gerade jetzt brauchen?«

»Das geht Sie nichts an, also kommen Sie her!«

»Ich bin in Brooklyn und brauche länger als eine Stunde, bis ich bei Ihnen bin. Kann ich es Ihnen nicht morgen ins Büro bringen?«

»Von mir aus können Sie auch in Kolumbien sein. Ich brauche es heute noch, also verlieren Sie keine Zeit und tun Sie gefälligst, wofür Sie bezahlt werden.« Ich seufze auf und will schon auflegen, aber etwas in mir hält mich davon ab.

»Und wo soll dieses ach so wichtige Paket sein?«

»Bei Chows Paradise, China Town. Ich schicke Ihnen meine Privatadresse und erwarte Sie umgehend, haben Sie mich verstanden?«

»Ich …«, weiter komme ich nicht, denn dieser Typ legt auf. *Er legt einfach auf!*

»Arschloch!«, brülle ich mein zerbeultes Smartphone an und ernte verwirrte Blicke von den Passanten um mich herum. In mir brodelt es. Nicht nur, dass ich großen Hunger habe und todmüde bin, jetzt muss ich noch durch ganz New York hetzen, nur weil mein Chef ein verdammtes Paket haben möchte. Ich atme tief durch, um nicht durchzudrehen, und mache mich auf den Weg. Was bleibt mir auch anderes übrig?

Eine Stunde und siebenunddreißig Minuten später stehe ich vor dem Wohngebäude von Mr Millard. Natürlich ist es ein Gebäude, das vor Luxus nur so strotzt und mich an mein ehemaliges Zuhause erinnert. Aber ich lasse die Traurigkeit nicht zu, denn ich will nur dieses Paket abgeben und nach Hause fahren. Ich habe beim Pförtner gefragt, ob ich das Paket dort abgeben kann, aber der ältere Herr hat mir den Besuchercode für das Penthouse gegeben und mir gesagt, dass Mr Millard mich unbedingt sehen möchte. Meine Füße schmerzen, und mein Magenknurren erinnert mich langsam an die Geräusche der Pitbulls, die wir heute gerettet haben. Aber ich beiße die Zähne zusammen. Bald. Bald kann ich endlich nach Hause. Auch wenn es längst nach Mitternacht sein wird.

Ein Klingeln kündigt meine Ankunft an, aber es ist niemand zu sehen. Ich steige aus dem Lift und stehe in einem imposanten und riesigen Wohnzimmer. Moderne Möbel, polierter Fliesenboden und bodentiefe Fenster, die den Blick auf eine große Terrasse eröffnen.

»Mr Millard?« Ich werde etwas nervös, denn in der Wohnung meines Bosses zu stehen ist das Letzte, was ich möchte. Ich nehme eine Bewegung auf der Terrasse wahr und winke in die Richtung, aber keine Reaktion. Ich tue einen tiefen Atemzug und gehe mit dem lächerlich kleinen Päckchen auf den Balkon. Dort entdecke ich meinen Boss, der auf jemanden einzureden scheint, aber ich kann keine zweite Person entdecken. Plötzlich hüpft Cody auf seinem Schoß auf und ab, um seinem Herrchen über das Gesicht zu schlabbern, was Hayden zum Lachen bringt. Ich habe ihn schon einmal liebevoll mit Cody umgehen sehen, aber was mich jetzt aus der Bahn wirft, ist sein Lachen.

Ich habe ihn noch nie lachen gesehen oder gehört, aber es macht ihn menschlicher. Er ist nicht mehr der distanzierte und kalte Vorgesetzte, sondern einfach ein Mann, der gerne mit seinem Haustier spielt. Der Hayden unserer ersten Begegnung. »Da will ich mit dir ein ernstes Gespräch darüber führen, dass du meine besten Schuhe nicht mit einem Fünf-Gänge-Menü verwechseln sollst, und du hörst mir nicht mal zu.« Cody bellt als Antwort, ehe Hayden ihm über das Köpfchen krault.

»Für eine Entschuldigung ist es nun zu spät, findest du nicht?« Erneut ein Bellen, was selbst mich zum Lächeln bringt.

»Ich schlage dir einen Deal vor. Wenn du die teuren Anzugschuhe verschonst, besorge ich dir die besten Hundeleckereien überhaupt, okay?« Cody leckt über seine Wange, ehe er von seinem Schoß springt.

Ich räuspere mich und endlich entdeckt Hayden mich. Sein Lächeln verblasst und mich fröstelt, als ich die abweisende Kälte sehe, die er plötzlich mit jeder Faser seines Körpers ausstrahlt. Ich kenne keinen Mann, der schneller ein Pokerface aufsetzen kann als dieser hier. Und seine Augen sagen auch so viel mehr als Worte. Sie werden grün, was heißt, dass er mir nicht wohlgesonnen ist. Etwas an meinem Anblick scheint ihn zu stören, aber ich sollte verdammt sein, sollte ich ihn fragen, was sein Problem ist. Ich werde mir nicht die Blöße geben und stattdessen einfach meinen Job tun.

»Da sind Sie ja endlich. Wieso hat das so lange gedauert?« Empört öffne ich den Mund, doch es kommen keine Worte raus. *Kein Danke? Keine freundlichen Worte?* Das kann er doch nicht ernst meinen! Ich verdiene eine Medaille für meine Selbstbeherrschung, denn ich verziehe keine Miene – das habe ich innerhalb der kurzen Zeit von ihm gelernt. Trotzdem wünsche ich ihm die Pest an den Hals.

»Mr Millard«, knurre ich eher, als dass ich es sage. Ich besinne mich, atme tief durch und räuspere mich, so als wäre meine Tonlage von eben ein Versehen gewesen.

»Ich musste alles mit der Subway abfahren und abends kommt es in letzter Zeit häufiger zu Verspätungen.«

»Subway? Haben Sie denn kein Auto?« Er sieht mich ungläubig an, und das Grün in seinen Augen wird blasser. Stattdessen scheinen sie plötzlich einen Grauton anzunehmen. Ich vergesse beinahe zu antworten, weil dieser Farbwechsel mich fasziniert.

»Nein. Habe ich nicht.«

»Aber der weiße BMW, mit dem Sie neulich zum Büro gefahren sind?«

»Der gehört meiner Nachbarin Donna.« Erkenntnis spiegelt sich auf seinem Gesicht wider. Was diese privaten Fragen sollen, kann ich mir nicht erklären.

»Verstehe.« Nachdenklich blickt er in die Ferne, ehe er mich wieder ansieht. Cody beschnüffelt mich, also gehe ich in die Hocke und streichle ihm über sein Köpfchen, was er sichtlich zu genießen scheint.

»Du bist ja ein süßer Fratz. Gefällt dir das?« Er legt sich auf den Rücken und knabbert an meinen Fingern, nicht fest, eher spielerisch. Ich tue ihm den Gefallen und kraule seinen Bauch.

»Sie können wohl gut mit Tieren?«, fragt Hayden und stellt sich vor mich. Ich blicke auf seine glatt polierten Anzugschuhe, ehe ich mich erhebe.

»Ja, ziemlich gut sogar.« Als ich aufstehe, stelle ich erschrocken fest, dass er mir nahe gekommen ist. Wieder einmal. Ich kann sein Rasierwasser riechen und er mein Eau de Tierklinik mit Sicherheit auch.

»Das riecht man.« Er rümpft die Nase, weicht aber nicht vor mir zurück.

»Haben Sie einen Zoo zu Hause?«, fragt er nun mit gerunzelter Stirn. Okay, er riecht wohl die Katzen und Vögel ebenfalls, die wir heute behandelt haben.

»Nein, aber ich arbeite ehrenamtlich in einer Tierklinik. Deshalb der Geruch.« Nicht zu fassen, dass ich mit meinem Boss darüber rede, wieso ich nach Tierhaaren stinke.

»Sie arbeiten neun Stunden für mich und dann gehen Sie freiwillig zu einem Zweitjob, der nicht einmal bezahlt wird?«

»Genau. Aber anscheinend habe ich noch einen dritten Job ergattert, und zwar als Paketbotin.«

»Spüre ich da etwa negative Schwingungen, Miss Lancaster?« Er hebt die Mundwinkel, und allein deswegen würde ich ihn am liebsten erwürgen. Dieser Typ genießt es, mich zur Weißglut zu treiben.

»Nein, wo denken Sie denn hin.« Er scheint einen grimmigen Gesichtsausdruck aufsetzen zu wollen, aber sein Hund hüpft an ihm hoch, sodass er meinem wütenden Blick nicht standhalten kann.

»Cody, jetzt nicht.« Aber das Hündchen hört natürlich nicht. Noch immer bin ich mir seiner Nähe bewusst, unsere Oberkörper berühren sich beinahe. Auch wenn ich ihm die Augen auskratzen sollte, ist da dieses Knistern, das sich um uns aufzubauen scheint. Auch er spürt es, das merke ich an seiner schnellen Atmung und daran, dass seine Augen einen Blaustich bekommen.

All die Wut ist noch immer da, aber sie scheint in mir zu pulsieren, sodass meine Nerven zum Zerreißen gespannt sind. Das letzte Mal, als wir uns in dieser Position befunden haben, ist es zu einem Kuss gekommen, der falsch war, sich aber unglaublich gut angefühlt hat. Hayden hebt die Hand und nähert sich meiner Wange. Ich will seine Finger auf meiner erhitzten Haut spüren, und doch ziehe ich kurz davor die Reißleine und weiche einen Schritt zurück.

»Sie sind immer für eine Überraschung gut. Wissen Sie das?«, sagt er und stopft seine Hände in die Hosentaschen. Ich sehe, dass er sie zu Fäusten ballt. Irgendwie habe ich das Gefühl, als wären das die ehrlichsten Worte, die er je zu mir gesagt hat, auch wenn ich mir nicht erklären kann, wieso.

»Ich? Ich bin eigentlich ziemlich vorhersehbar.«

»Da bin ich aber anderer Meinung.« Die Stimme in mir, die mir geraten hat, den Mund zu halten und immer professionell zu handeln, hat keine Kontrolle mehr über mich, als ich innerlich zu explodieren scheine. Ich hole tief Luft, um ihm endlich meine Meinung zu sagen. Die Wut ist nun wieder da.

»Ich mache es Ihnen ganz einfach, Boss. Ich bin eine junge Frau, die Mietschulden hat, weil sie einen mies bezahlten Job nach dem anderen verloren hat. Ich habe keinen College-Abschluss, kann aber von mir behaupten, intelligent zu sein. Ich bin eine fähige und gute Mitarbeiterin, die Sie stets zufriedenstellen will, aber es scheint mir so, als würden Sie immer nach einem Fehler suchen. Und ich kann Ihnen versichern, auf privater Ebene gibt es da einige, aber im Job bin ich lernfähig und kann mehr leisten, als einen Druckerstau zu beseitigen oder mit dem Postwägelchen von einer Abteilung zur anderen zu watscheln.«

Jetzt habe ich mehr gesagt, als ich ursprünglich wollte, aber die ganze Woche haben mir diese Worte auf der Seele gebrannt. Ich bin seit Tagen als Assistentin der Geschäftsführung bei Ever Records angestellt und habe nur Arbeiten gemacht, die eigentlich Praktikanten vorbehalten sind. Selbst Vance ist überrascht, wieso ich meine eigentliche Arbeit nicht machen darf, denn er weiß, dass Mr Millard mit seinen Terminen und der Organisation Hilfe gebrauchen kann. Ich will ihm klarmachen, dass ich mehr kann als diese stumpfsinnigen Arbeiten, die er mir aufträgt. Er blickt in mein Gesicht, mustert es, und je länger er stumm ist, desto nervöser werde ich. *Verliere ich womöglich meinen Job?* Das wäre eine Katastrophe. Doch zu meiner Erleichterung geht er einen Schritt zur Seite und lässt mich endlich durchatmen.

Ich warte auf eine Antwort seinerseits, diese bleibt jedoch aus. Ich wende mich auch schon zum Gehen, doch kaum habe ich ein paar Schritte gemacht, ruft er nach mir. *Will dieser Tag denn gar kein Ende nehmen?* Ich drehe mich genervt um und sehe, dass er das Päckchen geöffnet hat und eine kleinere Box herausnimmt. Dann kommt er auf mich zu und reicht sie mir. Bei näherem Hinsehen erkenne ich, dass es sich um ein neues Smartphone-Modell handelt.

»Ich verstehe nicht ganz.« *Was soll ich damit?*

»Das ist für Sie. Ich habe Sie heute nach mehreren Versuchen nicht erreichen können. So verbeult wie Ihr Telefon ist, ist das auch nicht weiter verwunderlich.«

»Das kann ich nicht annehmen.« Ich gebe es ihm zurück, doch er winkt ab.

»Das ist kein Geschenk, Miss Lancaster. Es ist ein Diensttelefon, das Sie auch privat nutzen können. Nur so kann ich sichergehen, dass Sie mir rund um die Uhr zur Verfügung stehen.«

»Okay? Danke«, sage ich und blicke zwischen der Box und ihm hin und her. Ich verstehe es noch immer nicht, aber ich nehme es an mich und mache, dass ich wegkomme.

12. KAPITEL

Hayden

Kaum ist Tori gegangen, läutet mein Telefon. Die nervige Visage meines Bruders erscheint auf meinem Display, was mich grinsen lässt. »Hal...«

»Wer war die heiße Frau, die gerade aus deiner Wohnung gekommen ist?«

»Woher weißt du, dass gerade eine Frau bei mir gewesen ist?«

»Weil ich ein Stockwerk unter dir wohne und der Aufzug von oben gekommen ist. Sie sieht nicht wie eine Lieferantin aus und hat mich nicht mal bemerkt, als ich zu ihr in den Lift gestiegen bin.«

»Moment. Sie hat dich, Rockstar und Berühmtheit, nicht erkannt?« Das kommt selten bis nie vor.

»Nope, sie hat nur auf die Smartphone-Box in ihrer Hand gestarrt und immer wieder ›dieser Arsch‹ gesagt. Dann war ich mir sicher, dass sie bei dir gewesen sein musste.«

»Wirklich witzig.«

»Nein, im Ernst, was macht Tori Lancaster bei dir zu Hause?« Das Grinsen vergeht mir bei der Erwähnung ihres Namens.

»Du erkennst sie auch noch?« Dabei habe ich gedacht, dass die Musik, Quinn und ich alles waren, was er damals auf der Highschool wahrgenommen hat.

»Ja, sie ist zwar nicht mehr blond gefärbt, aber wir waren immerhin auf derselben Schule. Davon abgesehen war sie die Cheerleaderin, die jeder flachlegen wollte. Dich eingeschlossen.«

»Halt die Klappe.« Etwas in mir zieht sich zusammen, wenn ich mir Dorian und Tori zusammen vorstelle.

»Erst, wenn du mir sagst, wieso sie bei dir war. Wollte sie Geld? Wollte sie dich fertigmachen?«

»Nein. Sie weiß gar nicht, wer ich bin.«

»Entschuldige bitte … Was?« Ich kann mir sein verdattertes Gesicht nur zu gut vorstellen.

»Sie kann sich weder an Quinn noch an mich erinnern. Wir waren in der Highschool gesichtslose Nerds für sie, die es nicht wert waren, dass man sich ihre Gesichter merkt.«

»Charmante Charakterisierung der Frau, die dir das Herz gebrochen hat.« Von der gebrochenen Rippe ganz zu schweigen, aber daran will ich nicht denken.

»Zumindest auf der Highschool war sie so.« Es kommt mir wie eine Ewigkeit vor und doch erlebe ich die Zeit immer wieder, wenn ich Tori sehe.

»Und wie ist sie jetzt drauf?«

»Ich weiß es nicht …« Seufzend setze ich mich auf die Couch, denn auf diese Frage habe ich keine Antwort. Nichts läuft so, wie ich es geplant habe, und langsam stimmt mich dieser Umstand nachdenklich. Ich blicke an die Decke und sehe ihr Gesicht vor mir. Sie lächelt nicht mehr, seit sie bei mir arbeitet. Zumindest schenkt sie mir kein Lächeln mehr, und so, wie ich sie behandle, sollte mich das auch nicht wundern. Und doch beschäftigt es mich.

»Komm, lass uns auf ein Bier gehen«, meint mein nerviger Bruder, weil er ganz genau weiß, dass ich grüble und nicht mehr weiterweiß.

»Du bist doch schon unterwegs. Du brauchst nicht all deine Pläne über den Haufen zu werfen und dich um deinen kleinen Bruder kümmern.«

»Ich bin immer für dich da. Die Frauen können warten, aber wenn es um dich, Quinn, Mom oder Dad geht, lasse ich alles stehen und liegen.« Ich fühle mich mies, ihn von einem Date wegzulocken, aber der Drang, mit jemandem zu reden, ist groß.

»Wir können nicht auf ein Bier gehen.«

»Und wieso nicht?«

»Weil du ein Rockstar bist, verdammt. Kaum erkennt dich jemand, haben wir eine Meute kreischender Mädels am Hals, und meistens werden wir die erst los, wenn deine Security eingreift.«

»Mach dir mal nicht ins Hemd. Vertrau mir einfach und mach dich fertig. Ich hole dich in zehn Minuten ab.«

Wir setzen uns in Dorians Pick-up, wo mich der Geruch von Wald und Erde umhüllt. Dieser Mann könnte zehn Villen kaufen und von einem Urlaubsziel zum anderen jetten. Aber er hat sich ein Häuschen mitten im Wald gekauft, keine zwei Stunden von hier. Dort würde er auch jetzt den größten Teil seiner Freizeit verbringen, wenn die Band nicht bald einen Unplugged-Auftritt in der Stadt hätte. So sehr Dorian, Quinn und ich das pulsierende Leben New Yorks lieben, so sehr brauchen wir ab und zu eine Auszeit, die wir uns gerne in Dorians Haus oder überall auf der Welt gönnen.

Wir sind nun finanziell unabhängig, aber unsere Vergangenheit hat uns gezeigt, dass wir das zu schätzen wissen müssen. Reichtum ist vergänglich, deine Familie aber unentbehrlich. Tori ist ein Mädchen aus reichem Hause, im Luxus aufgewachsen, hat Partys auf Yachten gefeiert und nur mit den Leuten abgehangen, die ebenso reich waren wie sie. *Was ist nur geschehen, dass sie finanziell so tief gefallen ist?* Ich wünschte, ich könnte sie fragen, aber dann müsste ich ihr offenbaren, wer ich bin, und das möchte ich nicht. Denn wenn ich das täte, würde sie gehen, und etwas in mir will das nicht zulassen.

Wir betreten eine Sportbar, die eher mäßig besucht ist, und gehen direkt in den Privatbereich, wo wir von einem Kellner freundlich begrüßt werden. An der Wand hängen signierte Fotos von Stars, die schon hier gewesen sind, und angesichts der Menge ahne ich schon, dass der Privatbereich oft genutzt wird.

»Der Besitzer hat einen berühmten Bruder, und weil dieser nie in Ruhe ein Bier trinken konnte, ohne angesprochen zu werden, hat er die Bar umgebaut. Die Angestellten sind allesamt diskret, und hier kommen meist nur Stammgäste vorbei. Außerdem ist Mike von der Security in Zivil unterwegs und sortiert die aus, die in unseren Bereich vordringen wollen.«

»Das heißt, hier kannst du in Ruhe ein Bier mit den Jungs trinken?« Ich frage bewusst nach den anderen Bandmitgliedern, weil ich hoffe, dass er dann anfängt, von seinen Problemen zu sprechen.

»Klar.«

»Kommst du oft mit ihnen hierher?«

»Eigentlich waren sie noch nie hier.«

»Wieso denn nicht? Ist alles in Ordnung mit dir und den Jungs?« Das ist die Frage, auf deren Antwort ich brenne. Seit Tagen will ich ihm auf den Zahn fühlen und herausfinden, was ihn dazu gebracht hat, Hotelzimmer zu verwüsten und verschlossener zu werden.

»Alles bestens. Warte, ich hole uns schnell was zu trinken«, sagt er kurz angebunden, ehe er sich erhebt und die Bar ansteuert, um uns zwei Bier zu bestellen, obwohl uns der Kellner mit Sicherheit welche gebracht hätte. Aber so ist Dorian nun mal. Er ist redselig, wenn es um Banales geht, aber wenn man wissen will, wie es tief in seinem Inneren aussieht, blockt er ab oder teilt es in seinen Songs mit. Er ist der Grübler, der Poet unserer Familie, während ich der Macher bin. Wenn ich etwas will, dann hole ich es mir, wenn es ein Problem im Label gibt, dann löse ich es. Quinn ist unsere Intelligenzbestie, die in Moms Fußstapfen als Anwältin getreten ist. Wir drei sind so verschieden und kommen doch so gut miteinander aus.

»Du weißt aber schon, dass es hier Kellner gibt, die uns das Bier bringen würden«, sage ich lachend und nehme die Flasche entgegen, die er mir reicht.

»Ich lasse mich nicht gerne bedienen und kann mir meine Sachen selbst holen.«

»Sehr bodenständig von dir.«

»Danke. Na, dann erzähl mal. Wieso ist Tori wieder in dein Leben getreten?«, fragt er und reicht mir mein Bier. Heineken, wie immer.

»Es war eher Zufall, und wir wären eigentlich nach der ersten Begegnung wieder getrennter Wege gegangen, aber ich konnte nicht.«

»Du konntest *was* nicht?«, hakt er nach.

»Sie gehen lassen, ohne dass ich Rache übe für das, was sie mir angetan hat«, gestehe ich.

»Aber du bist sonst doch auch kein rachsüchtiger Mensch.«

»Es hat mich auch nie jemand so sehr verletzt wie sie. Von meinen leiblichen Eltern mal abgesehen …« Aber das ist ein Thema, das ich selten anspreche.

»Wie hast du dir das vorgestellt? Diese Sache mit der Rache?«, fragt er skeptisch und verschränkt die Arme vor der Brust. Dann beginne ich zu erzählen. Ich öffne mich völlig und erzähle ihm alles, was bis jetzt passiert ist, selbst von dem Kuss, an den ich immer wieder denken muss, wenn ich Tori zu lange anstarre. Als ich mit meiner Erzählung fertig bin, nimmt Ian einen großen Schluck von seinem Bier und vermeidet es, mir in die Augen zu sehen. Zweifel machen sich in mir breit, denn mir ist die Meinung meines Bruders sehr wichtig.

»Also, ich verstehe deinen Drang, dich zu rächen, aber findest du, dass sie immer noch dieselbe Frau ist wie damals? Die, die dir wehgetan hat? Menschen können sich ändern während so einer langen Zeit.«

»Ich weiß es nicht. Im Büro habe ich keine Möglichkeit, Zeit mit ihr zu verbringen, um es herauszufinden.«

»Dann ändere das. Du musst doch am Samstagabend zur Gala von dieser Constance gehen, oder?«

»Shit! Das habe ich völlig vergessen.« Der Stress auf der Arbeit und die Gedanken an Tori lenken mich zu sehr ab. Aber ich habe es meiner Mom versprochen, also werde ich hingehen.

»Ich sag dir, was du machst. Nimm sie mit zu der Party, lerne sie kennen. Wenn sie noch immer so einen miesen Charakter hat, dann gib dich zu erkennen und sag ihr, was du wirklich fühlst. Aber vielleicht überrascht sie dich und zeigt dir, dass die Vergangenheit eben genau das ist: vergangen.« Ich blicke nachdenklich in die Ferne und lasse seinen Vorschlag sacken, aber er ist noch nicht fertig.

»Du hast diese Frau damals angehimmelt, obwohl sie dich wie Dreck behandelt hat. Selbst diese Brutalität hat nichts an deinen Gefühlen für sie geändert.«

»Ich war jung und dumm.«

»Oder du hast schon damals gewusst, dass ihr zwei zusammengehört. Nur war es die falsche Zeit und der falsche Ort.«

»Von Zusammensein habe ich nicht geredet. Ich bin fasziniert von ihr, der alten wie der neuen Tori, aber wie du weißt, habe ich keine Zeit für eine Freundin.«

»Lass dich überraschen. Das Leben schreibt noch immer die besten Geschichten.«

Es ist dunkel, so dunkel in dieser Kiste, mein ganzer Körper ist eiskalt, und meine Arme tun weh, weil sie heftig zugepackt haben. Was mich aber umso mehr schmerzt, ist das Lachen. Unter all dem Gelächter nehme ich ihre Stimme wahr. Diesen Klang würde ich überall erkennen, und eben er bringt mich um. Es tut weh zu wissen, dass sie ein Teil von der Gruppe ist, die mich schikaniert. Ich werde durchgeschüttelt und schreie, obwohl ich weiß, dass mir niemand helfen wird.

Ich habe keine Ahnung, wieso ich in die Kiste gesperrt wurde, eigentlich wollte ich nur nach dem Sport duschen, und dann haben sie mich gepackt und mich nackt reingezerrt. Bei den reichen Kids, die sich einen Spaß daraus machen, mich zu quälen, sollte es mich nicht wundern. Ich habe schon aufgehört zu zählen, wie oft sie mich gedemütigt oder geschlagen haben. Mittlerweile bin ich schon abgehärtet und lasse es einfach wehrlos über mich ergehen – dann geht es schneller vorbei. Aber das hilft mir jetzt auch nicht, denn nicht zu wissen, was sie mit mir vorhaben, ist beinahe schlimmer als die Schläge.

Dann höre ich es.

Applaus.

Das Blut gefriert in meinen Adern, denn die Erkenntnis trifft mich wie ein Hieb in den Magen. Kaum habe ich daran gedacht, höre ich ein Klicken und grelles Licht blendet mich. Die grinsenden Gesichter der Sportler erscheinen über mir, aber ihres kann ich nicht sehen. Sie greifen nach mir, aber ich wehre mich, will nicht aus dieser Truhe raus, in die sie mich gesperrt haben. Aber gegen fünf Männer habe ich keine Chance. Sie ziehen mich mit solchem Schwung aus der Kiste, dass ich auf das Gras falle. Nackt.

Das Gelächter der ganzen Schule erklingt, und ich versinke in tiefer Scham, vor der ich mich wohl nie erholen werde. Die Sportler lachen, aber ich höre ihre Stimme nicht mehr. Schwer keuchend hebe ich den Kopf und blicke direkt in ihre honigfarbenen Augen, die vor Erstaunen oder Schock geweitet sind. Sie lacht nicht, sondern blickt mich nur mit ausdrucksloser Miene an. Ich höre Rufe, Beschimpfungen und Klatschen, aber ich kann meinen Blick noch nicht von ihr abwenden. Der Frau, die dabei geholfen hat, dass mir wehgetan wird. Ich raffe mich auf, bedecke meine Blöße so gut ich kann, und laufe wieder in die Schule, um meine Kleidung anzuziehen, aber die haben sie zerrissen und auf dem Boden verstreut. Quinn betritt die Garderobe, bricht einen Spind auf und reicht mir Klamotten, ohne ein Wort zu sagen. Sobald ich angezogen bin, lasse ich sie stehen und beginne zu laufen, so lange, bis ich kaum noch Luft bekomme. Dann weine ich, obwohl ich mir geschworen habe, das nie wieder zu tun, sie nicht gewinnen zu lassen. Und als ich auch nach einer Stunde nicht aufhören kann, höre ich noch immer ihr Gekicher und schwöre, mich eines Tages zu rächen.

Schwer keuchend richte ich mich im Bett auf und erschrecke Cody derart, dass er schnell jaulend das Weite sucht. Ich bin völlig verschwitzt, und meine Knöchel schmerzen wie damals, als ich noch ein Kind war. Mein rasendes Herz droht, mir aus der Brust zu springen, also beschließe ich, aufzustehen und etwas zu trinken, irgendetwas zu tun, um nicht an den Traum oder besser gesagt den Flashback zu denken, denn genau so ist es passiert. Der schlimmste Moment meines Lebens.

Anstatt Wasser zu trinken, gehe ich an die Bar, schnappe mir irgendeine Flasche mit Hochprozentigem und nehme einen großzügigen Schluck. Ich brauche dieses Brennen in meiner

Kehle jetzt mehr denn je, da ich nicht mehr in diesem Flashback sein will, sondern im Hier und Jetzt. Aber egal, was ich tue, ich kann Toris Gesicht nicht vergessen. Das blonde Haar, die Sommersprossen und diesen kirschroten Mund, der gelacht hat, als mir Schlimmes angetan wurde.

Kann ich ihr tatsächlich verzeihen, auch wenn sie sich geändert hat, oder brauche ich diese Rache, um endlich mit mir selbst ins Reine zu kommen? Mir bleibt keine andere Wahl, als es ein letztes Mal zu versuchen.

13. KAPITEL

Teri

Am nächsten Morgen betrete ich gut gelaunt das Büro und begrüße meine Kollegen. Ich fühle mich trotz des Schlafmangels und des Muskelkaters in den Beinen ziemlich gut. Heute habe ich mich für einen mintgrünen Plissee-Rock entschieden, darüber trage ich einen weißen Rollkragenpullover mit halblangen Ärmeln. Der Stoff ist luftdurchlässig und perfekt für den frischen Frühlingsmorgen. Das Outfit wird durch cremefarbene Pumps und Creolen vervollständigt. Mein schulterlanges Haar habe ich zu einem Dutt frisiert, und obwohl ich mir wirklich Mühe gegeben habe, jedes Haar zu bändigen, fallen mir einzelne Strähnen ins Gesicht.

Aber selbst das kann meine Laune nicht trüben. Ich starte wie jeden Morgen den PC, auch wenn ich ahne, dass ich auch heute nicht daran arbeiten werde. Ich bin eine der Ersten auf der Etage und räume gerade meine Tasche aus, als mich eine Bewegung zu meiner Rechten vor Schreck zusammenzucken lässt. Keuchend lege ich meine Hand auf meine Brust und ärgere mich, dass ich in letzter Zeit so schreckhaft bin. Ein großer Mann mit breiten Schultern und mittellangem Haar, das er lässig zusammengebunden hat, grinst mich an und scheint es wohl amüsant zu finden, dass er mich erschreckt hat.

»Verzeihung, ich wollte Sie nicht erschrecken.«

»Kein Problem. Es ist eindeutig zu früh für mich, und ich habe noch keinen Kaffee intus.«

»Ein großer Fehler. Kaffee in Ihren Venen hätte das Schlimmste verhindert.«

»Da könnten Sie recht haben. Kann ich Ihnen helfen?« Er sieht nicht wirklich so aus, als wäre er hier angestellt. Er trägt zerrissene Jeans, darüber ein Band-T-Shirt und eine Lederjacke. Mit seinen müden Augen könnte er glatt als Biker bei der Serie *Sons of Anarchy* mitspielen.

»Ob Sie mir helfen können?«, fragt er verdattert und tippt sich selbst auf die Brust.

»Ja. Sie müssen entschuldigen, es ist meine erste Arbeitswoche und ich kenne noch nicht jeden.«

»Ach ja?« Er verschränkt die Arme vor der Brust und sieht mich amüsiert an. Irgendwie habe ich das Gefühl, als liefe hier etwas falsch, denn der Typ scheint auf etwas zu warten, und ich habe keine Ahnung, worauf.

»Darf ich fragen, zu wem Sie möchten?«

»Zu Hayden.«

»Mr Millard ist leider noch nicht in seinem Büro. Darf ich Ihnen einen Kaffee anbieten, während Sie auf ihn warten? Ich kann gerne in seinen Terminkalender sehen und Sie eintragen.«

»Sie haben keine Ahnung, wer ich bin, oder?«

»Ähm.« Mist. Er sieht mich abwartend an, aber ich habe keinen blassen Schimmer, wer das ist.

»Verzeihung, ich ...«

»Ian! Was machst du denn hier?« Mein Boss erscheint plötzlich und umarmt den Fremden kurz, ehe er mich erblickt. Er mustert rasch mein Outfit, ehe er mir knapp zunickt. Das ist wohl ein »Guten Morgen« in seiner Grummelsprache.

»Diese zuvorkommende Dame wollte mich gerade in deinen Kalender eintragen.« Wieder ein Blick von meinem Boss, aber er scheint eher mein Haar als mein Gesicht zu betrachten.

»Mein Bruder braucht keinen Termin. Das ist doch klar, oder etwa nicht?«

»Sie hat keine Ahnung, wer ich bin.«

»Sie hat was?« Nun sehen mich beide an, als würden mir Hörner aus der Stirn wachsen.

Bruder.

Millard.

Shit.

»Oh.«

»Jetzt fällt der Groschen«, sagt Dorian lachend, doch es fühlt sich nicht an, als ob er sich über mich lustig macht. Vielmehr scheint er froh zu sein, dass ich es nun geschnallt habe.

»Sie sind Dorian Millard. Entschuldigen Sie, ich habe noch nie ein Foto von Ihnen gesehen, deshalb konnte ich Sie nicht einordnen.« Ich hoffe, dass dieser peinliche Moment damit endlich vorbei ist, als sie mich erneut anstarren.

»Sie haben nicht gewusst, wie der Frontmann von Everstorm aussieht?«, fragt Hayden verwirrt.

»Nein, leider nicht. Ich lese keine Zeitungen und bin nicht auf Social Media aktiv.«

»Oh. Da haben Sie aber einiges aufzuholen, Schätzchen. Kommen Sie doch nächste Woche zu unserem Konzert. Wenn Sie hier arbeiten, müssen Sie alle Mitglieder der Band kennen.«

»Nenn meine Assistentin nicht Schätzchen.« Hayden drückt seinem Bruder die Schulter und das ziemlich fest.

»Was denn? Sie ist heiß.«

»Sie ist nicht … Bitte entschuldigen Sie uns.« Er packt seinen Bruder am Ärmel, zieht ihn in sein Büro und knallt die Tür zu. Dieser Moment ist merkwürdig und peinlich, aber am schlimmsten ist, dass mein Boss offen gesagt hat, dass ich nicht attraktiv sei. Mein Ego ist angeknackst, und die Wut in mir brodelt erneut auf. Ich kann ihn zwar nicht ausstehen, aber er ist ein attraktiver Mann und von ihm als nicht anziehend bezeichnet zu werden schmerzt.

Kurze Zeit später verlässt Dorian Millard das Büro seines Bruders und kommt direkt auf mich zu. Ich schlucke und wappne mich für was auch immer nun kommen wird. Seine grünen Augen mustern mich neugierig, ehe er mir ein Lächeln schenkt. »Es tut mir leid, dass ich Sie vorhin so aufgezogen habe.« Okay, mit einer Entschuldigung von einem Rockstar habe ich nun wirklich nicht gerechnet.

»Ich hätte auch meine Recherche machen und wissen müssen, wie die Mitglieder der berühmtesten Band New Yorks aussehen.«

»Wie gesagt, ich mache Ihnen keinen Vorwurf, aber die Einladung zum Konzert steht noch. Kommen Sie vorbei, hören Sie sich die Musik an, die Sie vertreten werden. Wir spielen im Lincoln Center. Ich werde für Sie und eine Begleitung Karten hinterlegen.«

»Das ist schon in Ordnung, wirklich.«

»Sie werden es bereuen.«

»Wer weiß.«

»Das tut weh, Miss.« Er legt beide Handflächen auf seine Brust, als hätte ich ihn tödlich getroffen.

»Ich wünsche Ihnen noch einen angenehmen Tag, Mr Millard.«

»Ian. Nennen Sie mich Ian.«

»Auf Wiedersehen, Mr Millard«, rufe ich ihm lächelnd nach und schüttle den Kopf. Ich nehme eine Bewegung links von mir wahr und drehe mich gerade um, als Hayden mir einen dieser Blicke zuwirft, die ich seit meiner Ankunft hier ertragen muss. Ich wünschte, ich wüsste, was er denkt, was er gegen mich hat, aber das werde ich wohl nie erfahren.

An diesem Freitag werde ich mit der Verteilung der Post beauftragt, was kein Problem ist, denn ich will einfach nur weg von den eiskalten Blicken meines Bosses. Nachdem ich mit dem Postwägelchen durch alle Abteilungen gewatschelt bin, komme ich an meinen Schreibtisch, um kurz zu verschnaufen, aber kaum habe ich mich gesetzt, kommt auch schon der Boss auf mich zu. War ja klar, dass ich keine Minute Ruhe habe.

»Holen Sie mir ein Sandwich«, sagt er und macht eine wegwerfende Geste mit der Hand, als wäre ich eine lästige Fliege, die er loswerden will. *Unfassbar!*

»Was für ein Sandwich?«, frage ich gepresst, stehe auf und eile ihm nach. Ich würde ihn für seine Kälte am liebsten treten, aber ich bleibe ruhig. *Der kann mich mal.*

»Sie wissen nicht, was ein Sandwich ist?«, fragt er und wirft mir einen herablassenden Blick zu.

»Natürlich weiß ich das, aber welchen Belag wünschen Sie? Welches Brötchen? Und so weiter.« Er nennt mir seine exotischen Wünsche, ein Sandwich mit Büffelmozzarella, Ananascreme, Salat und noch einem Haufen anderem Zeug. Ich bin von der Bestellung verwirrt, kann ihn jedoch nicht bitten, sie zu wiederholen, da er mir die Tür vor der Nase zuknallt. Ich könnte anklopfen, aber ich befürchte, dass dies kein gutes Ende nehmen würde, da er bei meiner letzten Störung ziemlich an die Decke gegangen ist. Ich notiere seine Bestellung, so gut ich kann, und begebe mich nach draußen, um ihm sein Sandwich zu holen. Ich brauche eine halbe Stunde, bis ich verschwitzt wieder das Label erreiche und an seine Tür klopfe. Ich reiche ihm sein Essen und gehe in Richtung Aufzüge, um endlich zu Mittag zu essen, als Hayden meinen Namen ruft. Laut und mit einem wütenden Unterton, der mich erschaudern lässt. Ich seufze auf, weil ich ahne, was nun kommen wird, und gehe erneut in sein Büro.

»Was ist das?«, fragt er und hält das Brötchen in die Höhe, als wäre es der Beweis meiner Unfähigkeit.

»Ihr Essen.«

»Mit Sicherheit nicht.«

»Ach, und wieso? Ich habe Ihren Wunsch notiert und alles so bestellt, wie Sie es gewünscht haben.«

»Ich habe niemals Ananascreme haben wollen.«

»Natürlich haben Sie …«

»Machen Sie sich nicht lächerlich. Ich weiß ganz genau, was ich wollte, und das ist es mit Sicherheit nicht. Ich will sofortigen Ersatz.«

»Aber!« Mein Magen knurrt jetzt schon, aber das kann ich ihm nicht sagen, er würde mich in Stücke reißen.

»Was aber, Miss Lancaster?« Er hebt provozierend eine Augenbraue und am liebsten würde ich ihm sein leichtes Grinsen aus dem Gesicht schlagen. Aber ich reiße mich zusammen und frage erneut nach seiner Bestellung, die ich diesmal sorgfältig notiere und kontrollieren lasse.

Meine Pause ist längst vorbei, als ich ihm sein Sandwich gebe, das er innerhalb kürzester Zeit verspeist. Die Etage ist wieder gefüllt, und ich setze mich kurz zum Verschnaufen an den Schreibtisch, als das Telefon läutet. Auf dem Display sehe ich, dass es Hayden ist und tue einen tiefen Atemzug, ehe ich rangehe.

»Ja?«

»Ja? So melden Sie sich am Telefon, wenn jemand anruft?«

»Ich habe gesehen, dass Sie es sind.«

»Na ja, ich hoffe doch, dass Sie sich freundlicher geben als jetzt, wenn Kunden anrufen.«

»Natürlich werde ich das.« Mein Magen beginnt wieder zu knurren, aber ich ignoriere es.

»Schön. Wie dem auch sei, die Kita im obersten Stockwerk braucht für zwei Stunden eine Aushilfe.«

»Wie bitte?« *Ich höre wohl nicht richtig!*

»Sie haben mich schon verstanden. Wir haben hier für unsere Mitarbeiter einen privaten Kindergarten, und da eine Kollegin krank ist, wird eine Pausenvertretung benötigt. Das ist doch kein Problem für Sie, oder?« *Ob das ein Problem ist?* Ich bin eigentlich seine Assistentin, aber er lässt mich im Keller schwitzen, schickt mich über eine Stunde auf Botendienste und nun soll ich auch noch Babysitter spielen? Zu allem Überfluss ist mein Hunger mittlerweile so groß, dass ich mich kaum noch bewegen kann. Aber trotzdem sage ich zu, denn ich brauche diesen Job und auf ein paar Kinder aufzupassen kann doch nicht so schwierig sein, oder?

Ich habe mich geirrt. So schrecklich geirrt. Ich wusste ja nicht, dass ich auf zehn Kinder im Alter von drei bis sechs Jahren aufpassen muss. Die Pädagogin bleibt zwar im Gebäude und in unmittelbarer Nähe, doch für die Bespaßung der Racker muss ich selbst sorgen. Zuerst ignoriert mich die Rasselbande völlig, aber als einige zu streiten beginnen, muss ich die Wogen glätten, womit ich schnell als Feindin abgestempelt werde.

Erst nach einer halben Stunde schnalle ich endlich, wie ich vorgehen sollte. Es ist fast fünfzehn Uhr, und die meisten Quälgeister sind müde vom langen Tag, also beschließe ich, Fangen zu spielen. Laut und voller Energie jage ich die Kids durch die Räumlichkeiten in der Hoffnung, dass sie später ein Nickerchen halten. Anfangs war es ein Plan, um endlich meine Ruhe zu haben, aber nach und nach macht es mir Spaß mit den Kindern. Sobald ich mir sicher bin, dass ich auch jeden aufgescheucht habe, rufe ich die Kinder in die Kuschelecke, die gerade so Platz für alle bietet.

Ich schnappe mir ein Kinderbuch und lese ihnen vor. Nach zwei Seiten sind die meisten schon eingeschlafen, nur die drei Sechsjährigen sind noch wach, also reiche ich ihnen das Buch und bitte sie, leise zu sein. Als die Pädagogin zurückkommt, staunt sie nicht schlecht über das Werk, das ich vollbracht habe.

»Du hast ihnen doch wohl kein Schlafmittel eingeflößt?«, fragt sie lächelnd, was mich kichernd den Kopf schütteln lässt.

»Nein, natürlich nicht. Ich habe sie lange durch die Räume gejagt und ihnen dann vorgelesen.«

»Ah, der Müdemacher, mit dem probieren wir es auch öfter, schaffen es aber nicht immer. Heute müssen die Kleinen ziemlich fertig gewesen sein. Ich danke dir noch mal fürs Aushelfen, so konnte meine Tochter zu Hause bleiben.«

»Wie bitte?«

»Na ja, meine Tochter arbeitet auch hier und wäre eingesprungen, aber Hayden meinte, du seist genau die Richtige für diese Aufgabe.«

»Meinte er das, ja?« *Dieser Kerl treibt mich in den Wahnsinn!*

»Ja, und er hatte recht. Unser Hayden ist schon ein toller Kerl.«

»Ganz entzückend ist er.« Ich kann nicht verhindern, dass meine Stimme vor Sarkasmus nur so trieft.

»Wie bitte?«

»Ach, nichts.« Ich bin nicht mehr der Teenie von früher und werde nicht über andere lästern, also verabschiede ich mich und schleiche verstohlen zum Snackautomaten, um mir einen Müsliriegel zu genehmigen. Ich habe solchen Hunger, dass ich richtige Magenschmerzen habe. Auch nach dem Riegel fühle ich mich nicht besser. Ich greife mir an die Seite und versuche so, den Schmerz zu mildern, aber es hilft nicht.

»Miss Lancaster? Was ist los?« Natürlich muss Hayden jetzt aufkreuzen, wenn es mir miserabel geht. Es ist, als habe er einen Radar dafür.

»Nichts. Es geht gleich wieder.« Ich setze mich und greife nach meiner Wasserflasche, um einen Schluck zu trinken, aber dann meldet sich mein Magen wieder. Das stechende Gefühl lässt mich zusammenzucken, was Mr Millard nicht entgeht.

»Ich gebe Ihnen drei Sekunden, um mir zu sagen, was zum Teufel los ist und wieso Sie blass geworden sind.« Mir geht es miserabel, weil er mir meine Mittagspause gestohlen hat, und da wagt er es tatsächlich, mir zu drohen?

»Wenn Sie es genau wissen wollen, ich habe schreckliche Bauchschmerzen, weil ich nicht zu Mittag essen konnte, da ich Ihnen Ihre Sandwiches bringen musste.«

»Sie haben Hunger?«, fragt er verwundert, als habe er nie in seinem Leben Hunger verspürt.

»Ja, den habe ich.«

»Wieso haben Sie sich nicht selbst eines mitgebracht?« Sein Gesichtsausdruck verliert an Schärfe, und er sieht beinahe bestürzt aus.

»Damit Sie noch einen Grund haben, auf mich loszugehen? Nein, danke.« Mittlerweile ist es mir egal, was ich sage, denn die Schmerzen werden nicht vergehen, bis ich etwas Vernünftiges in den Magen bekomme. Mister Arrogant mahlt mit dem Kiefer und blickt auf die Verpackung des Müsliriegels, die ich noch nicht entsorgen konnte. Plötzlich holt er sein Telefon aus der Hosentasche und wählt eine Nummer.

»Hallo, Gayle. Kannst du mir die gebratenen Nudeln von *Wangs Palace* besorgen?« Er hält das Handy kurz vom Ohr weg und sieht mich abwartend an.

»Ja?«, frage ich dümmlich, da ich keine Ahnung habe, was er von mir erwartet.

»Sind gebratene Nudeln in Ordnung oder wollen Sie etwas anderes?«

»Ich brauche nichts, danke«, aber meine Worte werden ignoriert.

»Ja, und noch eine Frühlingsrolle, Hummerchips und Hähnchen süß-sauer. Nein, ich esse heute im Büro zu Abend.« Er legt auf. Ich erhebe mich und will schon protestieren, aber er hebt die Hände, um mich zum Verstummen zu bringen, und am liebsten würde ich vor lauter Wut aufschreien.

»Was auch immer Sie sagen wollen, lassen Sie es. Ich bin schuld, dass Sie nicht zu Mittag essen konnten, deshalb spendiere ich Ihnen ein Abendessen.«

»Das müssen Sie nicht tun.«

»Aber ich tue es, weil ich es als meine Pflicht ansehe«, sagt er mit seiner rauen Stimme und mustert mich nachdenklich. Kurz blicken wir einander an, ohne ein Wort zu sagen. Ich mag diesen Typen nicht, finde, dass er ein Arsch ist, der mir das Leben schwer macht, aber wenn ich ihm so gegenüberstehe, ihm in die Augen blicke, dann habe ich das Gefühl, als wäre da mehr, als er an die Oberfläche dringen lässt. Das und nur das ist der Grund, wieso ich dieses Essen annehmen werde.

Hayden ist der Erste, der den Blickkontakt löst und mir zunickt, ehe er wieder seines Weges geht.

Nach ein paar Atemzügen hat der Müsliriegel das Schlimmste verhindert, aber ich habe noch immer einen Bärenhunger und bin mittlerweile froh, dass Mr Millard etwas bestellt hat. Ich werde später in der Kaffeeküche mein Abendessen genießen, ehe ich nach Hause fahre.

Als ich auf die Uhr blicke, ist es sechzehn Uhr nachmittags und somit Wochenende für alle Mitarbeiter von Ever Records. Ich nicke meinen Kollegen zum Abschied zu, als eine Frau Mitte vierzig in Anzug und Chauffeursmütze an mir vorbei und in Haydens Büro marschiert. Der Duft, den das mitgebrachte Essen verströmt, lässt meinen Magen knurren. Ohne es zu wollen, tragen mich meine Füße ins Büro meines Bosses, der sich mit seiner Fahrerin unterhält.

»Gayle, das ist meine Assistentin Tori. Miss Lancaster, das ist meine Fahrerin Gayle.« Sie nickt mir freundlich zu, ehe sie sich wieder unserem Boss zuwendet.

»Wann soll ich Sie später abholen?«

»Ich werde heute mit dem Taxi nach Hause fahren. Holen Sie sich Ihr Abendessen und bringen Sie Lawrence auch etwas mit.«

»Vielen Dank, Sir.«

Als sie an mir vorbeigeht, stelle ich fest, dass ich noch immer wie angewurzelt im Türrahmen stehe.

»Kommen Sie herein und nehmen Sie Platz.« Ich tue, was er sagt, und greife nach der Box, die noch unberührt ist. Eigentlich habe ich geplant, in der Kaffeeküche zu essen, aber ich könnte nicht noch länger warten. Als ich den ersten Bissen gegessen habe, kann ich mich nicht mehr bremsen und haue so richtig rein. Ich verputze das Essen in Rekordzeit, ehe mir bewusst wird, dass ich im Büro vom Boss sitze, Essen in mich hineinschaufelnd wie jemand, der noch nie etwas Essbares gekostet hat. Ich blicke zu Hayden, aber er beachtet mich nicht, sondern liest in einer Zeitschrift, während er isst. Da ich nicht länger als nötig Zeit mit ihm verbringen möchte, erhebe ich mich.

»Danke für das Essen. Schönes Wochenende.« Ich sehe die Freiheit direkt vor mir, doch ich habe mich zu früh gefreut.

»Wohin so eilig?«

»Nach Hause. Es war ein langer Tag.«

»Haben Sie Ihren Regenschirm dabei?«

»Wieso?« Ich blicke zu den bodentiefen Fenstern und tatsächlich, es gießt wie aus Kübeln. Ich war so abgelenkt von meinem Hunger, dass ich es nicht bemerkt habe. Und natürlich habe ich nicht an einen Regenschirm gedacht. Ich werde völlig durchnässt sein, wenn ich nach Hause komme.

»Fuck«, stöhne ich, ehe ich entsetzt in Haydens Richtung blicke, der die Brauen gehoben hat und plötzlich lächelt.

14. KAPITEL

Hayden

Bin ich zu weit gegangen? Natürlich habe ich geplant, ihr das Leben schwer zu machen, aber dass sie wegen mir Magenschmerzen bekommt, wollte ich nicht. Klar, sie hat mir Schlimmeres angetan, aber ich wollte mich nie auf dieses Niveau herablassen. Ihr schmerzverzerrtes Gesicht habe ich noch immer vor Augen, selbst jetzt, als sie mich entsetzt ansieht, weil sie geflucht hat.

Wer ist diese Frau, die vor mir steht? Ja, sie ist unheimlich attraktiv und hat noch immer eine starke Wirkung auf mich, aber langsam wird mir klar, dass sie nicht mehr die Tori aus meiner Vergangenheit ist. Ich habe ihr nicht verziehen, aber ich bin bereit, mehr über sie zu erfahren, um einen Schlussstrich ziehen zu können.

»Ich werde trotzdem zur Subway-Station laufen«, sagt sie entschlossen und treibt mich damit in den Wahnsinn. Ich habe viel getan, um ihren Kampfgeist zu schwächen, um sie dazu zu bringen, das Handtuch zu werfen, aber all das scheint einfach an ihr abzuprallen. Sie ist stärker, als ich gedacht habe. Und das macht sie in meinen Augen noch unwiderstehlicher und interessanter.

»Sie holen sich noch eine Erkältung. Lassen Sie mich Sie nach Hause bringen.«

»Nein, danke.«

»Herrgott, sind Sie stur«, rufe ich aus und erhebe mich. Eine

Woche lang habe ich sie täglich gesehen und weiß, dass diese ganze Sache nur dafür gedacht ist, mich an ihr zu rächen, aber ich bekomme von dieser Frau nicht genug und etwas zieht mich förmlich zu ihr hin.

»Und Sie sind ein Tyrann!«, erwidert sie prompt, ehe sich ihre Augen weiten und sie die Hände vor ihren Mund presst. Sie wollte das nicht sagen, aber ich will es hören. Ich muss wissen, wer sie jetzt ist, und das geht nur, wenn ich die Regeln ein wenig lockere.

»Tyrann, ja?« Ich gehe langsam auf sie zu, was sie wiederum zurückweichen lässt.

»Es tut mir leid, Sir. Das wollte ich nicht sagen.«

»Ich glaube Ihnen, dass Sie es nicht laut aussprechen wollten, aber dass Sie mich so genannt haben, tut Ihnen nicht leid, oder?« Weiter zurück kann sie nicht mehr, da sie mit dem Rücken an meiner Bürowand steht, aber ich halte nicht inne. Etwas in mir treibt mich immer näher an sie heran.

»Dazu werde ich nichts sagen«, flüstert sie atemlos und blickt mir fest in die Augen. Ihre Atmung hat sich beschleunigt, und auch ihr Puls rast, das sehe ich an ihrer zarten Halsschlagader.

»Und was wäre, wenn Sie es dürften?«

»Wie bitte?« Sie ist verwirrt von meinen Worten, sodass sie nicht wirklich zu bemerken scheint, wie nahe ich ihr gekommen bin.

»Was ist, wenn ich Ihnen erlaube, mir alles geradeheraus ins Gesicht zu sagen, ohne dass es Ihren Job gefährdet?«

»Glauben Sie mir, Hayden. Wenn ich sagen würde, was ich denke, dann wäre ich jetzt schon beim Arbeitsamt.« Es gefällt mir, dass sie mich beim Vornamen nennt.

»Ich bin jemand, der sein Wort hält.« Ich sollte das hier nicht tun, sollte an meinem ursprünglichen Plan festhalten, aber der Drang, sie näher kennenzulernen, ist stärker als alles andere.

»Sie wollen Ehrlichkeit?«

»Ja, das will ich.«

»Dann müssen Sie sie sich verdienen«, sagt sie kühl, ehe sie das Kinn reckt und an mir vorbeigeht. Ich will ihr folgen und fragen, was zum Teufel sie damit meint, aber sie ist flink und schnell aus meinem Sichtfeld verschwunden. Ich verschränke die Hände hinter dem Kopf, blicke an die Decke und atme laut aus. Diese Frau wird mein Untergang sein, denn auch wenn sie vor mir flieht und mir so zeigt, dass sie nichts mit mir zu tun haben will, zieht es mich immer wieder in ihre Nähe.

Als ich nach Hause komme, fühle ich mich rastlos und bin froh, dass Victoria bereits mit Cody Gassi gegangen ist, sodass ich mit meinem Work-out starten kann. Seit Tori gegangen ist, fühle ich mich unausgeglichen und muss mich körperlich auspowern. Eigentlich versuche ich, mein Sport-Programm im Büro zu absolvieren, wenn die Etage leer ist, aber heute habe ich mich ablenken lassen. Von ihr.

Ich drehe meine Work-out-Playlist laut auf und beginne mit dem Training. Meine Muskeln sollen schmerzen, und ich will diese innere Unruhe loswerden. Leichter gesagt als getan. Ich bin völlig verschwitzt und höre trotzdem nicht auf, Liegestütze zu machen. Meine Arme tun weh, und der Schweiß lässt meine Sicht verschwimmen. Selbst Cody hat das Weite gesucht, nicht wegen der Musik, sondern wegen der Wut, die ich ausstrahle.

Plötzlich verstummt die Musik, und ich hebe den Kopf. Dort steht Klaus. »Mach langsam, Mann. Du zitterst ja am ganzen Körper. Nicht dass du vor lauter Überanstrengung zusammenklappst.« Ich lasse mich auf die Matte sinken und atme keuchend ein und aus. Vielleicht bin ich wirklich übers Ziel hinausgeschossen und habe mich zu sehr verausgabt.

»Komme ich ungelegen?«, fragt Klaus plötzlich unsicher,

aber ich schüttle nur den Kopf. Ich habe zwar vergessen, dass wir heute verabredet sind, aber nichtsdestotrotz freue ich mich auf das Treffen mit meinem Freund. Vor Stunden habe ich ihm noch den Code für das Penthouse geschickt, damit er einfach reinkommen kann. In der Flut an Terminen habe ich ihn aus den Augen verloren. Wir hätten uns auch im Restaurant treffen können, aber Klaus wohnt gleich um die Ecke und holt mich zu unseren Treffen immer ab.

»Quatsch. Ich bin gleich so weit.« Ich erhebe mich und begrüße meinen Kumpel mit unserem typischen College-Handschlag.

»Aber vorher musst du duschen, du stinkst wie eine Horde Footballspieler. Nach dem Spiel wohlgemerkt.«

»Jaja. Motz nicht und nimm dir was zu trinken, ich bin gleich da.«

Nach der Dusche fühle ich mich viel besser. Die Spannung ist aus meinem Körper gewichen, und auch mein Kopf ist klarer. Gut gelaunt gehe ich ins Ankleidezimmer und ziehe mir meine dunkle Jeans, ein weißes Hemd und ein hellgraues, modern geschnittenes Sakko an. Nachdem ich meine wilden Haare gebändigt habe, komme ich ins Wohnzimmer, wo Klaus Cody auf seinen Schoß gebettet hat und ihn streichelt. Mein Hund hat sich bis jetzt in jedes Herz gestohlen, es ist einfach unglaublich.

»Können wir los? Oder willst du Cody vielleicht mit ins Restaurant nehmen?«

»Ich wünschte, ich könnte es. Aber so wild wie dein Kleiner ist, würde er im Restaurant sicher alles auf den Kopf stellen.« Er hebt Cody hoch, wie der Affe Simba in *König der Löwen*, ehe er ihn nochmals knuddelt und auf dem Boden absetzt.

»Na, dann los.«

Klaus, Jamie, Ian und ich sind ein Vierergespann. Vier Männer, die zusammen ausgehen, wann immer es ihre Terminkalender zulassen. Das war in letzter Zeit eher selten der Fall. Bei dem Treffen heute Abend handelt es sich jedoch nicht um ein Bier unter Freunden, sondern um ein geschäftliches Meeting. Wir besprechen die Finanzen des Restaurants und überlegen uns Specials sowie Gewinnspiele für unsere Social-Media-Kanäle. Diese versuchen wir bis zu unserem nächsten Treffen umzusetzen. Während wir auf unser Essen warten, lasse ich den Blick schweifen. Das *Nerds* ist gut besucht, alle Tische sind besetzt. Es wird gelacht, getrunken und gegessen. Manche sind allein, andere in der Gruppe. Es ist ein bunt zusammengewürfelter Haufen, und genau so soll es auch sein. Das wollten Klaus und ich schaffen, einen Ort, an dem Menschen aller Schichten zusammenkommen und genießen. Stolz erfüllt mich, wenn ich zurückblicke. Vor Jahren war das Restaurant nur eine vage Idee und jetzt, über fünf Jahre nach seiner Eröffnung, ist das *Nerds* immer noch beliebt und hat viele Stammgäste.

Nach dem Essen und den geschäftlichen Themen setzen wir uns an die Bar und bestellen uns ein Bier. »Wie geht es Quinn?«, fragt Klaus beiläufig und pult am Etikett seiner Bierflasche herum.

»Leider immer noch mit dem Lackaffen zusammen.«

»Verstehe.« Seit er meine Schwester das erste Mal gesehen hat, ist er in sie vernarrt, nur dass das leider nicht auf Gegenseitigkeit beruht. Quinn mag ihn, allerdings nur als Freund. Das erinnert mich irgendwie an Toris und meine Geschichte, da auch ich mich auf den ersten Blick in sie verknallt habe, als ich in ihr lächelndes Gesicht geblickt habe.

»Mir wäre es auch anders lieber.« Ich weiß nicht, wieso, aber Troys Welt passt einfach nicht zu meiner Schwester.

»Glaubst du, er ist nicht gut zu ihr?«

»Nein, das nicht, aber sein Umfeld ist nicht gut für sie.«

»Shona?«

»Jep.«

»Oh, vor dieser Frau hat selbst Luzifer Angst.« Er hatte das Vergnügen, Troys Mutter auf einer Party zu treffen, und die Begegnung hat Spuren hinterlassen, denn wenn jemand nicht Teil der oberen Fünftausend ist, dann ist er für Shona Luft. Ich frage mich, wie meine Schwester sie erträgt.

»Quinn ist taff. So schnell schüchtert sie niemand ein.«

»Ich hoffe es, Kumpel.« Allein diese Sticheleien wegen ihres Gewichts oder die Kommentare, sie treibe zu wenig Sport, gehen mir gehörig auf die Nerven. Quinn ist perfekt, so wie sie ist, und niemand sollte das je infrage stellen. Ich will gerade weitererzählen, als mein Smartphone in meiner Sakkotasche vibriert. Ein Blick auf das Display zeigt mir an, dass es meine Mutter ist.

»Entschuldige bitte. Da muss ich rangehen.« Ich wische über das Display und nehme das Gespräch an.

»Hey, Mom.«

»Hallo, Liebling. Wie geht es dir?« Egal wie gestresst oder ruhelos ich bin, kaum vernehme ich ihre angenehme Stimme, geht es mir besser.

»Ganz gut. Ich bin gerade mit Klaus im *Nerds*.«

»Oh, störe ich dich bei etwas Geschäftlichem?«

»Alles gut. Wir sind gerade fertig geworden mit dem Meeting.«

»Um zweiundzwanzig Uhr wohlgemerkt.«

»Ja, es hat länger gedauert als gedacht.«

»Du arbeitest zu viel, Hayden.«

»Mach dir keine Sorgen. Ich achte gut auf mich.«

»Das will ich auch hoffen, mein Lieber. Zwing mich nicht, bei dir einzuziehen, um mich persönlich davon zu überzeugen, dass es dir gut geht.« Ein kalter Schauer erfasst mich, denn Eve Millard würde das tatsächlich tun, nur um sicherzugehen, dass ich nicht in ein Burn-out rutsche.

»So weit wird es nicht kommen. Ich verspreche es dir.« Klar, ich arbeite oft bis tief in die Nacht, und bis jetzt hat es mich auch nicht gestört, aber ab und zu habe ich selbst das Gefühl, als wären meine Batterien leer und ich würde eine Pause benötigen. Dann besuche ich meine aktuellen Charity-Baustellen, meine Familie oder Kyle.

»Schön. Nun zum Grund meines Anrufs. Ich hatte gerade Constance am Telefon, und sie hat mich gefragt, wie deine Begleitung heißt.«

»Meine was?«

»Du bringst doch jemanden mit zur Gala morgen, oder?« Verdammt, ich habe vergessen, wie schrullig Constance ist und dass sie jeden Single auf ihren Feiern unter die Haube bringen will. Wenn du eine Begleitung hast, bist du aus dem Schneider. Falls nicht, wirst du mindestens zwanzig jungen Frauen vorgestellt. Ich hatte nur die Arbeit und Tori im Kopf, weshalb ich vergessen habe, jemanden zu fragen.

»Kann Sie nicht einfach ›Haydens Begleitung‹ schreiben?«

»Nein, kann sie nicht, denn sie will alle Namen der Gäste im Vorfeld wissen. Du kennst sie doch.«

Ja, das tue ich allerdings, denn ich gehe nun schon seit einigen Jahren mit Mom zu diesen Veranstaltungen. Ich könnte Kendall fragen, sie würde mich mit Sicherheit begleiten wollen, aber ich möchte den Abend nicht mit ihr verbringen. Es würde sich falsch anfühlen, sie an meiner Seite zu haben. Tief in meinem Inneren weiß ich, mit wem ich hingehen möchte, also sage ich kurzerhand ihren Namen.

»Okay, dann werde ich es an Constance weiterleiten.« Dann legt sie auf, und mir wird klar, dass ich in Schwierigkeiten bin, denn ich habe Tori noch nicht gefragt, ob sie mich begleiten möchte. Ich ahne, dass sie eher Schnecken essen würde, als mich morgen zu einer Party zu begleiten. Jetzt stehe ich vor der Wahl: Entweder ich springe über meinen Schatten und frage Tori, oder ich ertrage einen Abend lang Constance, die mich an die Meistbietende verhökern will.

Es ist ein Uhr früh, als ich den Laptop hochfahre und mir erneut Toris und meinen Mailverlauf durchlese. Ich habe mich dazu entschieden, sie zur Spendengala von Constance einzuladen. Ich werde es ihr nicht auftragen, wie ich es die letzten fünf Tage getan habe, sondern sie darum bitten, mich zu begleiten. Sie will, dass ich mir ihre Ehrlichkeit verdiene, und das werde ich auch tun. Ich werde ihr zeigen, wer ich bin, ohne meine wahre Identität preiszugeben.

Ich wollte ihr ein letztes Mal das Leben im Büro zu Hölle machen, was mir auch gut gelungen ist, aber als ich sie vor Schmerzen zusammenzucken sehen habe, hat das einen Schalter in mir umgelegt. Plötzlich war die Rache nicht mal meine oberste Priorität, weil die Scham unheimlich groß ist. Eve und Griffin sind zwar erst seit meinem siebzehnten Lebensjahr meine Eltern, aber in den letzten Jahren haben die beiden mir mitgegeben, dass ich jeden Menschen, egal welcher Schicht er angehört, mit Respekt behandeln soll. Nun bin ich nicht besser als die alte Tori.

Die Wut darüber, dass ich während meiner ganzen Kindheit und Jugend schikaniert wurde, hat sich auf Tori verlagert. Seit der Begegnung vor ein paar Tagen hat in meinem Inneren ein Kampf geherrscht. Zwischen dem Mann, der sie am Boden sehen will für das, was sie mir angetan hat, und dem, der sie in den Arm nehmen möchte und seine Gefühle nicht unterdrücken will.

Vielleicht ist es Schicksal, dass wir uns vor Wochen im Coffee-shop begegnet sind. Möglicherweise ist das jetzt die Chance, nach vorn zu blicken und eine Freundschaft oder gar mehr mit ihr aufzubauen, aber bevor das überhaupt passieren kann, muss ich mich für mein Verhalten entschuldigen. Vor einer Woche war es mein größtes Ziel, sie zu verscheuchen, aber nun möchte ich sie in meiner Nähe wissen und uns die Chance geben, zu sehen, ob sich das mit uns weiterentwickelt.

Ich öffne eine neue Mail und blicke kurz zu Cody, der auf meinem Bett liegt und sich gegen mein Bein kuschelt. »Was mache ich hier bloß, Kumpel?«, frage ich ihn, was ihn das Köpfchen heben lässt. Er neigt den Kopf zur Seite, als würde er mich fragen, wo eigentlich das Problem liegt, aber mit dem Grübeln ist jetzt ein für alle Mal Schluss. Jetzt ist es Zeit zu handeln. Und genau das werde ich verdammt noch mal tun.

15. KAPITEL

Teri

Selbst nach drei Tassen Tee ist mir noch immer eiskalt. Die Heimfahrt war wie ein Abenteuer im Monsun. Der Regen und der Wind waren immer heftiger geworden und hatten das Vorankommen erschwert. Ich hätte auch ein Taxi nehmen können, aber ich bekomme erst am Montag meinen ersten Gehaltsscheck, und ich möchte nicht mehr Geld ausgeben als unbedingt nötig. Außerdem habe ich das Gefühl, als hätte das Wasser den Ärger weggespült, den ich wegen Hayden verspürt habe.

Ich fasse es noch immer nicht, was er mir angeboten hat. *Vollkommene Ehrlichkeit, ohne dass es mich meinen Job kosten könnte? Was erhofft er sich davon?* Ich muss zugeben, dass es verlockend klingt, aber ich könnte es nie in die Tat umsetzen, ich würde im hohen Bogen rausfliegen. Ich bin ein ehrlicher Mensch, daran liegt es nicht, aber Hayden Millard hat meine Offenheit nicht verdient. Nicht, nachdem er mir die Arbeit bei Ever Records zur Hölle gemacht hat.

Ich kann gar nicht aufzählen, wie oft er gemein war. Und das völlig ohne Grund, oder zumindest habe ich keinen gesehen. Je mehr ich ihn zufriedenstellen wollte, desto mehr hat er mich gequält. Aber ich will eine klare Grenze ziehen zwischen Büro und zu Hause. Wenn ich das Label verlasse, will ich all den Stress und die Sorgen dort lassen. Aber das klappt nicht immer.

Vor allem jetzt nicht. Es ist längst nach Mitternacht, und ich gucke Serien an einem Freitagabend.

Jede andere Singlefrau würde sich jetzt ihre Freundinnen schnappen und mit ihnen ausgehen oder sich mit ihrer Familie treffen, aber all das habe ich nicht. Ich bin allein. Ich korrigiere, ich bin Untertanin von Scar und werde in seiner Wohnung geduldet. Mein Kater lässt mich spüren, wenn ich zu lange im Büro war, und jammert, bis er eine Extraportion Aufmerksamkeit und Streicheleinheiten bekommt.

Und natürlich habe ich Donna. Morgen werde ich sie zum Zumba begleiten, weshalb ich mich nicht ganz wie eine Einsiedlerin fühle. Ich sollte ins Bett gehen, um morgen fit zu sein, aber die Gedanken an Hayden halten mich wach. Es kann nicht gut sein, ständig an seinen Boss denken zu müssen, ob man ihn nun zum Teufel wünscht oder ihn begehrt. Bei mir scheint es ein Mix aus beidem zu sein.

Ich hasse den Typ, für den ich arbeiten muss, aber ich will den Mann, dem ich vorher begegnet bin. Den Mann im Coffee-shop, im Park. Den Kerl, der mich geküsst hat und dessen Augen so vertraut auf mich wirken, als wäre ich ihm vor Jahren schon begegnet. Ich habe in den letzten Tagen oft darüber nachgedacht, aber wenn ich ihm schon einmal begegnet wäre, würde ich mich mit Sicherheit an ihn erinnern. Egal was danach passiert ist, der Kuss war unbeschreiblich schön. Ich versinke erneut in der Erinnerung seiner weichen Lippen auf meinen, dem Gefühl, mein wild klopfendes Herz würde mir aus der Brust springen. *Wie kann man so …* Plötzlich höre ich einen Piepton, der eine Mail ankündigt.

Ich bin fast sicher, dass es Spam ist, und würde es normalerweise ignorieren, aber etwas in mir will wissen, wer der Absender ist. Zu meiner Überraschung sehe ich Haydens E-Mail-Adresse und falle aus allen Wolken, denn mit einer Mail von ihm hätte ich um diese Uhrzeit sicher nicht gerechnet. Ich setze mich kerzengerade auf und ernte ein mürrisches Miauen von Scar, da ich ihn von seinem Lieblingsplatz aufgescheucht habe. Mit zittrigen Fingern klicke ich die Mail an und beginne zu lesen.

HM: Hallo, Tori,
langsam finde ich, es ist Zeit, sich von den Höflichkeitsfloskeln zu verabschieden und einfach mal Du zu sagen, auch wenn ich es verstehen würde, wenn du es mir verweigerst. Ich war ein richtiges Arschloch dir gegenüber. Anfangs wollte ich nur testen, wie viel Druck du verträgst, bevor du das Handtuch wirfst, aber ich bin weit übers Ziel hinausgeschossen. Es tut mir sehr leid, dass ich dir Kummer bereitet habe. Ich würde gerne alles aufzählen, was ich falsch gemacht habe, aber dann hätte diese E-Mail die Länge eines Romans. Ich habe lange über deine Worte nachgedacht, und ich will mir tatsächlich deine Ehrlichkeit verdienen, ebenso wie dein Vertrauen. Mir ist klar, dass das nicht von heute auf morgen geht, aber mir ist es wichtig, dass du mir verzeihst, wenn du bereit dazu bist. Du solltest dich bei Ever Records wohlfühlen, und ich habe es für dich zur Hölle gemacht.
Ich kann alles, was ich getan habe, nicht mehr rückgängig machen, aber ich kann dir versprechen, dass ich mich bessern werde. Und ich will sofort damit anfangen, deshalb teile ich dir mit, dass du ab Montag keine Praktikantenarbeit mehr verrichten musst, sondern das, wofür du auch eingestellt wurdest. Du wirst für die Verwaltung meiner Termine und E-Mails zuständig sein, nur das an mich weiterleiten, was relevant ist, und mir damit etwas Arbeit abnehmen.
In den letzten Tagen habe ich einen Eindruck von deiner Arbeitsweise erhalten und bin mir sicher, dass du mit diesem Auf-

*gabengebiet klarkommen wirst. Eine genaue Einarbeitung
wirst du von mir persönlich bekommen. Vance ist sehr gut in
dem, was er tut, aber ich finde, wir können uns am besten ab-
stimmen, wenn ich dir vor Ort zeige, welche Termine und
Kontakte Vorrang haben.
Das hätte von Anfang an dein Arbeitsbereich sein sollen, aber
ich habe etwas länger gebraucht, um einiges zu verstehen.
Ich weiß, es ist ungewöhnlich, dir mitten in der Nacht eine
Mail zukommen zu lassen, aber ich konnte nicht länger warten.
Ich hoffe, du bist gut nach Hause gekommen und hast dir keine
Erkältung eingefangen. Der Regen wurde ja immer heftiger.
Nun wünsche ich dir eine gute Nacht.
Liebe Grüße
Hayden*

Ich kann es nicht fassen. Nicht mal, nachdem ich mir die
Nachricht meines Bosses laut vorgelesen habe. *Er entschuldigt
sich bei mir? Er will mich besser kennenlernen?* Das muss ich erst
mal verdauen, am besten zusammen mit einem Stück Pizza,
das ich noch im Kühlschrank habe, und einem Glas Wein.
Während ich mir meinen mitternächtlichen Snack aufwärme,
bin ich noch immer fassungslos. Die Mails von Hayden habe
ich schon gemocht, bevor ich herausgefunden habe, dass er der
Fremde ist, der mich geküsst hat. Bevor er sich mir gegenüber
unmöglich verhalten hat. Ich fand es schade, dass wir damit
aufgehört haben, auch wenn mir klar war, dass mein Boss nicht
mein Brieffreund sein kann.

Mit Wein und Pizza mache ich es mir auf der Couch gemütlich und lasse die Worte, die ich gelesen habe, sacken. Mit
seiner Entschuldigung hat er gezeigt, wie ernst es ihm ist und
dass er tatsächlich will, dass ich ehrlich zu ihm bin, aber was
will er damit bezwecken? *Wieso liegt ihm so viel daran, mich bes-*

ser kennenzulernen? Manche unmöglichen Chefs wollen mit ihren Mitarbeiterinnen ins Bett, aber diese Vibes spüre ich bei Hayden nicht. Er hat mich noch nie angebaggert. Klar, er ist mir nahe gekommen, aber ich habe keine Angst vor ihm und spüre, dass er aufrichtige Absichten hat. Ich fühle es einfach.

Und weil ich es fühle und weiß, dass jedes seiner Worte ehrlich und ernst gemeint ist, öffne ich den Chat meines Mailprogramms und klicke auf sein Profil. Anders als beim letzten Mal hat er ein Profilbild hochgeladen, das ihn beim Wandern zeigt und mir noch mal vor Augen führt, wie attraktiv er ist. Darauf trägt er nur einen dünnen khakifarbenen Pullover, Wanderhosen und Boots. Er hat die Ärmel hochgekrempelt, trägt einen Rucksack, der schon einiges hinter sich zu haben scheint, und seine Haare sind wild zerzaust. Er sieht erschöpft, aber glücklich aus.

Gibt er sich auch in der Öffentlichkeit so natürlich? Ich google seinen Namen, aber alles, was ich finde, sind professionelle Fotos im Büro, bei Auftritten auf Galas oder Aufnahmen mit anderen Personen, aber auf keinem sehe ich das Lächeln, das er auf seinem Profilbild offenbart. *Hat er es für mich hochgeladen?* Nein, es wäre töricht, das zu glauben. Solch eine Wirkung habe ich sicher nicht auf ihn, aber er auf mich. Sein Profilbild spricht mich mehr an als all die Typen, die ich in den letzten Jahren getroffen habe. Aber dieses Geheimnis werde ich ihm nicht anvertrauen.

Seine Mail ist lieb gemeint, und ich bin froh, dass er selbst eingesehen hat, dass sein Verhalten mir gegenüber nicht richtig war, aber ich bin noch immer sauer auf ihn. Diese Mail ist keine übliche Nachricht, die ein Vorgesetzter an seine Assistentin schickt. Sie geht tiefer, und dafür bin ich noch nicht bereit. Da ist etwas zwischen uns was uns wohl beide verwirrt, aber derzeit ist mein Kopf nicht frei, um etwas zu vertiefen. Ich möchte erst mal sehen, wie er sich im Büro mir gegenüber verhält, denn wenn er sein Verhalten wirklich wiedergutmachen will, wird er sich mächtig ins Zeug legen müssen.

Ich habe mir Zumba immer wie ein Work-out vorgestellt, nur eben mit lauter Musik. Der Raum ist gut gefüllt mit Frauen wie Männern aller Altersklassen, die Dehnübungen machen oder sich einfach unterhalten. Wenn man von den Joggingrunden mit den Tierheimhunden einmal absieht, fallen meine sportlichen Aktivitäten aktuell eher bescheiden aus, aber als die Trainerin den ersten Song abspielt, verändert sich die Atmosphäre im Raum. Es liegt vielleicht an den lateinamerikanischen Klängen oder an den flüssigen und unbeschwerten Bewegungen der Frau, die uns die Tanzschritte beibringt, aber plötzlich schlägt meine Stimmung um. War ich vorhin noch müde und nervös, bin ich jetzt euphorisch und einfach gut gelaunt.

Die Tanzschritte sehen kompliziert aus, aber nach ein paar Versuchen stelle ich mich gar nicht mal so dumm an. Donna ist ein wahrer Profi und beherrscht jeden Schritt perfekt. Einfaches Tanzen ist eine Sache, aber hier scheine ich jeden Muskel meines Körpers zu trainieren. Nach dem ersten Song bin ich völlig durchgeschwitzt, fühle mich aber wunderbar.

»Und? Hast du schon genug und denkst an Flucht?«, fragt Donna außer Atem, aber auch sie hat diesen glücklichen Gesichtsausdruck, wie die meisten hier.

»Es ist unglaublich. Dass Zumba so viel mit Lebensfreude zu tun hat, damit hätte ich gar nicht gerechnet.«

»Das war mit ein Grund, wieso ich überhaupt damit angefangen habe. Ich war eine richtige Couch-Potato und körperliche Anstrengung kam für mich gar nicht infrage, aber dann war ich ständig krank, und der Wunsch, mich zu bewegen war größer denn je. Aber ich wollte keine Gewichte stemmen oder auf Geräten trainieren. Yoga war mir zu langweilig, also habe ich nach etwas anderem gesucht, das zu mir passt.«

»Dann hast du Zumba für dich entdeckt?«

»Eigentlich war es Quinn, die es vorgeschlagen hat, und jetzt kommen wir jede Woche hierher.«

»Ist sie auch hier?«

»Sie hat gesagt, sie verspätet sich, aber sie sollte jeden Moment kommen.« Wir trinken einen Schluck aus unseren Wasserflaschen und versuchen, wieder zu Atem zu kommen.

»Stört es Monica nicht, wenn jemand während des Zumba-Kurses dazukommt?«

»Nein, gar nicht. Monica sieht das nicht so eng, vor allem da Quinn öfter zu spät kommt und sie das schon gewohnt ist.«

»Redest du über mich?«, höre ich eine helle Stimme hinter mir und drehe mich um. Haydens Schwester Quinn kommt fröhlich auf uns zu und umarmt Donna, ehe sie sich mir zuwendet. »Ich habe dich öfter schon getroffen, aber im Stress haben wir es nie geschafft uns vorzustellen. Ich bin Quinn, die Chefin dieser Nervensäge hier und Haydens Schwester.« Ich reiche ihr meine Hand, die sie schüttelt. Auf der Gala hat sich alles um Quinn und ihre Verdienste als Anwältin gedreht, und erst jetzt erkenne ich sie als die Frau wieder, die ich neulich für Haydens Freundin gehalten habe. Wie falsch ich doch lag.

Ich schüttle ihre Hand, blicke auf ihr breites Lächeln und sehe viel von meinem alten Selbst in Quinn. Die langen blonden Haare, das sonnige Gemüt und das sorglose Lächeln auf den Lippen. Ich hoffe nur, dass das bei ihr keine Fassade ist, so wie bei mir damals. Ich habe das klischeehafte Cheerleader-Mädchen aus Highschoolfilmen verkörpert, war fies und gemein.

»Es freut mich, dich kennenzulernen«, sagt sie freundlich und legt ihre Sporttasche ab, ohne den Blick von mir zu nehmen.

»Gleichfalls.«

»Hat dich Donna an diesem Samstagvormittag zum Sport genötigt?«, fragt sie lächelnd und bindet sich ihre langen Haare zu einem Pferdeschwanz.

»Nein, eigentlich nicht. Ich wollte es selbst einmal ausprobieren.«

»Wie ich sehe, wart ihr fleißig, und ich liege im Rückstand.« Sie deutet auf unsere verschwitzten Outfits.

»Ja, ich habe das Gefühl, als hätte ich schon jeden Muskel in meinem Körper an die Grenzen gebracht, aber wir haben ja noch ein paar Songs vor uns«, sage ich und trinke noch einen Schluck Wasser.

»Das war bei mir genauso, aber mit der Zeit lässt das nach.«

»Es macht auf jeden Fall ziemlich viel Spaß.« Monica stellt sich wieder vor uns, um uns zu signalisieren, dass es gleich weitergeht. Quinn stellt sich links neben mich, Donna rechts. Ich blicke beide an und muss fast den Kopf schütteln. Vor einem Monat habe ich soziale Kontakte gemieden und versucht, mich irgendwie allein durchzuschlagen. Und nun habe ich in Donna eine Freundin gefunden, einen tollen Job und fühle mich zum ersten Mal wirklich zufrieden. Klar, ich vermisse Dad und das Leben, das ich damals hatte, aber es hat sich viel verändert und diesmal zum Guten.

Nach dem Zumba kann ich kaum noch laufen, was meiner guten Laune jedoch keinen Abbruch tut. Nach der Dusche gehen wir noch einen Kaffee trinken und gönnen uns ein verspätetes Frühstück. »Die Scones hier sind eine Offenbarung«, schwärmt Quinn mit leuchtenden Augen und erleichtert mir so die Auswahl. Die anderen bestellen sich ein großes Frühstück, aber da ich mein Gehalt noch nicht bekommen habe, hole ich mir zu den Scones nur einen Kaffee.

»Monica hat uns heute wieder hart rangenommen«, meint Quinn, ehe sie in ihr Croissant beißt.

»Na, Gott sei Dank. Sonst ist es nicht so mit Hartrannehmen bei mir«, sagt meine Nachbarin kichernd.

»Wieso eigentlich nicht?«, frage ich neugierig. Bis jetzt haben wir nie über unser Liebesleben gesprochen, aber mir ist gerade danach, die beiden besser kennenzulernen.

»Weil es einen echten Kerl oder eine starke Frau braucht, um mich zu zähmen«, gibt Donna zurück und stößt ein Fauchen aus, das wohl an eine Raubkatze erinnern soll.

»Was so viel heißt wie: Es muss eine Mischung aus Hugh Jackman und Chris Hemsworth oder Jessica Alba und Emma Watson sein«, wirft Quinn ein und lächelt in ihre Kaffeetasse.

»Wow, du scheinst dich nur mit dem Besten zufriedenzugeben«, stelle ich fest.

»Weißt du, ich war einmal verheiratet.« Ich hebe überrascht die Brauen und lehne mich neugierig vor.

»Wie ich sehe, habe ich nun deine volle Aufmerksamkeit. Also, wir waren zwei Jahre verheiratet und eigentlich ziemlich glücklich, bis ich die Diagnose ›Brustkrebs‹ bekam.«

»Großer Gott«, hauche ich und lege meine Hand geschockt auf die Brust.

»Ich habe ihn besiegt, aber mein damaliger Mann hat mich verlassen, bevor er es miterleben konnte.«

»Das tut mir so schrecklich leid, Donna.«

»Das muss es nicht. Er war nicht der Richtige. Jemand, der dir in deinen schlimmsten Momenten nicht zur Seite steht, hat dich in deinen besten nicht verdient. Wir haben uns scheiden lassen, und ich bin nun seit zwei Jahren Single.«

»Solche Erfahrungen machen dich nur stärker«, flüstert Quinn und blickt in die Ferne, als wäre sie in Gedanken weit weg.

»Jackson?«, fragt Donna mitfühlend.

»Heißt dein Freund so?«, frage ich, doch sie schüttelt nur schwach lächelnd den Kopf.

»Nein, sein Name ist Troy. Jax ist jemand aus meiner Vergangenheit.«

»Jemand, den du geliebt hast?« Ich weiß nicht genau, wieso ich in ihrer Wunde stochere. Der Schmerz, der kurz in ihren Augen aufflackert, berührt mich tief.

»Ja, sehr, aber er ist weg, und das ist auch gut so.« Kurz herrscht Schweigen, und wir nippen an unseren Getränken, ehe die Stimmung umschlägt, als der neue Song der Black Eyed Peas aus den Lautsprechern ertönt.

»Ich liebe diesen Song«, sagen wir alle drei fast gleichzeitig und müssen lachen.

»Also, Tori«, sagt Quinn mit einem neckischen Grinsen. »Donna und ich haben einen Seelenstriptease hingelegt, wie sieht es eigentlich bei dir aus? Gibt es da jemanden, der dein Herz schneller schlagen lässt?« *Ja, deinen Bruder,* will ich sagen, verkneife es mir aber. Ich weiß selbst nicht, was ich fühlen soll, aber ich will nicht wie eine Loserin dastehen und öffne mich ein wenig, ohne ins Detail zu gehen.

»Da gibt es tatsächlich jemanden«, sage ich und blicke verlegen auf meinen Schoß. Wieso ich plötzlich schüchtern werde, kann ich mir selbst nicht erklären. Quinns Lächeln verblasst ein wenig, und sie wirkt ziemlich überrascht.

»Weiß Hayden davon?«, fragt sie alarmiert, was mich die Brauen heben lässt. Mir war klar, dass sie von Donna weiß, dass ich die Assistentin ihres Bruders bin, aber ihre Reaktion verstehe ich nicht. Sie räuspert sich, da auch Donna sie fragend ansieht, und fährt fort. »Ich meine, hat dieser Jemand dich schon mal im Büro besucht?«

»In gewisser Weise ja.« Ihre Verwunderung stellt mich vor Rätsel, aber ich frage nicht weiter nach, dieses Thema will ich nicht vertiefen.

»Oh. Verstehe.« Dann erhellt sich ihre Miene wieder, und Quinn wechselt das Thema, als wäre nichts geschehen. Aber ich frage mich immer noch, was sie mit ihren Worten wirklich gemeint hat, denn dass sie geflunkert hat, steht außer Frage.

16. KAPITEL

Hayden

Tori hat mir auf meine Mail nicht geantwortet. Im Grunde habe ich mich entschuldigt und es bedarf keines weiteren E-Mail-Austauschs, aber etwas in mir hat gehofft, dass sie mir zurückschreibt. Ich habe das Gefühl, als wäre eine Mail zu wenig, um die Sache wieder geradezubiegen, gerade deshalb wollte ich länger mit ihr schreiben. Ich habe sogar ein Foto in mein Profil hochgeladen, das von Ian bei unserer letzten Wanderung gemacht wurde. Ich habe gehofft, dass sie es sieht.

Es ist Samstagvormittag, und eigentlich würde ich jetzt im Arbeitszimmer meine To-do-Liste abarbeiten, aber meine Gedanken stehen nicht still. Ich habe versucht, mich zu konzentrieren, habe aber immer das Bild von Tori vor mir gesehen, als sie vor Schmerzen zusammengezuckt ist. Als ich meine Rache geplant habe, war es doch genau dieser Moment, auf den ich hingezielt habe. Es ihr heimzuzahlen. *Wieso fühle ich mich dann nicht besser, sondern schlechter?*

Plötzlich wird es mir zu eng in meiner Wohnung, also schnappe ich mir Cody und gehe mit ihm in den Central Park. Spazieren zu gehen hilft mir immer beim Nachdenken, und diesmal ist es nicht anders. Nach ungefähr einer halben Stunde, wird mir klar, dass ich den ersten Schritt getan habe. Ich habe mich entschuldigt, nun ist der Ball in ihrem Spielfeld und mir bleibt nichts anderes übrig, als zu warten.

Ich bin gerade auf dem Rückweg, als mein Smartphone klingelt. Es ist meine Mom. »Hallo, Mom.«

»Hey, Liebling. Wie geht es dir?«

»Eigentlich ganz gut, ich bin gerade auf dem Weg nach Hause.«

»Warst du schon wieder beruflich unterwegs?«

»Nein, du kannst stolz auf mich sein, denn ich war nur mit Cody spazieren«, teile ich mit einem gewissen Stolz mit.

»Da bin ich aber platt – auf gute Weise.«

»Wusste ich's doch, dass dir diese Info gefällt.«

»Und ob, aber noch besser würde es mir gefallen, wenn du dir ein Wochenende freinimmst und uns in den Hamptons besuchst.«

»Kann ich leider nicht, es steht einiges an, und heute Abend muss ich auch auf die Spendengala.«

»Ach ja, das ist auch der Grund meines Anrufs. Constance hat mich gestern angerufen; da es einen Rohrbruch bei der Location gegeben hat, wo die Gala stattfinden sollte, wurde sie um eine Woche verschoben und in eine andere Räumlichkeit verlegt.«

»Verstehe, aber das passt mir eigentlich ganz gut.« Immerhin habe ich es versäumt, Tori zu fragen, ob sie mich begleiten möchte.

»Danke dir nochmals, dass du dich opferst. Ich weiß, du magst diese Veranstaltungen nicht so gerne.«

»Die Veranstaltungen sind eigentlich ganz interessant, und ich spende sehr gerne für wohltätige Zwecke, es sind nur die Menschen auf den Partys, die schwierig sind.«

»Du wirst es überleben. Immerhin hast du eine hoffentlich nette Begleitung. Wer ist diese Tori? Kenne ich sie schon? Ist es etwas Ernstes, oder habt ihr euch erst kennengelernt?« Eines muss ich Mom schon lassen: Sie hat es immerhin ein paar Tage ausgehalten, ehe sie mich mit diesen Fragen bombardiert.

»Ich erzähle dir gerne von Tori, wenn wir uns wiedersehen, aber ich muss jetzt leider Schluss machen.«

»Okay. Vielleicht treffe ich sie ja bei unserem nächsten Treffen.«

»Vielleicht. Grüß Dad von mir. Hab dich lieb.«

»Mach ich. Ich dich auch, mein Liebling.«

Als ich auflege, legt sich eine Schwere über mich, die ich meist verspüre, wenn ich mit Mom oder Dad gesprochen habe. Ich vermisse die beiden und schäme mich nicht zu sagen, dass ich es mag, wenn sie mich Liebling nennt. Es lässt all die Schrecken meiner Kindheit in den Hintergrund rücken, wenn mich die Erinnerungen heimsuchen, was zum Glück nicht mehr so oft passiert. Auch wenn ich viel Arbeit habe, die auf mich wartet, wird der Wunsch nach einer Auszeit in den Hamptons immer verlockender.

Am Montag betrete ich noch vor meinen Mitarbeitern die Etage. Ich starte Toris PC, ehe ich mich in mein Büro setze, um mir einzelne Punkte zu notieren, die ich mit ihr besprechen möchte. Holly ist meine Sekretärin, das Backoffice sozusagen, sie kümmert sich um alles, was an Papierkram und Schreiben an Kunden ansteht, die von mir unterzeichnet werden.

Toris Hauptaufgabe wird es sein, meine Mails vorab zu sortieren, damit mir mehr Zeit bleibt, mich auf die Kunden zu konzentrieren. Auch einige der Anrufe sollen auf Holly und Tori umgeleitet werden. So werden die wichtigsten Themen für mich gefiltert, und ich kann ihnen meine uneingeschränkte Aufmerksamkeit schenken. Kaum habe ich alles zusammengeschrieben, betritt Tori mein Büro.

»Guten Morgen. Dieses Päckchen wurde für Sie abgegeben«, sagt sie und reicht es mir.

»Morgen. Ich dachte, wir verzichten auf die Förmlichkeiten und duzen uns?«, fühle ich ihr auf den Zahn, weil ich wissen will, ob sie meine Nachricht überhaupt bekommen und gelesen hat. Nachdem ich so fies zu ihr gewesen bin, würde es mich nicht wundern, wenn sie die Mail ungelesen gelöscht hätte.

»Entschuldige, das habe ich total vergessen. Ich habe nichts dagegen.« *Sie hat sie also gelesen.*

»Gut, da du ja jetzt da bist, können wir auch gleich deine Aufgabenbereiche durchgehen.« Sie blickt auf das vollgeschriebene Blatt Papier, ehe sie sich mir gegenüber setzt.

Ich bespreche mit ihr, welche Punkte mir wichtig sind, ehe wir dann an ihrem PC fortfahren, und ich ihr die Programme, so gut ich kann, erkläre. Die anderen blicken neugierig zu uns rüber, aber ich ignoriere ihre fragenden Blicke, obwohl ich ihre Verwunderung nachvollziehen kann. Ich habe bis jetzt noch nie einen Mitarbeiter persönlich eingearbeitet, finde aber, dass ich mich ganz gut mache.

Tori macht sich Notizen und blickt hochkonzentriert auf den Bildschirm. Als sie das Programm für die Kundendaten erkundet, blicke ich sie von der Seite an und erlaube mir, ihren herrlichen Duft einzuatmen. Sie scheint nach all den Jahren noch immer das gleiche Shampoo oder Parfüm zu benutzen, das nach Zitronen duftet. Selbst als sie nicht Teil meines Lebens war, musste ich immer an sie denken, wenn ich etwas Zitronenartiges gerochen habe.

»Hayden?«, fragt Tori und holt mich aus den Gedanken. Als ich sie erneut anblicke, bemerke ich, wie nah ich ihr gekommen bin, wohl um ihren Duft besser erfassen zu können. In ihren Augen und an der Körpersprache erkenne ich keine Anzeichen dafür, dass es ihr unangenehm ist, trotzdem weiche ich zurück.

»Du lernst ziemlich schnell, das muss man dir lassen.« Ich schlucke schwer, als ich ihre errötenden Wangen erkenne und fühle, wie mein Herz wild gegen meine Brust hämmert. Sie räuspert sich, ehe sie mir antworten kann.

»Danke. Ich habe mich in den letzten Jahren in so viele Programme einarbeiten müssen, dass es mir jetzt nicht mehr besonders schwerfällt.«

»Unsere Programme werden noch einfacher. Mein bester Freund Jamie ist gerade dabei, auf ein neues Programm geschult zu werden, das wir erworben haben. Es soll ihm die Zeiterfassung und Verwaltung von Mitarbeitern erleichtern und auch für die Datenerfassung benutzt werden.«

»Das heißt, dieses Programm fällt dann weg?«, fragt sie neugierig.

»Genau, aber keine Sorge, dass neue ist wesentlich einfacher.«

»Okay, alles was mir das Arbeiten erleichtert, nehme ich gerne.«

»Gut, dann lasse ich dich mal meine Mails durchsehen, und wir können in der Mittagspause darüber reden, was dir noch Schwierigkeiten bereitet.«

»Ist gut, danke.«

»Sehr gerne.«

In den nächsten Stunden habe ich zwei Videokonferenzen, sehe mir vier Videos von Talentscouts und Managern an und überprüfe den Planungskalender, wo die wichtigsten Termine all meiner Stars aufgeführt sind. Darin sehe ich, wann sie ein Album oder eine Single releasen, wann welche Band auf Tour geht oder welche großen Marketingkampagnen gestartet werden. Als dann plötzlich Tori an meiner Tür klopft, kann ich nicht fassen, dass es bereits Mittag ist.

»Störe ich?«, fragt sie vorsichtig, aber ich schüttle den Kopf und deute ihr mit der Hand an, dass sie ruhig reinkommen kann.

»Überhaupt nicht, komm rein und nimm Platz.« Als sie sich mir gegenübersetzt, blicke ich sie an und stelle fest, dass sie ihr schulterlanges Haar zu einem Pferdeschwanz gebunden hat. Es lässt sie jünger aussehen.

»Möchtest du vor dem Essen über die Mails reden oder danach?«, frage ich sie und öffne nebenbei mein E-Mail-Programm. Anstatt einhundert Mails, sehe ich sechzehn. Ich blinzle und sehe nochmals genauer hin.

»Konntest du alle Nachrichten durchsehen?«

»Ja, konnte ich. Holly hat mir die Mailadressen der Kollegen durchgegeben, die für das jeweilige Thema zuständig sind, und so konnte ich einiges direkt weiterleiten.«

»Ich bin beeindruckt.«

»Danke«, sagt sie verlegen.

»Ich meine es ernst.« Sie blickt auf ihren Schoß und errötet erneut. Da ich sie nicht absichtlich in Verlegenheit bringen möchte, gehe ich auf ihre vorherige Frage ein.

»Du kannst gerne essen gehen, wir können das Wichtigste auch danach besprechen.« Sie nickt und erhebt sich, hält aber mitten im Raum inne und dreht sich um.

»Hast du eigentlich schon gegessen oder dir etwas bestellt?«

»Eigentlich nicht, aber ich kann das auf später verschieben. Ich kann den Chef raushängen lassen und mir während der Arbeitszeit eine Pause gönnen.« Ein wunderschönes Lächeln erhellt ihr Gesicht.

»Wenn du möchtest, können wir auch gemeinsam etwas essen gehen und dabei vielleicht noch einige Dinge besprechen.«

Ich sollte mich nicht wie ein kleiner Junge darüber freuen, tue es aber, und ich denke, dass es ihr unmöglich entgehen kann. Jetzt, wo der Drang nach Rache nach dem Sandwich-Fiasko abgeflaut ist, merke ich erst, wie viel entspannter ich in ihrer Nähe bin. Vorher wollte ich ihr bei jeder Gelegenheit eins reinwürgen – oder sie küssen, dass hing von der jeweiligen Situation ab.

Wir betreten ein Deli, nicht unweit vom Gebäude entfernt. Und als der Geruch zu mir durchdringt, merke ich, wie hungrig ich bin. Wir setzen uns direkt an den nächstbesten Tisch, um schweigend unser Mittagessen zu verputzen. Nachdem wir gegessen haben, ist Tori die Erste, die das Wort ergreift.

»Danke fürs das Essen.« Für mich war es eine Selbstverständlichkeit, sie einzuladen. »Und deine Mail«, sagt sie und schenkt mir ein Lächeln. Das erste wirklich echte, seit sie für mich arbeitet.

»Ich dachte schon, sie wäre im Spam-Ordner gelandet, weil du nicht geantwortet hast.« Ich genieße es, sie zum ersten Mal fröhlich in meiner Gegenwart zu erleben.

»Ich wollte dir nicht antworten.«

»Weil du meine Entschuldigung nicht annimmst?« Ich hake nach.

»Nein, ich nehme sie an, aber ich will dir auch signalisieren, dass es nicht richtig war, mich derart mies zu behandeln.«

»Das weiß ich. Und es tut mir leid. Ich habe dir Unrecht getan. Du bist nicht sie«, sage ich, ohne groß nachzudenken.

»Ich bin nicht wer?«, fragt sie natürlich, und ich würde mir am liebsten selbst eine reinhauen.

»Niemand Bestimmtes. Ich meinte das im Allgemeinen. Du bist nicht wie die faulen Mitarbeiter, die sich erst beweisen müssen. Du bist du, und spätestens nach dem heutigen Vormittag ist klar, dass du genau die Richtige für diesen Job bist.«

»Das sagst du jetzt, warte mal, bis ich falsche Termine eintrage oder deine Restaurantreservierungen mit Kunden vermassle.«

»Menschen machen Fehler, Tori.« Diese Worte beziehen sich auf so vieles. Darauf, dass ich sie unfair behandelt habe, darauf, dass sie in ihrer Jugend ebenfalls welche gemacht hat. Man sollte daran wachsen und einfach versuchen, es in Zukunft besser zu machen. Das ist mir mittlerweile klar.

»Das tun sie«, sagt sie fast wehmütig, als würde sie sich an etwas erinnern. Das Gespräch nimmt ein abruptes Ende, als Tori sich erhebt und sich wieder auf den Weg zum Büro machen will. Ich komme ihrem Wunsch nach und begleite sie, aber etwas ist anders. Das für unsere Verhältnisse lockere Gespräch ist vorbei, und ich befürchte, dass wir wieder ganz am Anfang stehen.

17. KAPITEL

Tori

Ein paar Tage sind vergangen, seitdem ich endlich meinen eigentlichen Aufgabenbereich verwalten darf. Vieles war am Anfang neu und für mich schwerer umzusetzen, manches ging mir direkt leicht von der Hand, aber egal wie anstrengend der jeweilige Tag auch war, es macht ungeheuren Spaß, Haydens Assistentin zu sein. Seitdem er sich entschuldigt hat, ist all der Druck und die Unsicherheit meinerseits fort, und ich kann getrost sagen, dass er ein toller Vorgesetzter ist, der sich Mühe gibt, mir bei Fragen zu helfen.

Es ist, als hätte man bei unserem Arbeitsverhältnis auf Reset gedrückt, und wir hätten einen Neustart gewagt – aber als besseres Team. Egal was es auch ist, was den Wandel hervorgerufen hat, ich bin überaus dankbar dafür. Im Büro bin ich seine Angestellte, die ihm Arbeit abnimmt und seine Termine verwaltet, aber da ist noch diese andere Seite. Diese Blicke, die wir uns zuwerfen, wenn wir denken, dass der andere es nicht merkt.

Diese Momente gehen tiefer als eine reine Arbeitsbeziehung, und das wissen wir beide, aber wir reden nicht darüber und lassen diese Gefühle nicht zu. Zumindest nicht im Büro. Ich für meinen Teil bin nach der Arbeit hin und weg von dem Hayden, mit dem ich in den letzten Tagen zu tun hatte. Er gleicht nun wieder dem Mann, dem ich in der Nische und im Park begegnet bin, und bringt mein Herz gefährlich schnell zum Schlagen.

Es ist so falsch, sich in seinen Boss zu verlieben, aber ich hatte keine Wahl. Von Anfang an nicht, denn auch da war etwas zwischen uns, nur dass ich es jetzt klarer sehe. Unsere Augen sagen so viel, was unser Mund nie ausspricht, aber ich denke, dass auch Hayden viel an mir liegt. Das spüre ich einfach.

Dass diese Sache nun nicht mehr zwischen uns steht, wirkt sich auch auf meinen Gemütszustand aus. Ich bin fröhlicher und ausgeglichener und kann es zum ersten Mal so richtig genießen, einen Job in einem tollen Label mit netten Kollegen zu haben. Ich räume gerade meine Wohnung auf, als mein Laptop das Eintreffen einer neuen E-Mail ankündigt.

Ich schnappe ihn mir und lege ihn auf meinen Schoß, um nachzulesen. Ich staune nicht schlecht, als ich eine Mail von Hayden im Posteingang finde.

HM: Hallo,
eigentlich sollte es mir nicht schwerfallen, dir eine Nachricht zukommen zu lassen, aber um ehrlich zu sein zittern meine Finger ein wenig, während ich diese Wörter tippe. Mache ich mich nun lächerlich, wenn ich dir das schreibe? Vielleicht, aber ich habe dir versprochen, das ich dir nichts mehr vormache und dir die Wahrheit sagen werde. Und diese ist in den letzten Tagen ziemlich leicht zu beschreiben. Ich kann nicht aufhören, an dich zu denken. Und das ist nicht nur seit jetzt so, sondern seit einer ganzen Weile. Als ich dir meine letzte Mail geschickt habe und du nicht geantwortet hast, hat es mich wahnsinnig gemacht, da ich so gern mit dir darüber gesprochen hätte. Ich möchte mehr über deine Gefühle erfahren, dich besser kennenlernen. Auch wenn es falsch wäre, unser Arbeitsverhältnis zu vertiefen, bin ich so ehrlich und sage dir, dass du mich verrückt machst, Tori.
x Hayden

Meine Augen weiten sich vor Überraschung, erstens, weil Hayden sich mir gegenüber erneut öffnet, und zweitens, weil es ihm wohl genauso geht wie mir. Da auch ich gerne über alles reden möchte, starte ich eine Chatunterhaltung und beginne zu tippen.

Wieso ist es dir so wichtig, mich besser kennenzulernen?

Ich kaue nervös auf meinem Daumennagel herum, während ich auf seine Antwort warte. Als ich die drei Punkte erblicke, die anzeigen, dass er gerade eine Antwort tippt, beginnt mein Herz wild zu klopfen. Ich blicke auf sein nun verkleinertes Profilbild, aber das macht es nur noch schlimmer. *Ich bin ein hoffnungsloser Fall!*

Weil du mich von der ersten Begegnung an fasziniert hast. Du bist wunderschön, aber mehr als nur ein hübsches Gesicht. Du bist eine Kämpfernatur, unglaublich klug, und das ist nur ein kleiner Teil deiner Persönlichkeit, die ich nur vage einschätzen kann. Wenn du dich mit Vance oder meinem Bruder unterhältst, bist du offen und fröhlich, wenn du dich allerdings mit mir unterhalten hast, warst du verschlossen und reserviert. Ich brenne aber darauf, dich besser kennenzulernen, denn wir wissen beide, dass wir mehr als nur Boss und Mitarbeiterin sind

Sind Beziehungen aller Art nicht verboten im Label?

Nein. Diese Klausel habe ich in meinem Unternehmen bewusst weggelassen. Meine Eltern haben sich im Büro kennengelernt und verliebt. Meine Schwester hat sich in ihren Klienten verliebt, nachdem sie seinen Fall gewonnen hat, und deshalb will ich es meinen Mitarbeitern nicht verbieten, sollten sie ernsthafte Gefühle **füreinander** entwickeln

Sorgt dieser Freifahrtschein nicht für Chaos und viel Drama?

In den fünf Jahren, seitdem das Label besteht, nicht. Wir haben vier Pärchen unter den Mitarbeitern. Zwei davon sind verheiratet und eines erwartet sogar ein Baby

Wäre doch cool, wenn sie es **Ever** nennen. Wie der Ort, an dem sie sich verliebt haben

Gute Idee, auch wenn ich es mir nicht vorstellen kann

Wie bist du eigentlich auf den Namen gekommen?

Dorian ist auf den Bandnamen gekommen. Er hatte das Gefühl, in ihm würde für immer ein Sturm toben. Aus **Forever Storm** wurde dann **Everstorm**. Gleichzeitig stand ich mit meinem Label in den Startlöchern, und da die Jungs mit ihrer Band meine ersten Klienten wurden, habe ich mich für den Namen **Ever Records** entschieden. Ich wusste lange nicht, in welche Richtung mein erstes Unternehmen gehen soll, aber nachdem ich Dorian mein halbes Leben lang singen gehört habe, wollte ich eine Möglichkeit finden, dieses zu fördern. Wieso arbeitest du mit Tieren und das ohne Entlohnung?

Weil sie einen bedingungslos lieben können und nichts als Gegenleistung erwarten. Sie sind gut und würden niemanden aus Eifersucht verletzten oder aus Machtgier einen Krieg anzetteln. Sie sind unschuldig und rein, und ich möchte sie beschützen und mich um sie kümmern

In deinem Lebenslauf habe ich nichts von einem College gesehen. Wieso wirst du nicht Tierärztin?

Das ist eine lange Geschichte, aber es fühlt sich jetzt nicht richtig an. Ich habe bereits einen tollen Job und einen recht ansehnlichen Boss

Ach, hast du das?

In der Tat, du solltest mal auf sein Profilbild klicken

Gefällt es dir?

Ja, du wirkst darauf so losgelöst und glücklich

Ian und ich waren wandern, nachdem er meinen Laptop versteckt hat und mich zu einer Auszeit gezwungen hat. Wir haben nicht viel getan, sind nur in der Natur unterwegs gewesen, aber es war einfach toll

Pausen sind wichtig, das darf man trotz des Erfolgs nicht vergessen

Jetzt klingst du schon wie Quinn :)

Sie hat ja auch recht. Schau auf dich und tue nur das, was dir guttut

Das tue ich doch schon, indem ich dir schreibe

Mein Herz klopft immer stärker in meinem Brustkorb, sodass man es fast als Hämmern bezeichnen kann. Nie waren wir offener einander gegenüber, und ihn jetzt besser kennenzulernen – auch wenn es nur per Mail ist – fühlt sich völlig richtig an. Das zu hören tut gut. Mir geht es genauso.

Nicht zu fassen, dass ich dir vor ein paar Tagen noch den Teufel an den Hals gewünscht habe

Hast du das? Ich kann es dir nicht verübeln. Für mich waren die letzten Tage auch ziemlich aufschlussreich. Ich habe auf meine innere Stimme gehört und das Negative in meinem Leben losgelassen und fühle mich, als könnte ich nun freier atmen

Das klingt gut. Ich will dich nicht abwürgen, aber ich sollte mich jetzt wieder um meinen Kater kümmern. Sein Blick sagt mir, dass ich ihn heute nicht genug gewürdigt habe

Mach das, ich muss auch mit Cody spielen, sonst werden all meine Schuhe dran glauben müssen

Gute Nacht,, Hayden. Bis morgen

Nacht und schöne Träume

Mein ganzer Körper kribbelt nach diesem virtuellen Gespräch. Ich war nervös bei dem Gedanken, mit meinem Boss zu chatten, aber kaum hatten wir angefangen, uns zu unterhalten, hat es sich vollkommen natürlich angefühlt, mit ihm über mich und meine Gedanken zu sprechen.

Der Donnerstag war ein ziemlich stressiger Tag. Obwohl ich mich gefühlt durch einhundert Mails gewühlt habe, hatte ich am Ende das Gefühl, nichts erledigt zu haben. Auch Hayden war ziemlich beschäftigt, hatte es sich aber nicht nehmen lassen, öfter nachzufragen, wie es mir geht und ob ich Hilfe benötige. Das Lächeln, das er mir dabei zuwirft, lässt meinen ganzen Körper kribbeln.

Als ich erschöpft nach Hause komme, finde ich vor meiner Wohnungstür ein Post-it von Donna vor, die mich zu einem Filmabend einlädt. Als ich den Zettel in die Hand nehme, wird mir wohlig warm ums Herz. Es fühlt sich einfach toll an, eine Freundin zu haben, mit der man Zeit verbringen kann. Ich schließe meine Tür und werde von einem vorwurfsvollen Miauen begrüßt, das so viel heißt wie: »Wo warst du so lange und wieso hast nichts zu Fressen dabei?«

»Ja, mein Dicker, ich habe dich auch vermisst, aber ich werde nicht lange bleiben, denn ich bin zu einem Filmabend eingeladen. Wie cool ist das denn?« Scar sieht mich durchdringend an, als würde er sich fragen, ob ich noch ganz bei Trost sei. Immerhin sollte ich ja jede freie Minute für ihn da sein. So steht es im Handbuch eines jeden Katzenbesitzers.

»Sorry, mein Süßer, aber ich bin seit Langem einmal wieder glücklich und zufrieden, und das will ich auskosten.« Augenblicklich dreht er sich mit einem dramatischen Miauen um, als wäre er tief gekränkt, aber bei meinem Kater ist das alles nur Show. Ich verdrehe die Augen, streichle ihn im Vorbeigehen, ehe ich ins Badezimmer gehe. Nachdem ich geduscht habe und mir Jogginghose und Oversize-Shirt angezogen habe, schnappe ich mir eine Flasche Wein und gehe in den Flur.

Vor Donnas Wohnungstür treffe ich auf Quinn, die auch eher im Gammellook zum Filmabend erscheint. »Da haben wir zwei uns wohl abgesprochen, was?«, meint sie kichernd, ehe sie an die Tür klopft.

»Ich glaube, das ist der typische Dresscode für solche Abende, oder?« Ich muss ebenfalls grinsen.

»Außer wenn Jungs da sind. Da ist ›Filmabend‹ ein Code für ›Lass es uns tun‹, während im Hintergrund Zombies Menschen angreifen.«

»Wie romantisch«, sage ich und verziehe angewidert das Gesicht.

»Ja, im Nachhinein betrachtet beschreibt dein Gesichtsausdruck es perfekt, aber das ist mir tatsächlich schon einmal passiert.«

»Darüber will ich unbedingt mehr erfahren.«

»Über was redet ihr denn?«, fragt Donna, als sie die Tür öffnet. Sie trägt einen Pyjama-Jumpsuit, der knallrosa ist und an der Kapuze ein Einhorn angenäht hat. Würde ich so etwas anziehen, würde es lächerlich aussehen, aber Donna steht es.

»Sie will alles über Zombie Jeff wissen.«

»Oh, diese Geschichte ist nicht wirklich spannend, Tori. Eher verstörend«, sagt Donna und öffnet uns die Tür, damit wir eintreten können.

»Jetzt bin ich aber noch neugieriger!« Ich stelle die Weinflasche auf den Couchtisch, der schon mit Chips, Popcorn, Nachos, Gummibärchen, Keksen und allerlei anderen Süßigkeiten vollgestellt ist.

»Erwartest du noch jemanden?«, frage ich neugierig, doch Donna lacht nur und blickt zu Quinn, die erst jetzt den Tisch sieht.

»Nein, das ist nur für uns drei. Wobei ich denke, dass Quinn die Hälfte davon allein vernichten wird.« Ich blicke zu Haydens Schwester, deren Körperbau sportlich ist.

»Wo isst du das denn alles hin?«

»Ich kann Süßes essen, ohne zuzunehmen, bei salzigem Essen wandert alles direkt in die Hüften.«

»Krass«, flüstere ich, bin aber auch ein wenig neidisch. Mein

Dad war zwar dünn, aber meine Mom war fülliger um die Hüften. Ihr verdanke ich meine kurvige Taille.

»So, aber wir sind nicht hier, um über meinen Stoffwechsel zu sprechen, sondern um uns einen Film reinzuziehen und Spaß zu haben.«

Nach dem ersten Film naschen wir ein wenig und überlegen, welchen Film wir uns als Nächstes ansehen sollen, als mein Handy zu vibrieren beginnt.

> Hayden: So, nach einem erfolgreichen, aber auch anstrengenden Tag ist nun für mich Feierabend. Wie genießt du deine Freizeit?

Sofort muss ich lächeln. Dass er so spät noch an mich denkt, bringt die verräterischen Schmetterlinge in meinem Bauch zum Rotieren.

Tori: Heute ist Filmabend. Donna und Quinn diskutieren gerade, welchen Film wir uns als Nächstes ansehen sollen

> Was steht denn zur Auswahl?

Es oder Shining

> Oje, das kann noch lange dauern

Gut, dass ich abgelenkt werde

> Wie geht es dir heute? Wir haben uns heute gar nicht unterhalten können

Mir geht es ganz gut. Ich bin etwas müde, aber sonst ziemlich glücklich. Wie sieht es bei dir aus?

Ich schreibe mit dir, also fühle ich mich sehr gut. Es hat mir ein wenig gefehlt, meine Mittagspause mit dir zu verbringen

Wir können gerne morgen wieder gemeinsam essen

Gerne. Ich möchte auch noch etwas mit dir besprechen

Dann haben wir eine Verabredung zum Lunch!

Gut, dann sehen wir uns morgen früh. Ich bin der in dem Anzug

Und ich bin die im roten Kleid

Rot, hmm? Ist es frech, wenn ich mir dich in einem sexy knallroten Kleid vorstelle'?

Überhaupt nicht. Die Gedanken sind frei, und ich komme sicher auch auf meine Kosten ;)

Diese Gespräch ist jetzt etwas ausgeartet. Nicht dass es mich stören würde

Dann ist ja gut. Wir wollen einander kennenlernen, und je eher wir unsere verspielte Seite kennenlernen, desto besser

Ich will alles über dich wissen

Da wären wir schon zu zweit. Du hast dir in den letzten Tagen
wirklich Mühe gegeben, dass ich mich in deiner Nähe und bei
der Arbeit wohlfühle. Das weiß ich sehr zu schätzen

Ich will einfach nicht mehr der Mann sein, der ich bei deiner
Ankunft im Label gewesen bin. Du hast etwas Besseres als
mich verdient. Aber ich danke dir, dass du mich bis jetzt noch
nicht zum Teufel geschickt hast

Glaub mir, ich hatte es sehr oft vor. Aber ich bin froh, es nicht
getan zu haben

Ja? Weshalb?

Weil ich gerne bei dir bin

18. KAPITEL

Hayden

Etwas hat sich verändert zwischen uns. Ist es der Nachrichtenaustausch der letzten Tage oder einfach die Tatsache, dass ich aufgehört habe, in der Frau, die in mein Leben getreten ist, das Mädchen aus meiner Vergangenheit zu sehen? Auf jeden Fall habe ich das Gefühl, als würde nichts mehr zwischen uns stehen. Endlich scheinen wir uns auf einer Ebene zu befinden.

Mir ist es wichtig, sie persönlich zu fragen, ob sie mich auf die Gala begleiten möchte. Ich habe vorgeschlagen, diesen Samstagvormittag zu Fuß zum Restaurant um die Ecke vom Label zu gehen. Wir gehen schweigend nebeneinander.

Die Frauen, mit denen ich bis jetzt zu tun hatte, waren eher welche, die ohne Punkt und Komma reden. Ich habe sie einschätzen können, wusste, wohin ich sie ausführen und was ich ihnen schenken konnte, aber Tori scheint ein anderer Typ von Frau zu sein, und dieser Umstand fasziniert mich. »Wie geht es deinem Magen?«, frage ich schließlich, weil ich nicht länger schweigen kann und das schlechte Gewissen mich immer noch plagt.

»Alles gut. Das ist schon Tage her, und ich habe seitdem genug gegessen.«

»Ich will nur auf Nummer sicher gehen.«

»Das tust du. Mir geht es bestens, Hayden«, sagt sie und greift nach meiner Hand, um sie sacht zu drücken. Vielleicht tut sie es aus Reflex oder weil sie es wirklich will. Egal was der Grund ist, es fühlt sich unglaublich gut an, ihre Haut zu berühren. Tori und ich nähern uns langsam einander an, und das versetzt mich in Euphorie.

»Das gefällt mir.« Mit dem Daumen streiche ich über ihre weiche Haut.

»Was?«, fragt sie, will meine Hand loslassen, aber ich drücke sie erneut. Nicht fest, aber es scheint ihr zu gefallen. Zumindest weicht sie nicht mehr zurück.

»Wenn du mich beim Vornamen nennst.« Ihre Wangen färben sich leicht rosa, und sie weicht meinem Blick aus.

»Habe ich etwas Falsches gesagt?« Ich wollte sie nicht in Verlegenheit bringen.

»Nein.«

»Aber?«, fühle ich ihr auf den Zahn.

»Es fühlt sich noch so neu an. So verboten, die Hand seines Bosses zu halten.« Daraufhin löst sie sich von mir.

»Ich hatte gehofft, dass du mehr in mir siehst als nur deinen Boss? Ich fühle mich zu dir hingezogen, Tori und ich hoffe, dass du, wenn wir uns außerhalb des Labels treffen, den Mann in mir siehst und nicht den Vorgesetzten.«

»Ich werde es versuchen und fühle ebenso, auch wenn ich etwas Angst habe, mich in meinen Boss zu verknallen.«

»Man kann es sich nicht aussuchen, wen man mag. Keiner weiß das besser als ich. Aber ich wünsche mir, dass du uns eine Chance gibst, sollte sich etwas zwischen uns entwickeln.«

»Ich kann es versuchen.«

»Ich werde dir helfen, dich in meiner Gegenwart wohler zu fühlen als bisher. Ich war ein Arsch, aber das ist vorbei. Ich würde gerne das alte Kapitel beenden und ein völlig neues beginnen. Eines, wo wir einfach zwei Menschen sind, die Zeit miteinander verbringen, und wenn sich etwas daraus entwickeln sollte, sollten wir es einfach auf uns zukommen lassen.« Ich öffne ihr die Tür und sie will schon eintreten, aber ich halte sie auf, indem ich sanft ihre Hand nehme und ihr fest in die Augen sehe.

»Kannst du es dir vorstellen, Tori? Dass wir von vorn beginnen, ohne zurückzublicken?« Ihre Lippen öffnen sich leicht, als sie mich einfach ansieht. In ihren Augen sehe ich so viele Gefühle auf einmal aufwirbeln. Sie ist unsicher und vielleicht auch etwas ängstlich, aber ich bin es auch, denn würde ich mich auf diese schöne Frau einlassen, würde ich all das hinter mir lassen, was sie mir angetan hat. In dieser Woche habe ich ebenfalls viel nachgedacht, und ich kann von mir sagen, dass ich ihr verziehen habe, weil wir uns beide verändert haben, und das zum Guten, wie ich hoffe.

»Ja, Hayden«, flüstert sie sanft meinen Namen, ehe sie lächelt. Ein echtes Lächeln, das nur für mich bestimmt ist. »Ich kann mir vorstellen, alles hinter uns zu lassen und dir zu vertrauen.«

Wir setzen uns an einen der hinteren Tische, wo man sich ungestört unterhalten kann. Wir reden über Gott und die Welt, weil es eben leicht ist, sich mit Tori zu unterhalten, wenn man persönliche Fragen auslässt. Sobald sie sich in die Ecke gedrängt fühlt, macht sie dicht, das habe ich schon rausgefunden.

Ich erwische mich selbst dabei, dass ich sie länger anstarre, als man es noch als höflich bezeichnen könnte, also konzentriere ich mich auf meinen Kaffee und ihre Erzählungen.

Nachdem sie wieder einmal eine Anekdote von ihrem Kater erzählt hat und daraufhin schweigt, sehe ich meine Chance gekommen. »Eigentlich wollte ich dich das gestern per Chat fragen, aber ich war etwas unsicher.«

»Männer, die ihre Unsicherheiten eingestehen, sind rar gesät.«

»Das sind nur ein paar meiner Vorzüge. *Stay tuned*, ich habe noch vor, dich von den Socken zu hauen.«

»Jetzt bin ich ganz Ohr.«

»Ich muss heute Abend zu einer Wohltätigkeitsveranstaltung, um meine Mutter zu vertreten, und wollte dich fragen, ob du mich begleiten möchtest.« *Wieso bin ich so nervös?* Ich habe schon so viele Frauen um Dates gebeten, aber bei Tori sind meine Nerven zum Zerreißen gespannt.

»Du und ich auf einer Gala? Wo uns alle sehen können?«

»Ja, das wäre der Plan.«

»Ich glaube nicht, dass ich dorthin passe.«

Ich hebe ungläubig die Brauen. Sie hat damals schon dazugepasst und heute erst recht.

»Du passt perfekt dorthin.«

»Lieb von dir, dass du fragst, aber ich muss leider ablehnen. Aus mehreren Gründen.«

»Oh.« *Wann habe ich das letzte Mal einen Korb bekommen? Noch nie.* In der Highschool war ich so in Tori verschossen, dass ich die anderen Mädchen nicht wahrgenommen habe, und auf dem College hatte ich eine wilde Phase, während der ich keine einzige Absage habe einstecken müssen.

»Hör zu …«, setzt sie an, aber wir werden unterbrochen, als mein Smartphone zu läuten beginnt. Ich ignoriere es, aber das Bimmeln hört einfach nicht auf, sodass Tori mir zunickt und signalisiert, dass es okay ist, wenn ich abhebe. Nachdem ich den Talent-Scout am anderen Ende der Leitung abgewimmelt habe, blicke ich auf die schöne Frau, die mir gegenübersitzt.

Ich sehe Tori an, dass sie die Ablehnung der Einladung nicht böse gemeint hat, aber gegen den Stich in meiner Brust kann ich nichts tun. Wir essen und unterhalten uns, versuchen wieder, an dem Punkt weiterzumachen, wo wir aufgehört haben, aber ihre Absage hat einen Schatten über unser Treffen geworfen, sodass wir uns schneller verabschieden, als ich es ursprünglich geplant hatte. Ich sage ihr, dass ich noch einen Klienten treffe und sie alleine zurückgehen sollte, aber das ist geschwindelt. Ich brauche einfach Ruhe und Abstand. Ich gehe ein Stück durch New Yorks Straßen. Auch wenn Gayle zur Verfügung steht, ziehe ich es vor, mit der Subway oder einem Taxi nach Hause zu fahren, um einen klaren Kopf zu bekommen.

Die besten Deals habe ich abgeschlossen, nachdem ich stundenlang durch Manhattan spaziert bin und mir die besten Strategien überlegt habe. Doch heute führt mich mein Weg nicht wie sonst zum Central Park, sondern zum Frauenhaus, wo ich hoffe, auf Kyle zu treffen. Als ich das Gebäude betrete, erwartet mich eine friedliche kleine Runde von Menschen im Foyer und Aufenthaltsraum, den wir haben bauen lassen, damit sich die Frauen untereinander austauschen können, anstatt in ihren Wohnungen allein vor sich hin zu grübeln.

»Mr Millard, schön Sie zu sehen. Wie geht es Ihnen?« Uma ist Mitte vierzig und kommt selbst aus einer zerrütteten Ehe, wo sie mit Misshandlung zu kämpfen hatte. Damals hatte sie niemanden und hat sich und ihren Sohn kaum durchbringen können. Erst Jahre später hat sie ihren Highschoolabschluss nachholen können, hat dann jahrelang ehrenamtlich in verschiedensten Einrichtungen ausgeholfen und sich zur Chefin hochgearbeitet. Für mich war nach der ersten Begegnung klar, dass ich sie für mein Frauenhaus gewinnen musste.

»Mir geht es so weit gut, danke der Nachfrage. Wie läuft es hier im Haus?«

»Die Woche war ziemlich ruhig. Camie hat endlich genügend zusammengespart und ist vor ein paar Tagen mit ihren Kindern in eine größere Wohnung gezogen.«

»Und Kyle? Geht es ihm gut?« Sie schenkt mir ein breites und verständnisvolles Lächeln, da sie schon geahnt haben muss, dass ich hauptsächlich seinetwegen gekommen bin.

»Seine Mom ist im Diner gefeuert worden und war danach einen Tag lang verschwunden. Ich habe ihn besucht, und wir haben uns einen Film angesehen, bis er eingeschlafen ist, aber er war sehr schweigsam. Das ist schon seit ein paar Wochen so.«

»Ist er in seinem Zimmer?«

»Nein, er ist im Garten.«

»Okay, danke, Uma. Ich sehe mal nach ihm.« Hinter dem Gebäude befindet sich ein kleiner Garten, wo die Bewohnerinnen Obst und Gemüse eingesetzt haben, mit Sitzgelegenheiten sowie einem Basketballplatz. Ein paar Kinder spielen oder schaukeln auf dem Gerüst, andere spielen Basketball, während sich ein paar Frauen unterhalten. Einige von ihnen scheinen neu zu sein. Körperlich sieht man ihnen ihre Verletzungen nicht an, aber ihre traurigen Augen sagen so viel mehr. Ich entdecke Kyle etwas abseits vom Basketballplatz, wo er an einen Baum gelehnt sitzt und etwas in sein Buch zeichnet. Als ich mich von der Seite nähere, erkenne ich zum ersten Mal, was er in sein Heft malt, das er sonst niemandem zeigt. Comics. Und auch wenn ich noch zwei Schritte von ihm entfernt bin, kann ich sehen, dass sie ziemlich gut gelungen sind.

»Hey, Kumpel.« Erschrocken klappt er sein Buch zu und versteckt es hinter sich. Auch als er mich erkennt, entspannt er sich nicht.

»Ich bin es, Hayden.« Langsam, zu langsam für meinen Geschmack, löst er seine defensive Körperhaltung und atmet tief durch. *Was muss dieser Kleine wohl alles durchgemacht haben? War es so schlimm wie bei mir? Oder vielleicht noch schlimmer?* Ich wünschte, er würde mit mir reden, aber er ist so verschlossen wie das Buch, das ihm so wichtig zu sein scheint.

»Hast du etwas dagegen, wenn ich mich zu dir setze?«

»Nein«, flüstert er und rückt ein wenig zur Seite. Ich setze mich neben ihn und blicke zu den Jugendlichen, die Körbe werfen.

»Wie geht's dir heute?«

»Gut.« Er sagt es, als hätte er es einstudiert, und dann sagt er kein Wort mehr. Man muss ihm sprichwörtlich alles aus der Nase ziehen.

»Hast du auch keine Probleme mehr in der Schule?«

»Nein.«

»Verstehe.« Ich überlege fieberhaft, wie ich ihn dazu bringen könnte, mir seine Sorgen anzuvertrauen, denn ich will diesem Jungen helfen, der mich so sehr an mich selbst erinnert.

»Weißt du eigentlich, dass ich neuerdings einen Hund habe?« Endlich nimmt er Blickkontakt auf, was mich erleichtert aufatmen lässt.

»Was für einen?«

»Einen Beagle. Ein schlimmer Finger, der meine Anzugschuhe für ein köstliches Dinner hält.«

»Gibst du ihm nichts zu essen?«

»Doch, er isst teilweise besser als ich, aber ihm scheint wohl langweilig zu sein, weil ich den ganzen Tag arbeiten muss.«

»Mir ist auch langweilig, wenn Mom nie nach Hause kommt.«

»Kommt das häufig vor?«

»Ja.« Er blickt auf seine Schuhe, die auch schon bessere Tage gesehen haben. Dieser Junge wirkt so verloren, dass ich ihn am liebsten mit nach Hause nehmen würde, um ihn etwas aufzumuntern. Und dann kommt mir eine Idee.

»Sag mal, was hältst du davon, wenn du mich heute besuchst und Cody kennenlernst. Deine Mom kann dich ja bringen, und ihr könnt ein paar Stunden bei mir bleiben.«

»Ehrlich?« Seine Augen werden groß, denn es ist wahrscheinlich das erste Mal, dass er etwas außerhalb der Schule und des Frauenhauses unternimmt.

»Natürlich, mein Junge. Ist deine Mom da?«

»Ja, aber sie schläft noch.« Seine Miene verdunkelt sich, als wäre er sauer auf sie. Es sollte mich wundern, dass sie um ein Uhr nachmittags noch pennt, aber das tut es nicht. Dieser hübsche und intelligente Junge verdient so viel Liebe und Aufmerksamkeit, aber alles, was er erfährt, sind Schläge und Abweisungen. Ich erhebe mich vom Rasen und reiche Kyle meine Hand, die er, ohne zu zögern, ergreift.

»Komm, lass uns deine Mom fragen, ob es okay ist, wenn du mich besuchst.« Da Kyle den Schlüssel vergessen hat, klopfe ich an. Es dauert geschlagene zehn Minuten, bis sie auf mein Klopfen reagiert und die Tür öffnet.

»Mr Millard?«, fragt sie verwundert und öffnet die Tür, damit ich eintreten kann.

»Hallo, Miss Banecroft. Haben Sie einen Moment für mich?«

»Natürlich. Ist etwas passiert?« Sie bedeutet mir, auf der Couch Platz zu nehmen, aber die ist voll mit Klamotten, also bleibe ich stehen.

»Nein, alles in Ordnung. Eigentlich wollte ich Sie einladen, mit Kyle zu mir zu kommen.«

»Wir sollen zu Ihnen?«

»Ja, ich habe einen Hund und möchte ihn Kyle gerne zeigen.«

»Also heute Abend habe ich eigentlich etwas vor.« Was sie vorhat, will ich lieber nicht wissen.

»Ich bitte Sie. Es bedeutet Kyle und mir sehr viel, wenn Sie uns besuchen.«

»Na schön. Ich kann sicher eine Stunde freischaufeln.« Sie

gähnt ausgiebig, ehe sie sich auf die Couch setzt und die Beine hochlegt.

»Das ist so cool«, jubelt der Kleine und sieht mich aus leuchtenden Augen an.

»Dann sehe ich euch beide heute Abend.« Die Gala hat für mich den Reiz verloren, weil Tori mich nicht begleiten wird, also kann ich den Abend auch mit meinem Kumpel Kyle genießen, den ich seit Wochen endlich wieder einmal euphorisch erleben durfte.

19. KAPITEL

Tori

Das hier ist ein Fehler. Ich blicke nochmal auf mein Outfit. Eleganter knielanger Rock zu züchtiger Bluse – das sieht schick aus und schreit doch nicht nach *Date*.

Stundenlang habe ich Haydens enttäuschten Gesichtsausdruck vor mir gesehen, nachdem ich seine Einladung zur Gala abgelehnt habe. Ich wollte ihn nicht verletzen, aber ich bin so unsicher, was diese Sache mit ihm und mir anbelangt. Wenn ich mit ihm alleine bin, fühle ich mich hibbelig und traue mir selbst nicht über den Weg, weil ich ihm unbedingt nah sein möchte.

Ich kann nicht unvorbereitet mit ihm auf eine Gala spazieren, wenn ich vor Nervosität zittere und nicht weiß, wie ich mich ihm gegenüber verhalten soll. Mein Herz sagt mir, dass ich mich nicht zurückhalten und ihm frei heraus sagen sollte, dass ich ihn will, dass ich mit ihm alles Mögliche tun möchte. Aber mein Kopf sagt mir, ich soll mich zurückhalten und vorsichtig sein, weil ich das Gefühl habe, etwas zu übersehen. Etwas Wichtiges. Aber da mein Kopf und mein Herz schon immer gegeneinander gekämpft haben, nehme ich schließlich die Beine in die Hand und bin jetzt auf dem Weg zu Hayden, um ihn doch auf die Gala zu begleiten. Ich betrete das Wohngebäude, wo mich der Portier Lawrence freundlich begrüßt.

»Guten Abend, Miss Lancaster. Konnten Sie es doch einrichten, Hayden zu begleiten? Er hat gemeint, sie schaffen es nicht.«

»Ja, ich kann ihn ja nicht hängen lassen.«

»Sie sind ein Goldstück. Hier haben Sie den heutigen Code.«

»Danke.« Lächelnd winke ich ihm kurz, ehe ich in den Aufzug steige und den Tagescode für das Penthouse eingebe. *Ich tue das Richtige*, rede ich mir ein und drücke entschlossen auf den Knopf fürs Penthouse. Je höher ich komme, desto nervöser werde ich, also schüttle ich meine Hände aus und versuche, mich zu entspannen. Als ich auf seiner Etage ankomme, entdecke ich eine rothaarige Frau mit wilden Locken, die sich zusammen mit einem Jungen in der Wohnung umsieht. Beide bemerken mich nicht, nicht mal Hayden sieht mich, als er von der Terrasse in den Wohnbereich kommt und beide anlächelt.

»Willkommen in meinem Heim.« Er geht vor dem Jungen in die Hocke, um ihn mit einem Handschlag zu begrüßen.

»Danke, Kyle freut sich wirklich sehr.« Sie eilt auf Hayden zu und drückt ihm eine Sporttasche in die Hand, die ich erst jetzt bemerke. »Hier drin sind Pyjama, Wechselklamotten, etwas Geld und seine Wasserflasche, aber ich bin mir sicher, dass sie in diesem edlen Schuppen genug Gläser besitzen.«

»Ich verstehe nicht ganz.« Hayden runzelt die Stirn und sieht sie fragend an.

»Kyle wird hier übernachten, wie wir es besprochen haben. Sie tun mir wirklich einen großen Gefallen damit, dass sie ihn bei sich schlafen lassen.«

»Moment. Ich kann nicht einfach ein Kind aus dem Frauenhaus bei mir übernachten lassen.«

»Sie sind ja gut zu ihm. Er mag sie. Sehen Sie es einfach als Babysitting.«

»Trotzdem kann ich nicht ohne Ihre Erlaubnis ...« Sie holt ein Blatt Papier aus ihrer Tasche und reicht es ihm.

»Ich habe schriftlich eingewilligt, dass ich Ihnen mein Kind anvertraue.«

»Aber ...«

»Mach's gut, Kyle. Sie bringen ihn ja morgen wieder ins Haus, oder? Bye.« Sie geht in meine Richtung und wirft mir einen verwunderten Blick zu, ehe sie an mir vorbeigeht und in den Aufzug steigt. Als sich die Aufzugtüren schließen, bemerkt Hayden mich plötzlich und seine Augen weiten sich vor Überraschung. Er beugt sich kurz zu dem Jungen und drückt ihm mitfühlend die Schulter.

»Wie cool ist das denn? Du wirst bei mir übernachten. Ich zeige dir schnell das Zimmer, in dem du schlafen wirst, und wenn du dich eingerichtet hast, gehen wir zu Cody, nicht dass er meinen Boden mit der Pflanzenerde neu dekoriert.«

»Ist das auch wirklich okay?« Der traurige Ton in der Stimme des Jungen bricht mir beinahe das Herz.

»Sicher, Kumpel. Ich freue mich wirklich, dass du hier bist.« Er bedeutet mir mit den Händen zu warten, ehe er mit dem Jungen kurz verschwindet. Ich bleibe verdattert stehen und bewege mich keinen Zentimeter. So viele Fragen beschäftigen mich. *Wer war die Frau? Welches Frauenhaus? In welcher Beziehung stehen die drei zueinander?* Lange brauche ich mir das Hirn nicht zu zermartern, denn schon eilt Hayden auf mich zu und sieht mich entschuldigend an.

»Entschuldige bitte. Ich wollte dich nicht einfach stehen lassen, aber wie du gesehen hast, habe ich nun einen Übernachtungsgast.«

»Kein Problem.«

»Wieso bist du überhaupt hier?«, fragt er und mustert mich von oben bis unten. Seine Mundwinkel heben sich, und er beißt sich bei meinem Anblick auf die Unterlippe.

»Ich konnte dein enttäuschtes Gesicht nicht vergessen und ich finde, ich habe vielleicht aus den falschen Gründen zu früh abgelehnt und wollte dich spontan doch begleiten.«

»Ich habe beschlossen, nicht zur Gala zu gehen und meine Spende zu überweisen. Ich habe Kyle und seine Mom eingeladen, damit er Cody kennenlernen kann, aber ich wusste nicht, dass sie ihn bei mir abladen und selbst schnell wieder abhauen würde.«

»Woher kennt ihr euch?«

»Kyle und seine Mom wohnen in einem Frauenhaus, das ich eröffnet habe. Wir sind uns zufällig dort begegnet und haben uns gleich angefreundet. Ich mag ihn wirklich sehr.«

»Das sieht man. Dann werde ich euch nicht länger stören.« Ich will schon gehen, aber er greift nach meinem Ellbogen und zieht mich an sich. Er umarmt mich sanft, und auch wenn ich mich vor Überraschung verkrampft habe, lasse ich es zu und schließe die Augen. Haydens Umarmung fühlt sich natürlich an, als wäre ich gefangen in seiner Wärme und könnte doch freier atmen als je zuvor. Er vergräbt sein Gesicht in meinen offenen Haaren, die ich zu Locken gedreht habe, und atmet tief ein.

»Danke«, flüstert er schließlich, ehe er sich ein wenig von mir löst, um mich ansehen zu können. Ich sehe und höre alles verschwommen, weil meine Augen plötzlich feucht geworden sind. Das letzte Mal, dass ich einfach so in den Arm genommen wurde, ist ziemlich lange her, weshalb mich die Emotionen überwältigen und sich Tränen ankündigen.

»Danke, dass du mich trotzdem begleiten wolltest. Es wäre mir eine Ehre gewesen, dich als meine Begleitung zur Gala auszuführen. Du siehst wunderschön aus und hättest alle Blicke auf dich gezogen.«

»Du sagst so schöne Sachen«, sage ich mit belegter Stimme.

»Anders als zur Zeit unseres Kennenlernens bin ich nun völlig ehrlich und frei von Vorurteilen. Ich meine jedes Wort so, wie ich es sage.« Ich bin kurz davor, meine Arme um ihn zu schlingen und meinen Mund sanft auf seinen zu legen. Das ist der Hayden, den ich am Anfang kennenlernen durfte, der Mann in der Nische, der mein Herz dazu gebracht hat, heftig zu klopfen. Jetzt hämmert es gegen meinen Brustkorb, als sein Blick auf meinen Mund gleitet.

»Ich mag es, Zeit mit dir zu verbringen, auch wenn sie bis jetzt eher knapp bemessen war. Aber das holen wir nach, wenn du willst.«

»Ich will.« Es ist eine zarte Annäherung. Wir beide fühlen uns zueinander hingezogen und doch habe ich nach Gründen gesucht, diesen Gefühlen nicht nachzugeben. Wenn ich das so fortführe, werde ich zwar mein Herz schützen können, aber es stellt sich mir die Frage: *Ist das Leben nicht dafür da, Risiken einzugehen und einfach zu lieben?* Der Verlust von Dad muss mir doch gezeigt haben, dass das Leben kurz ist und man jeden Moment auskosten muss. Aber ich habe mich in den letzten Jahren verkrochen und alles getan, um Menschen auf Abstand zu halten.

»Sehen wir uns morgen?«, fragt er mich mit seiner sexy Stimme und lässt mich kurz schlucken.

»Ich kann leider nicht. Gehe morgen Freunde auf einem Flohmarkt besuchen.«

»Okay, dann sehen wir uns am Montag.«

»Bis Montag dann.«

Eher widerwillig fahre ich nach Hause und bin noch immer verzaubert von dem Moment, den wir geteilt haben. Es war nur eine Umarmung, aber es hat so viel mehr bedeutet, gerade weil es eher eine keusche Geste war. Ein anderer Mann hätte mich gepackt und sich genommen, was er will, aber nicht Hayden. Er kann warten, will es sogar. Ich jedoch gehe eher sexuell frustriert ins Bett und hoffe, anders als viele andere Menschen, dass es schnell Montag wird.

20. KAPITEL

Hayden

Es sollte mich nicht überraschen, dass Kyles Mom sich am nächsten Morgen nicht im Apartment befindet, als ich ihn dorthin begleite. Der Junge scheint sich wohl damit abgefunden zu haben, dass seine Mutter nie da ist. »Wie oft kommt es vor, dass du alleine bist?«, frage ich, als er seine Tasche abstellt.

»Ich habe schon aufgehört zu zählen. Wohin sie geht, weiß ich nicht, aber wenn sie nach Hause kommt, stinkt sie wie ein Aschenbecher.«

»Verstehe.« Wut erfasst mich und unbewusst balle ich die Hände zu Fäusten, lockere sie aber direkt wieder, damit der arme Junge keine Angst vor mir bekommt. Sein ganzes Leben lang ist er schon von Gewalt umgeben, und ich würde alles tun, um ihn in guten Händen zu wissen. »Uma wird sich gleich um dich kümmern. Ich muss jetzt leider los.«

»Danke, dass ich bei dir übernachten durfte.« Seine Augen leuchten kurz auf. Es war tatsächlich toll, ihn bei mir zu haben. Er und Cody haben sich angefreundet und haben so lange herumgetollt, bis Kyle ganz verschwitzt war.

»Immer wieder gern. Du hast ja meine Nummer und weißt, wo ich wohne. Du kannst mich jederzeit besuchen, wenn du magst. Okay?« Ich will, dass er versteht, dass das nicht nur ein dahingesagter Spruch ist, sondern dass ich es sehr ernst meine. Er nickt als Antwort, ehe er den Fernseher einschaltet und es sich auf der Couch gemütlich macht. Wutentbrannt gehe ich zum Empfang des Hauses, wo ich auf Uma treffe, die ihre Stirn in Falten legt. »Diese verflixte …« Ich schlucke die Schimpfwörter runter und versuche, mich zu beruhigen. Kyles Vernachlässigung nimmt mich ziemlich mit und macht mich gleichzeitig rasend vor Wut.

»Was ist passiert?«

»Seine Mom ist nie da.«

»Ich weiß«, seufzt sie und setzt sich auf ihren Drehstuhl.

»Haben Sie je mit ihr gesprochen?«

»Natürlich. Aber es prallt alles an ihr ab.«

»Ich werde das Jugendamt einschalten müssen.«

»Glauben Sie wirklich, dass Sie Kyle damit einen Gefallen tun?«

»Jede Pflegefamilie ist besser als eine Mutter, die nie da ist. Glauben Sie mir.« Denn ich spreche sehr wohl aus eigener Erfahrung. Kyles Mutter hat lange zugesehen, wie ihr Ex ihr Kind geschlagen hat, und hat diesen Mistkerl erst verlassen, als es für sie beide fast zu spät gewesen ist. Ich fühle mit Kyle, denn auch ich musste das als Kind ertragen. Die Schläge, die Demütigungen, die Enttäuschung, weil man seine Eltern bedingungslos liebt, sie diese Gefühle aber nicht erwidern.

Sonntags seine Beziehungen spielen zu lassen ist schwerer, als ich anfangs angenommen habe, aber ich habe Glück und die Leiterin des Departments für Kinder- und Jugendschutz nimmt sich meines Anliegens an und zieht Kyles Fall vor. Sollte es wirklich so weit kommen, dass sie Bedarf darin sieht, den Jungen in eine Pflegefamilie zu geben, werde ich mich persönlich darum kümmern, dass er zu verantwortungsvollen Menschen kommt. Ich werde nicht von seiner Seite weichen und die Person sein, die ich mir damals sehnlichst gewünscht hätte. Ich habe ja nicht ahnen können, dass es bei mir so lange dauern würde, bis die richtigen Menschen in mein Leben treten.

Wieder in meiner Wohnung scheine ich mich auf nichts wirklich konzentrieren zu können. Nicht nur, dass mir die Sache mit Kyle Sorgen bereitet, seine Geschichte lässt mich auch ungewollt wieder in die Vergangenheit abdriften. Meine Eltern waren Junkies, Stricher und an ihrem Kind nicht interessiert. Oft musste ich mir Schimpftiraden anhören – Vorwürfe, dass sie mich nie gewollt hätten und ich nur eine Last für sie sei. Cody bemerkt meine Unruhe und sucht meine Nähe, aber ich stehe unter Strom, voller Emotionen und einfach nicht in der Lage still zu stehen. Ich bin gefangen in der Vergangenheit und finde keine Ruhe.

Ich beschließe, joggen zu gehen, obwohl es in Strömen regnet. Wenn ich zu Hause bleibe, fällt mir die Decke auf den Kopf. Vielleicht hilft die Nässe dabei, mich wieder zu beruhigen. Die Häuser fliegen an mir vorbei, und ich nehme kaum Geräusche wahr, zu deutlich höre ich die Stimme meiner verdammten Eltern, die schimpfen und sich streiten. Ich habe gedacht, dass sie keine Macht mehr über mich hätten, dass ich es überwunden hätte. Mit jedem Schritt höre ich die merkwürdigen Geräusche, die sie von sich gegeben haben, wenn sie sich einen Schuss gesetzt haben. Und das Rasseln der Ketten. Dieses elende Geräusch übertönt alles andere.

Ich laufe, als wäre der Teufel hinter mir her, und muss dabei wirklich furchteinflößend aussehen, denn alle Passanten machen einen erschrockenen Schritt zur Seite, als sie mich erblicken. Als ich nicht mehr kann, lande ich mit den Knien voran auf dem harten Asphalt. Da ich nur Laufshorts trage, reißt meine Haut auf, und Blut vermischt sich mit dem Regenwasser. Aber ich fühle den Schmerz nicht, weil ich mich wie in

Trance befinde. Ich keuche und sauge gierig die Luft in meine Lungen, um nicht ohnmächtig zu werden.

Plötzlich erfüllt mich Panik und macht es mir unmöglich, mich zu bewegen. Meine Sicht verdunkelt sich, bis ich nur noch Schwärze wahrnehme. Ich öffne den Mund, um zu schreien und diese Beklommenheit abzuschütteln, aber ich bin machtlos. Genauso wie ich es als Kind gewesen bin. Die Panikattacken haben angefangen, als ich fünf Jahre alt wurde und meine Mutter völlig zugedröhnt mit einem Messer vor meinem Bett stand. Vor Schreck bin ich über die Feuerleiter geflohen, bevor mich die Attacke dann vor dem Gebäude erfasst hat und ich mich stundenlang in einer dunklen Gasse versteckt habe.

»Hayden?«, höre ich dumpf Toris Stimme in meinem Kopf und die Schwärze, die mich umfasst hat, lässt nach. Dann höre ich sie erneut, diesmal näher. Ich blinzle, da der Regen meine Sicht verschwimmen lässt, aber plötzlich erkenne ich tatsächlich Tori vor mir, und mit einem Mal herrscht Ruhe in meinem Inneren. *Gott, ist sie schön.* Wie schafft es diese Frau, durch ihre bloße Anwesenheit die Dämonen zu vertreiben, die mich heimsuchen?

»Du bist ja verletzt«, keucht sie erschrocken auf, und ich folge ihrem Blick. Aus den Wunden an meinen Knien tropft Blut und nicht gerade wenig. Ich muss mich tief geschnitten haben, aber es ist mir egal.

»Komm mit hoch, ich muss mir das ansehen.« Ich blicke zu dieser Frau auf, ehemals mein Verderben, das sich in Erlösung umgewandelt hat. In den letzten Wochen habe ich alles getan, um mich an ihr zu rächen, ihr wehzutun, und doch steht sie jetzt hier vor mir wie ein Engel, der einem von Dämonen Gepeinigten zu Hilfe eilt. Mühsam rapple ich mich auf und sie stützt mich, als ich in ihr Wohngebäude humple. In ihrer

Wohnung angekommen fällt mir das Atmen leichter, jedoch schmerzen nun meine Knie, da die Taubheit der Panikattacke abgeklungen ist.

»Setz dich. Ich bin gleich wieder da.« Ich tue, was sie sagt, setze mich auf die Couch und sehe ihr nach, als sie im Badezimmer verschwindet, dem einzigen weiteren Raum hier. Diese Wohnung ist so winzig, aber doch spiegelt sie Tori durch und durch wider: Die Duftkerzen, deren Duft ich manchmal neben ihrem Parfüm an ihr wahrnehme, Deko-Figuren und Gemälde von Tieren an der Wand und die gerahmten Fotos von ihrem Dad. Die Panik von vorhin ist verschwunden, wenn ich ihre Präsenz wahrnehme. Ich sehe eine rot getigerte Katze, die kurz in meine Richtung sieht, aber dann erhobenen Hauptes hinter dem Vorhang verschwindet, der wohl zu Toris Bett führt. Sie eilt mit einem Verbandskasten in der Hand herbei und holt Pflaster, Kompressen sowie ein Spray hervor.

»Ich muss die Wunden zuerst desinfizieren. Das könnte jetzt brennen«, flüstert sie und blickt zu mir hoch. Sie kniet fast zwischen meinen Beinen und sieht mich mit einer Mischung aus Besorgnis und Erleichterung an. Ich nicke, strecke meine Arme auf den Lehnen aus und blicke an die Decke.

Es brennt höllisch, als sie meine Wunden säubert, aber ich zucke nur minimal zusammen und höre nur unser beider Atem. Es ist ein beruhigendes Geräusch, das mich wieder runterkommen lässt. Sie tupft die Wunden wieder trocken, und ich höre ein Rascheln. »Was war das vorhin?«, fragt sie ruhig und lässt mir Zeit für meine Antwort. Mein Blick gleitet zu ihr. Ihre Haare sind nass, und einzelne Tropfen fallen auf den Boden.

»Ein Beispiel dafür, welche Macht die Vergangenheit über mich hat, wenn ich nicht aufpasse.« Sie streicht sanft über den Teil meines Knies, der nicht verletzt ist. Es geschieht beiläufig, aber ich fühle es bis in die Zehenspitzen.

»So schlimm?« Sie klebt Pflaster auf beide Knie und räumt den Müll in den Kasten. Plötzlich greift sie nach meinen Laufschuhen und zieht sie aus. Ehe sie sich den Socken widmen kann, zucke ich zusammen, und ein heftiger Schmerz lässt mich aufstöhnen. Sie reißt erschrocken die Augen auf und fällt rückwärts auf den Po. Sofort bereue ich meine heftige Reaktion.

»Entschuldige bitte. Ich ziehe nie meine Socken in Gegenwart von anderen aus.«

»Wieso?«, fragt sie und rappelt sich wieder auf. Ich sehe keine Verärgerung in ihrem Blick.

»Weil …« Nur meine Familie kennt den Grund, und meine bisherigen Freundinnen haben es nie hinterfragt. Ich könnte ihr die Antwort schuldig bleiben, aber das hier ist Tori. Ich habe ihr vor ein paar Tagen versprochen, dass ich ehrlich zu ihr sein werde, wenn sie es zu mir ist, und wenn ich will, dass das hier zwischen uns funktioniert, muss sie es wissen.

»Tu es«, sage ich schließlich und spüre Furcht vor ihrer Reaktion. Sie nickt kaum merklich und zieht mir sanft den Stoff von den Füßen. Sie öffnet erschrocken den Mund, als sie die Narben sieht, eine um jeden Knöchel. »Meine Eltern waren schreckliche Menschen.« Das ist noch eine Untertreibung.

»Was haben sie dir angetan?«, fragt sie mit belegter Stimme und will die Narben berühren, überlegt es sich aber anders. »Darf ich?«, fragt sie verlegen und blickt mich aus feuchten Augen an.

»Ja«, keuche ich, als hätte ich Schmerzen, dabei ist es nur schwer für mich, dass andere die Male meiner harten Kindheit sehen.

Als sie diese Narbe der Vergangenheit streichelt, steigen mir Tränen in die Augen, die dort gar nichts verloren haben. »Sie haben mich angekettet, wenn sie auf Drogentour waren oder weiß der Teufel wohin gegangen sind. Tagelang war ich alleine. Der Hunger war unerträglich, so heftig, dass ich versucht habe, mir die Handschellen um meine Knöchel abzuziehen. Ich riss die Wunden immer wieder auf und da sie nie jemand behandelt hat, sind sie so …«

»Schön«, sagt sie und streichelt nun die andere. Sie setzt sich nun neben mich, greift mit beiden Händen in ihre nassen Haare und hebt sie an. Sie dreht mir den Rücken zu und offenbart mit ebenfalls eine Narbe, die sich aber unten am Hinterkopf befindet. Eine lange Narbe, die man aufgrund ihrer dichten Haare nicht erkennen kann. Auch ich fahre mit den Fingern darüber, was ihr eine Gänsehaut macht.

»Wer hat dir wehgetan?«

»Meine Schwester Helena. Sie hat eine Trophäe meines Vaters nach mir geworfen, als ich ihr den Rücken zugewandt habe.« Sie sagt es ohne jegliche Emotion, als würde sie über das Wetter reden.

»Habt ihr euch gestritten?«

»Ich wünschte, ich könnte sagen, dass es während eines Streits passiert ist, aber sie hat es einfach aus Spaß getan. Das war das Lieblingshobby meiner Schwestern.«

»Wieso tun uns Menschen so schlimme Dinge an?«, frage ich beiläufig und liebkose ihren Hals, dessen Härchen sich aufstellen. Sie lässt ihr Haar los und dreht sich zu mir um, als wäre es ihr zu viel, wenn ich sie berühre.

»Weil sie es nicht besser wissen. Weil sie dumm sind und es leichter ist, mitzumachen, als für das Richtige einzustehen. Weil sie neidisch sind oder einfach nur abgrundtief schlecht.«

»Klingt ja so, als würdest du dich da auskennen und alle Formen davon kennen.« Ein trauriges Lächeln umspielt ihren Mund, als sie aufsteht, kurz hinter dem Vorhang verschwindet und mit einem Bilderrahmen wieder zurückkommt. Sie reicht mir das Bild, als sie sich neben mich setzt, und vor Schreck fällt es mir fast aus der Hand, denn darauf ist sie im Cheerleader-Trikot abgebildet, und vor ihr sieht man einen jungen Mann, der zu ihr hochblickt. Dieser Mann bin ich. Mein nackter Körper ist nicht zu sehen, aber dafür mein Kopf, der ihr im Schock zugewandt ist. Das Foto wurde von der Seite aufgenommen, sodass man meinen und ihren Gesichtsausdruck nicht genau erkennen kann, aber der Schmerz ist kristallklar abgebildet. Sie hat einen Abzug vom schlimmsten Moment meines Lebens gemacht.

»Siehst du das Mädchen da?« Meine Finger zittern, als ich erneut an diesen Abend denke, aber ich reiße mich so gut ich kann zusammen.

»Ja.«

»Sie ist der personifizierte Teufel. Ein abscheulicher Mensch, der sich am Leid anderer erfreut hat. Jemand, der weggesehen hat, wenn jemandem wehgetan wurde, und der gerne das Biest war, weil es so leichter war, die eigenen Probleme zu überspielen.«

»Und er?«

»Er ist die arme Seele, die ich gepeinigt habe. Ich hatte Spaß daran, ihn zu piesacken und zu demütigen, habe mitgemacht, wenn meine Freunde ihn geschlagen haben. Dieser Mann und vor allem dieser Moment, den irgendjemand auf diesem Foto festgehalten hat, waren der Wendepunkt für mich. Der Augenblick, der mich verändert hat. Ich war geschockt von dem, was sich da abgespielt hat, und ich schäme mich noch heute für das, was ich ihm angetan habe. Ich wollte mich bei ihm entschuldigen, aber er ist an eine andere Schule gewechselt, was ich total verstehen kann. Dieses Foto steht auf meinem Nachttisch und soll mich ermahnen, ein besserer Mensch zu werden. Meinen Vater stolz zu machen.« Ich schlucke und blicke erneut auf das

Bild, schaffe es nicht, Tori in die Augen zu sehen, denn dann würde sie die Tränen darin entdecken, mich vielleicht sogar als den Mann auf dem Foto wiedererkennen.

»Hasst du mich jetzt? Für das, was ich war?«, fragt sie plötzlich unsicher, und auch wenn ich es eigentlich nicht wollte, blicke ich ihr in die honigfarbenen Augen, die mich seit der ersten Begegnung vor über zehn Jahren verzaubert haben.

»Ich hasse dich nicht«, flüstere ich leise. *Ich liebe dich*, denke ich. Das habe ich schon getan, als meine Augen dich zum ersten Mal erblickt haben.

»Vielmehr bewundere ich dich für deine Einsicht, und dass du es tatsächlich geschafft hast, dich zu ändern. Du bist eine unglaubliche Frau, Tori.« Ihre Wangen färben sich rosa, und sie will den Blick abwenden, aber ich lege meine Hand auf ihre Wange und lasse es nicht zu. Ich komme ihr näher und zittere wieder am ganzen Leib. Nicht mehr vor Angst, sondern eher vor Neugier, Vorfreude und Sehnsucht. Ihr Atem geht schneller, und ihre Augen weiten sich, aber sie weicht nicht zurück.

Mit jedem Atemzug kommen wir einander näher, bis sich unsere Lippen fast berühren. Ich gebe ihr eine letzte Chance, mich aufzuhalten, mich von sich zu stoßen und jede Möglichkeit eines *uns* im Keim zu ersticken, aber sie tut nichts dergleichen, sondern überrascht mich dadurch, dass sie ihre Lippen sanft auf meine legt.

21. KAPITEL

Tori

Wieder küsse ich diesen Mann. Diesmal weiß ich, dass er mein Boss ist, aber es interessiert mich nicht mehr, denn mein Kopf hat zu lange mein Handeln bestimmt. Nun lasse ich mein Herz sprechen, und das sagt mir, dass ich sterbe, wenn ich diesen wunderbaren Mann nicht küsse. Seine Lippen sind sanft, zurückhaltend und überlassen mir die Führung. Seit ich ihn besser kennenlernen durfte, fühle ich mich zu ihm hingezogen und muss mich nun endlich nicht mehr zurückhalten.

In den letzten Wochen habe ich ihn erst als Tierfreund und attraktiven Anzugträger kennengelernt, dann hat er sich als unmöglicher und arroganter Chef entpuppt, und erst mit der Zeit konnte ich in ihm den Mann hinter der kalten Fassade erkennen. Den, der seine Familie über alles liebt, der sein schwer verdientes Geld dafür nutzt, Frauenhäuser zu bauen und wohltätige Zwecke mit Spenden zu unterstützen. Den Mann, der mich langsam, aber sicher in seine Seele schauen lässt.

Dass wir einander verfallen, hatten wir beide nicht geplant, aber ich stürze mich mit der Erkenntnis in diese Geschichte zwischen uns, dass ich nicht mehr leugnen kann und will, wer ich bin. Eine selbstbewusste junge Frau, die in den letzten Jahren viel einstecken musste, aber nun stark genug ist, um sich das zu nehmen, was sie sich wünscht. Und das ist dieser Mann, an den ich denke, wenn ich aufwache und bevor ich einschlafe.

Ich vertiefe den Kuss, taste mich sanft mit der Zunge vor, was ihn vor Lust aufstöhnen lässt.

Dieser eine Laut setzt eine Leidenschaft in mir frei, die ich lange nicht mehr gespürt habe. Ich setze mich auf seinen Schoß, dränge meinen Körper gegen ihn und schlinge meine Arme um seinen Nacken, um ihn zu spüren, ihm nah zu sein. Der Kuss wird leidenschaftlicher, als Haydens Hände zu meiner Taille gleiten und sie umfassen. Seine Erektion drückt sich gegen meine Jeansshorts und lässt mich vor Verlangen aufkeuchen. Dumpf höre ich etwas, was sich wie meine Klingel anhört, aber ich ignoriere es, denn ich will mehr von Hayden. Es ist noch lange nicht genug.

Er löst sich von mir, um nach Luft zu schnappen und mich aus dunklen Augen zu mustern. Seine Haare sind wild zerzaust und sein Mund geschwollen. Er hat nie besser ausgesehen. »Wieso hast du aufgehört?«, flüstere ich und knabbere an meiner Unterlippe.

»Weil es an deiner Tür geklingelt hat.«

»Oh.« Dann habe ich mir das Bimmeln nicht eingebildet.

»Warte hier«, sage ich und steige von seinem Schoß. Ich richte mir meine feuchten Haare, atme tief durch und öffne die Tür, um dort Donna vorzufinden, die mit einem strahlenden Lächeln im Gesicht und einer Flasche in der Hand in meine Wohnung spaziert.

»Na, endlich. Ich habe schon gedacht, du wärst nicht zu Hause, und ich müsste ganz alleine diese Flasche Wein trinken. Da draußen ist ja ein Sauwetter, ekelhaft. Ich habe uns Pizza bestellt, die müsste auch gleich da sein, und da du ja kein Netflix hast, habe ich uns DVDs besorgt. Und … oh. Hi, Hayden.« Sie bleibt abrupt stehen und sieht zwischen uns beiden hin und her.

»Störe ich?«, fragt sie unsicher, ehe ihr Blick zu Haydens

Knien wandert. »Hast du meinen Rat endlich befolgt?«, fragt sie nun zu allem Überfluss.

»Rat?«, fragt Hayden neugierig, bevor er aufsteht und Donna die Hand zur Begrüßung reicht.

»Ach, nichts«, sage ich und hoffe, dass er nicht nachhakt, aber vergebens.

»Ich habe neulich gehört, dass du ein richtiger Arsch ihr gegenüber bist, und ich habe ihr empfohlen, dir mit ihren Heels in die Eier zu treten. Aber ich sehe, dass sie wohl abgerutscht ist.«

Daraufhin bricht Hayden in schallendes Gelächter aus, was meine Anspannung wieder löst.

»Nein, sie hat mich nicht treten müssen, damit ich zur Vernunft komme. Das habe ich auch so geschafft.«

»Tatsächlich? Du machst ihr das Leben nicht mehr schwer?« Sie verschränkt die Arme vor der Brust und wartet gespannt auf seine Antwort.

»Nein.« Er sieht mich mit solcher Wärme an, dass meine Wangen erröten. »Ich habe vor, es ihr leichter zu machen.« Seine Mundwinkel heben sich und ich schwöre, dass jeder hier im Raum mein lautes Herzklopfen hören kann. Ein Blick reicht aus, um mich das fühlen zu lassen, was er fühlt. Das war von Anfang an unser Ding. Wenn er sauer war, habe ich es auch gespürt, war er gestresst, hat es auf mich abgefärbt, und jetzt scheint es so, als würden wir uns gerade ineinander verlieben. Denn das tue ich, auch wenn wir uns noch nicht so lange kennen. Meinem Herzen ist das egal.

»Ich gehe dann mal«, sagt Donna plötzlich und reißt uns aus unserem Moment.

»Ach Quatsch. Ich muss sowieso gehen. Cody ist alleine zu Hause und hat bestimmt Hunger, und außerdem muss ich noch ein paar Anrufe tätigen. Genießt euren Sonntag.«

»Bye, Hayden.« Donna winkt ihm zu, geht in meine Küchennische und holt Gläser aus dem Schrank, während ich Hayden zur Tür bringe.

»Danke fürs Verarzten und fürs Zuhören. Ich wollte meinen emotionalen Ballast nicht bei dir abladen.«

»Ich bin froh, dass du es getan hast. Das zeigt mir, wer du bist, und dass du auch gute Seiten hast.«

»Ich war ganz schön gemein und habe das verdient.«

»Oh ja. Du warst ein Arsch, aber das ist ja nun vorbei.«

»Ja, dieser Abschnitt ist vorbei, aber ein neuer fängt an.« Er greift in meinen Nacken und zieht mich zu sich, um mich noch mal zu küssen. Sanft, innig und voller Verheißungen. Blinzelnd öffne ich die Augen, als er den Kuss beendet und mir tief in die Augen blickt. »Und auf diese Phase freue ich mich umso mehr«, flüstert er gegen meine Lippen, ehe er mir über die Wange streichelt und schließlich geht.

Nachdem er die Tür hinter sich geschlossen hat, lehne ich mich atemlos dagegen und schließe die Augen. *Was ist gerade passiert?* Ich will alles analysieren und mich in dem Kuss von eben verlieren, als mir schlagartig bewusst wird, dass ich ja Besuch habe. Ich reiße die Augen auf und sehe Donna, die auf meiner Couch sitzt, ihren Kopf auf ihrer Handfläche abgestützt hat und mich grinsend anblickt.

»Ich habe dich noch nie so lächeln gesehen«, stellt sie fest und automatisch drehe ich mich zu dem Spiegel neben meiner Eingangstür um. Und tatsächlich. Ich sehe aus wie die alte Tori und doch anders. Ich habe wieder viele Gründe, um zu lächeln, und einer davon reicht mir jetzt ein Glas Rosé, als ich mich setze. Ich will nur einen Schluck trinken, aber ich leere es in einem Zug. Nach der Hitze, die ich vorhin gespürt habe, fühle ich mich nun wie kurz vorm Verdursten.

»Also du und Hayden?«

»Ich habe keinerlei Antwort auf deine Frage, denn ich bin genauso überrascht wie du.«

»Du magst ihn, auch nachdem er so ein Arsch gewesen ist?«

»Ich mochte ihn seit unserer ersten Begegnung. Vielleicht war auch das der Grund, wieso ich ihm nicht die Leviten gelesen habe, als er sich so unmöglich verhalten hat. Irgendetwas in mir hat mir gesagt, dass es besser wird. Nur dass es sich auf diese Weise entwickelt, hätte ich nicht erwartet.«

»Die unvorhersehbaren Dinge sind doch immer die besten. Wie geht es jetzt weiter mit euch?«

»Ich weiß es nicht, aber was auch kommt, ich bin bereit.«

Am Montag begrüßt mich Hayden vor den Kollegen freundlich, aber seine Augen mustern interessiert mein heutiges Outfit und lassen erneut Hitze in mir aufflammen. Und das, ohne mich zu berühren. Weil ich mich heute wunderbar fühle, habe ich mich für ein cremefarbenes Seidenkleid entschieden. Es ist hochgeschlossen und hat halblange Ärmel, außerdem harmoniert es herrlich mit meinen brünetten Haaren. Ich möchte schick und sexy wirken und denke, dass mir das gelungen ist.

Viele der heutigen E-Mails kann ich den jeweiligen Abteilungen zuweisen, sodass ich nur die wichtigen Dinge an Hayden übermittle. Sein Tag ist rappelvoll, sodass er sie heute wohl nicht durchlesen kann. Von Vorstandssitzungen über Videokonferenzen bis hin zu Vertragsabschlüssen ist alles dabei. Bisher war ich so sehr in anderen Abteilungen beschäftigt, dass ich gar keinen Einblick in Haydens Arbeit bekommen habe. Bei dem Arbeitspensum finde ich es umso rührender, dass er sich bewusst Zeit für seine Familie und Kyle nimmt.

In der Mensa treffe ich auf einen gut gelaunten Vance. Wir holen uns unser Mittagessen und setzen uns an einen Tisch.

»Und wie kommst du mit der Arbeit zurecht?«, fragt er mich neugierig, da es eigentlich seine Arbeit gewesen wäre, mich einzuarbeiten.

»Ganz gut. Ich bin überrascht, wie voll Haydens Terminkalender immer ist.«

»Ja, er ist ziemlich eingespannt, aber genau aus diesem Grund sind wir so erfolgreich.«

»Aber das kann doch nicht gesund sein. Wenn sein Arbeitspensum immer so aussieht, dann ist ein Burn-out ja vorprogrammiert.«

»Woher kommt die Sorge um den Boss?«, fragt er, aber ich antworte nicht, denn in diesem Moment betritt Hayden die Mensa mit einem Mann, den ich nicht kenne. Als sich unsere Blicke treffen, ist es, als hätte jemand die Heizung auf volle Leistung gedreht. Wärme breitet sich in meinem ganzen Körper aus und verwandelt sich in Hitze, als er mich anlächelt. Da wir uns aber unter Kollegen befinden, erwidere ich sein Lächeln nur kurz und löse den Blickkontakt, um mich wieder Vance zu widmen.

»Ich verstehe«, sagt er grinsend und blickt zwischen Hayden und mir hin und her.

»Was verstehst du?«, frage ich beiläufig und nehme einen Bissen von meinem Salat.

»Wieso du dich um ihn sorgst. Du stehst auf ihn und dem Blick nach zu urteilen, den er dir zugeworfen hat, beruht das auf Gegenseitigkeit.«

»Oh Gott, ist das derart offensichtlich?«, frage ich und blicke mich schnell um, um zu sehen, ob mich jemand beobachtet. Vance greift nach meiner Hand, um mich zu beruhigen.

»Ganz ruhig. Keiner weiß etwas, ich habe nur eins und eins zusammengezählt. Da war von Anfang an etwas zwischen euch. Nur noch nicht für jedermann sichtbar.«

»Ich weiß nicht, was da zwischen uns ist, aber ich weiß, dass ich mehr will.«

»Nun, das glaube ich dir, denn bei einem Mann wie Hayden kannst du gar nicht anders, als ihn ganz und gar zu wollen.«

»Themenwechsel bitte, sonst werde ich wie ein rotes Warnsignal aufleuchten.«

»Das würde dir zwar stehen, aber wie du wünschst. Heute Abend ist das Unplugged-Konzert von Everstorm im Lincoln Center. Alle sind mit den Vorbereitungen beschäftigt, denn jetzt wird es sogar in den Kinos zu sehen sein, als exklusives Livekonzert.«

»Wow, das klingt nach einem Meilenstein für die Band und Mr Millard.«

»Du nennst Dorian so förmlich Mr Millard?«

»Ja, aber nur um ihn zu ärgern, da er mich auch aufgezogen hat.«

»Ach, das kann er gut. Wie dem auch sei, wir als Mitarbeiter sind ebenfalls eingeladen. Kommst du auch?«

»Leider muss ich eine Schicht für eine Kollegin in der Tierklinik übernehmen.«

»Schade, denn du hättest meinen Göttergatten kennenlernen können.« Mein Smartphone auf dem Tisch vibriert, aber ich ignoriere es, bis es gleich nochmal vibriert. Ich blicke Vance entschuldigend an und entsperre es. Mir wird eine neue Chatnachricht von Hayden angezeigt, die er mir gerade geschickt hat.

Du siehst heute wunderschön aus. Ich würde mich gerne zu dir setzen, aber ich habe heute Meetings und muss auch gleich wieder weg, um für das Konzert heute Abend alles zu regeln

Du bist ja lieb, danke für das Kompliment. Nach einem Blick auf
deinen Kalender frage ich mich, wie du überhaupt Zeit findest,
um irgendetwas Privates zu unternehmen

Alles eine Frage der Organisation. Darf ich dich heute Abend
abholen? Als mein Plus Eins?

Ich kann leider nicht. Muss die Schicht einer kranken Kollegin
übernehmen

Das ist schade, ich hätte dich heute gerne noch gesehen

Müssen wir leider auf ein anderes Mal verschieben, obwohl ich
Dorian gerne live erlebt hätte

Du wirst ihn noch öfter ertragen müssen

Ach ja?

Ja, wenn du es möchtest, natürlich. Sei doch so lieb und sag
Vance, er soll nicht auf dein Handy schielen :)

Ich blicke hoch und tatsächlich, Vance legt keine Scheu an
den Tag und liest mit. »Ups. Sorry, aber ich bin von Geburt
an ein neugieriger Mensch.« Er formt mit den Lippen eine
Entschuldigung an Hayden, was dieser mit einem lächelnden
Kopfschütteln abtut. »Das zwischen euch wird noch spannend.
Hayden hat es endlich verdient, glücklich zu sein.« Und ich
auch, nur sage ich das nicht laut.

Um siebzehn Uhr erhalte ich den Anruf, dass jemand anderes die Schicht in der Klinik übernommen hat. Zuerst will ich

voller Freude Hayden schreiben und ihm sagen, dass ich doch mitkommen kann, aber ich beschließe ihn einfach zu überraschen. Schnell schreibe ich Vance, dass ich doch kommen kann und begebe mich mit dem Strom der Menschen in die Subway. Ich kann es kaum erwarten, ein Schaumbad zu nehmen und etwas zu entspannen, ehe ich mich für das Konzert fertig mache.

Als ich die Eingangstür öffne, höre ich ein geknurrtes Miauen und Scar erscheint, hoheitsvoll wie immer.

»Na, mein Dicker? Wie ist es dir heute so ergangen?« Er antwortet mit einem Miauen.

»Ach, echt? Du hast den ganzen Tag abwechselnd geschlafen, gefressen und gechillt? Wow, das stelle ich mir ziemlich hart vor.« Er legt den Kopf schief und sieht mich vorwurfsvoll an, und ich schwöre, wenn er könnte, würde er die Augen verdrehen. Kein anderer Kater hat ein so königliches Temperament wie Scar. Er ist ein Stubentiger, würde niemals durch das verdreckte Brooklyn spazieren und schläft grundsätzlich nur auf weichem Untergrund. Dass er sein Nickerchen auf dem Boden halten würde? Unvorstellbar! Aber genau deswegen liebe ich ihn. Er ist anders, genauso wie ich. Als es mir schlecht ging, hat er mich zum Schmunzeln gebracht, und in manch einer einsamen Nacht hat er mir das Gefühl gegeben, nicht alleine zu sein.

»Na schön. Es tut mir leid, ich spare mir den Sarkasmus fürs Büro. Was sagst du dazu?« Wieder ein Knurren, das sich wie das Brüllen eines Löwen anhört.

»Komm, ich lasse mir ein Bad ein und gebe dir etwas zu fressen.«

Als ich meine Zehen in das heiße Wasser eintauche, seufze ich wohlig auf. Genau danach habe ich mich den ganzen Tag lang gesehnt. Meine Haare habe ich zu einem hohen Dutt gebunden, lehne mich jetzt gegen die Wanne und schließe die Augen. Die Wärme umhüllt mich, und das duftende Badesalz entspannt meine Muskeln. Ich fühle mich pudelwohl und lasse meine Gedanken schweifen. Zu ihm. Hayden.

Nach diesem Kuss ist nun alles anders, und ich habe das Gefühl, es passiert alles mit Schallgeschwindigkeit. Wir lernen einander gerade erst kennen, und doch habe ich das Gefühl, als würde ich ihn schon eine Weile kennen. Seine Augen sind mir so vertraut, aber ich kann sie nicht einordnen. Noch bevor ich einen Schluck von meinem Wein trinken kann, dämmere ich weg und sehe Hayden vor mir.

In seinen dunklen Augen sehe ich einen Sturm von Gefühlen, er hasst und will mich. Er greift nach mir, aber ich kann fliehen und verstecke mich in seinem Büro. In meinem Traum schließe ich die Tür ab, nur um festzustellen, dass Hayden genau hinter mir steht. Mit einem Schritt ist er bei mir und verhindert, dass ich weglaufe, indem er beide Hände neben meinen Körper stützt und mich einkeilt.

»Lass mich gehen«, flüstere ich und starre auf seine Lippen. Nicht in die Augen, sondern auf seinen weich aussehenden Mund, der plötzlich eine große Faszination auf mich ausübt.

»Willst du das wirklich?«

»Ja«, sage ich, denke aber genau das Gegenteil. Haydens Mund verzieht sich zu einem wissenden Grinsen. Er streicht mir eine Strähne hinters Ohr und sieht mir tief in die Augen. Tief in meine einsame und kaputte Seele, dort wo ich die alte Tori eingesperrt habe, die mein Leben zerstört hat.

»Schlag ihn!«, höre ich plötzlich die Stimme meines Ex-Freundes. Ich blicke mich im Büro meines Bosses um, aber Hayden und ich sind allein. Er scheint es nicht gehört zu haben und kommt näher.

»Verdammt, Tori, hau ihm in seine nerdige Fresse!«, brüllt es er-
neut durch den Raum.

»Nein!«, schreie ich und möchte endlich, dass diese Stimme
in meinem Kopf verstummt, die, die mir einreden will, dass ich
einen Unschuldigen schlagen soll. Ich stoße Hayden von mir und er
plumpst mit dem Hintern zuerst auf den Boden. Dann höre ich ein
Summen.

Ich öffne die Augen und richte mich auf. Das war alles ein
Traum. Ein verwirrender, hoffentlich nicht wiederkehrender
Traum. Ein Traum, der eine Erinnerung in mir wachgerufen
hat, doch ich kann sie nicht greifen. Dann summt es erneut,
und ich erschrecke mich zu Tode. Es ist meine Türklingel. Es
ist neunzehn Uhr, und ich erwarte niemanden. Ich lehne mich
wieder zurück, will endlich entspannen und diesen Traum loswerden, als es noch einmal läutet. Genervt erhebe ich mich,
wickle mir ein großes Handtuch um und gehe an die Gegen-
sprechanlage.

»Ja?«, frage ich, aber niemand antwortet. Ich versuche es erneut, aber wieder keine Antwort. Ich öffne vorsichtig die Tür
und schreie erschrocken auf, als ich Hayden davor erblicke.
Beinahe wäre mir vor Schreck das Handtuch aus der Hand ge-
rutscht.

»Okay. Mit dieser Reaktion habe ich nicht gerechnet«, sagt
er und kratzt sich am Hinterkopf. Dann lässt er den Blick über
meinen Körper gleiten, während ich versuche, wieder zu Atem
zu kommen.

»Was tust du hier? Solltest du nicht beim Konzert sein?«

»Ich bin genau da, wo ich sein will.«

»Vance hat dir verraten, dass ich nicht arbeiten muss, oder?«
Sein Lächeln beantwortet mir meine Frage.

»Wieso hast du mich nicht angerufen?«

»Weil ich dich überraschen wollte, aber das war wohl nix.«

»Und ich dachte, du hast keine Lust, mich zu sehen.«

»Quatsch. Das wird das Highlight des Abends.«

»Du meinst, abgesehen von dem Konzert.«

»Klar doch«, kichere ich und stelle erschrocken fest, dass ich noch immer nur ein Handtuch am Körper trage.

»Von mir aus musst du dich nicht sofort umziehen.«

»War ja klar. Komm schnell rein. Ich brauch nicht länger als zehn Minuten.« Verwundert hebt er die Brauen und sieht mich ungläubig an, als hätte ich ihm gesagt, dass der Himmel rosa ist.

»Du hast richtig gehört. Ich brauche nicht lange, um mich fertig zu machen.«

»Es soll ja noch Wunder geben.«

Ich schüttle den Kopf, schlucke meine Erwiderung aber herunter, denn ich bin froh, dass er gekommen ist. Das zeigt mir, dass auch er drauf und dran ist, sein Herz zu verlieren, so wie ich meins an ihn verloren habe.

22. KAPITEL

Hayden

Tatsächlich ist Tori nach neun Minuten fertig und versetzt mich in Staunen. Sie trägt einen Jeansrock, kniehohe Stiefel mit hohen Absätzen, dazu ein waldgrünes Paillettenshirt zu einer dünnen Lederjacke. Ihr Haar hat sie offen gelassen und nur die Augen etwas stärker geschminkt. Trotz der dezent eingesetzten Schminke wirkt sie wie eine verruchte Rockerbraut. Bis jetzt war sie eher schick und elegant gekleidet, aber so, wie sie nun aussieht, könnte sie glatt bei Everstorm als Sängerin mitmachen.

»Bist du so weit?«, frage ich und räuspere mich. Bei ihrem Anblick hat es mir kurz die Sprache verschlagen.

»Fertig für den Betriebsausflug.« Sie zwinkert mir zu und will schon gehen, doch ich greife sanft nach ihrem Arm und ziehe sie an mich, um meine Lippen auf ihre zu pressen. Den ganzen Tag habe ich an den Kuss gedacht, ihr Lächeln bewundert, und es verflucht, dass ich keine freie Minute für sie hatte, und jetzt kann ich nicht anders, als diesen lang ersehnten Kuss zu vertiefen. Während meine Zunge die ihre umschmeichelt, umfasse ich zärtlich ihr Gesicht und drücke sie gegen die verschlossene Tür, was sie unvermittelt aufkeuchen lässt.

Sie krallt ihre Nägel in meinen Bizeps und drängt sich gegen mich, sodass sich meine Erektion gegen ihren Bauch drückt.

Ich wünschte, dass ich das Konzert auslassen und mich voll und ganz meiner Traumfrau widmen könnte, aber ich kann nicht und das aus mehreren Gründen. Der wichtigste ist, dass ich nicht wie ein Tier über sie herfallen möchte, sondern uns Zeit geben will, einander besser kennenzulernen. Ich will das zwischen uns nicht vermasseln.

Nach Luft schnappend löst sich Tori von mir, und ich blicke auf ihre kirschroten Lippen. Die Farbe darauf ist nicht im Geringsten verschmiert. Mit dem Daumen fahre ich über ihre Unterlippe und blicke auf meine Fingerkuppe. Nichts. »Was ist?«, fragt sie unsicher.

»Das ist kein Lippenstift.«

»Nein, das ist die natürliche Farbe meiner Lippen.«

»Wow«, flüstere ich und küsse sie noch einmal ganz sanft, ehe ich ihr wieder in die Augen blicke, die golden wie Honig funkeln.

»All die Jahre dachte ich, das sei ein Lippenstift«, sage ich lachend, bis Tori die Stirn runzelt, und ich merke, dass ich mich versprochen habe.

»Jahre?«, fragt sie verwundert und löst sich von mir.

»Ich meinte Tage. Ich habe mich versprochen.« Sie nickt halb verständnisvoll, halb skeptisch. Ich lächle sie an, aber innerlich fühle ich mich wie ein Verräter. Tori bekommt dies aber nicht mit, sondern setzt sich in Bewegung, ehe sie sich nochmal zu mir umdreht. Sie krümmt den Finger, damit ich ihr folge, aber sie muss mich nicht auffordern, denn ich würde mit ihr bis ans Ende der Welt gehen.

Meine Fahrerin Gayle bringt uns zum Lincoln Center. Tori schweigt und sieht aus dem Fenster, als würde sie noch entspannen wollen, bevor wir in dem vollen Konzertsaal ankommen. Wenn ich sie von der Seite anblicke, kann ich es nicht fassen, wie sich die Dinge innerhalb kurzer Zeit entwickelt haben.

Mein ursprünglicher Plan war es, Rache zu üben, sie wie eine Praktikantin zu behandeln und ihr nur Arbeiten zuzuteilen, die unter der Würde der Park-Avenue-Prinzessin von damals sind. Ich habe gewartet, dass sie sich beschweren kommt, dass sie den Job an den Nagel hängt, weil sie sich für etwas Besseres hält, aber nichts davon ist geschehen. Seit Wochen arbeitet sie jetzt schon für das Label, und bisher hat sie alle Aufgaben mit Bravour gemeistert.

Sie ist eine Kämpferin, nur begreife ich noch nicht, in welchem Ausmaß sie kämpfen musste, nachdem ihr Dad gestorben ist. Sie kann ihre Probleme gut überspielen, auch wenn sie traurig ist, gibt sie sich gut gelaunt, fast so wie mein Bruder.

Wir passieren die Security und kommen endlich in die Garderobe der Band. Tori sieht sich neugierig um, und die Aufregung lässt sie noch attraktiver aussehen. Lewis, Seth und Kian unterhalten sich auf der Couch, während mein Bruder auf seinem Laptop herumtippt und nicht mal bemerkt, dass die Tür geöffnet wurde.

»Na, sieh mal einer an. Der Big Boss kommt persönlich vorbei.« Lewis, der dunkelblonde Drummer mit den kräftigen Armen, erhebt sich, um mich brüderlich zu umarmen. Die anderen tun es ihm gleich und begrüßen mich. Ich kenne diese Jungs schon mein halbes Leben lang und freue mich jedes Mal auf unsere Treffen, die meistens viel zu schnell vorbeigehen.

Mein Bruder ist ebenfalls aus seiner Trance erwacht und legt den Laptop zur Seite, doch anstatt mich zu begrüßen, geht er auf Tori zu, die große Augen bekommt.

»Ich wusste, dass du vorbeikommst.« Seine Miene erhellt sich, als er ihr die Hand reicht.

»Es ist schön, hier zu sein. Ich kenne ja eure Musik und kann es kaum erwarten, eure Songs live zu erleben.«

»Du kennst die Musik, aber unsere Gesichter nicht«, sagt Ian lachend und stupst sie mit der Schulter an.

»Warte, ist das die Kleine, die dich nicht erkannt hat?«, fragt Seth neugierig und stellt sich zwischen Ian und Tori.

»Genau die. Aber wenigstens kennt sie unsere Songs.«

»Ians Ego muss ziemlich angeknackst sein, weil er von dir nicht wie von den anderen Fans angehimmelt wurde«, ruft Kian von der Couch aus und nickt Tori zu.

»Ach Quatsch. Es war ganz erfrischend.« Ian greift nach einer Flasche Bier und reicht sie ihr, doch sie schüttelt den Kopf.

»Danke, aber Bier ist nicht so meins.«

»Wir haben Mineralwasser und Wein, wenn du magst.«

»Wein klingt gut.« Ein Roadie kommt vorbei und teilt uns mit, dass die Vorgruppe noch drei Songs und die Zugabe spielt, ehe es Zeit ist, auf die Bühne zu kommen. Mein Bruder und Tori finden schnell ein Gesprächsthema, sodass Kian und ich über das Cover ihres neuen Albums sprechen können, das wir bald in Auftrag geben wollen. Auch wenn ich mich zwinge, dem Gespräch mit Kian zu folgen, blicke ich ständig zu Tori und meinem Bruder. Ich spüre ein merkwürdiges Gefühl in meiner Magengegend, wenn ich die beiden beobachte, obwohl sie nichts weiter tun, als sich zu unterhalten.

»Ist das deine Freundin?«

»Noch nicht, aber ich hoffe bald.«

»Wow, dass ich das mal erlebe. Ich dachte, du bist noch immer nicht über deine Jugendliebe hinweg.«

»Ähm, na ja, irgendwie schon.«

»Wurde auch Zeit.« Ja, das wurde es. Nicht jeder kann von sich behaupten, das heißeste Mädchen der Schule schlussendlich seine Freundin nennen zu dürfen, aber ich stehe kurz davor und werde alles für diese Beziehung tun. Der Gitarrist fährt sich durchs kurze schwarze Haar, ehe er mich erneut ansieht.

»Hast du mit Ian reden können? Wegen der Hotelsache?«, fragt er mich und blickt auf seine Schuhe. Ich habe das Gefühl als wäre ihm dieses Gespräch unangenehm.

»Er blockt immer ab, wenn ich davon anfange. Hattet ihr mehr Glück?« Ich habe gehofft, dass er sich seinen Brüdern im Geiste anvertraut hätte, aber er schüttelt niedergeschlagen den Kopf.

»Keine Chance. Heute hat er kaum ein Wort mit uns gesprochen. Er hatte Kopfhörer auf, hat den ganzen Tag geschlafen und war abgesehen vom Soundcheck eigentlich nur körperlich anwesend.«

»Verdammt, was ist nur los mit ihm?«

»Wir wissen es nicht, aber seine abweisende Art stößt den Jungs sauer auf.« Das habe ich bereits befürchtet.

»Haben sie etwas gesagt?«, hake ich nach.

»Sie meinen, dass sie seine Eskapaden und deprimierende Stimmung nicht mehr lange aushalten können.« *Scheiße!* Mein Bruder droht die Band mit in das schwarze Loch zu ziehen, das ihn umgibt.

»Wenn ich ihn auf seinen Gemütszustand anspreche, macht er dicht und überspielt es mit einem Witz«, erkläre ich Kian. Es macht mich ratlos, dass er vor mir so tut, als wäre nichts. Ich weiß, dass er mir nur etwas vormacht.

»Nur dass diese Situation nicht mehr lustig ist. Wobei ...« Wir blicken beide zu Ian und Tori, die miteinander lachen und dabei vollkommen entspannt wirken.

»Deine Angestellte und Noch-nicht-Freundin, die du aber mit den Augen ausziehst, hat wohl einen guten Einfluss auf Ian, wenn sie ihn so zum Strahlen bringen kann. Wir versuchen das schon seit Wochen. Klar, er scherzt mit uns, aber sein Lächeln erreicht selten seine Augen.«

»Showtime, Jungs«, ruft der Manager Sly und bittet die Jungs, ihm zu folgen. Ich greife nach Toris Hand, und wir begeben uns in den VIP-Bereich, wo wir einen herrlichen Blick auf die Bühne haben. Dort treffen wir auf Vance und seinen Ehemann und weitere Angestellte, die ich mit einem Nicken begrüße. Alle sehen, dass ich Toris Hand umklammert halte, aber wie es bei meinen Mitarbeitern so üblich ist, gibt es weder Getuschel noch abschätzige Blicke, sondern stattdessen freudiges Lächeln, als würden sie sich für mich freuen.

Vance und Tori lachen um die Wette, während ich mich mit seinem Ehemann Carter unterhalte. Immerzu gleitet mein Blick zu Tori, die ich zum ersten Mal so ausgelassen erleben darf. Sie scheint sich durch und durch wohl in ihrer Haut zu fühlen. Hinter uns befinden sich die Sitzreihen der Konzertbesucher. Die Tickets für heute Abend konnten nicht gekauft werden. Stattdessen wurden die glücklichen Fans von meinem Social-Media-Team ausgesucht und mit Karten beschenkt.

Mein Team hat sich nicht nur die Accounts mit den meisten Followern ausgesucht, sondern auch die der Vollblutfans, die nicht mal hundert Follower aufweisen. Durch das jahrelange Verwalten der Kanäle wissen meine Leute aus der Marketing-Abteilung, wer ein Fan ist und wer nicht. Das Besondere an diesem Konzert ist, dass es sich um eine Unplugged-Aufnahme handelt. Die Kameras sind positioniert, die Instrumente gestimmt und die dreitausend Anwesenden kreischen sich die Seele aus dem Leib, als die Band die Bühne betritt. Vance und Tori jubeln ebenfalls und applaudieren ausgiebig. Die beiden sind ein richtiges Team und scheinen fast vergessen zu haben, dass Carter und ich auch noch existieren.

Als Ian zu singen beginnt, ist es wie Magie. Alle im Raum halten inne, um ihm zu lauschen, lassen sich von seinen Songs einhüllen. Seine tiefe und unverkennbare Stimme trifft jeden Ton, und jeder, der ihn hört, bemerkt augenblicklich, dass dieser Mann dazu geboren wurde, auf der Bühne zu stehen. Ich schließe die Augen und lasse selbst los, wie so oft, wenn ich ihm lausche. Dabei vergesse ich den Stress auf der Arbeit, denke mal nicht an die Vergangenheit, die mich immer dann einholt, wenn ich es nicht gebrauchen kann.

Ich genieße die Tatsache, dass es im Label gut läuft und ich bald einen weiteren Newcomer unter Vertrag haben werde. Erfreue mich daran, dass meine Familie gesund und sicher ist, auch wenn Ians Stimmungsschwankungen mir Sorgen bereiten. Ich weiß, dass ich ihm helfen könnte, egal, was ihn beschäftigt, wenn er sich mir nur öffnen würde. Dann ist da noch die Traumfrau meiner Jugend, die ich erneut küssen durfte, der ich einen Einblick in meine gequälte Seele gewährt habe und die trotzdem nicht abgehauen ist.

Sie sieht mich endlich so, wie ich es mir als junger Mann gewünscht habe. Auch wenn ich noch immer verschweige, wer ich wirklich bin, weiß ich, dass ich diese Chance nach all den Jahren nutzen werde. Ich kann sie nicht noch mal aus den Augen verlieren, nachdem ich sie wiedergefunden habe. Sie ist die Eine, das wusste ich damals und gerade heute wird mir das klarer denn je. Ich will sie beschützen, ihr eine Stütze sein und ihr beistehen, bei allem, was noch kommt. Plötzlich spüre ich, wie sich jemand an meinen Oberarm lehnt, und öffne die Augen.

Tori lauscht ergriffen dem Song *I am enough* und lehnt sich mit Tränen in den Augen an mich. Vielleicht ist es ihr gar nicht bewusst, dass sie das tut, denn sie sieht mich nicht an, sondern blickt immer noch gerührt in Ians Richtung. Dieser Song ist einer meiner Lieblingssongs, an dessen Entstehung ich auch beteiligt war. Ich habe mir diese Worte unter dem Herzen als Tattoo stechen lassen, als Erinnerung daran, dass ich niemandem das Recht geben werde, mich zu behandeln, als wäre ich weniger wert.

Als der Applaus einsetzt, scheint auch Tori zu bemerken, dass sie sich mir unbewusst genähert hat. Alles ist noch so neu für uns beide, aber als sie einen Schritt zurück machen will, lasse ich es nicht zu, sondern ziehe sie fest in meine Arme.

23. KAPITEL

Tori

Ich wusste ja, dass Everstorm gut ist, aber mit diesem unglaublichen Erlebnis hätte ich niemals gerechnet. Die Menschen sind derart verzaubert vom Gesang und der Musik, dass sie sogar vergessen zu filmen und einfach lauschen. Auch ich selbst verliere mich, muss an Dad denken und an meine Schwestern, die ich eigentlich aus meinem Leben und meinen Gedanken verbannen wollte. Alles stürzt über mir ein, sodass ich mich unbewusst an Hayden anlehne. Nur diese keusche Berührung bewahrt mich davor, in Tränen auszubrechen.

Nach dem Song hat sich der Bann der Musik gelegt, und ich merke, dass uns die Kollegen ansehen. Aus Reflex und weil ich auch Angst habe, dass mich die andren verurteilen, löse ich mich von Hayden, aber er denkt nicht daran mich gehen zu lassen, sondern drückt mich fest an seine Brust.

Zum ersten Mal erlaube ich mir, seinen Geruch einzuatmen, der eine Mischung aus Aftershave und seinem angenehmen Männergeruch ist. Es ist schwer zu beschreiben, aber ich würde seinen Duft selbst mit geschlossenen Augen erkennen. Die Tränen wollen erneut an die Oberfläche, aber diesmal sind es Freudentränen, weil ich mich zum ersten Mal in meinem Leben wirklich wohl und sicher in den Armen eines Mannes fühle. Ich weiß, dass er mir nie wieder bewusst wehtun würde. Ich fühle es einfach, und das macht es mir leicht, mich noch mehr in ihn zu verlieben.

Nach dem Konzert leert sich die Halle schnell, während wir im VIP-Bereich bleiben und etwas trinken.

»Du hast ja richtig Herzchen in den Augen«, zieht mich Vance auf und lehnt sich an die Theke.

»Mein letztes Konzert ist fast zehn Jahre her, aber das war nichts im Vergleich zu vorhin. Die Jungs wissen wirklich, wie man eine Halle in seinen Bann ziehen kann.«

»Sie sind aufeinander eingespielt, immerhin besteht die Band seit zwölf Jahren.«

»Tatsächlich? So lange schon?«

»Als Teenies haben sie sich zusammengetan und in Kians Garage geübt. Laut Haydens Aussage waren sie grottenschlecht, aber mit der Zeit haben sie besser harmoniert und angefangen, eigene Songs zu schreiben. Der Rest ist Geschichte.«

»Beeindruckend.« Früher habe ich oft mit Prominenten zu Abend gegessen, da mein Dad viele berühmte Freunde hatte, aber diese Welt scheint mir gerade sehr weit weg. Seth erscheint im VIP-Bereich und teilt uns mit, dass Ian alle in einen Club einlädt, von dem ich noch nie gehört habe. Vance ist ganz aus dem Häuschen, weil es angeblich ein angesagter Schuppen ist, aber irgendwie habe ich keine Lust, tanzen zu gehen.

Nach diesem Unplugged-Erlebnis habe ich eher das Bedürfnis, mich zu unterhalten und den Abend gemütlich ausklingen zu lassen. Hayden gesellt sich kurz zu uns, genau in dem Moment, als sein Bruder auf uns zukommt. »Was ist los, Brüderchen? Bist du mit Tori dabei? Wir wollen noch die Puppen tanzen lassen.« Ian grinst und reibt sich sein halblanges Haar mit einem Handtuch trocken. Von einem Arbeitskollegen habe ich erfahren, dass Hayden und er keine leiblichen Brüder sind, aber beide sind unglaublich attraktiv. Es ist diese Mischung aus gutem Aussehen und Grips, den man ihnen sogar ansehen kann. Bei beiden müssten doch die Frauen Schlange stehen, und doch sieht Hayden mich und nur mich mit einem warmen Lächeln an, ehe er sich schließlich seinem Bruder zuwendet.

»Danke, aber ich denke, Tori und ich werden noch etwas essen gehen.« Er sieht mich an, als wüsste er instinktiv, was ich will. Als hätte er meine Gedanken von eben gelesen.

»Na, dann sehen wir uns die Tage. Danke, dass ihr da wart.« Ian umarmt seinen Bruder fest und wendet sich schließlich mir zu. Ich reiche ihm die Hand, aber er schüttelt nur den Kopf und drückt mich ebenfalls kurz.

»Es war so wunderbar«, schwärme ich in sein Ohr, wobei sich meine Worte wie eine Untertreibung anfühlen.

»Danke«, antwortet er und drückt mich nochmals. Als wir uns lösen, nickt er mir dankend zu. »Es war echt eine tolle Erfahrung, ein Unplugged-Konzert zu geben. Freue mich schon auf die DVD, dann sehe ich alles mal aus eurer Perspektive«, sagt er, als plötzlich ein Roadie nach ihm ruft.

»Ich komme schon. Na dann, Miss Lancaster. Passen Sie gut auf meinen Bruder auf.«

»Mach ich«, antworte ich, woraufhin er mir zugrinst und wieder in der Garderobe verschwindet.

»Ich hoffe, es ist okay, dass ich dich zum Essen ausführe.«

»Mehr als okay. Irgendwie ist mir nicht nach Party.«

»Mir auch nicht.« Er blickt kurz hinter mich, ehe er mich entschuldigend ansieht.

»Entschuldige mich kurz, ich muss mich nur schnell mit Cliff unterhalten.«

»Klar. Ich gehe schon mal vor.« Ich gehe auf Vance und Carter zu, die jeden meiner Schritte genau beobachten.

»Ich sehe, dein Abend nimmt eine überraschende Wendung«, witzelt Vance.

»Ach, tut er das?«, frage ich lachend.

»Na ja, wenn du mit unserem heißen Boss die Party vorzeitig verlässt, denke ich, dass du noch mehr Spaß haben wirst als wir, wenn du verstehst, was ich meine.« Er hebt anzüglich die Brauen, doch ich boxe ihm scherzhaft gegen den Oberarm und erröte unnötigerweise.

»Hör auf. So ist das doch nicht. Wir gehen nur essen.«

»Klar, nur essen. Aber du kannst mir nicht weismachen, dass du das dort nicht gerne in deinem Bett hättest.« Wir drei blicken automatisch zu Hayden, der in tiefsitzender Jeans und T-Shirt einfach zum Anbeißen aussieht. Sein lockiges Haar hat er gestylt und zu bändigen versucht. Diese verflixten Locken faszinieren mich schon seit unserer ersten Begegnung.

»Nein. Du hast ja recht. Ich will ihn.« Ich seufze und lasse mich vom Moment hinreißen, ohne dass es mir sofort klar ist. Aber es wäre ohnehin zwecklos, es zu leugnen, meine Augen verraten mich, wenn er in meiner Nähe ist.

Nachdem ich mich von allen verabschiedet habe, gehe ich nach draußen, wo ich die frische New Yorker Nachtluft einatme. Ich fühle mich so frei und leicht nach diesem Konzert und den Ereignissen der letzten Zeit. Ich fühle die Musik, die ich noch vor ein paar Minuten gehört habe, und plötzlich ist die Vergangenheit so fern. Nur noch das Hier und Jetzt ist präsent und plötzlich bewegen sich meine Füße wie von selbst.

Ich tanze.

Mitten in Manhattan.

Jeder Schritt fällt mir leichter und leichter, sodass es mir nichts ausmacht, als es plötzlich zu regnen beginnt. Ich breite die Arme aus, genieße die Nässe auf meiner Haut und drehe mich im Kreis. Der Gehweg ist zum Glück nicht voll, sodass ich Platz habe. Die verwunderten Blicke ignoriere ich einfach. Jahrelang habe ich die Last der Vergangenheit meine Gegenwart beeinflussen lassen, aber wie Ian so schön singt:

Ich bin genug.

Dass ich gefallen bin, war die Folge einer Verkettung unglücklicher Umstände, aber dass ich mich bis jetzt versteckt und vor der Welt verschlossen habe, war eine Entscheidung.

Eine, die ich bereue, aber ich bin dabei, endlich ein neues Kapitel aufzuschlagen. Dieser schöne Moment dauert nur kurz an, denn mir fällt schlagartig ein, dass Hayden nachkommen wollte. Rasch blicke ich zum überdachten Eingangsbereich, doch er ist nicht zu sehen. Ich atme erleichtert aus und blicke kurz zur Seite, wo ich ihn entdecke. Er steht ebenfalls mitten im Regen, keine drei Schritte von mir entfernt.

Er sieht mich mit einer Mischung aus Ehrfurcht und Wärme an, die die Kälte in mir vertreibt und mein Herz zum Rasen bringt. Ich gehe auf ihn zu und blinzle den Regen weg. »Wieso stehst du hier im Regen rum?« Er ist wohlhabend, attraktiv und verkörpert all das, was ich damals gewesen bin. Früher hätte ich niemals im Regen getanzt. Mein Make-up, die Klamotten wären ruiniert gewesen, ganz zu schweigen davon, was die Leute gesagt hätten. Aber er steht hier, bei mir.

»Weil ich dir nah sein will und es liebe, dich dabei zu beobachten, wie du wieder zu dir selbst zurückfindest.«

»Das habe ich dir zu verdanken.« Er schüttelt den Kopf und streicht über meine nasse Wange.

»Nein, ich war nur ein unscheinbarer Zeuge, der dir zugesehen hat, aber du hast es ganz allein geschafft.«

»Du willst nicht die Lorbeeren dafür ernten?«, scherze ich, da ich nicht will, dass dieser Moment ins Traurige abdriftet.

»Dafür nicht, aber ich hoffe bei anderen Gelegenheiten glänzen zu können.«

»Da bin ich aber gespannt. Komm, lass uns gehen, sonst sind wir beide morgen erkältet, und mein Boss rastet aus, wenn ich mich krankmelde.«

»So ein Arsch.«

»Und wie, aber verrate es ihm nicht, okay?«

»Geht klar«, flüstert er, eher er seinen Arm um mich legt und mit mir zum überdachten Eingang geht.

Keine fünfzehn Minuten später sitzen wir auf dem Rücksitz von Haydens Auto, in dem es herrlich warm ist und sogar Handtücher bereitliegen. Gayle hat mich mit einem knappen Nicken begrüßt, ehe sie losgefahren ist. »Fährst du eigentlich nie selbst?«, frage ich neugierig.

»Doch, ich habe eine große Autosammlung, aber ich fahre am liebsten auf dem Land und liebe Roadtrips. In der Stadt hasse ich die Staus und den vielen Verkehr, weshalb ich Gayle gerne das Steuer überlasse.«

»Roadtrips?«

»Da staunst du, was? Als ich auf dem College war, haben Ian, Quinn, Klaus, Jamie und ich die Ferien im Auto irgendwo in den Staaten verbracht.«

»Was war dein Lieblingsort?« Der Drang, alles über ihn zu erfahren, ist beinahe übermächtig.

»Antelope Canyon in Arizona. Die Lichtspiele und wellenförmigen Wände sind etwas, was ich vorher in dieser Form noch nie zu Gesicht bekommen habe. Millionen Jahre lang hat das Wasser diese Schluchten aus dem orangenen Felsen geschliffen, sodass einer der schönsten Orte entstanden ist, an denen ich bisher war.«

»Ich kenne den Ort nur von Bildern aus dem Internet. Aber

mein Dad war einmal dort und hat mir immer versprochen, dass er mich dorthin mitnehmen will.« Traurigkeit umhüllt mich beim Gedanken an seine strahlenden Augen. Er hat die Natur geliebt.

»Was ist mit ihm passiert?«

»Er starb an einer seltenen Muskelkrankheit. Er litt schon länger daran und hat es uns erst verraten, als er den Verfall seines Körpers nicht mehr verbergen konnte.«

»Das tut mir sehr leid.« Hayden greift nach meiner Hand und drückt sie.

»Ja, mir auch, er war ein wunderbarer Mensch. Ich hoffe, ihn eines Tages stolz zu machen.«

»Das hast du bereits.«

»Wie kommst du darauf?«

»Du arbeitest ehrenamtlich in einer Tierklinik, bist ein ehrlicher und fleißiger Mensch und stehst mitten im Leben. Ich denke, du hast es geschafft.«

»Ich musste hart kämpfen, um zu überleben, und habe beruflich so gut wie nichts erreicht. Mein Dad war noch vor seinem siebenundzwanzigsten Lebensjahr Millionär.«

»Geld allein definiert keinen Erfolg.«

»Aber es macht so vieles einfacher.«

»Das stimmt, aber ich bin der Meinung, wenn die richtigen Menschen an deiner Seite sind, dann bist du auch als armer Schlucker glücklich.«

»Also, langsam glaube ich auch daran.« Ich hoffe, dass er in meinen Augen sieht, dass ich ihn damit meine – ihn und Donna. Er schenkt mir dieses besondere Lächeln, das all seine Gefühle für mich vermittelt, die ich auch erwidere. Haydens Augen schweigen nie, sie zeigen mir, was ich wissen will, wenn er es zulässt, und das, was ich darin sehe, will ich für immer einfangen.

Mit vom Regen immer noch feuchter Kleidung betreten wir ein Lokal, und ich nehme sofort den herrlichen Geruch von gebratenem Fleisch wahr. Ich blicke noch mal auf Haydens Outfit. Heute Abend trägt er keinen seiner Designeranzüge, sondern ist eher leger gekleidet. Ein weißes Band-T-Shirt von Everstorm, dazu dunkle Jeans zu weißen Chucks. Mit diesem Outfit passt er in solch ein Lokal, auch wenn ich ihn hier nie erwartet hätte. Ich gehe mal von meinem alten Ich aus. Als ich reich war, habe ich nur Fünfsternerestaurants besucht oder Geschäfte, in denen ebenfalls reiche New Yorker einkauften. Mein altes Ich hätte sich vermutlich niemals in dieses Restaurant verirrt.

»Du siehst überrascht aus.«

»Ja, das bin ich tatsächlich. Ich dachte, du führst mich in ein edles Restaurant.«

»Wäre dir das lieber gewesen?«

»Nein«, antworte ich prompt. In dieser Location hier fühle ich mich mehr wie ich selbst.

»Das war ja eine schnelle Antwort.« Er legt die Hand auf meinen unteren Rücken und dirigiert mich in eine ruhigere Ecke des Restaurants.

»Ja, ich weiß auch, wovon ich rede.«

»Jetzt machst du mich aber neugierig.« Er setzt sich mir gegenüber und sieht mich abwartend an. Während seine blauen Augen auf mir ruhen, wird mir wieder bewusst, wie attraktiv er ist. Seine wilden brünetten Locken, die markanten Wangenknochen, die ihm eine gewisse Schärfe verleihen und ihn gefährlich aussehen lassen. Ich mag es, dass er teils süß und herzlich ist, aber auch eine wilde und aufregende Seite hat. Alles an ihm gefällt mir, vor allem die Art, wie er mich ansieht. Als wäre ich der Mittelpunkt seiner Welt. Das hier ist keine Masche, um mich ins Bett zu bekommen. Hayden will mich wirklich näher kennenlernen.

»Ich stamme aus einer reichen Familie und habe finanziellen Komfort immer für selbstverständlich gehalten. Ich hatte viele Freunde und war in der Schule beliebt, aber das war alles nur der äußere Schein. Denn als ich mittellos wurde, war keiner der sogenannten Freunde für mich da. Nun bin ich an einem Punkt, wo ich nicht von Reichtum und Luxus geblendet werde, sondern weiß, worauf es wirklich ankommt.«

»Ich persönlich gehe nur in die Lokale und Stores, wo ich mich wohlfühle. Ich kann mich durchaus auch mal in ein McDonalds verirren, wenn ich Lust auf einen Big Mac habe.« Hayden grinst, als er das Erstaunen auf meinem Gesicht erkennt. Der Kellner kommt an unseren Tisch, um unsere Bestellung aufzunehmen, was mir etwas Zeit gibt, über das nachzudenken, was er gesagt hat. Wenn ich damals diese Einstellung an den Tag gelegt hätte, wäre ich vielleicht nicht so arm dran gewesen, aber das werde ich wohl nie erfahren. Als wir wieder alleine sind, lehnt sich Hayden entspannt in dem gepolsterten Stuhl zurück. Er wirkt plötzlich müde auf mich.

»Erschöpft?«, erkundige ich mich. Hayden fährt sich müde übers Gesicht, ehe er mich entschuldigend ansieht.

»Ja, es war ein langer Tag, aber an dir liegt es sicher nicht.«

»Das weiß ich doch. Zu einer wandelnden Schlaftablette bin ich hoffentlich noch nicht mutiert.«

»Mit Sicherheit nicht, aber es steht so viel an, das noch erledigt und geplant werden muss, dass ich mich frage, wie ich das schaffen soll.«

»Was machst du eigentlich den ganzen Tag?«

»Solltest du als meine Assistentin das nicht schon wissen?«, fragt er mit einem breiten Grinsen.

»Natürlich weiß ich, dass du den ganzen Tag Meetings, Videokonferenzen und Besprechungen hast, aber welcher Natur?

Im Büro reden alle von einem großen Fisch, den du an Land ziehen willst.«

»Ja, es lässt sich nicht mehr verbergen. Wenn alles so läuft, wie ich hoffe, werden wir Carlos Umaz unter Vertrag nehmen.«

»Den Latino-Sänger?«

»Ja! Um genau zu sein: den *erfolgreichsten* Latino-Sänger überhaupt. Weißt du, lateinamerikanische Musik ist derzeit im Kommen und wird noch die ganze Welt erobern. Wenn wir Carlos bei uns haben, werden die anderen Stars bald folgen und dann werden wir das erste US-amerikanische Label sein, das die großen Latino-Stars unter Vertrag hat.«

»Hörst du selbst die Songs deiner Stars?«

»Klar. Ich verbringe die Pausen zwischen den Meetings damit, Musik zu hören oder auf Onlineplattformen nach möglichen Newcomern zu suchen.«

»Ich dachte, du als Boss lässt andere die Neulinge suchen und kümmerst dich um die großen Stars.«

»Ich mag es, neue Gesichter zu entdecken. Das ist sogar meine Lieblingsbeschäftigung. Klar, es besuchen mich fast jeden zweiten Tag Scouts und Manager, um mir ihre Klienten zu empfehlen, aber wenn ich selbst einen Rohdiamanten finde, jemanden, der nicht auf Kohle aus ist, sondern einfach nur gute Musik machen möchte, dann erfüllt es mich mit Stolz, wenn ich ihn zu uns ins Boot holen kann.« Ich werde ganz neidisch, wenn ich ihm lausche. Ich bin fast dreißig Jahre alt und weiß nicht, welche Richtung ich beruflich einschlagen möchte.

»Mein Tag ist ziemlich voll, sodass ich manchmal vergesse, mir Pausen zu gönnen. Mittags nehme ich mir Zeit für mein Work-out und esse eine Kleinigkeit, aber ehe man sich's versieht, ist es schon wieder siebzehn Uhr und ich habe das Gefühl, nichts erledigt zu haben.«

»Ist das nicht ein ziemlich einsames Leben?«, frage ich und bereue es augenblicklich. Ich will ihm nicht zu nahetreten und es ist eine ziemlich persönliche Frage.

»Doch. Das fällt mir erst dann auf, wenn ich wirklich ganz allein bin. Um mich von der Einsamkeit abzulenken, arbeite ich wieder, und damit beginnt der Teufelskreis.«

»Wie steht es mit einer Partnerin? Bei dir müssen die Frauen doch Schlange stehen.« Ich muss diese Frage einfach stellen.

Er grinst verlegen. »Meine letzte Beziehung ist Jahre her und auch diese ist zerbrochen, weil ich zu viel gearbeitet habe. Mein Job ist wohl Segen und Fluch zugleich.«

Ich greife nach seiner Hand und drücke sie, so, wie er es vor einer halben Stunde bei mir getan hat. »Du leistest hervorragende Arbeit und opferst deine Freizeit, damit deine Mitarbeiter einen sicheren Arbeitsplatz haben. Das finde ich bewundernswert und zutiefst beeindruckend.« Nun ist es an ihm, zu erröten und kurz den Blick abzuwenden. Meine Worte scheinen ihm nahezugehen.

»Was denkst du, ist der genaue Grund dafür, dass es dir schwerfällt, aktuell eine Beziehung zu führen?« Ich will ihn jetzt nicht fragen, wo wir in unserer Beziehung stehen, um nicht wie eine Klette zu wirken, aber mir ist völlig schleierhaft, wie ein perfekter Mann wie er über längere Zeit Single sein kann.

»Ich denke, es hat sich einfach nie ergeben. Eine Beziehung sollte sich meiner Meinung nach langsam entwickeln, und das ist bis jetzt nicht passiert.« Seine Antwort beruhigt mich. »Wie sieht es bei dir aus?«

»Außer Scar gibt es kein männliches Wesen, mit dem ich das Bett teile.«

»Heißt das, die Stelle ist noch nicht besetzt? Nimmst du noch Bewerbungen entgegen?«

»Und ob ich das tue. Aber ich muss dich vorwarnen: Es ist nicht leicht, dorthin zu gelangen. Man muss mein Herz im Sturm erobern können.«

»Das schaffe ich«, antwortet er mit einem selbstsicheren Lächeln.

Eigentlich hast du es schon geschafft, denke ich und lehne mich zurück, um diesen herrlichen Abend mit Hayden zu genießen.

24. KAPITEL

Hayden

In nicht mal einer Stunde habe ich einiges über Tori erfahren. Sie liebt Flohmärkte, hat als Mädchen Barbies gehasst, spendet regelmäßig Blut und würde gern häufiger wandern gehen.

»*MacGyver* ist die beste Serie der Achtziger«, stelle ich klar, denn nichts und niemand kann meiner Lieblingssendung das Wasser reichen.

»Bitte«, schnaubt sie und verschränkt die Arme vor der Brust. Die Schnute, die sie dabei zieht, ist unglaublich süß. »Die Serie gehört eigentlich in den Fantasybereich. Die wenigsten seiner Fluchtversuche sind glaubwürdig.«

»Was?« Ich lege die Hände auf die Brust, als hätte sie mich mit einer Kugel getroffen.

»Sorry, aber so ist es nun mal. *Knight Rider* ist und bleibt die Kultserie der Achtziger.«

»Ach, ich bitte dich! Ein sprechendes Auto, das durch die Gegend springt? Das war meiner Meinung nach der größte Flop der letzten Jahrzehnte.«

»Nimm das zurück!«, sagt sie und wirft eine Serviette nach mir. Ich kann nur grinsen, denn so kenne ich sie gar nicht. Angriffslustig und doch tiefenentspannt.

»Niemals«, gebe ich zurück und muss laut lachen.

»Sei froh, dass du mein Boss bist, denn sonst würde ich ganz andere Saiten aufziehen.«

»Ich bin dein Boss von Montag bis Freitag, aber wenn wir nicht im Büro sind, bin ich nur Hayden.« Natürlich wird es schwierig sein, eine Grenze zwischen Arbeit und Privatleben zu ziehen, aber ich bin mir sicher, dass wir es schaffen können.

»Nur Hayden also?«, fragt sie, und ich sehe in ihren Augen den Schalk aufblitzen. Sie will spielen.

»Richtig.«

»Das heißt, ich kann mich bei dir über meinen unmöglichen Boss beschweren?«

»Und ob du das kannst.«

»Das kann aber spannend werden. So muss ich nicht immer Vance alles haarklein erzählen.«

»Ach, über was habt ihr zwei denn so gesprochen?«

»Na ja, dass es unfair ist, dass jemand so gut aussieht und doch so fies sein kann.«

»Soso, was noch?«

»Tut mir leid, aber das geht dann zu sehr ins Private. Aber es hat was mit deinem knackigen Po zu tun.«

»Ich tue ja auch etwas für meine Fitness.«

»Das habe ich gesehen.« Ich sehe ihr an, dass sie an den Moment denkt, als sie in mein Büro gestolpert ist.

»Hat es dir gefallen, mich beim Training zu beobachten?« Ich komme ihr langsam näher, sodass sie schluckt und mich aus großen Augen ansieht. Sie nickt als Antwort und leckt sich unbewusst über die Lippen. Das Outfit, das sie heute Abend trägt, zeigt nicht viel Haut, was aber auch nicht nötig ist, um mir den Kopf zu verdrehen. Selbst wenn sie einen Kartoffelsack tragen würde, könnte ich ihrer Schönheit nicht widerstehen. Gerade will ich unser Gespräch fortführen, als mein Handy eine neue Chatnachricht ankündigt. Ich will es ignorieren, doch dann folgen weitere Nachrichten, sodass ich mich bei

Tori entschuldige und nachsehe. »Fuck«, fluche ich, als ich ein Bild von Ian erhalte, das mir Jamie geschickt hat. Es zeigt ihn in einer eher privaten Szene, die ich eigentlich nie sehen wollte. Eine Frau kniet zwischen seinen Beinen und, na ja, ich kann mir schon vorstellen, was sie macht, auch wenn man es auf dem Foto zum Glück nicht so gut erkennen kann, da es offensichtlich mit einem Smartphone aufgenommen wurde und die Belichtung ungünstig war. Seine Arme hat er auf einer Couch ausgestreckt und den Kopf nach hinten gelehnt, von wo eine Blondine ihm die Zunge in den Hals steckt.

»Was ist los?«

»Ian ist los.« Ich tippe auf den Link, den mir Jamie geschickt hat, und lande auf der Webseite einer Klatschzeitung, die das Foto schon mit der Überschrift »Dorian Goes Wild« teilt. *Wie schnell haben die die Story verfasst?* Es kann doch gerade mal ein paar Stunden her sein, dass es aufgenommen wurde. Ein paar Tage hat die Ruhe gehalten, jetzt macht mein Bruder wieder das, was er neben dem Singen am besten kann: Ärger. Ich tippe eine Nachricht an Gayle, dass ich sie vor dem Laden brauche und sie mir ein Taxi organisieren soll, ehe ich mich meiner Begleitung zuwende.

»Entschuldige, Tori, aber ich muss jetzt unbedingt in diesen Club.«

»Geht es ihm gut?«, fragt sie besorgt und erhebt sich.

»Ja, es geht ihm gut, zumindest bis ich ihn in die Finger bekomme.«

»Das klingt nicht gut.«

»Ist es auch nicht. Er lässt sozusagen in aller Öffentlichkeit die Hüllen fallen.«

»Ach herrje.«

»Du sagst es. Ich habe Gayle hierhergebeten. Sie wird dich nach Hause bringen.«

»Ich würde dich gerne begleiten.«

»So gerne ich dich auch dabeihaben möchte, ich will nicht, dass du mir dabei zusiehst, wie ich ihm in den Hintern trete.«

»Das wäre aber sicher amüsant.«

»Glaub mir, wenn es um die Sicherheit und das Ansehen meiner Familie geht, verstehe ich keinen Spaß und tue alles, um sie zu beschützen, sogar vor sich selbst.« Tori macht einen Schritt auf mich zu, während ich der Bedienung winke, und stellt sich vor mich.

»Und genau diese Eigenschaft an dir lässt mich über dein unmögliches Verhalten mir gegenüber hinwegsehen. Ich bin sauer gewesen, weil du mich wie Dreck behandelt hast, aber ich weiß auch, dass deine Entschuldigung ernst gemeint ist.«

»Das ist sie, glaub mir. Ich bin kein schlechter Mensch.«

»Davon bin ich überzeugt.« Sie küsst mich sanft auf die Lippen und löst sich sofort wieder von mir, sodass ich den Kuss nicht intensivieren kann.

»Lass uns gehen, Gayle wartet schon«, murmle ich und lächle sie an. »Nicht dass ich zu Ian mutiere und hier und jetzt über dich herfalle.«

Im Taxi wähle ich umgehend Jamies Nummer. »Hast du ihm schon den Kopf gewaschen?«, fragt er gleich, und ich höre heraus, dass er lächelt. Er weiß, dass ich bei Ians Eskapaden gerne an die Decke gehe.

»Ich habe ihn noch nicht in die Finger bekommen, sitze noch im Taxi.«

»Taxi? Du hast doch geschrieben, dass du mit den Jungs unterwegs bist.«

»War. Nach dem Konzert hatte ich ein Date.« Ein tolles Date, um genau zu sein. Ich hätte mit ihr noch bis in die Morgenstunden reden können, hätte mein Bruder mir nicht einen Strich durch die Rechnung gemacht.

»Eine Verabredung? Wieder mit Kendall?« Ich erzähle meinem besten Freund alles, spreche mit ihm über wirklich jeden Aspekt meines Lebens. Er weiß von den Misshandlungen meiner Kindheit und der Hölle meiner Jugend, aber er weiß nun auch über Tori Bescheid, und ich kann ihm jetzt nicht verraten, dass ich persönlich geworden bin und sie aus Rachsucht als meine persönliche Assistentin eingestellt habe. Als Personalchef würde er das nicht gutheißen. Und als Freund noch weniger. Ich will ihn langsam darauf vorbereiten, ehe er von der Schulung zurückkommt.

»Nein, das mit Kendall ist vorbei. Es ist jemand anderes.«

»Scheint ja nicht so 'ne Wucht zu sein, wenn du mir nicht von ihr erzählen willst.«

»Sie ist ein verdammter Jackpot, nur will ich, dass du sie persönlich kennenlernst, um dir eine Meinung zu bilden.«

»Also ist es etwas Ernstes? Wirst du etwa sesshaft?«

»Sehr ernst«, antworte ich, denn ohne Zweifel ist Tori die Frau meines Lebens. Nur muss ich noch einen Weg finden, dass sie mir vertraut, auch wenn ich tief im Inneren weiß, dass ich das eigentlich nicht verdient habe, solange ich ihr nicht erzähle, wer ich in Wahrheit bin.

»Ich freue mich jetzt schon darauf, die Frau kennenzulernen, die es geschafft hat, dass du einmal fünf Minuten lang nicht über das Label sprichst.«

»Das wirst du. Sag mal, wie hast du so schnell von dem Foto erfahren?«

»Das war Zufall. Ich habe ein wenig bei Instagram gestöbert und bin auf den Beitrag gestoßen. Leider wurde er schon über zehntausend Mal geteilt.«

»Mist. Wie sieht es in den Kommentarspalten aus?«

»Um ehrlich zu sein, durchgehend positiv. Die Männer feiern ihn, weil er zwei Frauen auf einmal vernascht, und die Mädels würden gerne die Plätze der zwei einnehmen.«

»Wenigstens etwas. Seinem Ruf hat es bis jetzt also noch nicht geschadet, aber sehen wir mal weiter. Haben wir eine Chance, das Foto verschwinden zu lassen?«

»Dafür hat es schon zu weite Kreise gezogen. Sorry, Boss.«

Ich atme tief ein und aus und nicke in die Dunkelheit. Es wäre auch zu schön, um wahr zu sein.

»Na schön, ich nähere mich schon dem Club. Wir sehen uns morgen bei der Videokonferenz?«

»Klar. Sei nicht zu streng, okay?«

»Ich werde für nichts garantieren.«

Im Club ist viel los. Die Musik ist zu laut, es sind zu viele Menschen hier, und es ist so stickig, dass ich nur schwer atmen kann. Mein Ziel ist der VIP-Bereich, zu dem ich sofort durchgelassen werde, als die Sicherheitsleute mich erkennen. Ich vernehme meine Freunde von Weitem, auch wenn ich mich noch durch eine Traube von Menschen kämpfen muss, ehe ich sie erreiche.

Die Bandmitglieder stehen alle um Ian herum, der gemütlich auf der Couch sitzt und sein Bier trinkt. Er ignoriert Kian, der auf ihn einzureden versucht. Das sehe ich, ohne ihn hören zu müssen.

»War ja klar«, seufzt er, als er mich erblickt.

»Was zum Teufel, Ian!«, brülle ich quer durch den Raum, sodass alle verstummen, und man nur noch die Musik wummern hört. Wir befinden uns in einem Partyraum, der nur für die Band abgesperrt ist, wir sehen auf den Club und die Tanzfläche, ohne dass uns die Leute von dort erkennen. Und das kommt mir gerade recht, denn sein arrogantes Grinsen ist kaum zu ertragen.

»Mach dich locker, Hayden. Es ist nichts passiert.«

»Nichts passiert? Die ganze Welt sieht, wie du einen geblasen bekommst, und das geht spurlos an dir vorüber?«

»Ich bin nicht schuld, okay? Die anderen waren noch unten etwas trinken, und ich hatte den Raum für mich alleine, um mich mit den Frauen zu vergnügen. Ein Kellner hat das unscharfe Foto geschossen.«

»Das macht die Sache nicht besser.«

»Aber es zeigt, dass ich nichts falsch gemacht habe. Ich habe gerne Sex mit vielen Frauen, und daran sollte nichts Verwerfliches sein.«

»Aber doch nicht, wenn du mitten in einem Club bist.«

»Du hast deine Vorlieben und ich meine.«

»Du meine Güte«, ich fahre mir aufgebracht durchs Haar und blicke zu den anderen Bandmitgliedern, die Ian vorwurfsvoll anblicken. Die vier sind seit ihrer Jugend Freunde, aber irgendwann ist das Maß auch für sie voll.

»Hast du sie denn nicht einfach mit nach Hause nehmen können wie jeder normale Mensch?«

»Wo bleibt denn da der Spaß?«

»Du verdammter …!« Ich balle die Hände zu Fäusten, was er mit einem ernsten Blick registriert. Wir haben noch nie im Streit miteinander zu Gewalt gegriffen, nicht mal als Teenager. Aber mit seinem ignoranten Verhalten macht er mich so unsagbar wütend. Ich schließe kurz die Augen und beruhige mich. Dies ist kein Ort, um mit meinem Bruder zu streiten.

»Komm, lass uns gehen.«

»Nicht dein Ernst!?«, beschwert er sich lauthals, aber das juckt mich nicht.

»Und wie es mein Ernst ist. Ich bringe dich nach Hause. Das Foto ist nun raus, und wir können es nicht mehr ändern, aber ich will dich im Auge behalten können, weshalb du heute mit zu mir kommst.«

»Bist du jetzt mein Babysitter?«

»Ja, und dein schlimmster Albtraum, wenn du dich nicht endlich einkriegst.«

Nachdem ich meinen Bruder ins Gästezimmer verfrachtet habe, gehe ich ebenfalls ins Bett. Morgen ist ein normaler Arbeitstag, und ich muss zeitig ins Büro, aber trotzdem fühle ich mich rastlos. Nach über zwei Stunden, die ich gebraucht habe, um mit Ian nach Hause zu kommen, nehme ich mein Smartphone in die Hand, auf dem ich eine Nachricht von Tori entdecke.

Tori: Ich hoffe, Ian hat deinen Ausbruch überlebt, und du warst nicht allzu streng mit ihm. Danke noch mal für den schönen Abend. Es ist lange her, dass ich einfach ausgegangen bin und den Abend genießen konnte

Ich muss sofort lächeln, als ich ihre Nachricht lese. Ich habe mir auch alles anders vorgestellt, aber auch wenn der Abend kurz war, habe ich ihn genossen.

Schläfst du schon?

Natürlich. Wie es sich für eine vorbildliche Mitarbeiterin von Ever Records gehört :)

Das heißt dann wohl nein. Ich stelle mir vor, dass sie wegen mir aufgeblieben ist, und Wärme breitet sich in meiner Brust aus. Mit einem breiten Grinsen antworte ich ihr und bin bereit, wieder stundenlang mit ihr zu chatten.

25. KAPITEL

Teri

Nach einer gefühlten Ewigkeit halte ich endlich meinen ersten Gehaltsscheck in der Hand und kann nicht aufhören, die Zahlen anzustarren. *Kann das stimmen?* Ich wusste ja, dass dieser Job anders ist als meine bisherigen, aber dass ich fast das Dreifache verdiene, hat einen schalen Beigeschmack. *Kann es sein, dass Hayden mir mehr zahlt, weil wir uns einander annähern?*

Nein, das würde er nicht tun.

Oder doch?

Ich meine, ich kann nach dieser kurzen Zeit nicht behaupten, dass ich ihn in- und auswendig kennen würde. Wäre es wirklich der Fall, dass er mich für Gefälligkeiten entschädigt, würde ich sofort kündigen. Ich bin nicht so tief gesunken, dass ich mich für Zuneigung bezahlen lasse.

Ein Teil von mir will das nicht hinterfragen, sondern dankbar sein, da ich nun mit einem Schlag all meine Schulden begleichen kann und sogar noch ein ganzer Batzen übrig bleibt, aber diesen Teil bringe ich schnell wieder zur Vernunft. Ich muss mit Hayden reden, aber wenn ich so auf seinen Terminkalender blicke, frage ich mich, wann ich das tun soll. Ich bin heute früh mit einem breiten Grinsen aufgewacht, da er und ich mal wieder stundenlang gechattet haben. Sobald ich an ihn denke, habe ich Schmetterlinge im Bauch.

Ich hatte das Gefühl, die ganze Welt umarmen zu können, bis ich eben meinen Gehaltsscheck bekommen habe. Dieser hat meine Freude auf ein Wiedersehen gedämpft. Ich konzentriere mich auf den Kalender und merke nicht, dass sich mir jemand nähert.

»Morgen, Miss Lancaster. Sie sehen bezaubernd wie immer aus.« Ich hebe den Blick und sehe einen müden, aber fröhlichen Ian vor mir.

»Guten Morgen, Mr Millard. Sie sehen ja ausgeschlafen aus.« Ich ziehe ihn bewusst auf, denn unfairerweise sieht er gut aus, obwohl er gestern ziemlich viel getrunken haben muss.

»Brauche ich einen Termin, um das Büro meines Bruders zu betreten? Oder wirst du mir in Jackie-Chan-Manier den Arsch versohlen und den Eingang mit deinem Leben verteidigen?« Ich lache laut auf und schüttle amüsiert den Kopf. Von einem Kater fehlt bei diesem Mann jede Spur. *Wie schafft er das nur?*

»Deine Fantasie scheint ja keine Grenzen zu kennen.«

»Die Frauen lieben mich deswegen.« Ich beiße mir auf die Lippe, um nicht zu lachen oder auf das viral gegangene Foto anzuspielen.

»Sag schon. Was für ein Gerücht geht um?«

»Also, sie nennen dich Flöte auf zwei Beinen.« Meine Worte bringen ihn so heftig zum Lachen, dass er sich kaum einkriegt.

»Was sich die Leute so alles einfallen lassen. Unglaublich.«

»Macht es dir gar nichts aus?«

»Dass die Menschen über mich tratschen?« Ich nicke, doch er schüttelt den Kopf.

»Wenn es mir etwas ausmachen würde, hätte ich den falschen Job. Als Person, die in der Öffentlichkeit steht, musst du dir ein dickes Fell zulegen, denn viele Menschen glauben, nur weil sie seit vielen Jahren deine Musik hören oder dir lange in den Social Media folgen, dass sie dich kennen und es sich herausnehmen können, dich zu verurteilen.«

»Aber hast du nicht auch schwache Momente? Wo dich die negativen Meinungen und Gerüchte verletzen?« Er scheint kurz zu überlegen, schüttelt dann aber erneut den Kopf.

»Früher schon, aber jetzt habe ich keine Zeit, mir darüber Gedanken zu machen. Ich bin ständig unterwegs und jette um die Welt. Proben mit der Band, Songs schreiben, Musik machen. Ich lebe meinen Traum und versuche, mich am Positiven festzuhalten.«

Auch wenn er sich fröhlich und zuversichtlich gibt, glaube ich seinen Worten irgendwie nicht so recht. Ich habe so ein Gefühl, dass er mir nur etwas vorspielt und gute Miene zum bösen Spiel macht, aber ich könnte mich auch täuschen.

»Guten Morgen«, meldet sich Hayden zu Wort und betritt unsere Ecke des Großraumbüros. Er trägt wieder einen seiner Anzüge und sieht unfassbar gut darin aus. Der Stoff ist dunkelblau, dazu trägt er ein weißes Hemd und eine hellblaue Krawatte. Es schmeichelt seinem muskulösen Körper und seiner Augenfarbe. Ich reiße mich zwar zusammen, kann aber nicht aufhören, ihn anzusehen. Erst als sich Ian in Bewegung setzt, wende ich den Blick von meinem Boss ab.

»Morgen«, sage ich etwas atemlos, was ihn die Mundwinkel anheben lässt. Er kommt auf mich zu und reicht mir eine Mappe, die ich wohl durchsehen soll, dabei streifen seine Finger die meinen. Ein elektrisches Knistern geht von meiner Hand aus, breitet sich aus, bis es meinen ganzen Körper erfasst. Auch Hayden spürt es, das sehe ich in seinen Augen, aber da wir nicht alleine sind, bringe ich Abstand zwischen uns und blicke verlegen zu Ian. Er weiß zwar schon längst, dass da etwas zwischen uns läuft, aber ich will Arbeit und Privates trennen.

Zum Glück ziehen sich die beiden zurück, was mich erleichtert aufatmen lässt. Ich lehne mich in meinem Stuhl zurück und blicke auf meine Hand, die noch immer kribbelt, als wäre Hayden elektrisch aufgeladen gewesen. Eigentlich wollte ich mit Hayden über mein Gehalt sprechen, will dieses merkwürdige Gefühl in mir loswerden, das mich an seinen Absichten zweifeln lässt. Um mich abzulenken, starte ich meinen Arbeitstag und ignoriere das Prickeln in meinen Fingern.

Kaum hat sich die Etage gefüllt, herrscht das übliche hektische Treiben eines erfolgreichen Betriebes. Ich unterhalte mich mit den Kollegen, hole mir zwischendurch eine Tasse Kaffee und versuche, so viel Arbeit wie möglich von Hayden fernzuhalten, damit er etwas Luft hat. Nachdem ich viele E-Mails abgearbeitet und einen Tisch im *Golden Hunt* für Hayden und einen Scout reserviert habe, öffnet er die Tür und ruft nach mir.

»Ja?«

»Ich brauche die Social-Media-Statistiken von Everstorm per Mail und die Akte der Band im Original. Wäre es möglich, uns Kaffee zu bringen? Ich möchte Holly ungern aus der Arbeit reißen.« Kurz blicke ich zu seiner Sekretärin Holly, die mir mit großem Abstand gegenübersitzt. Ich sehe zwar nur ihren Rücken, aber die Frau ist eigentlich immer am Arbeiten und macht eher unfreiwillig Pausen. Sie ist wirklich nett, wenn auch etwas schüchtern. Sie kümmert sich um die bürokratische Administration, steht in Verbindung mit der Rechtsabteilung und setzt mit ihr gemeinsam die Verträge auf – die Verschwiegenheitsklauseln und so weiter.

»Geht klar«, antworte ich und stehe auf. Nachdem ich alles geholt habe, betrete ich Haydens Büro und stelle die Tassen auf dem Tisch ab. Die Akte lege ich ebenfalls vor Hayden, worauf er sich kurz bei mir bedankt und mich bittet, ein Schreiben auf

Rechtschreibfehler zu prüfen, da Holly zu tun hat. Während ich querlese, führen die Brüder ihr Gespräch weiter.

»Die Zahlen haben sich verdreifacht. Letzte Woche waren es noch 8269 Aufrufe innerhalb der ersten fünf Minuten.«

»Und jetzt?«, will Ian wissen.

»24 807?«, frage ich und ernte verwunderte Blicke von beiden Millard-Brüdern.

»Das hast du in zwei Sekunden gerechnet?«, fragt Hayden anerkennend.

»Ja, ich konnte schon immer gut mit Zahlen.« Ein diabolisches Grinsen breitet sich auf Ians Gesicht aus.

»20 799 plus 31 756?«

»52 555.«

»98 600 mal 4.« Ich überlege eine Sekunde länger, aber die Antwort fällt mir nicht schwer.

»394 400.«

»Okay, aber …«

»Ian, es reicht. Lass sie in Ruhe. Sie hat ihr Können bewiesen.«

»Sorry, aber ich kenne sonst kein Mathe-Genie.«

»Ich bin auch wirklich überrascht«, merkt Hayden an und mustert mich neugierig.

»Danke, das ist eine Sache, mit der ich nie Probleme hatte.« Mathe war immer schon mein Ding.

»Ich glaube, ich habe dich in die falsche Abteilung gesetzt.«

»Ach ja?«, frage ich nun verwundert.

»Du wärst eine Bereicherung für die Buchhaltung.«

»Hast du schon genug von mir?«, frage ich lachend, und aus Reflex wandert meine Hand an seine Schulter. Den Vorsatz, Berufliches und Privates zu trennen, habe ich aber schnell über Bord geworfen. Doch ich kann einfach nicht anders, als diesen Mann zu berühren.

»Noch lange nicht.« Um nicht mehr so abgehackt zu atmen, gehe ich einen Schritt zur Seite. Ich wende mich erneut dem Schriftstück zu und lasse mich nicht mehr ablenken. Gegen Mittag sehe ich endlich meine Chance gekommen, um mit Hayden über meinen Gehaltsscheck zu reden. Ich weiß, dass er für gewöhnlich mittags seinen Körper fit hält, aber ich kann nicht länger warten. Dass etwas zwischen uns steht, fühlt sich für mich einfach falsch an.

Ich klopfe diesmal an, warte auf ein Zeichen, dass ich eintreten kann, und spare mir damit die Po-Landung. Seine Miene erhellt sich, als er mich erblickt. Er trägt auch diesmal eine Jogginghose und ein Achselshirt und das, was ich sehen kann, gefällt mir sehr gut. Er legt das Schriftstück, das er gerade in der Hand hatte, auf dem Tisch ab. »Endlich«, flüstert er und kommt auf mich zu. Seine Augen verdunkeln sich, und plötzlich wird mir ganz heiß. Dieser unglaubliche Mann greift in meinen Nacken und küsst mich leidenschaftlich.

Ich erwidere den Kuss und öffne den Mund ein wenig, sodass Haydens Zunge sich vortasten kann. Ich schlinge die Arme um seinen Nacken, woraufhin er mich noch fester an sich drückt, mir das Gefühl gibt, geborgen zu sein. In mir pulsiert es, und ich fühle mich einfach wunderbar. Dieses elektrisierende Gefühl habe ich noch nie bei einem Mann verspürt, und ich will mehr davon. *Habe ich vorhin noch davon gesprochen, Privates von der Arbeit zu trennen?* Das verwerfe ich augenblicklich und lasse mich in den Armen meines Bosses gehen. Zwar gibt es in seinem Büro bodentiefe Fenster, doch zumindest vor den neugierigen Augen der Kollegen sind wir geschützt.

Ich möchte diesen Moment, in dem wir unter uns sind, einfach genießen, aber mein Kopf ist wieder einmal ein Spielverderber und weist mich darauf hin, wieso ich Hayden ursprünglich aufgesucht habe. Es kostet mich einiges an Willenskraft, ihn von mir wegzuschieben, aber ich tue es schließlich doch und ernte einen verwunderten Blick.

»Können wir reden?«, frage ich atemlos und greife aus Reflex an meine Lippen, die noch immer kribbeln und nach mehr schreien.

»Okay? So fangen eigentlich die schlimmsten Trennungen an.« Er weicht einen Schritt zurück.

»Es kommt darauf an, wie du meine Frage beantwortest.« Haydens Brauen wandern bei meinen Worten überrascht nach oben, aber ich brauche Klarheit. Hayden lehnt sich gegen seinen Schreibtisch und blickt mich abwartend an.

»Was beschäftigt dich, Tori?«

»Mein Gehaltsscheck.«

»Okay, stimmt etwas nicht damit?«

»Es ist zu viel, fast das Dreifache von meinem Gehalt als Barista, und da stellt sich mir die Frage, ob du mir nicht mehr bezahlst, weil wir uns nähergekommen sind.«

»Du denkst, ich würde dich für Sex bezahlen?« Entsetzen spiegelt sich in seiner Miene wider.

»Wir hatten noch keinen.«

»Das weiß ich, aber im Großen und Ganzen fragst du mich, ob ich dich für Gefälligkeiten bezahle?« Er geht ein paar Schritte und fährt sich durchs Haar. Er ist aufgebracht, wenn nicht sogar wütend, aber ich habe ein Recht auf die Wahrheit.

»Denkst du so von mir? Dass ich dazu fähig wäre?«, ruft er laut, und die Wut in seiner Stimme lässt mich zusammenzucken.

»Ich weiß es nicht, okay? Das mit uns ist so neu und ungewohnt. Meine letzte richtige Beziehung ist Jahre her. Ich muss mich hundertprozentig auf dich verlassen können. Dir vertrauen können, Hayden.«

»Du kannst mir vertrauen.« Er ist wieder bei mir, aber ich

weiche zurück, da die Erinnerungen sich in mein Bewusstsein drängen.

»Ich habe einmal alles verloren, was mir in meinem Leben wichtig war, und bin deshalb vorsichtig. Ich muss einfach aufpassen, sonst wiederholt sich die Vergangenheit, und ich breche völlig zusammen.« Ich gestikuliere wild und habe Tränen in den Augen. Diese Leere und Einsamkeit der letzten Jahre habe ich mir nicht ausgesucht, aber doch angezogen. Ich bin verkorkst, kompliziert, und dieser Ausbruch sollte Hayden einen Grund liefern, mich einfach stehen zu lassen und weiterzuziehen, weil er das Drama nicht mitmachen will. Aber er stellt sich vor mich und hebt mit Daumen und Zeigefinger mein Kinn an.

»Tori. Ich bezahle dir genauso viel wie meinen anderen Mitarbeitern auf dieser Etage, die neu anfangen. Ich zahle ihnen mehr als in der Branche üblich, und das ist mir vollkommen bewusst, aber so erhalte ich mir ihre Loyalität. Niemand hat meine Großzügigkeit bisher ausgenutzt. In den letzten Jahren habe ich keine Mitarbeiter entlassen und niemand hat gekündigt, weil ich für ein gutes Arbeitsklima sorge. Ich gebe ihnen freies Mittagessen, stelle sicher, dass ihre Kinderbetreuung gewährleistet ist, und dafür bekomme ich ihre Treue und ihren Respekt.«

»Aber wieso tust du das? Rentiert sich das überhaupt?« Plötzlich komme ich mir dumm und naiv vor.

»Weil mir Geld nicht viel bedeutet. Es ist komfortabel, reich zu sein, aber ich bin ein Kind, das ursprünglich aus der Gosse kommt, und wenn ich jetzt wieder bei null anfangen müsste, wäre das auch okay, weil es mir wichtiger ist, meine Mitmenschen fair zu behandeln, als sie auszubeuten.« Die Schamesröte in meinem Gesicht muss wohl unverkennbar sein, denn seine Miene wird weicher. Er streichelt sanft über meine Wange und schenkt mir ein zaghaftes Lächeln.

»Ich wünschte, ich könnte all das Unrecht, das dir widerfahren ist, ungeschehen machen. Aber das kann ich nicht.«

»Das musst du auch nicht, Hayden. Es ist ...« Ich suche nach den richtigen Worten. »Ich bin im Umgang mit Freunden einfach nicht geübt. Mein einziger Kumpel war lange Zeit ein einäugiger Kater, was ich mir bewusst so ausgesucht habe. Nun habe ich in Donna eine Freundin gefunden, du bedeutest mir sehr viel, und auch deine Geschwister finde ich toll. Ich glaube, ich bin einfach überwältigt.«

»Das darfst du auch sein, aber versuche wenigstens, daran zu glauben, dass ich mich geändert habe und meine Absichten ehrlich sind. Ich verliebe mich in dich, Tori, langsam, aber stetig, und ich will aufs Ganze gehen. Dein fester Freund sein, wenn du so weit bist. Ich werde auf dich warten, bis du dir ganz sicher bist, okay?«

Wieder schimmern Tränen in meinen Augen, aber diesmal sind es Freudentränen, die kurz darauf über meine Wange perlen. Also nicke ich. *Wie könnte ich auch zu so einem fürsorglichen Mann Nein sagen?*

In den nächsten Tagen bekomme ich Hayden kaum zu Gesicht. Der Deal mit Carlos Umaz ist fast abgeschlossen, und auch weitere Vertragsabschlüsse stehen an. Ever Records blüht regelrecht auf. Die Tage verlaufen hektisch, die Abende sind dagegen ruhiger. Ich verbringe sie mit Scar oder Donna, die ab und zu auf einen Filmabend vorbeikommt. Hayden und ich schreiben täglich miteinander, selbst während der Arbeit, wenn es die Zeit zulässt. Manch einer würde sagen, dass man einen Menschen nicht über schriftliche Kommunikation per SMS oder Chat näher kennenlernen kann, aber ich bin da anderer Meinung.

Mir, und ich denke auch Hayden, fällt es so leichter, über gewisse Dinge zu reden. Ich habe von ihm erfahren, dass er nach einer harten Kindheit im College aufgeblüht ist und Freunde gefunden hat. Er hat mir auch erklärt, dass er von Eve und Griffin Millard adoptiert wurde, so wie Quinn und Ian. Auch wenn sie nicht blutsverwandt sind, berührt mich die Tatsache, dass sie einander lieben, als wären sie ihr Leben lang schon unzertrennlich.

So ehrlich er zu mir auch ist, ich bringe es nicht über mich, ihm von meinen Schwestern zu erzählen. Denn im Gegensatz zu den Millard-Geschwistern verbindet meine Schwestern und mich nur Hass. Ich wollte es nicht so weit kommen lassen, habe mir stets Mühe gegeben, die Wogen zu glätten, aber die beiden hatten kein Interesse daran, etwas mit mir zu tun zu haben. Jetzt sitze ich auf der Feuertreppe und genieße einen warmen Frühlingsabend mit Scar auf meinem Schoß, als mein Telefon zu vibrieren beginnt.

Heute war im Büro so viel los, dass ich einfach Ruhe will und alle Geräte auf stumm geschaltet habe. Als ich Haydens Namen sehe, muss ich sofort lächeln. Die Schmetterlinge in meinem Bauch feiern gerade Love Parade und mein Herz beginnt heftig gegen meine Brust zu hämmern. Und das, obwohl er nicht einmal anwesend ist.

»Hey, Boss.«

»Hallo. Na, wie geht's dir heute Abend? Ich habe heute kaum Zeit gehabt, dir zu schreiben, was mir sehr leidtut.«

»Ich weiß ja, dass du den ganzen Tag zu tun hast.«

»Du bist ja derzeit die Herrin über meinen Kalender und weißt, wie eingespannt ich bin. Aber ich hatte gehofft, mir zu Mittag einen Kuss stehlen zu können.«

»Sorry, Holly und ich sind früher in die Kantine gegangen. Obwohl ich selbst daran gedacht habe, dir einen kurzen Besuch abzustatten, auch wenn es verboten ist.«

»Verboten?«

»Ja, ich habe mir selbst vorgenommen, mich im Büro zurückzuhalten, was dich betrifft. Klar, die meisten haben auf dem Konzert gesehen, wie ich mich an deine Schulter gelehnt habe. Ein öffentlicher Kuss wäre aber etwas ganz anderes.«

»Ich bin mir sicher, dass die anderen es respektieren würden.«

»Vielleicht, trotzdem hätte ich Angst, dass sie denken, ich wolle mich hochschlafen.«

»Ich kann nicht wissen, was in den Köpfen der anderen vor sich geht, aber soweit ich das Team kenne, würde niemand dich oder auch mich verurteilen.«

»Das heißt, ich soll mich nicht beherrschen und dich mitten im Großraumbüro leidenschaftlich küssen?«

»Das wäre ziemlich gefährlich, denn vielleicht könnte ich mich nicht zurückhalten und würde über dich herfallen und die anderen bekämen eine schöne Show geliefert.« Ich erröte, wenn ich mir vorstelle, was er alles mit mir anstellen könnte. Ich kuschle mich in die Kissen, als unter mir laut eine Polizeisirene ertönt und mich erschreckt. »Bist du unterwegs?«

»Nein, ich sitze mit Scar auf der Feuerleiter und trinke ein Glas Wein.«

»Wieso sitzt du mitten in der Nacht auf der Feuertreppe? Ist das nicht gefährlich?«

»Ich habe keinen Balkon und genieße so die frische Luft. In dem Penthouse, wo ich aufgewachsen bin, hatten wir eine riesige Terrasse mit einem angelegtem Garten, einem Teich und einem Whirlpool. Das vermisse ich tatsächlich am meisten, neben meinem Vater natürlich.«

»Ich wünschte, ich könnte dir jetzt meine Terrasse zeigen, aber ich bin leider noch im Büro.«

»So spät noch?«

»Ja, ich muss noch einige Verträge prüfen und alles fürs La-bel-Meeting nächste Woche vorbereiten.«

»Kann ich dir helfen?«

»Du hilfst mir schon, wenn du mit mir sprichst.« Ich kiche-re aufgrund seiner lieben Worte, und mein Herz wird schwer.

»Vermisst du mich?«, fragt er plötzlich und erwischt mich eiskalt.

»Ja«, sage ich und muss mich räuspern. Ich könnte jetzt die Vorsichtige mimen, aber wem will ich etwas vormachen? Ich bin doch schon längst in diesen Mann verliebt. »Natürlich«, füge ich an, während ich über Scars Köpfchen streichle, das sich bei meinen Worten gehoben hat, als könnte er nicht glau-ben, dass ich jemand anderen als ihn lieben könnte.

»Das ist schön, denn ich vermisse dich auch und habe keine Lust mehr, ohne dich den Abend zu verbringen, also führe ich dich morgen Abend aus.«

»Ein richtiges Date?«, hake ich aufgeregt nach.

»Genau. Wir werden über den Dächern Manhattans ins Wochenende starten. Wir sind zu einer Bar-Eröffnung einge-laden und könnten danach essen und tanzen gehen. Wie sieht's aus, hast du Lust?«

»Tanzen? Du weißt, wie man die Hüften schwingt?«

»Ich kann twerken wie ein Weltmeister, Baby. Wart's nur ab.« Ich pruste los, und Hayden stimmt in mein Lachen ein. »Und, was ist? Möchtest du dich mit mir öffentlich blamie-ren?«

»Und ob ich dich will.« Plötzlich wird mir klar, dass ich mich versprochen habe, aber ich korrigiere mich nicht. Wir beide wissen sowieso, dass wir einander verfallen sind.

26. KAPITEL

Hayden

»Du siehst wie immer gut aus«, schmeichelt mir Teagan Morris, die Managerin eines Rocksängers, den ich unter Vertrag habe. Sie hat mich um ein Treffen gebeten, da sie *den* neuen Star entdeckt habe, aber das behaupten sie ja alle. Das Kompliment kann ich erwidern: Mit ihrer gebräunten Haut, dem akkuraten Make-up und den platinblonden Haaren, die keinen Ansatz erkennen lassen, sieht sie blendend aus, auch wenn sie optisch nicht mein Typ ist. Die knallharte Geschäftsfrau versucht schon seit Jahren, mit mir zu flirten, doch ich gehe nicht darauf ein.

Ich lächle und lenke das Gespräch wieder auf die Arbeit. Sie erzählt mir von einer jungen Frau, die in Harlem aufgewachsen ist und außer ihrer Stimme keine Einkommensquelle hatte. Sie hat auf der Straße gesungen und mit den paar dort verdienten Dollars versucht zu überleben.

»Allein wegen ihrer Lebensgeschichte weckt sie mein Interesse, aber wieso ist sie nicht mitgekommen?«

»Weil sie nicht an sich glaubt. Sie hat nicht mal den Vertrag bei mir unterzeichnet.«

»Du hast sie nicht mal als Klientin und setzt dich schon für sie ein? Ohne Honorar?«

»Genau das tue ich. Ich weiß, dass alle in diesem Business denken, dass ich eine geldbesessene, kalte Zicke wäre, aber das ist nur zum Teil richtig. Ich bin auch ein Mensch, und Lyric hat mich berührt.«

»Sie heißt Lyric?«

»Ja, unglaublich, nicht wahr?«

»Auf jeden Fall. Bring sie nächste Woche mal im Studio vorbei. Ich möchte hören, was sie draufhat.«

»Ich hoffe, ich kann sie überreden und ihr Mut zusprechen. Weißt du, sie ist eine derjenigen, die wegen der Musik singen, nicht wegen des Ruhms oder der Millionen, die sie sich erhoffen.«

»Dann hol sie her, ich will sie treffen.« Ich will uns gerade Frühstück bestellen, als mein Handy läutet. Es ist Victoria, die mich eher selten bis nie anruft.

»Entschuldige mich bitte, da muss ich rangehen.« Ich erhebe mich und entferne mich ein paar Schritte.

»Victoria, das ist mal eine Überraschung.«

»Ja, in der Tat, aber keine gute.«

»Ist alles in Ordnung?«

»Leider nicht. Meine Tochter hatte einen Arbeitsunfall.«

»Oh mein Gott. Geht es ihr gut? Kann ich dir irgendwie helfen?«

»Sie hat sich nicht schlimm verletzt. Ihr Bein ist eingegipst, und sie muss vorerst zu Hause bleiben, aber sie hat auch zwei kleine Kinder und kann sich so nicht um sie kümmern. Was bedeutet, dass ich in den nächsten Tagen ausfalle und sich niemand um deine Wohnung und Cody kümmern kann.«

»Mach dir mal wegen uns keine Sorgen. Du bekommst bezahlten Urlaub, solange du willst. Sollte Julie irgendetwas brauchen, schick mir die Rechnung, ich übernehme das.«

»Du bist ein guter Junge, Hayden, aber das ist wirklich nicht nötig. Sie braucht nur Hilfe mit den Kindern.«

»Gut, trotzdem will ich, dass du mich anrufst, wenn du etwas brauchst, okay?«

»Mache ich, versprochen.« Ein Bellen erklingt im Hintergrund, und mir wird klar, dass ich niemanden habe, der auf Cody aufpassen könnte.

»Stell mir bitte eine Tasche mit Futter und Spielzeug zusammen, falte auch sein Liegekissen, ich werde ihn wohl oder übel mit ins Büro nehmen müssen.«

»Okay, mache ich. Glaubst du, dass das gut geht?«

»Lassen wir uns überraschen.«

Eine Stunde später betrete ich meine Etage mit einer dicken Tasche unter dem Arm und ernte verträumte Blicke von den Damen und grinsende von den Männern, als sie Cody und mich entdecken. Ich merke jetzt schon, dass sich einige darum reißen werden, sich um Cody zu kümmern, während ich arbeite, aber im Idealfall wird er ein vorbildlicher Welpe sein und brav an meiner Seite schlafen und spielen, ehe er sein Fressen bekommt.

War ich vor ein paar Sekunden noch genervt und gestresst, weil diese Sache mit Cody meinen Tagesplan umstellt, verblasst all dies, sobald ich Tori erblicke. Heute trägt sie ein hochgeschlossenes, ärmelloses Sommerkleid, das ihr bis zu den Knien reicht. Sie zeigt im Büro nie viel Haut, geschweige denn Dekolleté, und genau das liebe ich an ihr. Sie braucht keine Klamotten mit tiefem Ausschnitt zu tragen, um sexy zu sein. Ich habe gehofft, dass ihr Lächeln mir gilt, aber anstatt mich anzusehen, geht sie in die Hocke und streichelt den Verräter Cody, der sie anspringen möchte und ganz außer Rand und Band ist.

»Oh, bist du süß«, schwärmt sie und hebt den kleinen Racker hoch, der sogleich anfängt, nach Herzenslust ihr Gesicht abzuschlabbern.

»Danke. Schön, dass es dir auffällt«, sage ich, ernte aber nur ein Augenrollen.

»Ich dachte, Victoria kümmert sich um Cody«, meint sie und setzt meinen Hund wieder ab.

»Ja, aber leider ist ein familiärer Notfall dazwischengekommen, und deshalb musste ich ihn mitnehmen.«

»Kann ich dir das abnehmen?« Sie deutet auf die große Tasche unter meinem Arm, doch ich schüttle den Kopf.

»Ich werde ihm im Büro ein schönes Plätzchen einrichten, und dann wird das schon. Wir werden sicher viel Spaß haben.«

»Daran habe ich keinen Zweifel. Wenn du Hilfe brauchst, melde dich.«

»Mach ich.« Ich zwinkere ihr zu und gehe mit Cody ins Büro.

Zwei Stunden später bin ich am Verzweifeln. Kaum zu glauben, dass dieses kleine Fellknäuel so viel Unordnung machen kann. Er buddelt in der Pflanzenerde herum, läuft wie verrückt hin und her und hechelt ziemlich laut. Meine Videokonferenz wurde von seinem Bellen begleitet, sodass ich niemanden verstehen konnte. Gegen Mittag betritt Tori mein Büro, um mir Briefe vorbeizubringen, als sie das Chaos entdeckt.

»Was ist denn hier passiert?« Cody bellt daraufhin los, als würde er ihr alles haarklein erzählen wollen. »Cody? Warst du das?«, sagt sie mit tadelnder Stimme, und tatsächlich sieht er schuldbewusst in meine Richtung, als würde er mich stumm um Hilfe bitten. Tori geht vor ihm in die Hocke und spricht auf ihn ein wie auf ein Kleinkind. Daraufhin verkrümelt er sich auf sein Kissen, als müsse er in Ruhe über seine Fehler nachdenken.

»Wieso hast du mich nicht gerufen? Ich hätte ihn mitnehmen können.«

»Ich hatte alle Hände voll mit ihm zu tun, sodass mir das gar nicht in den Sinn gekommen ist.«

»Was machst du jetzt? Willst du dein Work-out machen?« Ich schüttle den Kopf und lächle müde.

»Ich habe das Gefühl, als hätte ich schon jeden Muskel in mir trainiert, indem ich ihm durchs Büro nachgelaufen bin.«

»Komm, schnapp dir die Leine und lass uns etwas spazieren gehen. Wir können heute auswärts essen.«

Das lasse ich mir nicht zweimal sagen, denn erstens habe ich Hunger und zweitens will ich so viel Zeit wie möglich mit Tori verbringen.

»Wohin entführst du mich?«, frage ich neugierig und überlasse ihr die Führung, als wir das Gebäude verlassen.

»Es gibt da ein Plätzchen, das ich seit meiner Kindheit liebe, aber ich weiß nicht, ob wir es in einer Stunde Mittagspause schaffen, dorthin zu gelangen und wieder zurück.«

»Wir könnten ja die Pause überziehen«, sage ich grinsend und bewege die Brauen auf und ab.

»Und es riskieren, dass wir den Boss verärgern?«

»Ich kenne ihn ganz gut und denke, er würde es nicht so schlimm finden«, sage ich und rücke nah an sie heran. Ich habe sie heute nicht ein einziges Mal küssen dürfen, aber ich brenne darauf, wieder diese weichen kirschroten Lippen zu spüren.

»Ach was, ich weiß etwas Besseres, komm.« Wir gehen zur Subway-Station, und bevor wir die Treppen runtergehen, bindet sich Tori die Haare zu einem Pferdeschwanz zusammen und wendet sich mir zu. »Gib mir Cody. Ich setze ihn in meine Tasche.«

»Du tust was?«, frage ich verwundert. *Wieso sollte sie das tun?*

»Wie lange ist es her, dass du mit öffentlichen Verkehrsmitteln gefahren bist?«

»Schon eine Weile, wieso?«

»Weil es verboten ist, Hunde in der Subway mitzuführen, außer wenn sie sich in einer Tasche befinden.«

»Das habe ich tatsächlich nicht gewusst.« Sie löst die Leine und hebt meinen Hund in ihre Tasche. Zuerst scheint er irritiert und will wieder raus, aber Tori spricht im Gehen auf ihn ein und streichelt ihn. Sie ist ein ziemlich feinfühliger Mensch mit einem großen Herz für Tiere. Ich liebe ihre Vielschichtigkeit, dass sie im einen Moment konzentriert sein kann, dann wieder aufmerksam, liebevoll, aber auch albern. Keine zehn Minuten später verlassen wir die Station Bowling Green und gehen auf einen Park zu, den ich noch nie betreten habe.

»Wo sind wir hier?«

»The Battery Park. Mein Dad war früher sehr gerne hier und hat mich bei jeder Gelegenheit mitgenommen.«

»Hattet ihr früher auch einen Hund?«, frage ich und deute auf Cody, der die Tasche verlassen darf und nun wieder an der Leine die Gegend erkundet.

»Nein, leider nicht. Mein Dad hatte nicht genug Zeit für ein Haustier, und meinen Schwestern waren Tiere jeglicher Art verhasst. Ich hätte einen Hund haben dürfen, aber ich wollte den Argwohn meiner Schwestern mir gegenüber nicht noch weiter fördern.«

»Manchmal ist die blutsverwandte Familie eben nicht diejenige, bei der man sich geborgen fühlt, manchmal musst du dir eine neue Familie aufbauen.« Danach schweigen wir, aber es ist nicht unangenehm, es ist eher ein kleiner Moment der Ruhe, nachdem wir die Bürohektik hinter uns gelassen haben.

»Tada«, sagt sie und bleibt stehen. Wir haben die Bäume des Parks hinter uns gelassen, und es bietet sich uns ein herrlicher Ausblick auf die Statue of Liberty, die Freiheitsstatue. Ich bin mein Leben lang New Yorker, und doch habe ich die

Statue nie besucht oder ihr gar mehr als einen kurzen Blick geschenkt, aber hier zu stehen, mit Tori und Cody an meiner Seite, überwältigt mich. In den letzten Jahren kannte ich nichts anderes als Arbeit. Die wenige Freizeit, die mir geblieben ist, habe ich mit meiner Familie verbracht. Erst jetzt fällt mir auf, dass ich nie Zeit hatte, mir darüber klar zu werden, dass ich einsam war.

»Die Aussicht ist atemberaubend, oder?«

»Ja, das ist sie.« Ich tue so, als wäre ich ergriffen von der Schönheit New Yorks und nicht von der Erkenntnis, dass mein Leben bis jetzt ziemlich leer war. Wir gehen bis zur Aussichtsplattform, und ich atme die frische Luft bis tief in meine Lungen. Die Sonne scheint auf uns herab, und ich krempele die Ärmel meines Hemdes hoch. Es ist ziemlich heiß geworden, sodass sich dieser Frühling fast wie Sommer anfühlt.

»Ich war seit Dads Tod nicht mehr hier, hatte Angst, dass mich die Traurigkeit erdrücken würde«, gesteht Tori.

»Und? Tut sie das?«, hake ich nach. Sie blickt mir in die Augen und lächelt leicht.

»Nein. Ich denke, das liegt zum Großteil an dir.«

»An mir?«

»Ja. Weil du mein Leben umgekrempelt hast, beruflich wie privat. Früher wollte ich einfach nur den Tag überstehen, um am nächsten Morgen weiterzukämpfen, aber nun denke ich ständig an dich und freue mich darauf, dich wiederzusehen, ob nun im Büro oder außerhalb.«

»Das klingt ja fast so, als hättest du dich in mich verliebt?«

»Langsam, aber stetig«, wiederholt sie meine Worte, was mich amüsiert die Mundwinkel heben lässt.

»Na endlich!«, seufze ich und hole mir den Kuss, den ich so dringend brauche.

Heute Abend führe ich Tori aus und bin sogar früher als sonst aus dem Büro zu Hause, um mich fertig zu machen. Dass ich die Arbeit früher niederlege, kommt selten bis nie vor. Seit Wochen schmachte ich sie an wie damals in der Highschool, nur mit dem Unterschied, dass sie diesmal meine Gefühle erwidert. Ich liebe es, dass in den letzten Wochen ihre Kurven wieder sichtbar geworden sind. Dass ich es schaffe, sie trotz meiner anfänglich schroffen Art zum Lachen zu bringen. Und ich liebe es, dass ich in ihrer Nähe das Gefühl habe, unbesiegbar zu sein.

Ihre Küsse bringen mich um den Verstand, und je öfter ich mich von ihr lösen muss, desto mehr will ich sie. Erst jetzt wird mir klar, wieso ich damals Toris Gesicht vor mir gesehen habe, als ich Sex mit Kendall hatte. Weil ich tief in mir wollte, es wäre meine Jugendliebe, die ich berühre. Weil ich seit unserem Wiedersehen nur noch Augen für sie habe und niemand ihr je das Wasser reichen wird.

Hitze breitet sich in meinem Körper aus, wenn ich an ihre vollen Lippen denke und an das Gefühl, wenn sie sich an mich schmiegt. Ich begehre diese Frau seit über zehn Jahren, und doch ist nun alles anders. Damals hatte ich ein Bild von Tori vor mir, obwohl ich keine zwei Sätze mit ihr gesprochen hatte. Ich habe geglaubt, sie zu kennen, liebte und hasste sie für das, was sie mir angetan hat. Anfangs wollte ich Rache, klar, aber diese negativen Gefühle sind jetzt weg, weil ich nun wahrhaftig behaupten kann, Tori zu kennen.

Sie ist eine verletzliche und sanfte Frau, die aber gleichzeitig auch taff ist, eine Überlebenskünstlerin, die es geschafft hat, mit so gut wie nichts in einer der teuersten Städte der Welt zu existieren. Ich empfinde Respekt und Bewunderung für sie und kann es kaum erwarten, sie in ein paar Minuten zu treffen. Nach einer Dusche ziehe ich ein hellblaues Hemd zu dunkler

Jeans an, ehe ich nach Cody sehe. Der Tag im Büro war ziemlich anstrengend für ihn, sodass er jetzt schon tief schläft. Ich streichle ihm über sein Köpfchen, schnappe mir mein Telefon und mache mich auf den Weg, um endlich Tori zu einem Date auszuführen, so, wie ich es als Siebzehnjähriger immer wollte.

27. KAPITEL

Tori

»Ich habe nichts zum Anziehen«, seufze ich und puste mir eine lose Strähne aus den Augen, die sich aus meinem Pferdeschwanz gelöst hat. Das würden jetzt viele Frauen sagen, obwohl ihr Schrank voll ist, aber meine Garderobe setzt sich aus Secondhandklamotten und einigen Markenklamotten zusammen, für die ich lange gespart habe. Jetzt, wo ich ein Date mit Hayden habe, finde ich keines meiner Teile schick genug, um es zu tragen. Ich bin ohne Mutter aufgewachsen, und meine Schwestern wollten nie etwas mit mir zu tun haben, weshalb ich Dad oder unsere Haushälterin Gia um Input zum Thema Mode bitten musste. Jetzt stehe ich im Morgenmantel vor meinem Bett, auf dem ich all meine Klamotten ausgebreitet habe, und weiß nicht, für was ich mich entscheiden soll.

Nach weiteren endlosen Minuten, in denen ich keine Antwort auf diese Frage finde, nehme ich schließlich mein Smartphone in die Hand und scrolle zu Donnas Telefonnummer. Kurz verharre ich mit dem Finger darüber, weiß nicht, ob es richtig ist, sie anzurufen, aber dann denke ich an unsere bisherigen Begegnungen, und die Zweifel verschwinden sofort. Sie hebt nach dem ersten Klingeln ab.

»Wenn das mal nicht Gedankenübertragung ist. Ich wollte dich gerade anrufen.«

»SOS«, sage ich ohne eine Begrüßung und blicke auf das Chaos in meiner Wohnung.

»Was ist los?«

»Ich habe ein Date mit Hayden und nichts anzuziehen. Wenn das so weitergeht, werde ich im Morgenmantel mit ihm ausgehen.«

»Also, glaub mir, Hayden würde das auch gefallen«, kichert sie, ehe sie sich räuspert.

»Sorry, nur ein kleiner Spaß am Rande. Bei einem Outfitnotfall sollte man keine Scherze machen. Wir sind gleich da.«

»Moment mal, wir?«, frage ich, aber sie hat bereits aufgelegt. Ich beiße auf meiner Unterlippe herum und wische mir wieder diese fiese Strähne aus dem Gesicht, als es auch schon an der Tür klopft. Als ich die Tür öffne, steht Donna mit einem Haufen Klamotten bepackt vor mir. Hinter ihr erkenne ich einen blonden Haarschopf, den ich Quinn zuordne.

»Nicht verzagen, die Klamottenkavallerie ist da.«

»Ich glaube, der Spruch geht anders«, wirft Quinn lachend ein.

»Ist doch egal, die Message ist dieselbe. Wir haben hier Outfits ...«

»... und Schuhe«, sagt Haydens Schwester fröhlich und hebt einen Karton voller High Heels hoch.

»Ich habe eher gedacht, du kommst vorbei und hilfst mir bei der Auswahl aus dem, was mein Kleiderschrank zu bieten hat.«, weise ich Donna amüsiert zurecht und gehe einen Schritt zur Seite, damit beide eintreten können.

»Das ist doch langweilig. Versteh mich bitte nicht falsch, aber deine Klamotten sind zu elegant und ... na ja ... etwas prüde.«

»Hey!« Ich habe das drängende Gefühl, meinen Kleidungsstil verteidigen zu müssen.

»Nichts für ungut. Du willst Hayden doch vernaschen, oder?«, fragt sie mich direkt und augenblicklich wandert mein Blick verlegen zu Quinn, die mich jedoch nur freundlich anlächelt.

»Nein. Okay, ja, ich will ihn, aber ich will mehr als Sex. Ich will ihn in meinem Leben haben und die Frau an seiner Seite sein. Ich habe Angst, diesen Schritt zu gehen, weil es dann kein Zurück gibt, aber trotzdem bin ich hibbelig, aufgeregt und kann nicht still sitzen.« Quinn kommt auf mich zu und legt ihre Hände auf meine Schultern. Ihr Blick wird sanft und ein warmes Lächeln erscheint auf ihrem Gesicht, eines, das ich sofort erwidern muss.

»Ich kenne meinen Bruder. Er ist ein Workaholic mit dem Herzen am rechten Fleck. Für ihn sind die Arbeit und die Familie alles, was zählt, und das hat mir in letzter Zeit Sorgen gemacht, aber seit ein paar Wochen ist er wie ausgewechselt, und ich glaube, daran bist du nicht ganz unbeteiligt. Er hatte bei all dem Stress vergessen, dass Arbeit nicht alles im Leben ist.«

»Was ist, wenn er mir das Herz bricht?«, flüstere ich, auch wenn ich diese Worte nicht direkt aussprechen wollte, aber Quinns offene Art hat mich mutig gemacht.

»Dann glaub einer Frau, die aus Erfahrung spricht: Es ist schwer, es zu vergessen, aber wenn du einmal drüber hinweg bist, wirst du viel stärker sein.« Ich nicke ihr dankbar zu und fühle mich plötzlich nicht mehr so nervös wie noch vor ein paar Minuten.

»So, jetzt hört mal mit den Gebrabbel auf und lasst und endlich mit Tori Barbie spielen«, drängelt Donna.

Eine Stunde später bin ich fertig gestylt und habe meine schulterlangen, glatten Haare von Quinn eindrehen lassen, sodass feine Wellen mein geschminktes Gesicht umschmeicheln. Donna hat sich um mein Make-up gekümmert und hat mehr Farbe benutzt, als ich sonst trage. Meine Augen werden von einem orange-schwarzen Smokey-Look in Szene gesetzt. Meine Sommersprossen hat Donna kaum verdecken wollen und deshalb nur ein wenig Puder benutzt und meine Lippen hat sie mit mattem Lippenstift in Burgunderrot nachgezogen. Und was soll ich sagen? Ich habe in den letzten Jahren nie besser ausgesehen. Dazu trage ich ein weißes Etuikleid, das mir Donna geschenkt hat, weil sie meinte, es stehe mir tausendmal besser als ihr. Ich wollte protestieren, aber wenn meine Nachbarin sich einmal etwas in den Kopf setzt, dann lohnt es sich nicht, darüber zu diskutieren.

Die Mädels sind schon wieder in Donnas Wohnung gegangen, sodass ich noch ein wenig aufräumen kann, ehe Hayden um Punkt zwanzig Uhr an meiner Tür klingelt. Ich drücke auf den Knopf, um ihn ins Gebäude zu lassen, und atme tief durch, ehe ich nach ein paar Atemzügen ein Klopfen höre. Ich öffne die Tür und als Erstes fallen mir Haydens Augen auf. Sie leuchten in einem tiefen Blau, das mir Herzklopfen bereitet, und das ich immer nur erblicke, wenn wir allein sind. Habe ich vorhin noch Zweifel gehabt, ob mein Outfit zu prüde, zu gewagt, zu offen oder zu bieder ist, fallen jetzt all der Ballast und die Unsicherheit von mir ab.

Der Mann vor mir ist Hayden, der mich mag, obwohl ich arm und verkorkst bin, der in mich hineinsieht und mit einem warmen Blick meine Seele streicheln kann. Weil er mir ohne Mühe mit seiner Körpersprache zeigt, wie viel ich ihm bedeute. Er mustert mich schweigend und fährt sich dann mit der Hand durchs Haar, wobei ihm diese eine verräterische Locke in die Stirn fällt. Nun kann ich sie sanft zur Seite schieben und ihm über die stoppelige Wange streicheln. In den letzten Wochen hat er sich einen kurzen Bart wachsen lassen, der ihm außerordentlich gut steht und sich auch so anfühlt.

»Du siehst atemberaubend aus, Tori«, flüstert er, ehe er seinen Mund auf meinen legt. Zärtlich und so unsagbar sanft streicht er mit seinen Lippen über meine, ehe er sich von mir löst, um mir tief in die Augen zu sehen.

»Wenn ich nicht wüsste, dass ich deinen Lippenstift verschmieren würde, hätte ich dich leidenschaftlicher geküsst.«

»Zum Glück ist die Nacht ja noch jung«, flüstere ich und genieße die Wärme, die sich in mir ausbreitet.

Hand in Hand betreten wir die riesige Dachterrasse des *Orwood Hotels*, das zu einer der luxuriösesten Hotelketten der USA gehört. Die Sonne geht gerade unter und taucht das Dach in sanftes orange-lilafarbenes Licht. Der Dresscode des heutigen Abends ist »Black & White«, wodurch sich Haydens Outfit mit schwarzer Anzughose und ebenfalls schwarzem Hemd erklärt. Entweder haben die Mädels gewusst, dass ich Weiß anziehen soll, oder es ist ein herrlicher Zufall. Aber auch wenn ich bunt wie ein Regenbogen angezogen wäre, wäre es mir egal.

Hayden begrüßt viele Leute, denen ich ebenfalls schüchtern die Hand reiche. Sogar ich kenne ein paar Stars auf dieser Party, und erst jetzt wird mir bewusst, dass dies eine dieser Feiern ist, an denen ich in meiner Jugend zu oft teilgenommen habe. Ich war häufiger als Dads Begleitung dabei und habe mich mit anderen reichen Mädchen verdrückt, um heimlich einen Schluck Wodka zu trinken, ohne dass es unsere Eltern merken.

Als ich mich umsehe, spüre ich plötzlich Haydens Hand auf meinem unteren Rücken, und auch wenn er nur den Stoff meines Kleides berührt, geht mir diese Berührung unter die Haut.

»Entschuldige bitte, ich musste ein paar Bekannte begrüßen.«

»Von dir als erfolgreichem Geschäftsmann habe ich nichts anderes erwartet. Kennst du alle hier?«

»Die meisten auf jeden Fall. Hier ist die Crème de la Crème New Yorks zugegen. Ich bin zwar nicht der Meinung, dass ich mich hier einreihen müsste, aber mein Freund Klaus übernimmt heute das Catering, und ich habe versprochen, ihm kurz Hallo zu sagen, ehe ich dich über die Tanzfläche schweben lasse.«

»Ach ja, dann komme ich ja gleich in den Genuss deiner Twerk-Künste.«

»Und ob. Sei nur froh, dass die hier keine Polestange haben, denn da gehe ich richtig ab.« Ich lege den Kopf in den Nacken und lache herzhaft. Dieser Mann hat einen merkwürdigen Sinn für Humor, und ich liebe ihn.

»Was möchtest du trinken?« Er dirigiert mich zur Bar, wo direkt ein Barkeeper zu uns eilt.

»Einen Scotch auf Eis und?«

»Einen Dirty Martini«, sage ich und genieße Haydens breites Grinsen als Reaktion auf meine Wahl.

»Da ist jemand heute in Spiellaune.«

»Nein, ich bin einfach nur gut drauf. Es ist toll, wieder unter Leute zu gehen.«

Hayden hat nicht übertrieben, er kann tatsächlich wahnsinnig gut tanzen. Egal ob Rock, House, Pop oder Hip-Hop, er weiß sich zu bewegen und heizt mir ordentlich ein. Er tanzt hinter mir, drückt sein Becken gegen meinen Hintern und bewegt sich so lasziv, dass ich das Gefühl habe zu verbrennen. Bis jetzt haben wir uns nur geküsst, aber jede seiner Berührungen lässt heiße Blitze durch meinen Körper schießen.

»Möchtest du noch einen Drink?«, fragt er, als wir an unseren Platz zurückkommen.

»Nein! Nur Wasser«, sage ich wohl etwas zu laut.

»Okay?«, fragt er verwundert und gibt die Bestellung auf.

»Entschuldige, ich trinke nicht viel. Vor allem nicht mehr, seit ich dir diesen irren Lebenslauf geschickt habe.«

»Gibt es einen bestimmten Grund, wieso du nichts trinkst?«

»Den gibt es, aber es ist mir peinlich, darüber zu reden.«

»Das sind aber die besten Geschichten«, lacht er und kommt mir näher. Mittlerweile ist die Terrasse gut gefüllt, und die Leute tanzen überall, nicht nur auf der Tanzfläche. Und ich bin froh darüber. Endlich sind wir nicht von Kollegen oder Familie umringt und können unser Date genießen.

»Na schön, aber ...«, sage ich und halte entsetzt inne, als ich hinter Hayden eine Person entdecke, die ich eigentlich nie wiedersehen wollte. Sie sieht jünger aus, was an ihren guten Schönheitschirurgen liegen muss, denn sie ist eigentlich zehn Jahre älter als ich.

»Was ist?«, fragt Hayden, aber ich sehe nur meine Schwester, die mit einem diabolischen Grinsen auf mich zukommt. Ich will gehen, weglaufen und ihre Gegenwart nicht ertragen müssen, aber meine Beine sind wie in Zement gegossen und tragen mich nirgendwohin.

»Tori, was für eine Überraschung, dich hier zu sehen.« Sie konzentriert sich völlig auf mich und scheint Hayden gar nicht wahrzunehmen. »Mit wem hast du denn schlafen müssen, um auf diese Party zu kommen? Aber bitte grenze es auf eine Handvoll ein, ich habe nicht die ganze Nacht Zeit«, sagt sie und gackert über ihren eigenen schlechten Witz.

»Helena«, bringe ich mühsam heraus und bin wieder das Kind, das zwar weiß, dass seine Schwestern es nicht mögen, das sich aber trotzdem Besserung erhofft.

»Ja, du kleine Teufelsbrut, ich bin es. Was zum Teufel machst du hier in Manhattan? Ich dachte, du bist längst in der Gosse, wo du auch hingehörst.« Jedes ihrer Worte ist wie ein Giftpfeil, der sich in mein Herz bohrt.

»Ich …« Tränen sammeln sich in meinen Augen, und mein Körper wird eiskalt, weil alles wieder über mir zusammenstürzt. Diesen Moment wollte ich immer vermeiden. Das ist der Grund, wieso ich nie auf Feierlichkeiten der gehobenen Schichten gehe. Weil ich meinen Schwestern unter keinen Umständen begegnen will.

»Jetzt reicht's! Halt gefälligst die Klappe«, knurrt schließlich Hayden und stellt sich zwischen mich und Helena.

»Hayden? Was machst du denn mit *der* da?« Die beiden kennen sich wohl, aber ihr Gespräch verschwimmt immer mehr.

»*Die da* ist meine Freundin, und du hast sie gefälligst mit Respekt zu behandeln. Was bildest du dir eigentlich ein, so mit ihr zu reden?«

»Ich kenne dieses Biest. Ich musste sie mehr als ein halbes Leben lang ertragen. Du solltest dich von ihr fernhalten.« Plötzlich hat sie dieses falsche Lächeln im Gesicht, das sie immer aufsetzt, wenn sie Menschen manipulieren möchte. »Hanson und ich sind mit einer Freundin hier.« Sollte Hayden jetzt gehen, würde ich es ihm nicht verübeln, ich würde es mir sogar wünschen, nur um nicht noch weiter im Boden versinken zu müssen.

»Sag mal, hast du auch Silikon in deinem Hirn?«, brüllt er nun, sodass sich alle zu uns umdrehen, was die Sache nur noch schlimmer macht. Panik erfasst mich, als ich all die Blicke auf mir spüre. Es fühlt sich an, als würden sie sich in mich bohren und mich schrumpfen lassen, immer weiter, bis ich schließlich wirklich das nichtsnutzige Ding bin, das meine Schwestern immer in mir gesehen haben. Es schnürt mir die Kehle zu und das Atmen fällt mir unheimlich schwer. Es ist zu heiß, zu kalt, und plötzlich dreht sich alles.

Ich muss hier raus!

Ohne auf die Menschen um mich herum zu achten, kämpfe ich mir den Weg zu den Fahrstühlen frei, gehe aber an ihnen vorbei, um zur Treppe zu gelangen. Ich laufe die Stufen hinab und stolpere ein paar Mal fast, aber auch das ist mir egal, solange ich nur meiner Vergangenheit entkomme. *Ich muss hier weg.* Weg von der Frau, die mir mein Erbe und alles genommen hat, was mir lieb war.

28. KAPITEL

Hayden

»Wie kannst du es wagen, so mit mir zu sprechen?«, faucht mich dieses Miststück doch tatsächlich an, und ich schwöre, würde ich nicht einen Skandal fürchten, würde ich sie hier und jetzt fertigmachen.

»Ich rede mit dir so, wie ich es will. Du glaubst, du kannst andere wie Abschaum behandeln, weil es dir gerade in den Kram passt?«

»Ja, das glaube ich.«

»Na, dann lass mich dir etwas sagen, du hinterhältige Schlange. Du bist innerlich so kalt, dass du dein Äußeres verändern musst, um deinen Mann daran zu hindern, dich weiterhin zu betrügen. Deine ganze Welt ist so scheinheilig und verlogen, dass du deinen inneren Frust an anderen auslassen musst. Aber lass dir eines gesagt sein: Noch kannst du die Fassade einer glücklichen Familie aufrechterhalten, aber irgendwann wird das Karma zurückschlagen und dann wirst du diejenige sein, auf die die Leute herabsehen. Tori war auch so wie du, aber sie hat sich geändert und das zum Guten, und genau deswegen wird sie dir immer überlegen sein.«

Ihr Mund steht offen, bevor sie ihn schließt und dann direkt wieder öffnet. Dabei sieht aus wie ein Fisch auf dem Trockenen – ihr scheinen die Worte zu fehlen. Vermutlich weiß sie ganz genau, dass ich die Wahrheit sage, und findet kein Gegenargument. Ich blicke zu Tori, weil mir plötzlich auch klar wird, dass ich auf ihre Vergangenheit angespielt habe, obwohl ich nichts Genaueres darüber wissen dürfte, doch sie ist nicht länger hinter mir. Ich lasse dieses Biest stehen und laufe Tori nach, auch wenn ich nicht weiß, in welche Richtung ich gehen soll.

So, wie ich sie kenne, würde sie sofort gehen und nicht mehr Zeit als nötig auf dieser Dachterrasse verbringen wollen. Als ich endlich ins Freie trete, bin ich von Menschen umgeben, aber Tori ist nirgends zu sehen. Ich schnappe mir mein Smartphone und wähle Toris Nummer, aber sie geht nicht ran. Ich versuche es immer wieder und tigere auf dem Bordstein auf und ab. Als dann nur noch die Mailbox rangeht, wähle ich schließlich Gayles Nummer und lasse mich abholen.

»Was ist los?«, fragt meine Fahrerin, als sie meine Anspannung bemerkt.

»Tori ist nach einem Zwischenfall abgehauen und geht nicht ans Telefon.«

»Sollen wir mal zu ihrer Wohnung fahren?«

»Ja, lass uns dorthin fahren.« Eine halbe Stunde später hämmere ich wütend auf den Ledersitz, weil wir im Stau stecken und einfach nicht vorankommen.

»Wir werden sie finden. Alles wird gut.«

»Du verstehst das nicht. Ihr Zustand macht mir Sorgen, denn nach dem Ereignis kann ich mir vorstellen, dass sie enttäuscht und am Boden zerstört ist.«

»Sie ist eine intelligente Frau und wird sicher das Richtige tun.«

»Ich hoffe es, Gayle. Ich will sie nicht noch einmal verlieren.«

»Noch einmal? Ich dachte, ihr kennt euch erst seit Kurzem.«

»Nein, ich kenne sie schon seit der Highschool, nur weiß sie das nicht mehr.«

»Das musst du mir genauer erklären. Dann bist du beschäftigt und drehst mir hier nicht durch vor Sorge.«

»Na schön …« Wieder über die Vergangenheit zu reden macht mir klar, wie sehr ich diese Frau liebe. Ich liebe sie, seit meine Augen sie zum ersten Mal erblickt haben, nur war mir dieses Ausmaß meiner Gefühle noch nicht bewusst. All das, was damals vorgefallen ist, hat meine starken Gefühle umschwenken lassen, aber letztendlich bin ich wieder am Ursprung angekommen.

Ich liebe Tori und das schon immer. Und es macht mir keine Angst, erklärt vielmehr, wieso ich bis jetzt keine wirklich ernsthafte Beziehung hatte. Weil ich insgeheim immer gehofft habe, mit dem beliebtesten Mädchen der Schule zusammenzukommen, wie es noch nie ein Nerd vor mir geschafft hat. Und dann durfte ich ihr für kurze Zeit nah sein, konnte die Lebensfreude in ihr erkennen und fühlen, bis dieser eine Augenblick gerade alles verändert hat.

Ich kenne Helena und Hanson Cartwright seit ein paar Jahren und habe sie als nette und liebevolle Menschen kennengelernt. Aber in letzter Zeit sind mir immer mehr Skandale zu Ohren gekommen, denen ich bis jetzt nie Beachtung geschenkt habe, aber als Helena bei Tori persönlich wurde, musste ich es ihr mit gleicher Münze heimzahlen. Ich bin nicht stolz darauf, aber ich wollte sie mit meinen Worten ebenso verletzen, wie sie es bei ihrer Schwester getan hat. Ich wollte für Tori kämpfen, weil sie es nicht konnte. Ich muss Helena nicht zwingend wiedersehen, es ist Hanson, mit dem ich Geschäfte mache. Die Label-Kantine wird von Hansons Lebensmittelhandel beliefert und bis jetzt war ich auch immer zufrieden. Nun hat das Ganze einen schalen Beigeschmack.

»Wir sind da«, sagt Gayle und reißt mich aus den Gedanken. Ohne aus dem Fenster zu blicken, öffne ich die Tür, steige aus und klingle. Immer und immer wieder. Da sie nicht aufmacht, klingle ich bei Donna.

»Casa di Madonna«, meldet sie sich und kichert über die Sprechanlage.

»Donna, bitte lass mich rein.«

»Warte mal, müsste nicht Tori bei dir sein?«

»Nein, ist sie nicht, ich suche nach ihr.«

»Was soll das heißen, du suchst nach ihr?«, höre ich nun die Stimme meiner Schwester.

»Lasst mich ins Gebäude, verdammt!«, knurre ich, weil die Sorge mich nicht mehr klar denken lässt. Das Summen erklingt, ich stoße die Tür fest auf und laufe die Stufen hinauf. Ich will gegen Toris Tür hämmern, aber ich atme tief durch und klopfe schließlich an.

»Tori? Bist du hier?« Ich warte, aber es bleibt still. Ich stütze meine Hände am Türrahmen ab und lasse den Kopf hängen. Mein Atem geht zu schnell, und ich habe das Gefühl, versagt zu haben. Plötzlich spüre ich eine Hand auf meiner Schulter, die mich sofort beruhigt, und weiß, dass es die meiner Schwester ist.

»Hayden, was erzählst du da? Was ist mit Tori passiert?«

»Sie ist auf der Party ihrer Schwester begegnet.«

»Und?«

»Diese Schlange hat ihr alles Mögliche an den Kopf geworfen. Schlimme Dinge, die Tori in die Flucht geschlagen haben.«

»Ich kann sie auf dem Handy nicht erreichen«, höre ich Donna hinter mir, aber ich habe nicht die Kraft, mich zu den Frauen umzudrehen.

»Ich auch nicht. Meine Hoffnung war, sie hier zu finden.«

»Wo könnte sie sonst sein?«, fragt meine Schwester und dreht mich in ihre Richtung, zwingt mich, ihr ins Gesicht zu gucken. Ich blicke in ihre meerblauen Augen, und die Tatsache, dass ich ihr nicht antworten kann, macht mich fertig.

»Ich weiß es nicht, und das macht mich wahnsinnig.«

»Du kennst sie erst seit Kurzem, da ist es verständlich, dass du es nicht wissen kannst«, wirft Donna ein, aber sie liegt so falsch.

»Ich kenne sie schon seit einer Weile, nur weiß sie das noch nicht.«

»Wie bitte?«

»Nicht jetzt, Donna«, sagt Quinn sanft und wendet sich mir zu.

»Kann ich dir helfen?«

»Nein. Ich werde mal zur Tierklinik fahren, weil ich nicht glaube, dass sie mitten in der Nacht das Grab ihres Vaters aufsuchen würde.«

»Sollen wir mitkommen?«, fragen beide gleichzeitig, aber ich schüttle den Kopf.

»Nein. Ich will jetzt alleine sein.«

»Okay, aber bitte melde dich. Wir machen uns auch Sorgen um sie.«

»Mach ich.«

Als ich die Tierklinik betrete, glaube ich zuerst, dass niemand da ist, bis eine ältere Frau am Infopult erscheint. Ihr krauses Haar hat sie zu einem Dutt zusammengebunden, und sie blickt mich freundlich an. »Kann ich Ihnen helfen?« Sie blickt hinter mich und auf den Boden, wohl um zu sehen, ob ich mit einem Tier hier bin. Ich gehe auf sie zu und versuche, meine Stimme nicht brüchig klingen zu lassen.

»Mein Name ist Hayden Millard, und ich bin auf der Suche nach Tori Lancaster.«

»Sie sind ihr Boss, oder?«

»Ja, das bin ich, aber vielmehr bin ich der Mann, der um ihr Wohlergehen besorgt ist und an ihrer Seite sein möchte.« Sie mustert mich skeptisch von oben bis unten, ehe sie mit den Schultern zuckt und endlich weiterspricht.

»Wenn das so ist, dann folgen Sie mir, sie ist im Happy Place.«

»Danke«, sage ich erleichtert und folge ihr durch einige Gänge.

»Was ist ein Happy Place?«, frage ich neugierig, da mir dieser Begriff nichts sagt.

»Das werden Sie sehen, wenn wir da sind.« Es dauert eine Ewigkeit, bis wir endlich vor einer geschlossenen Tür zum Stehen kommen.

»Sie ist ziemlich durch den Wind, wollte aber nicht sagen, was los ist. Sie ist generell immer etwas verschlossen gewesen, aber seitdem sie für Sie arbeitet, hat sie sich sehr verändert. Zum Guten wohlgemerkt. Sie wieder so traurig zu erleben bricht mir das Herz.«

»Ich werde alles versuchen, um sie wieder zu der fröhlichen Person zu machen, die tief in ihr geschlummert hat.«

»Danke, das weiß ich zu schätzen.« Sie geht und lässt mich alleine, aber ich warte keine Sekunde, ehe ich die Tür öffne und einen Raum betrete, der eigentlich zwei Räume beherbergt. Im vorderen Bereich befinden sich Sitzgelegenheiten und Schränke, dann kommt eine Glaswand mit integrierter Tür. Dahinter erblicke ich Tori, die an die Wand gelehnt auf dem Boden sitzt, umgeben von einem Dutzend Welpen, die sich an sie kuscheln, sie anspringen oder zum Spielen animieren wollen.

Jetzt wird mir klar, was die Frau wohl mit Happy Place gemeint hat. Denn hier würde sich selbst der schlimmste Griesgram ein Lächeln nicht verkneifen können. Ich öffne die Glastür, als Tori den Blick hebt und mit verschmiertem Make-up zu mir aufsieht. Erschrocken wischt sie sich übers Gesicht, als ich die Tür hinter mir schließe und mich von den Hunden beschnuppern lasse.

»Hey«, sage ich sanft und bleibe erst mal stehen, weil ich nichts überstürzen oder sie gar verschrecken will.

»Hey. Du hast mich gefunden«, sagt sie und lächelt traurig, ehe sich ihr Gesicht verzieht und sie zu weinen beginnt. Ich kann mich nicht mehr zurückhalten, setze mich neben sie und nehme sie in den Arm. Ich halte sie fest, während sie weint, und bin ihr die Stütze, die ich immer sein wollte.

Die Welpen haben sich längst von uns abgewandt, als sie sich von mir löst, um sich zu strecken und mich verlegen anzusehen. Ich hätte sie noch stundenlang so halten können, es hätte mir nichts ausgemacht.

»Ich schulde dir eine Erklärung«, sagt sie schniefend und wischt sich erneut über die Wangen.

»Du schuldest mir gar nichts. Ich bin bereit zu warten, bis du so weit bist.«

»Das weiß ich und genau deswegen hast du sofort die Wahrheit verdient.«

»Aber nicht hier. Lass uns zu mir fahren«, biete ich ihr an und sie nickt zustimmend.

»Okay.«

In meiner Wohnung sende ich schnell eine beruhigende Nachricht an Quinn und sehe kurz nach Cody, der tief und fest im Wohnzimmer schlummert, ehe wir uns im Freien auf die Lounge-Stühle setzen, die zum Glück trocken sind, da ein Teil der Terrasse überdacht ist. Ich zünde die Feuerschale an, die uns neben dem Außenlicht Wärme und Licht spendet, und blicke zu Tori, die sich gegenüber von mir hingesetzt hat.

»Mein Vater wurde krank, nachdem ich diesen einen Jungen auf dem Foto mit grausamen Worten schwer verletzt hatte.« Wenn sie wüsste, dass ich der Junge bin und ihr längst verziehen habe, würde es ihrem Gewissen besser gehen, aber ich würde sie verlieren, da bin ich mir sicher.

»Meine Schwestern haben sich kaum um ihn gekümmert, haben eine Pflegekraft eingestellt, da ich noch minderjährig war und kein Mitspracherecht hatte. Darla, die Pflegerin, hat ihn gewaschen, aber die restliche Pflege habe ich übernommen.« Sie blickt gedankenverloren in die Flammen und sieht wohl alles vor ihrem inneren Auge.

»Meine Noten sind in den Keller gesunken, da ich die Schule geschwänzt habe, um bei Dad zu sein. Meine Schwestern sind jeweils zehn und sechs Jahre älter als ich und waren schon längst mit der Schule fertig. Sie waren nie da, nicht mal, als es ihm am Ende wirklich schlecht ging. Ich war da, als er gestorben ist, und ein Teil von mir ist an diesem Tag ebenfalls gestorben. Ein paar Tage haben die beiden mir Zeit zum Trauern gelassen, bis sie mir unmittelbar nach der Beerdigung Dads Testament überreicht haben, in dem stand, dass Helena und Jennifer sein gesamtes Vermögen bekommen würden und ich keinen Cent erhalten sollte.« Sie lächelt traurig und sieht sich auf der Terrasse um.

»Ich war Luxus und Geld gewöhnt, aber ich hätte alles auf der Stelle aufgegeben, wenn mir das meinen Vater zurückgebracht hätte. Aber dem war nicht so. Meine Schwestern haben mich auf die Straße geworfen, und meine coolen Highschoolfreunde waren plötzlich allesamt zu beschäftigt, um mir eine Bleibe zu bieten. Ich habe zuerst in einem Motel gewohnt, ehe ich mein Hab und Gut auf eBay verkauft habe, um überleben zu können. Andere Verwandte als die Schlangen, die mich verstoßen haben, habe ich nicht, also habe ich einen schäbigen Job nach dem anderen angenommen, bis ich schließlich auf deine Anzeige gestoßen bin.«

»Aber wundert es dich nicht, dass dein Dad dir nichts hinterlassen hat, nachdem ihr einander so nahegestanden habt?«

»Ich habe keine Kraft, um das zu hinterfragen, und um ehrlich zu sein, bin ich ihm auch nicht böse, dass es so gekommen ist. Vielleicht hat das alles einen Sinn gehabt. Vielleicht habe ich all das Geld verlieren müssen, um ein besserer Mensch zu werden und um dich finden zu können.«

»Auch wenn ich froh bin, dass der steinige Weg dich zu mir geführt hat, wünschte ich, dass ich dir die Last hätte abnehmen können.«

»Das tust du ja jetzt. Allein, dass ich dir alles anvertrauen kann, fühlt sich so an, als würde eine zentnerschwere Last von mir abfallen. Ich habe noch nie jemandem davon erzählt.«

»Wieso?«

»Weil niemand da war, den es gekümmert hat.«

»Aber jetzt hast du mich.«

»Und du mich.« Sie lächelt mich an und erhebt sich. Ihr Kleid ist etwas hochgerutscht, aber sie zieht es nicht runter, sondern überrascht mich, indem sie sich auf meinen Schoß setzt und die Arme um meinen Nacken schlingt.

»Ich habe es satt, die arme Tori zu sein, habe genug davon, die Trauer gewinnen zu lassen. Ich will wieder ich sein.«

Sie küsst mich leidenschaftlich, bittet nicht um Einlass, sondern teilt meine Lippen und dringt in meinen Mund ein, um mich wahnsinnig zu machen. Ich vergrabe meine Hände in ihren Haaren und drücke sie fest an mich. Dieser Kuss ist wild, zügellos und anders als all die anderen zuvor. Als sie in meine Unterlippe beißt, stöhne ich vor Lust auf, was Tori dazu veranlasst, zarte Küsse auf meinem Hals zu verteilen.

Ihre Finger öffnen die Knöpfe meines Hemdes, was mich die Augen aufreißen lässt. Ich greife sanft nach ihren Fingern, verflechte sie mit meinen und blicke ihr ernst in die Augen.

»Bist du dir sicher, dass du diesen Schritt gehen willst nach allem, was heute vorgefallen ist?« Ich will nicht, dass die Begegnung ihr Urteilsvermögen trübt und sie es morgen bereut, mit mir geschlafen zu haben.

»Helena hat keine Macht mehr über mich, wenn du bei mir bist. Ich bin es, die Tori, die sich in dich verliebt hat und diesen Schritt mehr als alles andere will.« Sie lächelt mich so strahlend an, und ich schwöre, trotz des schwarzen Nachthimmels geht jetzt die verdammte Sonne auf. Diese Frau ist alles für mich, und ich könnte nicht mehr ohne sie sein.

»Ich will dich schon, seit ich dich zum ersten Mal gesehen habe«, flüstere ich, ohne vorher nachzudenken.

»Ich glaube, ich wollte dich auch schon im Coffeeshop, auch wenn ich emotional damals noch ein Wrack war.« Danach gibt es nichts mehr zu sagen und als ich sie diesmal in einen ungeduldigen, drängenden Kuss ziehe, gibt es kein Halten mehr.

29. KAPITEL

Tori

Es ist alles gesagt, nun weiß Hayden alles über mich. Nichts steht mehr zwischen uns, außer vielleicht unsere Klamotten, die wir hoffentlich bald los sind. Nachdem ich mich seelisch vor ihm entblößt habe, will ich auch die restlichen Hüllen fallen lassen. Meine Gefühle für diesen Mann lassen sich kaum in Worte fassen, und ich habe mehr denn je das Bedürfnis, ihm zu zeigen, welch eine Bereicherung er für mein Leben ist. Während wir uns wild küssen, legt Hayden den Arm unter meine Beine und hebt mich hoch, um mich auf die andere Seite der Lounge zu einer gepolsterten Doppelliege zu tragen, die sich zwischen der Feuerschale und dem Pool befindet.

Er legt mich sanft auf die Liege und legt sich neben mich, ohne die Lippen von meinen zu lösen. Ich öffne sein Hemd und mit jedem Knopf, den ich öffne, begehre ich Hayden mehr. Nachdem ich ihm das lästige Stück Stoff ausgezogen habe, sehe ich zum ersten Mal seinen nackten Oberkörper. Schwer atmend unterbricht Hayden den Kuss und sieht mir dabei zu, wie ich mit meinen Fingern sanft über seine Muskeln streiche. Er erschaudert, und ich genieße jede Sekunde dieses Bebens, bis ich im Schein des Feuers das zarte Tattoo unter seinem Herzen sehe. Als ich die Worte lese, schnappe ich überrascht nach Luft.

I am enough ist in geschwungener Schrift und mit schwarzer Tinte auf seinen Körper gestochen worden. Die Worte, mit denen die Band seines Bruders Millionen Menschen berührt hat. Mich eingeschlossen.

»Alles in Ordnung?«, fragt er und blickt mich irritiert an. Aber ich kann es nicht aussprechen. Ich muss es ihm zeigen. Ich löse meine Hand von seinem warmen Körper. Ich ziehe das schulterfreie Kleid so weit runter, dass er es erkennen kann. Dieselben Worte prangen an der Stelle über meiner Brust. *I am enough.*

»Unglaublich«, haucht Hayden und fährt nun mit seinen Fingern über meine Haut.

»Ich glaube, wir sind füreinander geschaffen«, sage ich und mir ist egal, wie kitschig diese Worte klingen, denn dies kann kein Zufall sein.

»Ich weiß«, antwortet er, ehe er sich nach unten beugt, mein Tattoo küsst und mir dann wieder in die Augen sieht.

»Du bist mehr als genug. Du bist das Beste, was mir je passiert ist«, raunt er und trifft mich mit seinen Worten mitten ins Herz. Ich packe ihn im Nacken und ziehe ihn zu mir runter, um meine Lippen auf seine zu pressen. Für mich gibt es kein Halten mehr, und ich habe es satt, zu warten. Ich drehe uns so weit, dass ich rittlings auf seinem Bauch sitze, ziehe mir mein Kleid über den Kopf und danke innerlich Donna dafür, dass es keine Träger hat. Ich höre Hayden zischend einatmen, denn ich trage heute die weiße Spitzenunterwäsche, die ich mir von meinem ersten Gehalt gekauft habe.

»Du bist so verdammt schön«, flüstert er, ehe er in mein Haar greift, mich sanft zu sich runterzieht und küsst. Es fühlt sich unglaublich intensiv an, Haydens Haut auf meiner zu spüren, es ist, als würde mich der Körperkontakt elektrisieren. Mit zittrigen Händen öffne ich den Knopf seiner Hose und er meinen BH. Er dreht mich auf den Rücken und küsst meinen Bauch, lässt mich vor Verlangen erschaudern, ehe er aufsteht und seine Boxershorts auszieht. Nun steht er nackt vor mir, und als ich den Blick von seinem Sixpack zu seiner Erektion heruntergleiten lasse, muss ich schlucken, weil mir das Wasser im Mund zusammenläuft. Er greift in seine Anzughose und holt ein Kondom hervor, das er auf einem Beistelltischchen neben der Liege ablegt.

»Komm her«, flüstere ich heiser und krümme meinen Finger, um ihn zu mir zu locken, doch er schüttelt den Kopf und packt meine Hüften, um meinen Po zum Rand der Liege zu ziehen. Ich stütze mich auf den Ellbogen ab und sehe ihm dabei zu, wie er sich vor mich kniet, meine Beine umfasst, meine Oberschenkel küsst und mit der Zunge meiner Mitte immer näher kommt. Er zieht mir quälend langsam den Slip aus, ohne mich aus den Augen zu lassen, und ich sehe, wie sich meine Lust in seinen Augen widerspiegelt. Dann umfasst er meinen Hintern und wandert mit dem Mund immer tiefer, genau dahin, wo ich ihn haben will.

Dieser Mann ist der erfolgreiche Inhaber eines der größten Musiklabels der USA, aber nun kniet er vor mir, als würde er mir damit zeigen wollen, dass ich Macht über ihn habe. Als würde er alles für mich tun. Mein Herz droht aus meiner Brust zu springen, als ich ihn dabei beobachte, wie er mir und meinem Körper huldigt. Als er mit seiner Zunge meine empfindlichste Stelle berührt, stöhne ich laut auf und lege den Kopf in den Nacken, weil mich das Gefühl zu überwältigen droht.

Hayden kostet mich, nimmt sich Zeit, mich zu erkunden. Er scheint genau zu wissen, wie er mich in den Wahnsinn treiben kann, umkreist mit der Zunge lauernd meine Klitoris, ehe er sanft an ihr saugt und mich vor Lust aufkeuchen lässt. In gleichmäßigen Abständen liebkost er mich, verwöhnt mich mit seiner Zunge. Meine Lust steigt ins Unermessliche beim Gedanken daran, dass das hier kein Traum ist. Das hier ist real.

Mein heißer Boss sitzt tatsächlich zwischen meinen Beinen und scheint sich nichts Schöneres vorstellen zu können, als mich mit seiner Zunge zum Stöhnen zu bringen. Es dauert nicht lange, bis der Orgasmus mit der Macht eines Blitzschlags meinen Körper erfasst, und ich meine Lust in die Nacht hinausschreie. Er hört nicht auf, mich zu befriedigen, sondern macht weiter, um meinen Orgasmus lange auszudehnen, bis ich schließlich zitternd nach Luft schnappe und bete, dass sich meine Herzfrequenz langsam wieder beruhigt.

»Es ist der Wahnsinn, wie heftig du auf meine Berührungen reagierst.«

»Es fühlt sich irgendwie wie das erste Mal an«, gebe ich zu.

»Umso besser.«

»Ach ja?«

»Ja, denn dann wirst du es nie wieder vergessen.«

»Das habe ich auch nicht vor«, flüstere ich, ehe ich ihn auf mich ziehe. »Spiel nicht mehr mit mir. Ich brauche dich. Jetzt.«

Hayden greift nach dem Kondom und zieht es sich über. »Dann sollst du mich haben«, raunt er und sieht mir tief in die Augen. Er stützt die Ellbogen neben meinem Kopf ab, sodass wir dieselbe Luft atmen, und ich direkt in seine Augen sehen kann. Sie sind kristallblau, ohne einen farbigen Sprenkel, und sie lassen mich alles sehen, was in ihm vorgeht. Er ist nervös, überwältigt und verliebt. Mit einer Bewegung ist er in mir, und so sehr ich mich zusammenreißen wollte, kann ich nicht anders, als genüsslich die Augen zu schließen und das Gefühl von ihm in mir zu genießen. Mein Herz droht überzuquellen, als ich die Augen sacht wieder öffne und diesen wunderbaren Mann ansehe.

Er gleitet aus mir, nur um erneut in mich einzudringen. Mit jedem Eindringen wird es schwerer, mich zurückzuhalten, weil ich zu viel fühle. Eine Träne kullert über meine Wange, aber ich bin nicht traurig, sondern überwältigt und einfach nur glücklich. Hayden wischt sie mit dem Finger weg, ehe er mich sanft küsst und mich weiter liebt. Ich habe in meinem Leben nicht viele Partner gehabt, und keiner von ihnen hat mir das Gefühl gegeben, dass es mehr als Sex ist. Das, was ich gerade mit Hayden erlebe, ist Liebe.

Ich streiche über seine Hüfte und packe seinen festen Hintern, um ihn tiefer in mir zu spüren. Ein zarter Schweißfilm überzieht unsere Körper, und ich liebe es, wie leicht er meinen Körper dazu bringt, sich an ihn zu schmiegen. Haydens Zunge wandert zu meiner Brustwarze, die er in den Mund nimmt und an der er sanft saugt. Ich schnurre wie ein Kätzchen und bin überrascht über mich selbst, da ich diese Laute noch nie aus meinem Mund gehört habe. Plötzlich beißt mir dieser unglaubliche Mann in die Brustwarze, und gepaart mit einem tiefen Stoß komme ich erneut, diesmal heftiger. Ich schreie seinen Namen und kralle meine Fingernägel in seinen Rücken, was wiederum Hayden zum Knurren bringt, und Sekunden später folgt er mir auf meinem Höhenflug und legt sich dann auf meinen Oberkörper.

Das Feuer knistert, als wir ineinander verschlungen dem Atem des anderen lauschen, und ich fühle mich zwar erschöpft, aber überglücklich. Zum Glück ist dieser Frühlingsabend mild, und wir können noch im Freien liegen.

»Tori?«, flüstert Hayden, nachdem wir einigermaßen zu Atem gekommen sind, und hebt den Kopf, um mich ansehen zu können. Er sieht mit seinen wild zerzausten Haaren und dem seligen Lächeln einfach wunderschön aus.

»Ja?«, sage ich lächelnd und streiche ihm diese eine Locke aus der Stirn.

»Ich liebe dich«, flüstert er, und meine Hand verharrt über seinem Gesicht. Ich sehe ihn an und weiß nicht, was ich sagen soll. Er streichelt meine Wange und küsst meine Stirn.

»Ich überfordere dich, das ist mir bewusst, aber ich will, dass du weißt, wie ich empfinde. Das mit uns bedeutet mir so viel, und gerade nach heute Abend habe ich mehr denn je das Bedürfnis, dir zu zeigen, wie tief meine Gefühle tatsächlich sind.«

»Diese Worte hat noch nie jemand zu mir gesagt.«

»Dann ist es wieder ein erstes Mal, das du nie vergisst.«

»Nein, das werde ich nicht.« Ich wünschte, ich könnte die Worte ebenfalls sagen, doch ich kann nicht. Aber Hayden erwartet auch keine Antwort. Er löst sich von mir, um ins Badezimmer zu gehen. Als er zurückkommt, legt er sich aber sofort wieder zu mir, um mich in die Arme zu schließen. Ich lehne meinen Kopf an seine Brust und lausche seinem Herzschlag. Er streichelt meinen Rücken, und so verharren wir eine Zeitlang.

»Ich hatte heute wirklich Angst um dich«, flüstert er ein paar Augenblicke später.

»Es tut mir leid, dass ich abgehauen bin.«

»Tu das bitte nie wieder. Der Gedanke, dich zu verlieren, ist unerträglich.«

»Ich bleibe. Nichts in meinem Leben hat sich richtiger angefühlt, als hier bei dir zu sein.«

»Ich lasse dich niemals los, Tori.«

»Das will ich hoffen, denn ich habe nicht vor, zu gehen.«

Nach einer halben Stunde meldet sich mein Magen lautstark und signalisiert, dass wir beide nicht zu Abend gegessen haben. »Hunger?«, fragt Hayden lachend und küsst meine Nasenspitze.

»Ja, und wie.«

»Soll ich uns etwas kommen lassen?«

»Ach Quatsch. Lass uns sehen, was dein Kühlschrank zu bieten hat.«

»Das könnte mager aussehen, da ich nicht weiß, was Victoria eingekauft hat. Ich esse meist auswärts oder bestelle mir etwas.«

»Das klingt sehr ungesund«, sage ich und erhebe mich. Ich blicke mich um, sehe zu den anderen Hochhäusern um uns herum, wobei dieses hier die anderen überragt, sodass uns niemand beobachtet haben dürfte. Sex im Freien hat sich noch nie so gut angefühlt. Ich ziehe mir meinen Slip an und will schon nach meinem Kleid greifen, entscheide mich dann aber für sein schwarzes Hemd, das ich mir überstreife und an dem ich nur einen einzigen Knopf schließe, der meine Brüste verdeckt. Ich strecke mich tiefenentspannt und blicke zu Hayden, der sich aufgesetzt hat und mich ansieht. Ich sehe in seinen Augen, dass er mich am liebsten wieder zurück auf die Liege ziehen würde, aber wenn ich nicht bald was esse, schaffe ich keine zweite Runde.

»Kommst du?«, frage ich kichernd und reiße ihn aus seinen Gedanken, die ziemlich heiß gewesen sein müssen, denn er hat erneut eine Erektion.

»Ja, auch wenn ich lieber anders kommen würde«, sagt er und zieht seine Boxershorts an, ehe er mir einen sanften Klaps auf den Po gibt und mich mit sich in die Wohnung zieht.

Als wir in die offene Wohnküche kommen, erwacht Cody und tapst zu mir, um mich schwanzwedelnd zu begrüßen. »Hey, mein Hübscher.« Ich streichle ihn und kraule ein wenig seinen Bauch, ehe ich in die Küche gehe und mir die Hände wasche. Hayden hat Cody hochgehoben, der ihm nun das Kinn ableckt. Es sieht einfach zuckersüß aus. Er trägt nur seine Unterwäsche und macht es mir schwer, mich von seinem Anblick zu lösen, aber ich reiße mich zusammen und öffne den Kühlschrank.

Dort finde ich alle Zutaten für ein Omelett und sogar genug Joghurt und Quark für eine Sauce. Ich nehme alles aus dem Kühlschrank und blicke zu Hayden auf, der sich mir gegenüber auf den Barhocker gesetzt hat und mir zusieht.

»Wo sind deine Pfannen?«, frage ich, worauf sich Hayden verlegen am Hinterkopf kratzt. »Du weißt es nicht, oder?«

»Nein, aber ich kann meine Unfähigkeit erklären. Ich arbeite eigentlich immer, deshalb habe ich noch nie gekocht.«

»Kocht Victoria für dich?«

»Ab und zu, aber ich den meisten Fällen hole ich das Essen, weil ich Gayle, Lawrence und meinen Geschwistern etwas mitnehme, wenn sie zu Hause sind.«

»Du kaufst Abendessen für deinen Portier und deine Fahrerin?«, frage ich erstaunt und mache mich auf die Suche nach Pfannen.

»Ja«, sagt er, als wäre das selbstverständlich, aber ich glaube, er weiß nicht, wie aufmerksam das ist.

»Du bist wirklich ein guter Mensch, Hayden Millard.«

»Danke.« Er errötet leicht.

»Unglaublich, dass du noch nie gekocht hast oder eine Frau hier hast kochen lassen.«

»Wieder ein erstes Mal«, sagt er grinsend, und am liebsten würde ich ihn küssen, aber ich habe eine Mission zu erfüllen und die ist, endlich eine Pfanne zu finden, um unseren Hunger zu stillen. Die Pfanne ist schnell gefunden, ebenso das Messer und alles andere, was ich brauche.

»Hast du schon immer gerne gekocht?«, fragt mich Hayden nach einer Weile, holt sich eine Flasche Wasser aus dem Kühlschrank und legt auch für mich eine auf die Theke.

»Erst, als ich auf mich allein gestellt war, vorher hat die Haushälterin für uns gekocht.«

»Du hast es dir selbst beigebracht?«

»Ich musste. Essen zu gehen war zu teuer, also habe ich mir immer zu Hause etwas gekocht, um Geld zu sparen.«

»Was kochst du am liebsten?«

»Ich liebe Curry in allen möglichen Variationen. Mit Reis, mit Gemüse, mit Fleisch, ganz egal. Und Truthahn. Es klingt jetzt vielleicht merkwürdig, aber ich liebe es, gefüllten Truthahn zu machen. Zu Thanksgiving war es das Lieblingsessen meines Vaters. Eine Miniportion ist kaum möglich, also mache ich immer einen ganzen und spende den Rest an die Obdachlosenküche. Die Menschen dort kennen mich schon und lieben meinen Truthahn …«

»Dieses Jahr kannst du für mehrere rechnen. Letztes Jahr hast du das letzte Mal allein Thanksgiving gefeiert.«

Ich spüre, wie sich Wärme in mir ausbreitet und muss grinsen.

»Darauf freue ich mich.«

»Und ich kann es kaum erwarten, die erste Kreation, die du in meiner Küche zauberst, zu kosten.«

30. KAPITEL

Hayden

Als ich die Augen öffne, ist es längst hell, und die Sonne erhellt mein Schlafzimmer. Ich blicke auf meine Armbanduhr und bin überrascht, als ich feststelle, dass es längst zehn Uhr vormittags ist. Es ist Jahre her, dass ich am Samstag ausgeschlafen habe, weil ich selbst am Wochenende um sechs Uhr morgens aufstehe, um, nach meinem ersten Kaffee und einer Runde mit Cody, mit der Arbeit zu beginnen. Zum ersten Mal seit einer Ewigkeit verspüre ich den Wunsch, den Tag blauzumachen und ihn mit Tori zu verbringen, am besten im Bett. Sie schläft noch an meine Brust gelehnt und seufzt ab und an im Schlaf. Es ist ein ziemlich süßer Laut, von dem ich jetzt schon nicht genug bekommen kann.

Ich atme tief ein und aus und ziehe sie noch fester an mich, weil ich es nun kann. Ich habe das Gefühl, als hätte ich den höchsten Berg der Welt erklommen. Die Frau meiner Träume liegt in meinen Armen, und diesmal ist es kein Teenietraum, sondern die unglaubliche Realität. Nach dem Mitternachtssnack, den Tori zubereitet hat, haben wir uns unter der Dusche geliebt und dann in meinem Bett, bis wir erschöpft eingeschlafen sind. Sex mit Tori ist unglaublich, sie ist gelenkig, unersättlich, und wir scheinen intuitiv zu wissen, was der andere gerne mag, ohne ein Wort darüber zu verlieren. Ich liebe alles an ihrem Körper, ihre festen Brüste, ihre weichen Hüften und den knackigen Po, der sich unter meiner Hand so unglaublich gut anfühlt.

Sie ist eine Frau, wie ich sie mir immer erträumt habe: weich, mit wunderschönen Kurven und samtiger Haut. In der Highschool hatte sie blonde Haare, aber durch ihre Naturhaarfarbe kommen ihre Sommersprossen am besten zur Geltung. Sie hat beim Date kurz erwähnt, dass sie diesen Teil ihres Aussehens nicht mag, aber ich liebe jeden einzelnen Punkt in ihrem Gesicht, weil er sie ausmacht und ihre natürliche Schönheit betont. Der gestrige Abend ist anders abgelaufen als ursprünglich geplant. Ich wollte sie schick ausführen, mit ihr in einen Club gehen, ehe ich sie wie ein Gentleman nach Hause gebracht hätte, aber die Begegnung mit Helena hat alles durcheinandergewirbelt.

Tori hat sich später zwar beruhigt, aber ich ahne, dass die kalten Worte ihrer Schwester noch an ihr nagen werden. Wenn diese Furie schon als Kind so gemein zu ihr war, muss Tori wohl eine schlimme Kindheit gehabt haben. Was mir aber keine Ruhe lässt, ist die Tatsache, dass Toris Dad ihr nichts vererbt hat. Ihren Erzählungen nach muss er sie vergöttert haben, und dass sie am Ende leer ausgegangen ist, stimmt mich nachdenklich. Diese Sache wird mir keine Ruhe lassen, aber jetzt ist nicht der richtige Moment, um über ihr Erbe nachzudenken, vielmehr will ich sie von dem gestrigen Fiasko mit Helena ablenken.

Ich überlege fieberhaft, was ich tun kann, um sie auf andere Gedanken zu bringen. Ich könnte meinen Kopf zwischen ihren perfekten Schenkeln vergraben und sie alles um sich herum vergessen lassen, aber das zwischen uns soll mehr sein als Sex. Als ich auf ihre Seite blicke, sehe ich einen Buchstaben des Tattoos, und erst jetzt wird mir die Tragweite dessen bewusst, dass wir uns, ohne es zu wissen, dieselben Worte an die gleiche Stelle haben tätowieren lassen. Wenn das kein Zeichen des Schicksals ist, dann weiß ich auch nicht.

Seit ich sie kenne, bin ich nicht mehr durchgehend am Arbeiten, was meine Mom und Quinn freuen wird, und um ehrlich zu sein, vermisse ich es auch nicht, sondern will so viel Zeit wie möglich mit dieser unglaublichen Frau verbringen. Gerade überlege ich, ob ich sie zum Frühstück ausführen sollte, als sie die Augen öffnet und mich anblickt. »Guten Morgen«, murmelt sie, ehe sie ausgiebig gähnt und sich ein seliges Lächeln auf ihren schönen kirschroten Lippen ausbreitet. Allein dieser Laut turnt mich an, wie sie an der Wölbung der Bettdecke unschwer erkennen kann.

»Dir auch einen guten Morgen«, sagt sie kichernd, ehe sie sich zu mir lehnt und mich kurz küsst.

»Ich will mehr«, seufze ich und will sie auf mich ziehen, als sie aufsteht und sich amüsiert zu mir umdreht.

»Aber erst, wenn ich mir die Zähne geputzt habe, wobei … Ach, Mist, ich habe ja keine Zahnbürste da.«

»Ich habe eine neu verpackte, wenn du sie benutzen möchtest.«

»Perfekt.« Tori zieht gerade ihren Slip an, als ich meinen begehbaren Kleiderschrank betrete und nach meinem Lieblings-T-Shirt greife.

»Hier, zieh das hier an, dann musst du dich nicht mit den Hemdknöpfen abmühen.«

»Okay, danke.« Ich ziehe mir frische Boxershorts an, lasse sie aber nicht aus den Augen und verschränke abwartend die Hände vor der Brust. Als sie auf den Druck des weißen Shirts blickt, stöhnt sie genervt auf.

»Ist das dein Ernst? Ein *MacGyver*-T-Shirt?«

»Es steht dir hervorragend. Wenn das nicht deine Meinung über die Serie ändert, weiß ich auch nicht.«

»Spinner«, sagt sie, ehe sie kichernd ins angrenzende Badezimmer geht, in das ich ihr mit einem glücklichen Lächeln folge.

Nachdem wir uns frisch gemacht haben, stellt sich Tori erneut in die Küche. Diesmal macht sie Rührei mit Speck, das so herrlich duftet, dass selbst Cody sich vor meinem Magenknurren erschreckt. »Daran könnte ich mich gewöhnen«, sage ich, als ich sie von der Kücheninsel aus beobachte.

»An frisch gekochtes Essen?«, fragt sie lachend, holt zwei Gläser aus dem Hochschrank und stellt sie vor mir ab.

»An dich in meiner Wohnung.« Es kommt mir vor, als würde sie hierhergehören.

»Es ist wirklich schön hier. Meine Wohnung passt hier fünfmal rein.« Sie richtet das Frühstück auf den Tellern an und hat im Handumdrehen Obst, Müsli und Orangensaft serviert. Als sie sich zu mir setzt, lege ich meine Hände an ihre Wangen, um sie zu küssen. Langsam und zärtlich. Ich will ihr so für das Frühstück danken und dafür, dass sie mein Leben erneut verändert hat.

Wir genießen unser Essen schweigend, können es aber nicht lassen, uns heiße Blicke zuzuwerfen. »Was hast du heute noch vor?«, frage ich sie, während wir das Geschirr in die Spülmaschine räumen. Denn ich bin noch nicht bereit, sie gehen zu lassen. Am liebsten würde ich jede freie Sekunde mit ihr verbringen.

»Ach, Mist«, ruft sie plötzlich aus und eilt zu ihrer Handtasche, die sie im Wohnzimmer abgestellt hat.

»Ist alles in Ordnung?«, frage ich amüsiert. Ich liebe es, wenn sie meine Klamotten trägt, mein T-Shirt sieht an ihr viel besser aus als an mir.

»Samstags gehe ich für gewöhnlich mit Donna und Quinn zum Zumba. Ich habe vergessen, ihnen abzusagen.« Nach einem erneuten Blick auf das Display blickt sie mich scheu an. »Wenn ich jetzt gehe, könnte ich es noch schaffen.« Das sagt sie ganz frei heraus, aber in ihren Augen sehe ich auch die stumme Frage, ob ich wollen würde, dass sie geht.

»Wenn du Lust auf Zumba hast, würde ich dir nicht im Weg stehen, aber ich bin ein wenig egoistisch und will dich nicht gehen lassen. Noch nicht.«

Ihre Miene erhellt sich bei meinen Worten und sie tippt schnell eine Nachricht, ehe sie das Handy wieder zurück in die Tasche wirft. »Ach, so sieht das aus. Du bekommst nicht genug von mir?«, fragt sie lächelnd und kommt langsam auf mich zu.

»Niemals«, raune ich und schlucke, als sie mein T-Shirt von ihrem Körper streift und nur im Slip vor mir zum Stehen kommt. Tori drängt sich zwischen meine Beine, sodass ich ohne Mühe nach ihren Hüften greifen kann. Nun sind wir auf Augenhöhe in so vieler Hinsicht. Nichts steht mehr zwischen uns, und das bringt mein Herz dazu, mir bis zum Hals zu schlagen. Ich fühle mich wie ein Teenie, der die Prom Queen bekommt, was ja irgendwie auch der Wahrheit entspricht. Ich neige den Kopf, um einen ihrer Nippel in meinen Mund zu nehmen und sanft daran zu saugen. Sie stöhnt wohlig auf und greift in mein Haar. Je heftiger ich sauge, desto fester zieht sie daran. All meine Bemühungen und Ideen, wohin ich sie an diesem Vormittag ausführen könnte, verpuffen in einem Augenblick, denn ich will jetzt nichts mehr, als tief in ihr zu sein. Also packe ich sie, um sie in mein Schlafzimmer zu tragen und dort weiterzumachen, wo wir gestern Nacht aufgehört haben.

So ganz ohne Arbeit kann ich doch nicht sein. Tori schwimmt gerade nackt ein paar Runden im Pool. Währenddessen checke ich meine E-Mails und sehe mir eine Präsentation zu den neuen Merch-Artikeln von Everstorm an. Cody bellt aufgeregt und will Tori rauslocken, damit sie mit ihm spielt. Vorhin sind wir mit ihm spazieren gegangen und waren auch einkaufen, da sie uns ein Mittagessen zaubern möchte. Ich habe ihr gesagt, dass sie nicht kochen muss und wir uns gerne etwas bestellen können, aber sie kann und will nicht unnötig Geld ausgeben. Dieses Verhalten hat sich in den letzten Jahren tief in ihr verankert. Ich mag ihre Einstellung, will aber, dass ihr auch bewusst wird, dass sie nun nicht mehr alleine ist und ich für sie sorgen werde. Es fällt ihr noch schwer, sich voll und ganz auf mich zu verlassen. Ob es nun daran liegt, dass sie ein Jahrzehnt lang auf sich allein gestellt war oder dass ich anfangs so gemein zu ihr war, weiß ich nicht. Aber wir haben uns gerade erst gefunden, und ich werde ihr so viel Zeit geben, wie sie braucht, um mir vollends zu vertrauen.

Als die Hitze zu viel für uns beide wird, verziehen wir uns ins kühle Wohnzimmer, wo ich an der Kücheninsel arbeite, während sie unser Mittagessen zubereitet. Als mein Telefon läutet, hebe ich augenblicklich ab, als ich sehe, wer der Anrufer ist.

»Mitchell, mein Freund, wie geht es Ihnen?«, begrüße ich meinen Bekannten, der beim Jugendamt arbeitet.

»Ich hoffe, ich störe Sie nicht an diesem Samstag, aber wir haben ein kleines Problem.«

»Was für ein Problem?«, frage ich alarmiert und schiebe mein Macbook zur Seite.

»Kyle ist verschwunden.«

»Er ist was?«, rufe ich lauter als beabsichtigt, sodass Tori erschrocken den Herd ausschaltet und auf mich zukommt.

»Wir haben versucht, ein Gespräch mit der Mutter zu vereinbaren, aber sie hatte keinerlei Interesse, also sind meine Kollegen vom Jugendamt direkt ins Frauenhaus gefahren, um mit ihr zu reden. Kyle hat wohl Angst bekommen und ist abgehauen.«

»Verdammt. Wieso hat denn niemand von Ihren Leuten auf ihn aufgepasst?«

»Seine Mutter ist ziemlich wütend geworden und hat getobt. Sie mussten die Frau erst mal beruhigen.«

»Fuck«, brülle ich und erhebe mich. »Sie müssen den Jungen finden.«

»Wir tun, was wir können. Er ist bei keinem seiner Freunde und auf dem Schulgelände ist er auch nicht.«

»Mitchell. Kein Kind würde freiwillig an einem Samstag zur Schule gehen!«, sage ich vorwurfsvoll, obwohl er natürlich nichts dafür kann.

»Haben Sie eine Ahnung, wo er sein könnte?« Mein Festnetztelefon beginnt zu läuten, aber ich ignoriere es. Als es nicht mehr aufhört zu bimmeln, geht Tori ran, während ich mit Mitchell einen Plan aushecke, wie wir diesen armen Jungen finden können. Plötzlich kommt Tori auf mich zugerannt und signalisiert mir, den Hörer vom Ohr zu nehmen.

»Er ist hier«, sagt sie atemlos.

»Kyle?« Sie nickt mit erleichtertem Gesichtsausdruck.

»Ja. Lawrence hat gerade angerufen, und der Junge trinkt gerade unten eine Limonade und wartet darauf, dass du ihn abholst.«

»Gott sei Dank.« Ich halte das Handy wieder ans Ohr.

»Haben Sie das gehört?«

»Ja, habe ich. Ich werde die Suche abblasen und jemanden zu Ihnen schicken.«

»Mir persönlich wäre es lieber, wenn Sie niemanden zu mir schicken.«

»Ich verstehe nicht ganz.«

»Ich werde Kyle langsam darauf vorbereiten, dass jetzt große Veränderungen anstehen. Er vertraut mir und hat keinerlei Bezug zu Ihren Mitarbeitern. Lassen Sie uns ein paar Tage Zeit.

Mailen Sie mir die weiteren Schritte, und ich werde den Jungen persönlich zur gewünschten Adresse fahren.«

»Ich habe nicht gewusst, dass Kyle und Sie solch eine enge Verbindung haben.«

»In gewisser Weise haben wir die. Ich habe als Kind Ähnliches erlebt wie er. Und er baut auf mich. Geben Sie uns dieses Wochenende, dann sehen wir weiter.«

»Okay. Sie haben ja die Einverständniserklärung von seiner Mutter schon.«

»Ja, die hat sie vor ein paar Tagen unterschrieben.«

»Na schön. Dann wünsche ich Ihnen viel Glück.«

»Danke.« Ich beende das Telefonat und lege entnervt das Smartphone zurück auf die Theke. Plötzlich werde ich müde und reibe mir übers Gesicht. Dann spüre ich Toris Arme, die sich von hinten um meinen Oberkörper legen. Sie drückt mich ganz fest und gibt mir stumm Kraft. Ich schließe die Augen, atme tief ein und aus und lege meinen Arm von hinten um ihre Hüfte. So halten wir uns für eine kurze Weile, ehe ich sie nach vorn ziehe, um sie ansehen zu können.

»Danke«, sage ich und spiele mit ihrer nassen Haarsträhne. Sie trägt nun einen Bademantel, der ihre herrliche Haut umschmeichelt, und ist ganz für mich da.

»Du hast mir auch beigestanden, als es mir schlecht ging. Das tun Menschen, die einander wichtig sind.«

»Es tut mir leid, dass unser gemeinsames Wochenende so schnell unterbrochen wird.«

»Wenn du möchtest, bleibe ich noch.«

»Das möchte ich.« *Ich möchte es so sehr, dass es mir Angst macht.*

31. KAPITEL

Tori

Als Kyle aus dem Aufzug steigt, sieht man ihm die Angst und die Unsicherheit an. Er geht langsam auf Hayden zu, während ich das Mittagessen auf den Tellern anrichte. Hayden winkt Lawrence, der den Jungen nach oben begleitet hat, freundlich zu. Der nickt und fährt wieder nach unten. Ich habe einen Kartoffel-Brokkoli-Auflauf gemacht und hoffe, dass er dem Jungen schmecken wird. »Hey, Kumpel. Was für eine Überraschung. Was stehst du so rum, komm her.« Zögerlich geht Kyle auf Hayden zu und sie begrüßen sich mit einem Handschlag, den wohl nur die beiden kennen.

»Wie geht es dir?«

»Gut«, sagt der Junge, blickt aber verlegen aus dem bodentiefen Fenster in Richtung Pool.

»Ich habe gehört, deine Mom hat Stress gemacht. Willst du darüber reden?«, fragt Hayden fürsorglich und drückt ihm sanft die Schulter. Kyle schüttelt heftig den Kopf, ehe sein Blick zu mir gleitet.

»Hi«, sage ich und winke von der Küche aus. Ich will Kyle nicht überfordern, indem ich mich aufdränge.

»Das ist meine Freundin Tori. Sie ist echt in Ordnung«, sagt Hayden, was Kyle zum Lächeln bringt. Hayden zwinkert mir zu, und ich erwidere die Geste.

»Hast du Hunger?«, frage ich und sehe erleichtert, wie er

langsam in die Küche kommt. Er ist so dünn und wirkt verloren auf mich. Unwillkürlich stelle ich mir Hayden als Jungen vor, der noch Schlimmeres durchleben musste. Aber ich will nicht darüber nachdenken, sondern alles tun, damit Kyle sich in meiner Gegenwart wohlfühlt.

»Was ist das?«, fragt er neugierig.

»Kartoffel-Brokkoli-Gratin. Schon mal gegessen?«

»Meine Mom kocht nicht.«

»Okay, dann ist das sozusagen eine Premiere. Komm, setz dich.« Ich habe mir, während wir auf Kyle gewartet haben, eine Jogginghose von Hayden übergezogen, die mir zwar zu groß, aber bequem ist. Dann habe ich den Tisch gedeckt und das Essen abkühlen lassen, sodass die Jungs gleich reinhauen können. Ich habe keinerlei Erfahrung mit Kindern, vor allem nicht mit solchen, die durch die Hölle gehen, deshalb halte ich mich im Hintergrund.

»Isst du nichts?«, fragt mich Kyle, als ich die Theke abwische.

»Ich dachte mir, ich lasse euch den Vortritt.«

»Du hast es aber gekocht, also solltest du als Erste kosten.«

»Stimmt, das ist sehr löblich von dir, Kyle«, wirft Hayden ein und winkt mich zu sich.

Nachdem wir gegessen haben, reden wir über vieles: die Schule, Animes, über den Pool, in den Kyle gerne gleich springen will, aber nicht über seine Mom und darüber, wie es wirklich in ihm aussieht. Ich sehe, dass es an Hayden nagt, dass er etwas losgetreten haben könnte, womit der Junge nicht einverstanden ist. Er hat geglaubt, das Richtige zu tun, ist sich nun aber nicht mehr sicher, das sehe ich ihm an.

»Möchtest du in den Pool hüpfen?«, fragt Hayden, als Kyle erneut sehnsüchtig zum Wasser blickt.

»Ich habe leider keine Badesachen dabei.«

»Hast du ein Glück, dass ich schon vorgesorgt habe. Ich habe dir ein Modell in zwei Größen gekauft, eine sollte auf jeden Fall passen.« Kyles Augen leuchten voller Freude auf, und auch ich sehe Hayden erstaunt an. Er ist so ein aufmerksamer Mensch, neben Dad der beste, den ich je kennenlernen durfte. Er ist immer so hilfsbereit und fürsorglich gegenüber seinen Mitmenschen.

»Sie sind in deinem Zimmer.«

»In meinem was?«

»Dort, wo du beim letzten Mal geschlafen hast. Ich habe es ein wenig umdekoriert, da ich gehofft habe, dass du mich noch mal besuchst.«

Lachend steht er auf und rennt freudig durch den Raum zur Treppe.

»Wow, das ist wirklich toll von dir. Wann hast du das alles besorgt?«

»Meine Inneneinrichterin hat das Kinderzimmer mit Möbeln ausgestattet. Victoria hat die Deko und ein paar Klamotten besorgt.«

»Du tust so viel für ihn. Es ist unglaublich«, sage ich fast ehrfürchtig.

»Genau genommen habe ich es ja nicht selbst gemacht«, berichtigt Hayden mich bescheiden. »Aber es stimmt: Ich mag es, ihn bei mir zu haben. Und ich habe so viele ungenutzte Räume, da war es das Mindeste, dass ich ihm einen Rückzugsort schaffe.«

Ich stehe auf und küsse ihn sanft auf die Wange. Sein gestutzter Bart kitzelt mich, als ich ihm über die Wange streichle. »Ich kenne keinen selbstloseren Mann. Du bist zu gut für mich.«

»Ich glaube eher, es ist andersrum. Ich habe dich nicht verdient.«

»Sagen wir einfach, dass wir beide einander brauchen.«

»Brauchen ist gar kein Ausdruck.«

»Wie konnte das passieren?«, frage ich unwillkürlich und lasse mich von ihm auf seinen Schoß ziehen.

»Was?«

»Du und ich. Dass wir uns verlieben, trotz der Umstände.«

»Dass ich dein Boss bin, sollte unsere Beziehung nicht beeinflussen. Die anderen werden es erfahren und respektvoll damit umgehen. Wir werden uns zurückhalten bei offenen Türen, aber hinter verschlossenen kann ich für nichts garantieren.« Er greift in meinen Nacken und krault mich, sodass ich wie eine Katze zu schnurren beginne.

»Ich bin glücklich, Hayden.«

»Ja?«

»Kein Mann hat mir je so sehr das Gefühl gegeben, dass ich geliebt werde. Niemand vor dir hat mich respektvoller behandelt oder war ehrlicher zu mir als du. Das ist mir wichtig, und ich danke dir dafür.« Kurz bilde ich mir ein, einen Schatten über sein Gesicht ziehen zu sehen, könnte es mir aber auch eingebildet haben. Kyles Schritte sind zu hören, und ich erhebe mich hastig.

Als wir Kyle dabei zusehen, wie er eine Wasserbombe nach der anderen macht, fällt die Anspannung von uns ab. Die Sache mit dem Jugendamt schwebt unheilvoll über uns, aber dieses Wochenende werden wir uns nicht damit befassen. Jetzt ist die oberste Priorität, dass sich Kyle hier wohlfühlt. Gerade als Hayden und er im Pool tollen, kommt Ian auf die Terrasse und staunt nicht schlecht über diese Szene. Hinter ihm erscheint Quinn und blickt zwischen uns hin und her.

»Hallo aber auch«, sagt sie fröhlich und geht vor dem Pool in die Hocke.

»Wer bist du denn?«, fragt sie den Jungen, der unsicher zu Hayden blickt.

»Ich bin Kyle«, sagt er schüchtern und schwimmt zum Rand des Pools.

»Ach, der bist du. Ich habe schon viel von dir gehört.«

»Ja?«, fragt er verwundert.

»Aber natürlich. Ich bin Quinn, Haydens Schwester, und der da hinten, der sich neben Tori gesetzt hat, ist Ian. Vielleicht erkennst du ihn ja.« Kyle sieht neugierig in seine Richtung, ist aber zurückhaltend. Ian hat sich neben mich auf die Liege gesetzt und trägt seine halblangen Haare offen. Als er aber in seine Tasche greift, ein Haargummi hervorholt und sich einen Man Bun bindet, scheint es bei Kyle klick zu machen.

»Könnte es sein, dass ich dein Gesicht auf der großen Reklame am Time Square gesehen habe?«

»Das kann durchaus sein, denn Ian ist Sänger bei der Band Everstorm«, sagt Hayden, blickt aber nicht in die Richtung seines Bruders.

»Echt? Everstorm ist cool.«

»Danke, Kleiner.«

Kyle steigt aus dem Becken und kommt auf uns zu. Ich reiche ihm ein Handtuch, das er dankend annimmt.

»Wow«, sagt er und dreht sich zu Hayden um. »Wieso hast du nicht gesagt, dass dein Bruder ein Rockstar ist?«

»Weil ich es leider total vergessen habe, entschuldige bitte.«

»Möchtest du mal zu unserem Konzert kommen? Wir treten in ein paar Monaten wieder hier auf.«

»Das wäre toll. Danke. Meine Kumpels werden es mir nicht glauben.« Seine braunen Augen leuchten vor Freude auf.

»Hast du ein Smartphone?«, fragt ihn Ian lachend.

»Klar.«

»Dann schnapp es dir, wir machen ein paar Selfies, dann müssen sie es dir glauben.«

Drei Stunden später sitzen Quinn und ich auf der Couch, Hayden im Ohrensessel und Ian und Kyle sitzen im Schneidersitz auf dem Teppich. Haydens Bruder spielt Gitarre und Kyle lauscht andächtig. Es ist ein idyllischer Moment und ein perfekter Abschluss für einen tollen Tag, auch trotz der Tatsache, dass Hayden und Ian kein Wort miteinander gewechselt haben. Wer hätte gedacht, dass sich alle sofort mit dem Jungen verstehen würden. Mir scheint es so, als hätte Kyle ewig darauf gewartet, dass ihm jemand Aufmerksamkeit schenkt, damit er sich endlich öffnen kann. Jetzt ist er wie ein Brunnen, und es sprudelt nur so aus ihm heraus, weil es endlich jemanden gibt, der ihm zuhört.

»Hayden kann sehr gut mit Kindern«, flüstert Quinn mir ins Ohr, um Ian nicht zu stören.

»Das ist mir auch aufgefallen. War er schon immer so?«

»Ja. Er hatte von uns allen die schlimmste Kindheit. Er zieht vor anderen nie die Socken aus, weil seine Eltern ihn …« Plötzlich verstummt sie, als ihr klar wird, dass Hayden Hausschuhe, aber keine Socken trägt. Sie schlägt die Hand vor den Mund und wirkt fassungslos. Damit ihr Bruder nicht merkt, dass wir über ihn sprechen, senkt sie die Hand und sieht mich mit Tränen in den Augen an.

»Er …«

»Ich weiß es. Er hat mir vieles erzählt und mich tief berührt.«

»Er hat es dir erzählt?«, fragt sie erstaunt.

»Ja. Wir verschweigen uns nichts. Er weiß auch von meiner Vergangenheit, die nicht gerade rosig ist.«

»Verstehe.« Sie blickt vorwurfsvoll zu Hayden, ehe sie mich wieder freundlich ansieht.

»Du hast einen starken Einfluss auf ihn. Früher war er ein richtiges Arbeitstier. Er fand kaum Zeit zum Essen. Aber schau ihn dir jetzt an. Er nimmt sich nun Zeit, kümmert sich ausgiebig um einen Jungen, der nicht sein leibliches Kind ist, liebt zum ersten Mal eine Frau und öffnet sich ihr. Und was das Erstaunlichste ist, er schenkt dir das, was er früher eher selten entbehren konnte, und zwar seine Zeit. Ich habe immer das Gefühl gehabt, als bräuchte er den Stress und die Arbeit um sich herum, damit er nicht an die Vergangenheit denken muss.«

»Ich kenne dieses Gefühl.« Ich seufze.

»Tun wir das nicht alle?«, meint Quinn nachdenklich.

»Das Leben lässt uns manchmal Umwege gehen, um das Ziel noch mehr wertschätzen zu können. Und das tue ich. Ich glaube … ich liebe ihn«, flüstere ich und blicke den Mann an, der mein Herz im Sturm erobert hat. Ich war von ihm fasziniert, habe ihn gehasst, ihm verziehen, ihn begehrt und bekommen. Und ich denke, dass all das Facetten der Liebe sind und ich sie erst jetzt erkenne.

»Auch wenn du dir nicht sicher bist, deine Augen sagen es mir schon, seit ich hier angekommen bin«, sagt Quinn sanft. Genau in diesem Moment blickt Hayden in meine Richtung, und es ist wie bei unserer ersten Begegnung. Mein Atem geht schneller, mein Herz klopft wild gegen meinen Brustkorb, und ich vergesse zu atmen. Die Wärme in seinen Augen berührt mich tief, und ich kann es kaum erwarten, ihm wieder nah zu sein.

Nach einem tollen Tag schläft Kyle auf der Couch ein, was uns alle zum Schmunzeln bringt. Er hatte so viel Action und Spaß wie schon lange nicht mehr, was er selbst bestätigt hat, und fast tut es mir leid, ihn wieder in die Obhut seiner Mutter oder des Jugendamts geben zu müssen.

»Möchtet ihr ein Glas Wein?«, fragt Hayden in die Runde.

»Gerne«, meint Quinn, wobei Ian lacht und seinem Bruder gegen die Schulter haut.

»Ich nehme lieber ein Bier, wenn du eins dahast.«

»Okay«, meint Hayden unterkühlt und geht in Richtung des Kühlschranks. Ian seufzt und blickt seinem Bruder betrübt nach. Die schlechte Stimmung zwischen den beiden scheint ihm zuzusetzen.

Es ist herrlich warm. Wir verbringen den Samstagabend damit, gemütlich auf der Terrasse zu sitzen und uns zu unterhalten – trotz der eisigen Stimmung zwischen den Brüdern. »Wann fliegst du mit der Band morgen?«, fragt Quinn mit einem traurigen Unterton. Es scheint sie zu bedrücken, dass Ian wieder fort muss.

»Zu einer unchristlichen Zeit. Um acht Uhr früh.«

»Das ist für dich früh?«, frage ich verwundert.

»Ich bin eben ein Langschläfer.«

»Und ein Morgenmuffel«, wirft Quinn ein.

»Hey! Wir können nicht alle um sechs Uhr aufstehen und in einer Stunde das schaffen, wofür andere Menschen einen ganzen Vormittag brauchen.«

»Ich bin eben multitaskingfähig«, rechtfertigt sich Quinn laut.

»Das ist eine nette Umschreibung für durchgeknallt.«

»Ich geb dir gleich durchgeknallt!« Sie greift nach ihren Sandalen und bewirft Ian damit.

»Autsch. Quinn, was ist das für ein Benehmen vor Gästen.«

»Tori ist doch schon lange kein Gast mehr«, sagt Quinn und blickt ihren Bruder liebevoll an.

»Sie gehört zur Familie.«

»Na, hast du es endlich geschafft, Bruder?«, fragt Ian amüsiert, ehe sich seine Augen weiten und er sich plötzlich aufsetzt. »Ich meine, du hast es endlich geschafft, dir eine Frau zu angeln, die auch etwas im Kopf hat.«

»Danke für das Kompliment«, sage ich kichernd und ignoriere den kaum bemerkbaren Stimmungsumschwung.

»Immer wieder gern. So, ich geh mal ins Bett. Bis bald, Leute.« sagt Ian und steht auf.

Ich umarme Ian und auch Quinn, die ebenfalls in ihre Wohnung zurückgeht.

»Da waren's nur noch zwei«, sagt Hayden und zieht mich in seine Arme, um mich fest zu drücken. Er schnuppert an meinem Haar und küsst meinen Scheitel. »Danke für heute, Tori«, raunt er und küsst mich sanft auf den Mund.

»Da gibt es nichts zu danken. Ich fühle mich einfach wohl bei dir und deiner Familie.«

»Genau so will ich das auch. Wie Quinn gesagt hat, du gehörst jetzt zu mir, und am liebsten würde ich das in die ganze Welt hinausschreien.«

»Das können wir gerne gemeinsam tun.«

»Na schön. Möchtest du noch ein Glas Wein?«, fragt er, was mich den Kopf schütteln lässt.

»Nein, du weißt doch, ich passe auf und trinke nicht zu viel.«

»Ach ja, diese eine Geschichte hast du mir nicht erzählt.«

»Es ist keine fröhliche Story. Und ich habe mich darin eigentlich ziemlich dumm verhalten.«

»Ich würde sie trotzdem gerne hören.« Hayden setzt sich auf die Doppelliege und zieht mich zwischen seine Beine, sodass ich mich an seinen festen Oberkörper kuscheln kann, während er über meinen Bauch streichelt.

»Ich war siebzehn und auf einem Nickelback-Konzert. Dort habe ich mich von meinem Freund getrennt, weil er mich betrogen hat. Dann habe ich mich betrunken. Ich kannte kein Halten mehr. Am nächsten Morgen bin ich in meinem Bett aufgewacht und hatte keinerlei Erinnerung mehr daran, wie ich nach Hause gekommen bin. Jahrelang habe ich gehofft, dass die Erinnerungsfetzen zurückkommen, aber nichts.«

»Würdest du es wissen wollen?«

»Ja, mehr als alles andere.«

»Wer weiß, vielleicht wirst du es bald erfahren.«

»Das wäre schön, aber ich zweifle daran.« Mit einem Mal ist Hayden verkrampft und hält inne.

»Möchtest du ins Bett? Immerhin war es ein langer Tag.«

»Ja, du hast recht. Ich bin ziemlich erledigt.« Wir sehen nach Kyle und entdecken auch Cody, der sich an den Jungen gekuschelt hat, ehe wir ins Bett gehen und eng aneinandergeschmiegt einschlafen.

32. KAPITEL

Hayden

Am Montagmorgen betrete ich relativ spät das Gebäude von
Ever Records. Mit einem Blumenstrauß in der Hand begrüße
meine Empfangsdamen und unterhalte mich kurz mit Christian von der Security, um nach dem Rechten zu sehen. Viele
sprechen mich auf mein Grinsen an, weil ich nach dem unbeschreiblich tollen Wochenende mit Tori einfach nicht aufhören
kann zu lächeln. Nicht dass ich sonst ein mürrischer Mensch
wäre, aber man scheint mir mein Glück anzusehen.

»Es ist wegen einer Frau, oder?«, meint Chris wissend.

»Und ob. Ich darf endlich die schönste Frau dieser Welt
meine Freundin nennen.«

»Ach, die junge Liebe. Mary und ich sind seit dreißig Jahren
verheiratet, aber ich spüre noch immer dieses Kribbeln, wenn
sie mich anlächelt.«

»Wow, dreißig Jahre.«

»Ja, und auch wenn sie hart waren, schweißt jede Krise uns
enger zusammen. Wenn sie die Eine ist, kämpf um sie, denn
meiner Meinung nach gibt es nur eine große Liebe im Leben
eines Mannes.«

»Mach ich, Chris.«

Nach dem Gespräch gehe ich endlich hinauf in meine Etage, um die Liebe meines Lebens wiederzusehen.

»Guten Morgen.« Ich winke ein paar Angestellten und

durchquere wie jeden Morgen die Etage, um zu meinem Büro zu kommen, das sich am Ende des Großraumbüros befindet. Als ich Tori erblicke, muss ich schlucken, denn heute trägt sie zum ersten Mal ein Kleid, das nicht bis zu den Knien reicht, sondern kürzer und verdammt sexy ist. Es ist bürotauglich, orange und hat einen tiefen Ausschnitt, ohne viele Blicke auf sich zu ziehen. Ich weiß, dass sie es für mich angezogen hat, und ich kann nicht anders, als mir auf die Unterlippe zu beißen, denn sonst würde ich zu ihr hingehen und sie vor der ganzen Belegschaft küssen. Aber vorher habe ich noch etwas zu erledigen.

»Guten Morgen, Holly«, begrüße ich meine Sekretärin und reiche ihr den lilafarbenen Blumenstrauß.

»Ich wünsche dir alles Gute zum Geburtstag.«

»Oh, sind die schön. Vielen Dank, Hayden.« Röte überzieht ihr Gesicht wie jedes Jahr, wenn sie einen Blumenstrauß bekommt. Auf meiner Etage überreiche ich jeder Kollegin einen Blumenstrauß zum Geburtstag. In den anderen Abteilungen lasse ich einen Floristen die Sträuße liefern. Mir ist es wichtig, all meine Mitarbeiterinnen wissen zu lassen, dass ich ihre Arbeit wertschätze. Viele von ihnen jonglieren mit Familie und Karriere, und ich habe großen Respekt vor dieser Leistung.

»Sehr gerne.« Als ich gehen will, fällt mir ein kleiner Schutzengel ins Auge, der neben ihrem Monitor steht. Er ist aus Holz und hat kein Gesicht, aber eine Schleife, elfenbeinfarbene Flügel und ein weißes Kleidchen. Er sieht handgemacht aus und gefällt mir auf Anhieb. Als ich mich zu Tori umdrehe, erkenne ich, dass sie auf den Blumenstrauß blickt, ehe sie schnell zu mir sieht. Wir begrüßen uns, ehe ich ihr zuzwinkere und in mein Büro gehe.

Keine halbe Stunde später kommt sie mit einem strahlenden Lächeln in mein Büro und schließt die Tür hinter sich.

»Du Fiesling. Du bist wunderbar«, sie stöckelt sexy auf mich zu und küsst mich. Ich ziehe sie sofort auf meinen Schoß und vertiefe den Kuss. Vor einigen Stunden war ich noch in ihr und habe ihre Wärme auf meiner Haut gespürt, und doch brauche ich mehr. Schwer atmend löst sie die Lippen von meinen und streicht mit dem Daumen über meine Unterlippe.

»Die Blumen sind wunderschön. Danke dafür.« Ich habe absichtlich persönlich einen Strauß für Holly zum Geburtstag mitgenommen, aber auch für Tori einen beim Floristen bestellt, der offenbar schon geliefert wurde. Ich wollte sie überraschen, und dies scheint mir gelungen zu sein.

»Ich erhoffe mir einen Bonus, weil ich an die Blumen gedacht habe.«

»Was schwebt dir da so vor? Sex? Eine Massage?«

»Nein, eher etwas in Richtung Braten mit Kartoffelpüree.«

»War ja klar, dass ihr Männer nur an das Eine denkt.« Sie rollt mit den Augen, streichelt aber gleichzeitig meinen Nacken.

»Zuerst kommt für einen Kerl sein Essen, dann die Frau und dann erst alles andere.«

»Du bist wirklich ein Spinner«, sagt sie lachend und küsst mich erneut.

»Was zum Teufel?«, höre ich die Stimme meines besten Freundes und zucke erschrocken zusammen. Auch Tori ist überrascht und erhebt sich augenblicklich.

»Hey, Jamie. Du bist früh dran. Solltest du nicht erst morgen landen? Ich wollte dich abholen.« Auch ich erhebe mich und fahre mir durchs Haar.

»Nein, ich habe einen früheren Flug bekommen und wollte dich überraschen, aber es ist wohl eher andersrum.«

»Das ist Tori. Tori, das ist mein bester Freund Jamie und der Personalchef von Ever Records.«

»Freut mich.«

»Mich auch«, sagt er zwar freundlich, blickt mich dann aber vorwurfsvoll an.

»Ich gehe dann mal«, sagt Tori plötzlich, da die Stimmung umgeschlagen ist, und sie zu merken scheint, dass er und ich reden müssen. Als sie die Tür hinter sich schließt, lässt Jamie seine Reisetasche auf den Boden fallen und kommt auf mich zu.

»Sie ist doch das Mädchen, dass dir in der Highschool das Leben zur Hölle gemacht hat, oder?«

»Ja, das war sie.«

»Was macht sie dann hier im Label? Arbeitet sie nicht im Coffeeshop um die Ecke?« Seine Verwirrung kann ich nachvollziehen, deshalb versuche ich, alles zu erklären.

»Nicht mehr. Ich habe sie als meine Assistentin angestellt.«

Fassungslos stützt er sich auf meinen Schreibtisch. »Du hast *was?* Solltest du nicht mit deinem Personalleiter, also mir, darüber sprechen, ehe du jemanden einstellst, der Teil deiner Vergangenheit ist?«

»Es war eine Kurzschlussreaktion. Ich konnte nicht anders.«

Er fährt sich müde übers Gesicht, ehe er sich mir gegenüber hinsetzt.

»Wieso hast du sie angestellt?«

»Weil ich mich an ihr rächen wollte.« Es gibt keinen Grund, ihm das zu verheimlichen. Er ist mein bester Freund und weiß alles über mich.

»Und was ist aus diesem Plan geworden? Ihr habt mir sehr vertraut gewirkt, um es mal so auszudrücken.«

»Es war falsch von mir, Rache üben zu wollen. Sie ist nicht mehr die Frau von früher. Sie hat sich total verändert und ist nun ein guter Mensch.«

»Und du schläfst mit ihr?«

»Wir sind zusammen.«

»Zusammen? Wirklich?« Er scheint aus allen Wolken gefallen zu sein, so sieht er zumindest aus.

»Ja.«

»Wow. Einfach … Wow. Ich war doch nur ein paar Wochen weg, und da wirst du plötzlich sesshaft?«

»Bist du wütend, weil ich sie eingestellt habe?«

»Nein, ich bin eher enttäuscht, dass du endlich jemanden gefunden hast, und es mir nicht gesagt hast.«

»Es tut mir leid, aber seitdem sie wieder in mein Leben getreten ist, steht alles kopf. Sie hat mich verändert, die Art, wie ich Dinge sehe, und einen Teil von mir berührt, der seit Jahren geschwiegen hat.«

Er nickt verständnisvoll, und zum ersten Mal löst er seine angespannte Haltung und grinst. »Das kenne ich, ging mir bei Chloe auch so. Und nun sind wir bald zwei Jahre verheiratet.«

»Ich liebe sie, Jamie.« Diese Worte fallen mir mittlerweile so leicht. Meine letzte Freundin hat mich verlassen, weil ich ein Workaholic bin, aber auch weil ich diese drei Worte nie zu ihr gesagt habe.

»Dass ich das mal von dir hören würde, hätte ich nicht gedacht.«

»Ich bin doch nicht aus Stein!«, beschwere ich mich, weil alle so tun, als wäre ich emotional immer völlig kalt gewesen.

»Das nicht, aber du warst verschlossen, in dich gekehrt.«

»Das ist nun vorbei.«

»Weiß sie, wer du bist? Wer du *wirklich* bist?«

Meine freundliche Miene entgleitet mir, und ich schüttle den Kopf.

»Warte! Sie weiß nicht, dass du eigentlich Hayden Landowsky aus der Highschool bist?«

»Nein, und sie soll es auch nicht erfahren.« Niemals.

»Wieso?«

»Weil sie mich dann verlassen würde, und das könnte ich nicht ertragen.«

»Aber …«

»Ich will jetzt nicht darüber reden, okay?«

»Trotzdem …«

»Jamie, ich kann einfach nicht. Allein der Gedanke, sie zu verlieren, bringt mich um. Ich liebe diese Frau schon viele Jahre, und endlich habe ich ihr Herz erobert. Das werde ich mir nicht verbauen.« Die Tragweite meiner Lüge ist in meinem Hinterkopf, aber ich will sie nicht zulassen, ihr keinen Raum geben, weil es mein Leben für immer verändern würde.

»Gut, wie du meinst. Du kannst aber keine Beziehung auf einer Lüge aufbauen. Sie würde immer zwischen euch stehen. Glaub mir, das wird nicht gut gehen.«

»Lass das meine Sorge sein.«

»Schön, ich verlasse mich darauf, dass du das Richtige tust. So, ich wollte nur kurz vorbeischauen, eigentlich habe ich heute noch frei, also gehe ich mal nach Hause zu meiner Frau, wir sehen uns dann morgen.«

»Bis dann und liebe Grüße an Chloe.«

»Werde ich ausrichten.«

Danach lässt er mich allein, und meine Hochstimmung von vorhin ist verflogen. Tief in mir weiß ich, dass Jamie recht hat. Ich muss Tori erklären, wer ich bin, und sie um Verzeihung bitten dafür, dass ich es ihr nicht von Anfang an gesagt habe. Aber die Angst ist stärker als das Bedürfnis, ihr die Wahrheit zu sagen, also schweige ich, bis sie sich so sehr in mich verliebt hat, dass sie mir einfach verzeihen muss.

In den nächsten zwei Wochen fliege ich zwei Mal nach Chicago, um neue Talente unter Vertrag zu nehmen, die eine vielversprechende Zukunft vor sich haben. Tori ist stets als meine

Assistentin an meiner Seite, um mich beim Geschäftlichen zu unterstützen, im Hotel jedoch vergesse ich das Business und kümmere mich ausgiebig um meine Freundin. Es macht Spaß, mit ihr Städte zu erkunden, sie auszuführen und ihr die Lebensfreude Stück für Stück zurückzugeben. Mit jedem Tag kommt ihr sonniges Gemüt, das ich in der Highschool von Weitem bewundert habe, mehr zum Vorschein, und die grauen Wolken scheinen sich ganz verzogen zu haben.

Ich freue mich, dass ich der Grund dafür bin, dass sie ihr Leben wieder in vollen Zügen genießt. Wenn Tori nicht bei mir in der Wohnung ist, verbringt sie Zeit mit Donna, Quinn oder Vance. Von Shoppingtouren bis zu Spa-Aufenthalten ziehen sie das ganze Programm durch, wobei Tori immer darauf achtet, ihren Anteil selbst zu bezahlen. Selbst wenn ich mit ihr zusammen bin, möchte sie die Rechnungen übernehmen, was ich aber nie akzeptiere. Nicht dass ich ihre Selbstständigkeit nicht wertschätze, aber ich wage von mir zu behaupten, dass ich ein Gentleman der alten Schule bin und als dieser alle Kosten übernehme, wenn wir ausgehen. Ich kenne Tori und weiß, dass sie meine Großzügigkeit niemals ausnutzen würde.

Meine Eltern sind ganz aus dem Häuschen, dass ich endlich eine ernste Beziehung eingegangen bin und wollen Tori bald kennenlernen. Mom ist sogar in Tränen ausgebrochen, was auch mich berührt hat. Scar und Cody sind nun in meiner Wohnung und werden von Victoria betreut. Der Kater herrscht nun auch über mein Penthouse und duldet uns lediglich, wobei Cody ihm manchmal auf die Pelle rückt und er ihn zurechtweisen muss, aber im Großen und Ganzen verstehen sich die beiden Vierbeiner ganz gut. Zwischen Tori und mir läuft es unglaublich gut, sodass sich Jamies Worte nur ab und zu in mein Bewusstsein drängen. Aber je mehr ich Tori liebe, desto mehr plagt mich das schlechte Gewissen, weil ich sie belogen habe.

Die Angelegenheit beschäftigt mich so sehr, dass ich sogar davon träume, ihr reinen Wein einzuschenken. Die Konsequenzen in meinem Traum sind alles andere als schön, und ich befürchte, dass sie in Realität womöglich noch schlimmer ausfallen werden. Ich bin hin- und hergerissen, schweige aber, rede weder mit Jamie noch mit jemand anderem darüber. Einerseits denke ich mir, dass ich dieses Geheimnis für mich behalten soll, denn was Tori nicht weiß, kann sie nicht verletzen. Andererseits weiß ich, dass ich nicht so bin. Ich bin kein Mann, der Frauen an der Nase herumführt, sondern immer ehrlich zu ihnen ist.

Hier liege ich nun im Bett in Toris Wohnung, blicke auf meine wunderschöne Freundin, die in meinen Armen tief schlummert, während der Mondschein ihre feinen Züge erhellt. Meine Liebe für Tori lässt sich nicht in Worte fassen, ich fühle sie bis in die Zehenspitzen. Sie elektrisiert mich und macht mir klar, dass ich noch nie im Leben glücklicher war als jetzt in diesem Moment. Aber ich muss es Tori sagen, auch wenn es mich umbringen könnte.

Am nächsten Morgen weckt mich Tori, indem sie meine Brust mit kleinen Küssen bedeckt. »Guten Morgen«, sage ich mit schlaftrunkener Stimme.

»Hey, Boss«, sagt sie kichernd, legt sich auf mich und küsst mich auf den Mund. Augenblicklich lege ich meine Hände auf ihren knackigen Po und knete ihn. Neben ihren Lippen und Augen liebe ich besonders ihre Kurven und huldige ihnen, wann immer ich kann.

»Wie spät ist es?«, frage ich, da heute Mittag das monatliche Label-Meeting stattfindet und ich noch einiges vorbereiten muss.

»Nicht mal sieben. Wir haben noch ein paar Minuten.«

»Das ist ja ganz nach meinem Geschmack.« Ich greife in ihr Haar und will sie küssen, aber Tori löst sich hastig von mir und steht auf. Schnell kommt sie mit einer Geschenkschachtel in der Hand zurück ins Bett.

»Was ist das?«, frage ich neugierig.

»Es ist eine Kleinigkeit. Ich weiß, du hast erst in zwei Wochen Geburtstag, aber ich möchte dir gerne schon heute etwas schenken.« Sie reicht mir das kleine Päckchen, das ich aufmache und in dem ich einen Schutzengel finde. Er ist aus Messing und mit vielen Details versehen. Er hat ein lächelndes Gesicht und die Hände zum Gebet gefaltet. Der auf Hollys Schreibtisch hat eine gewisse Ähnlichkeit mit diesem hier.

»Er ist wunderschön. Vielen Dank.« Ich küsse sie sanft, ehe ich den Engel aus der Schachtel nehme und genauer ansehe.

»Er gehörte meinem Dad. Er war Rennfahrer, und meine Mom hat ihm für jedes Rennen einen Schutzengel geschenkt, damit dieser ihn beschützt. Nach ihrem Tod habe ich die Tradition weitergeführt, als ich alt genug war. Als er gestorben ist, habe ich alle Figuren eingepackt, ehe ich auch nur an meine anderen Sachen gedacht habe. Diese Schutzengel haben mir viel bedeutet, und ich möchte, dass du einen seiner liebsten Engel erhältst.«

»Ich kann das unmöglich annehmen, Tori.« Ich reiche ihn ihr, gerührt von dem Geschenk und der Bedeutung, die dahintersteckt.

»Doch, du kannst. Ich liebe dich, Hayden, und mein Dad hätte dich mit Sicherheit auch ins Herz geschlossen, da bin ich mir sicher. Er würde wollen, dass du ihn bekommst.«

»Ich …« Kein Wort verlässt meine Lippen, aber das muss es auch nicht, denn mit einem Kuss besiegelt Tori meine Entscheidung. Ich werde das Geschenk annehmen und alles tun, um diese Frau an meiner Seite zu halten.

33. KAPITEL

Tori

Kann man innerhalb von ein paar Wochen wissen, dass man seinen Seelengefährten gefunden hat? Ich habe nie an Liebe auf den ersten Blick geglaubt oder daran, dass man jemanden mit jeder Faser seines Herzens lieben kann, der nicht Teil deiner Familie ist. Hayden Millard belehrt mich eines Besseren. In den letzten Tagen hatte ich das Gefühl, vor Glück zu platzen. Wenn ich aufwache und Hayden anblicke, fühle ich die berühmten Schmetterlinge im Bauch. Wenn ich ihm dabei zusehe, wie souverän er das Label leitet, platze ich vor Stolz.

Er hat das Herz am rechten Fleck. Er steckt Hunderttausende Dollar in Frauen- und Waisenhäuser, finanziert die Sanierung baufälliger Schulen und kümmert sich aufopfernd um Kyle. Der arme Junge musste während der Besuchszeit bei seiner neuen Pflegefamilie mit ansehen, wie seine Mom wegen Drogenhandels festgenommen wurde. Mein wunderbarer Freund hat sich mit dem Jugendamt zusammengesetzt und alles dafür getan, dass er zu anständigen Leuten kommt, die sich gut um ihn kümmern werden, und gerade als wir denken, dass es gut läuft, wird seine Mutter angeklagt. Es wird ein hartes Stück Arbeit, Kyle wieder so weit zu bringen, dass er sich öffnen kann. Zum Glück besucht er uns ein Mal in der Woche und kann in diesen Stunden einfach Kind sein. Dafür setzen wir uns beide ein.

Dass ich diesen Mann von ganzem Herzen liebe, ist vor allem die Folge der kostbaren Momente, die wir alleine verbringen. Die stundenlangen Gespräche im Bett über Gott und die Welt. Die gemütlichen Abende, wenn wir in der Stadt ausgehen oder uns im Kino gemütlich einen Film ansehen. Alles, was wir unternehmen, fühlt sich richtig an. Ihn zu lieben fühlt sich richtig an. Wäre Dad noch am Leben, würde er ihn akzeptieren und in unsere Familie aufnehmen. Er würde ihn mögen, da bin ich mir sicher. Seit der Feier auf der Dachterrasse habe ich meine Schwestern nicht mehr gesehen und auch nur selten an sie gedacht, jedoch ist der einzige Streitpunkt in meiner Beziehung zu Hayden, dass er ständig mit mir über meine Vergangenheit sprechen möchte. Er will wissen, wie viel Geld ich an die Biester verloren habe, und stellt noch weitere Fragen, die alte Wunden aufreißen.

Ich versuche, mit der Vergangenheit abzuschließen, aber Hayden macht mir dies ziemlich schwer. Nach einer heftigen Diskussion hat er sich mit Küssen entschuldigt und das Thema Familie ruhen lassen. Trotzdem hat mich das Gespräch aufgewühlt zurückgelassen. Morgen ist Haydens Geburtstag, und ich habe in einem hippen Laden in Brooklyn das perfekte Geschenk gefunden. Einen Kronleuchter, der aus alten CDs hergestellt wurde und sich prima in seinem Arbeitszimmer machen wird. Bevor er am morgigen Freitagabend seinen Geburtstag feiert, haben wir wie jeden Donnerstag ein Meeting mit den Kollegen unserer Etage, bei dem die aktuellen Angelegenheiten besprochen werden.

Ich habe mich heute für ein hochgeschlossenes und eher biederes Outfit entschieden, bin mir aber sicher, dass Hayden meine Heels umso mehr gefallen werden. Mittlerweile weiß jeder im Label, dass der Boss und ich ein Paar sind, was die Kollegen tatsächlich gut aufgenommen haben. Es scheint, als würde jeder es gutheißen, dass wir zueinandergefunden haben. Der Meetingraum füllt sich schnell, und der Duft von Kaffee und Gebäck, das wohl jemand mitgebracht hat, erfüllt den Raum.

Es herrscht ausgelassene Stimmung, und überall sind lockere Gespräche zu hören. Als Hayden jedoch den Raum betritt, wird es still. Das ist auch etwas, das ich unheimlich attraktiv an ihm finde: diese einnehmende und faszinierende Aura, die er an den Tag legt, wenn er in seinem Element ist. Sie umhüllt ihn, und ich erwische einige Kolleginnen, die gar nicht anders können, als ihn anzuhimmeln. Nicht zu fassen, dass ich mit diesem Mann zusammen sein darf. Da er alleine ganz vorne steht und alle Augen auf ihn gerichtet sind, hat er einen tollen Blick auf mich, da ich etwas abseits der anderen sitze. Nachdem er den ersten Tagesordnungspunkt abgehakt hat, überschlage ich meine Beine und hebe einen meiner Heels so weit, dass er lesen kann, was auf der Sohle steht.

Ich habe auf die Unterseite meines Schuhs mit Edding »Nimm mich!« geschrieben, um ihm schon einen Tag vor seinem Geburtstag ein wenig einzuheizen, und als ich von hier hinten erkenne, dass sich seine Pupillen weiten und er augenblicklich den Faden verliert, zwinkere ich ihm zu. Aber er lächelt nur und fährt fort. Nach dem Meeting leert sich der Raum relativ schnell, sodass nur Hayden und ich übrig bleiben. Erst als der letzte Kollege den Raum verlässt, verdunkeln sich Haydens Augen deutlich. Er schließt die Tür, verriegelt sie und fährt die Jalousien runter. Damit wir nicht im Dunkeln sind, schaltet er die Deckenbeleuchtung ein.

»Du Biest«, flüstert er mit belegter Stimme und kommt langsam auf mich zu. Mit jedem Schritt pocht mein Herz heftiger in meiner Brust. Aufregung und Vorfreude überfluten mich, sodass ich mir auf die Lippe beißen muss, als er seine

Hände auf meine Hüften legt. Er drängt mich gegen die Wand und hält mich fest. Unser beider Atem vermischt sich miteinander, aber er küsst mich immer noch nicht.

»Ich dachte, ich überrasche dich jetzt schon mit einem deiner Geburtstagsgeschenke«, flüstere ich und versinke in dem tiefen Blau seiner Augen.

»Heißer Bürosex zum Geburtstag?«

»Genau, verdient hast du es dir nach letzter Nacht«, sage ich und heize ihm bewusst noch mehr ein.

»Du bist der Wahnsinn, Tori. Ich bin verrückt nach dir.«

»Du sagst das jetzt schon, obwohl ich noch gar nicht losgelegt habe.« Er sieht mich verwirrt an, aber ich drehe uns so, dass nun er mit dem Rücken an der Wand lehnt, und sinke langsam auf die Knie, um ihn zappeln zu lassen. Doch es dauert nicht lange bis er meinen Namen ruft und kommt. Dafür sorge ich. Danach nimmt er mich auf dem Tisch. Atemlos liegen wir dann auf dem harten Holz und halten einander. Es ist nicht bequem, aber mit Hayden fühlt es sich wunderbar an.

»Diese rosarote Brille nervt mich langsam«, sage ich, während er meinen Oberarm streichelt.

»Deine was?«

»Eigentlich sollte es mir peinlich sein, gerade mit dir darüber zu reden.«

»Du kannst mir vertrauen, ich würde dich nie verurteilen.«

»Das weiß ich, trotzdem ist es peinlich.«

»Schieß los, Babe.«

»Du hast mich noch nie Babe genannt«, stelle ich überrascht fest.

»Gefällt es dir nicht?«

»Doch. Es klingt toll.«

»Okay, dann klär mich endlich auf.«

»Ich bin zu verliebt in dich.«

»Das ist doch schön, oder?«

»Klar. Du weißt, was ich für dich empfinde, aber seitdem ich mit dir zusammen bin, ist alles rosa, schön und perfekt. Meine Sorgen sind nicht mehr präsent, und alles ist so, wie ich es mir immer gewünscht habe. Aber das ist doch zu schön, um wahr zu sein, oder? Es muss doch einen Haken geben, denn niemand bekommt einfach so alles, was er sich je gewünscht hat.«

Hayden schenkt mir ein unglaublich strahlendes Lächeln, ehe er mir sanft über die Wange streichelt. »Der einzige Haken ist, dass du noch immer an deinem Glück zweifelst. Ich werde nicht weggehen, Tori. Ich werde dich niemals aufgeben, und du kannst nun endlich frei atmen.«

»Danke, ich werde dich auch nie wieder gehen lassen«, hauche ich gegen seine Lippen, ehe wir uns erheben und unsere Klamotten zusammensuchen.

»Freust du dich schon auf morgen?«, frage ich ihn. Für morgen hat Quinn eine Geburtstagsparty organisiert. Den gemieteten Saal haben Quinn, Donna und ich geschmückt und auch die Caterer sowie das Sicherheitspersonal eingewiesen. Die Mädels und ich hatten viel Spaß bei den Vorbereitungen, haben uns Songs unserer Jugend angehört, beim Aufbau von Boybands und Girlbands geschwärmt und uns schließlich eine Flasche Schampus genehmigt.

»Ian wird es nicht zur Party schaffen«, teilt Hayden mir mit.

»Oh nein. Das tut mir leid«, sage ich und drücke sanft seine Hand. Ich weiß, dass sie seit dem Vorfall im Club eher unterkühlt aufeinander reagieren und nur noch über geschäftliche Dinge miteinander sprechen. Aber ich hoffe einfach mal, dass sich das bald wieder legt.

»Er und die Jungs sind in Japan und machen Werbung für

ihre letzte Single, aber dafür werden meine Eltern morgen dabei sein.«

»Super«, sage ich im fröhlichen Tonfall, werde zugleich aber etwas nervös. Er schwärmt immer in den höchsten Tönen von seinen Adoptiveltern, sodass ich den Drang verspüre, ihnen zu gefallen.

»Ja, sie freuen sich sehr darauf, dich kennenzulernen.«

»Ich mich auch«, antworte ich, aber es stimmt nur zur Hälfte. Ich habe noch nie die Eltern meines Freundes kennengelernt. Die Familie meines Ex auf der Highschool war nie präsent, sodass ich ihnen nie über den Weg gelaufen bin.

»Alles okay?«

Ich schüttle die Gedanken ab und setze ein Lächeln auf. »Sicher doch. Alles gut. Ich war nur in Gedanken versunken.«

»Dann sehen wir uns später, Babe«, raunt er mir ins Ohr, ehe er sich mit einem Augenzwinkern verabschiedet und in sein Büro geht.

Der Freitagvormittag vergeht wie im Flug. Haydens Posteingang wird überflutet von Geburtstagsglückwünschen, sodass ich alle in einen eigenen Ordner verschiebe, damit er sie sich in Ruhe durchlesen kann. Gegen Mittag erscheint Teagan Morris, Managerin und Talentscout, mit der ich schon per Mail kommuniziert habe. Neben ihr steht eine junge Frau, die sich offensichtlich nicht ganz wohl in ihrer Haut fühlt. Sie hat pechschwarzes Haar und helle Haut, deren Farbe an Porzellan erinnert. Etwas an ihr fasziniert mich, und ich stehe auf, um die beiden zu begrüßen.

»Hallo, Miss Morris. Wie kann ich Ihnen helfen?«

»Wir möchten Hayden gern zum Geburtstag gratulieren, und Lyric will ihm eventuell im Studio etwas vorsingen.«

»Einen Moment, bitte.« Ich gehe zu Hayden ins Büro. Er

sitzt vor dem Monitor, erhebt sich aber sofort, als er mich erblickt.

»Entschuldige die Störung, aber Teagan Morris ist hier mit einer jungen Frau namens Lyric.«

»Tatsächlich? Toll, du kannst sie gerne reinschicken.«

»Mach ich.«

Nach nicht mal zehn Minuten verlassen sie zu dritt das Büro. Alle mit einem Lächeln im Gesicht.

»Tori, bitte verschiebe meine Nachmittagstermine auf nächste Woche. Wir werden ins Studio fahren. Holly habe ich schon eine Mail geschrieben, dass sie die Anrufe abfangen soll. Ich nehme mir den Nachmittag Zeit für Lyric.« Er blickt zu der jungen Frau, die errötet und verlegen zu Boden sieht.

»Klar, mach ich. Bis später.«

Gegen Feierabend ist Hayden immer noch nicht zurück, also fahre ich den PC runter und will schon gehen, als er mit einem Strahlen auf mich zukommt und mich stürmisch küsst. Der Kuss ist feurig und süchtig machend, sodass ich meine Beine um ihn schlinge und mich an ihn presse. Er dreht uns im Kreis, bis ich aus voller Kehle lache und ihn auf die Nasenspitze küsse.

»Du bist aber gut drauf.«

»Und wie. Ich glaube ich habe den neuen jungen Superstar singen gehört.«

»Lyric?«

»Ja, sie hat die Stimme eines Engels, ist aber wandlungsfähig. Sie ist zwar schüchtern, aber ein wahres Naturtalent.«

»Wow, das klingt vielversprechend. Ich würde sie gerne hören.«

»Ich kann dir das Demo gerne im Wagen abspielen, aber komm, lass uns gehen. Wir müssen noch auf eine Party.«

Im Gegensatz zu meinem biederen Outfit aus dem Büro habe ich mich heute Abend für ein weißes Maxikleid entschieden, das so geschnitten ist, dass es wie die Robe der griechischen Göttinnen aussieht. Ich habe die Haare eingedreht und aufgrund des warmen Wetters nur wenig Make-up aufgelegt. Ich will bei der ersten Begegnung mit Haydens Eltern einen guten Eindruck machen. Ich gehe ins Wohnzimmer, wo Hayden in tiefsitzender Jeans und weißem Hemd in einer Zeitung blättert, ehe er das Klackern meiner Heels auf dem Granitboden vernimmt. Als er mich erblickt, sehe ich ihm an, dass ihm mein Outfit gefällt. Haydens Augen verraten mir so viel, ohne dass er je den Mund aufmachen muss.

»Ich kann es kaum erwarten, dir dieses Kleid heute Nacht auszuziehen.«

»Ach ja?«

»Worauf du dich verlassen kannst. Du siehst einfach wunderschön aus.« Er kommt auf mich zu und küsst mich sanft auf die Lippen, ehe seine Finger gefährlich langsam zu den Bändern wandern, die mein Kleid zusammenhalten.

»Wie wäre es, wenn wir die Party einfach sausen lassen und hier feiern? Nur du und ich.«

»Auf gar keinen Fall«, sage ich energisch. Er küsst sanft meinen Hals, ehe er mir wieder in die Augen sieht.

»Wieso denn nicht? Ich verspreche dir, dass du voll auf deine Kosten kommst.«

»Das tue ich doch immer, aber was wäre eine Geburtstagsparty ohne den Ehrengast?«

»Na schön, aber wenn wir nach Hause kommen, gehörst du mir.«

»Das tue ich doch schon seit einer Weile. Komm, lass uns gehen.«

»Wenn es sein muss«, sagt er und greift nach meiner Hand.

Heute fahren wir mit dem Taxi zum Saal, da Gayle selbst Gast auf der Party ist und somit heute frei hat. Nachdem wir durch den Sicherheitscheck durch sind, geht es die historischen Stufen hinauf. Der Saal befindet sich in einem denkmalgeschützten Anwesen, das im neunzehnten Jahrhundert erbaut wurde. In meinem neuen Kleid fühle ich mich wie Grace Kelly – wunderschön und zeitlos.

Als Hayden den Saal betritt, blickt er sich erstaunt um. Der ganze Raum wurde im Stil eines Rockkonzerts dekoriert, es gibt über zwanzig verschiedene Biersorten, die Wände zieren über fünfzig Band-T-Shirts und auch die Musik ist rockig angehaucht. Haydens Lieblingsgenre. In der nächsten Stunde begrüßen wir einige Leute, manche kenne ich, anderen bin ich noch nie begegnet. Als ich endlich Quinn erblicke, entschuldige ich mich und gehe auf Haydens Schwester zu.

»Das haben wir gut gemacht, was?«, fragt sie gut gelaunt.

»Ja, allen scheinen die Deko und die Location zu gefallen. Und Hayden ist auch hin und weg.«

»Für meinen Bruder nur das Beste.«

»Sind eure Eltern schon da?«, frage ich und blicke mich um, unbewusst streiche ich mein Kleid glatt, ehe Quinn meine Hände ergreift.

»Alles wird gut. Meine Eltern sind toll, sie werden dich lieben wie wir alle.«

»Ich hoffe es. Ich will das mit Hayden nicht kaputt machen.«

»Das könntest du nie.«

»Redet ihr etwa über mich?«, fragt Hayden und schlingt die Arme von hinten um mich.

»Klar, immer am Lästern«, antwortet Quinn und verdreht die Augen.

»Ach, seht mal, ihr Turteltäubchen, da sind ja Mom und Dad«, sie winkt einem älteren, aber immer noch attraktiven

Paar zu, das auf uns zukommt. Haydens Dad hat schütteres graues Haar und ist eher füllig um den Bauch herum. Durch seine warmen braunen Augen wirkt er auf mich auf den ersten Blick wie ein Teddybär. Als ich den Blick zu seiner Mom schweifen lasse, halte ich inne, denn mir scheint es so, als wäre ich ihr schon einmal begegnet. Es wäre kein Wunder, wenn ich sie noch von den früheren Veranstaltungen kennen würde, die ich mit Dad besucht habe, aber etwas sagt mir, dass wir uns woanders begegnet sind. Sie hat blondes Haar, das ihr bis zum oberen Rücken reicht und helle Haut. Ihre blauen Augen sind dunkel wie die Tiefen des Meeres. Sie trägt eine elegante rote Seidenhose zu einem weißen Top, ebenfalls aus einem seidenartigen Stoff.

Ihre ganze Aufmerksamkeit gilt Hayden und erst, als sie vor mir steht und mich begrüßt, erkenne ich ihre Stimme. Ich habe sie schon einmal gehört und ein paar Augenblicke später mir fällt auch ein, wo ich ihr begegnet bin. In der Einrichtung für Waisen, wo ich mich bei dem Jungen entschuldigen wollte, dem ich psychisch sowie physisch wehgetan habe.

Erst als ihre Augen groß werden und auch sie mich wiedererkennt, beginnt es in meinem Kopf klick zu machen. Mir kommt es vor, als würde ich eine Reise in die Vergangenheit machen.

Ich verbringe den Abend nach dem Vorfall auf dem Spielfeld wie in Trance. Ich kann die weit aufgerissenen Augen des armen Jungen nicht vergessen. Wie viele Monate haben wir ihn als Punchingball benutzt? Nie hatte ich deshalb ein schlechtes Gewissen gehabt, doch heute ist es anders.

Nachts wälze ich mich schlaflos hin und her, doch ich kriege kein Auge zu. Immerzu sehe ich die Augen des armen Kerls vor mir, den wir gequält haben. Ich muss mich bei ihm entschuldigen.

Es ist nicht einfach, seinen Aufenthaltsort zu erfahren, ohne die Gerüchteküche an der Schule noch mehr zum Brodeln zu bringen. Nicht vorzustellen, was passieren würde, wenn herauskäme, dass ich den Loser der Schule besuchen möchte.

Als ich die Einrichtung betrete, blicke ich auf Fotos von Kindern, die die Wände schmücken.

Alle lächeln, aber in ihren Augen sehe ich auch die tiefe Traurigkeit, oder bilde ich mir das nur ein? Eine Dame fragt mich, nach wem ich suche, und nennt mir lächelnd die Zimmernummer des Jungen. Doch er ist nicht dort, dafür steht plötzlich eine Frau vor mir. Sie strahlt Wärme und Freundlichkeit aus und schenkt mir ein offenes Lächeln. Ich spüre sofort, dass ich ihr vertrauen kann. Von ihr erfahre ich, dass er nicht mehr in die Schule kommen wird.

Nicht etwa, weil ich ihm wohl den schlimmsten Moment seines Lebens beschert hatte, sondern weil er adoptiert wurde. Von ihr. Einerseits finde ich es schade, dass es so kommt, ohne dass ich die Sache zwischen uns ansprechen kann, aber andererseits: Was könnte ich schon sagen, was all diesen Schmerz mildern könnte? Ich habe mich schrecklich verhalten. Mir wird klar, dass das hier ein Fehler ist, denn eine einfache Entschuldigung kann nichts verändern und wird mein Gewissen niemals reinwaschen.

Sie bietet mir an zu warten. Aber ich möchte nicht, dass diese nette Frau erfährt, was für ein schlechter Mensch ich bin. Ich will ihn nie mehr wiedersehen, denn ich würde nicht nur ihn, sondern auch mein Versagen als Mensch in ihm sehen.

Also gehe ich.

Ein neues Lied setzt ein und bringt mich zurück ins Hier und Jetzt. Mir wird schwindelig. Weder den Jungen noch die nette Frau habe ich seit damals wiedergesehen. Zumindest dachte ich das. Doch es gibt jetzt keinen Zweifel mehr: Die Frau von damals ist die Frau, die mir jetzt gegenübersteht.

Ich könnte diesen verworrenen Moment als merkwürdigen Zufall ansehen, aber plötzlich kommen mir noch mehr Erinnerungsfetzen in den Sinn. Hayden, der sagt, dass er *jahrelang* dachte, dass meine natürliche Lippenfarbe ein Lippenstift wäre. Ian und Quinn, die Anekdoten aus der Vergangenheit ansprechen und dann auffällig schnell das Thema wechseln. Anspielungen, die ich nicht verstanden und auch nicht beachtet habe, die aber nun plötzlich Sinn ergeben. Als ich die ganzen Informationen verarbeitet habe, trifft es mich wie ein Faustschlag in die Magengrube. Dieser Mann neben mir, dem ich mein Herz und mein Vertrauen geschenkt habe, ist der Junge aus der Highschool.

34. KAPITEL

Hayden

Ich unterhalte mich gerade mit meinem Dad, als ich spüre, wie sich Tori neben mir versteift. Es ist so, als wären wir an einem Punkt in unserer Beziehung, wo ich alles fühle, was sie fühlt. Wo ihre Emotionen meine spiegeln. Als ich mich ihr zuwende, starrt sie noch immer wie gebannt auf meine Mom, ehe sie sich langsam mir zuwendet. Schock spiegelt sich in ihrer Miene wider, dann Verwirrung und schließlich Erkenntnis. Ich kann noch nicht einschätzen, was sie in Aufruhr versetzt. Doch eines sehe ich deutlich: Sie ist wütend.

»Du«, sagt sie mit tiefer Stimme, als müsste sie ihre Emotionen zurückhalten, und als wären diese nicht positiver Natur. Sie sieht so aus, als würde sie sich auf mich stürzen wollen.

»Was ist los?«, frage ich verwirrt und wundere mich, als sie einen halben Schritt zurückweicht.

»Vor Jahren habe ich die Einrichtung aufgesucht, habe mich bei dem Waisenjungen für mein schreckliches Verhalten entschuldigen wollen. Doch ich habe ihn nicht angetroffen, sondern seine zukünftige Mom, *deine* Mom.« Meine Züge entgleiten mir, als mir klar wird, dass sie es weiß. Sie weiß, wer ich bin.

»Wusstest du es? Warst du dir im Klaren darüber, dass ich deine ehemalige Schulkollegin bin, als du mich eingestellt hast?« Ich blicke zu Boden, ehe ich schweren Herzens nicke.

Angst schnürt mir die Kehle zu, aber ich muss antworten, das bin ich ihr schuldig.

»Ja, ich wusste es. Ich habe dich im Coffeeshop sofort erkannt.«

»Nicht zu fassen! Und dann sagst du mir nichts? Warst du deshalb so gemein zu mir und hast mir das Leben im Büro zur Hölle gemacht?«

»Ja. Ich habe dich nur eingestellt, weil du die Frau aus meiner Schulzeit bist.« Leugnen hat keinen Zweck, denn jetzt habe ich die Chance, vollkommen ehrlich zu sein – in der Hoffnung, dass sie mir verzeihen kann.

»Großer Gott. Alles war nur eine Lüge«, haucht sie und bedeckt mit der Hand ihren schönen Mund.

»Tori, das stimmt nicht. Es tut mir schrecklich leid, dass es so weit gekommen ist. Anfangs war ich nur auf Rache aus, weil ich es dir heimzahlen wollte, all das, was du mir damals angetan hast, aber das ist schon lange nicht mehr der Fall. Ich habe gemerkt, dass du nichts mehr mit der alten Tori gemeinsam hast, dass du ein vollkommen anderer Mensch bist.«

»Ach, hast du das gemerkt, ja? Und dann dachtest du dir auch gleich, ach, so schlimm ist sie gar nicht, ich werde einfach ein bisschen Spaß mit ihr haben und sie dann abservieren?«

»So war es nicht. Du weißt, dass ich dich liebe und alles tun würde, damit du mir verzeihst.«

»Ich soll dir verzeihen?«, fragt sie fassungslos und lacht laut auf. »Meine eigene Familie hat mich belogen und betrogen. Danach konnte ich mich keinem Mann je öffnen, weil ich Angst hatte, wieder enttäuscht zu werden. Und jetzt, wo ich mich in dich verliebt habe, stelle ich fest, dass alles gelogen war.«

»Ich schwöre dir, in den letzten Wochen war ich vollkommen ehrlich zu dir.«

»Das ist doch Unsinn! Du hast unsere Beziehung auf einer Lüge aufgebaut. Verdammt, du hast dich sogar auf dem Foto auf meinem Nachtschrank gesehen, du hast neben mir gesessen, als ich dir von dem Abend erzählt habe.«

»Glaubst du, das war leicht für mich? Den schlimmsten Moment meines Lebens noch einmal zu erleben? Glaub mir, das war es nicht, aber du bist nicht mehr die Frau von früher.«

»Und du bist nicht der Mann, der du vorgegeben hast zu sein. Ich habe alles getan, um mich von Menschen fernzuhalten, die so sind wie ich damals, aber du bist kein Stück besser als ich in der Highschool.«

»Das weiß ich.«

»Du hättest es mir sagen müssen.« Die Wut ist nun nebensächlich, und ich sehe, wie tief ich sie verletzt habe, wie leichtfertig ich mit ihren Gefühlen gespielt habe.

»Wärst du dann geblieben? Bei mir?«

»Ich denke nicht, nein.« Sie schüttelt immer wieder den Kopf.

»Und genau deswegen habe ich es für mich behalten. Tori, ich liebe dich seit der Highschool. Obwohl du ein Biest warst, wollte ich nichts mehr, als dich in meinem Leben zu wissen. Dass du jetzt meine Gefühle nach so langer Zeit erwiderst, war für mich die Erfüllung all meiner Wünsche, und das wollte ich nicht verlieren.«

»Aber du hast es verloren, Hayden.«

»Bitte«, ich fahre mir durchs Haar und Tränen sammeln sich in meinen Augen. Ich habe keine Scheu davor, hier und jetzt meine Gefühle zu zeigen. Nie wieder möchte ich etwas vor ihr verstecken. Auch sie kämpft gegen die aufsteigenden Tränen an, aber sie ist stark und würde niemals vor all den Menschen hier weinen.

»Es tut mir leid. Ich kann nicht mit jemandem zusammen sein, der mir bewusst das Leben schwer gemacht hat und dann nicht den Mut hatte, mir zu sagen, wer er wirklich ist.«

»Tori, hör zu …« Ich will nach ihrer Hand greifen, doch sie weicht erneut zurück.

»Fass mich nicht an«, sagt sie mit belegter Stimme und blickt sich schwer atmend um. Es ist ziemlich ruhig geworden, und jetzt wissen wir, wieso. Alle Gäste meiner Geburtstagsparty haben uns beobachtet und mir dabei zugesehen, wie ich die Frau meines Lebens verliere. Dass sie nun alle ansehen, macht es noch schlimmer, da Tori es nicht mag, im Mittelpunkt zu stehen. Ein letztes Mal blickt sie mich an, und mir wird klar, dass es vorbei ist. Es gibt kein Zurück mehr.

»Ich kündige«, sind ihre letzten Worte an mich, ehe sie sich zum Eingang schlängelt und geht. Ich bin wie gelähmt und sehe ihr nach, hoffe, dass jetzt jemand sagt, dass dies alles nur ein Traum war und ich endlich aufwachen soll, um mich an Tori zu kuscheln. Aber das hier ist die bittere Realität. Ich kann es ihr nicht verübeln, dass sie gegangen ist, denn sie hat in allen Punkten recht. Ich hätte ehrlich sein sollen und auf die Frau, die sie heute ist, vertrauen sollen. Wenn ich von Anfang an ehrlich gewesen wäre, hätte sie sich entschuldigen können, wie sie es damals vorhatte, wir hätten reden und uns vielleicht verlieben können, aber das werden wir wohl nie erfahren.

Ich spüre eine Hand auf meiner Schulter, Quinn. Dann zwei weitere, die meiner Eltern, und nochmals zwei und tippe auf Jamie und Klaus, aber ich habe keine Kraft mich umzudrehen. Alle meine Freunde sind hier, aber das macht den Schmerz nicht schwächer, sondern eher stärker. Ich habe all diese Menschen nicht verdient, denn Tori hat recht. Ich bin nicht besser als die Teenie-Version von ihr.

»Das tut mir so leid«, flüstert Quinn und zieht mich in ihre Arme. Ich stehe noch immer stocksteif da und weiß nicht, was ich sagen oder tun soll. Ich hatte bis jetzt für alles einen Plan, wusste in jeder Situation, wie ich mich verhalten sollte, aber jetzt bin ich wie gelähmt. Mir wurde zum zweiten Mal von derselben Frau das Herz gebrochen. »Sie ist weg«, bringe ich schwach hervor.

»Es muss nicht heißen, dass es für immer ist.« Ich lächle traurig. »Du kennst Tori, sie wird mir niemals verzeihen.« Ich höre Quinn seufzen, was ich als Bestätigung ansehe. Nie wieder werde ich mit ihr über Serien diskutieren, die sie nicht ausstehen kann, nie wieder werde ich ihre leckeren Gerichte probieren können, niemals wieder werde ich sie im Arm halten und küssen können. Mein Leben wird nie wieder dasselbe sein. Plötzlich fällt mir das Atmen schwer, und meine Brust wird eng. Ich muss gehen, brauche Zeit für mich, muss allein sein.

»Ich kann das nicht. Nicht jetzt«, sage ich zu meiner Familie, die nur verständnisvoll nickt und mich wortlos gehen lässt. Ich fahre mit dem Taxi nach Hause und bin weiterhin gefasst. Mein Kopf und mein Körper fühlen sich leer und hohl an, aber ich gehe einen Schritt nach dem anderen, weil ich es muss. Erschöpft gehe ich zum Kühlschrank, hole mir eine Flasche Wasser, trinke einen Schluck. Dabei blicke ich aus dem Fenster auf die belebte Straße hinunter, bis ich plötzlich spüre, wie sich jemand um meine Beine schlängelt. Ich senke meinen Blick und entdecke Scar, der genau wie Tori die letzten Wochen immer in meiner Wohnung geschlafen hat. Er ist Toris Ein und Alles.

So, wie ich es noch vor ein paar Stunden war. Wenn ich mich umsehe, sehe ich Tori überall. Die Küche war vorher steril sauber, nun stehen überall Gewürze, Töpfe und Kochbücher.

Im Badezimmer sticht ihre knallgelbe neben meiner grauen Zahnbürste hervor, und auf der Couch liegt noch ihre kuschelig weiche Tagesdecke, die so bunt ist, dass sie nicht so recht in meine Wohnung passen mag. Ich stelle die Flasche neben die Kochbücher und gehe ins Schlafzimmer, um mich aufs Bett zu setzen, was sich als fataler Fehler entpuppt, denn meine Laken riechen noch immer nach Tori. Schweren Herzens nehme ich ihr Kissen in die Hand und schnuppere. Wegen der Körperlotion, die sie benutzt, riecht sie stets nach Zitrone. Früher habe ich den Geruch nie gemocht. Aber nun bin ich süchtig danach. Ich drücke das Kissen fest an mich, und dann gibt es kein Halten mehr. Ich lasse mich nach hinten fallen und lasse den Tränen freien Lauf.

Als meine leiblichen Eltern mich geschlagen und psychisch misshandelt haben, wollte ich niemals, dass sie mich weinen sehen, habe es zu meinem Ziel gemacht, stets Herr meiner Emotionen zu sein, aber bei Tori war das immer anders. Nun weine ich wie ein Kleinkind, weil nichts mehr so sein wird, wie es war.

Gegen Mitternacht schnappe ich mir meinen Koffer sowie die Katzenbox mit Scar und steige in meinen Pick-up. Wenn ich selbst Auto fahre, dann meistens lange Strecken, aber diesmal fahre ich zuerst nach Brooklyn. Jeder Schritt in Toris Richtung bereitet mir höllische Schmerzen. Nichts ist schlimmer, als zu wissen, dass die Frau, die du liebst, nur ein paar Schritte von dir entfernt ist und du doch nicht bei ihr sein kannst. Aber ich möchte nicht, dass Tori in dieser schweren Zeit alleine ist. Sie braucht Scar.

Zum Glück kommt eine Nachbarin gerade vom Feiern zurück und macht mir die Tür auf, sodass ich um diese Uhrzeit nicht klingeln muss. Vor Toris Wohnungstür atme ich tief durch und klopfe an. Schritte erklingen, und ich erstarre. Hierher zu kommen war für mich selbstverständlich, aber mit diesem Gefühlschaos habe ich nicht gerechnet. Doch es ist nicht Tori, die die Tür öffnet, sondern Donna, die mich ansieht, als würde sie mich in Stücke reißen wollen.

»Ich weiß, sie will mich nicht sehen, aber ich will nicht, dass sie auf Scar verzichten muss, jetzt wo wir …« Ich mahle mit dem Kiefer und reiche Donna die Box, die ich auf dem Rollkoffer deponiert habe. »Alles Gute, Kumpel. Danke, dass ich für kurze Zeit dein Dosenöffner sein durfte.« Ich sehe Donna an und hoffe, dass sie mir sagt, ob es Tori den Umständen entsprechend gut geht.

»Sie schläft jetzt, aber du hast sie sehr verletzt.«

»Ich weiß, aber das war nie meine Absicht. Du weißt, dass ich sie liebe.«

»Ich weiß, aber das macht das alles nicht ungeschehen.«

»Nein, tut es nicht.«

»Was soll der Koffer?«, fragt sie nun und deutet mit dem Kinn darauf.

»Ich brauche Zeit für mich.« Ihre Miene wird weicher, immerhin kennt sie mich seit ein paar Jahren und weiß, dass ich im Grunde kein schlechter Mensch bin.

»Was ist mit Cody?«

»Er ist bei Victoria, bis ich zurück bin.«

»Ihr beide braucht Ruhe und Zeit zum Nachdenken. Danke, dass du Scar vorbeigebracht hast.«

»Das war selbstverständlich.«

»Mach's gut, Hayden.«

»Bye.«

New York zu verlassen fühlt sich nicht so sehr wie Flucht an, wie ich anfangs gedacht habe. Vielmehr fühlt es sich befreiend an. Seitdem ich das Label gegründet habe, habe ich mir, abgesehen von einem Wochenende hier und da, nie freigenommen, war niemals krank und eigentlich immer im Büro. Wenn ich am Strand Urlaub gemacht habe, habe ich das immer mit einem Meeting mit Klienten verbunden oder am Pool gearbeitet. Nun habe ich außer meinem Smartphone alle Elektronik zu Hause gelassen. Jetzt, da Tori aus meinem Leben gegangen ist, muss ich mich sammeln und darüber nachdenken, was ich überhaupt vom Leben möchte.

Beim Zusammensein mit ihr habe ich gemerkt, dass es mir guttut, auch mal zu entspannen und nicht immer nur ans Label zu denken. Früher war die Arbeit alles, was mich interessierte, aber dieses Leben will ich nicht mehr. Ich will wissen, was das Leben sonst noch für mich bereithält. Ich wollte damals immer die Welt bereisen, auf einem Elefanten reiten, die Nordlichter sehen und in einem Buddha-Tempel meditieren. Diese Dinge sind umso weiter in den Hintergrund gerückt, je erfolgreicher ich wurde, aber jetzt will ich sie nicht länger ignorieren.

Zuerst fahre ich ein wenig durch die Stadt, ehe ich mich auf den Weg zu meinem Ziel mache. Die Sonne geht gerade auf, als ich vor Ians Haus zum Stehen komme. Dieses riesige Anwesen mitten im Wald passt perfekt in die Idylle New Jerseys. Dorian hat vom Gouverneur selbst eine Bauerlaubnis erhalten und sich in der kleinen Kommune Georgia einen Hektar Wald gekauft. Anstatt Bäume fällen zu lassen, hat er das Haus in die Natur integriert und dort gebaut, wo sowieso wenig Baumbestand vorhanden war. Der nächste Nachbar ist eine Meile entfernt, genau wie es Ian im Sinn hatte. Diese Villa aus Holz und Glas soll sein Ort der Ruhe sein. Quinn und ich kennen beide den Sicherheitscode und haben unsere eigenen Zimmer im Haus. Wir sind hier immer willkommen. Diesmal bin ich hier, um alles zu vergessen, und das an meinem Geburtstag.

Ich stelle meine Sachen in mein Zimmer und gehe hinaus auf die Terrasse, um mich auf die überdachte Liege zu legen, die wie ein übergroßes Bett aussieht und neben dem Schwimmteich steht. Endlich bin ich angekommen, endlich kann ich alles, was in New York passiert ist, vergessen. Zumindest für eine Weile …

35. KAPITEL

Tori

Ich öffne träge meine Lider, die schwer sind vom Weinen, und bin plötzlich wach, als ich Haydens Stimme vernehme. Er scheint sich mit Donna zu unterhalten, aber worüber sie reden, kann ich nicht verstehen, denn in meinen Ohren rauscht es, und ich sehe noch immer Haydens Mutter vor mir, damals und heute. Ich kann es noch immer nicht fassen, dass es so weit gekommen ist. Ich erinnere mich an unsere erste Begegnung im Coffeeshop und muss gestehen, dass ich von Anfang an hin und weg von ihm war und dass es kein Wunder ist, dass ich mich in ihn verliebt habe.

Wir waren nur ein paar Wochen zusammen, aber in dieser kurzen Zeit habe ich so sehr geliebt wie andere in ein paar Jahren. Ich hätte mein Leben mit diesem Mann verbracht, hätte Kinder mit ihm in die Welt gesetzt und seine Hand gehalten – in Krankheit wie in Gesundheit. Wenn ich liebe, dann ist es für immer, außer man bricht mir das Herz. Und genau das hat Hayden getan. Ich setze mich auf, als die Tür geschlossen wird, und erhebe mich schwerfällig von meinem Bett. In der Wohnküche entdecke ich Donna, die gerade die Tiertransportbox öffnet, aus der mein geliebter Scar herauseilt, bevor er sich einmal umsieht und dann unverzüglich zu seinem Lieblingsplatz auf der Fensterbank trottet.

»Ich fasse es nicht.« Kaum spreche ich die Worte aus, flie-

ßen erneut die Tränen. »Hat er mir wirklich Scar vorbeigebracht?«

»Das hat er.« Ich gehe zu Scar und streichle meinem kleinen Löwen übers Fell und beiße mir auf die Lippe, weil ich die
Frage nicht stellen will, sie mir aber trotzdem herausrutscht.

»Hat er nach mir gefragt?«

»Natürlich hat er das. Tori, er liebt dich, auch wenn du es
jetzt nicht wahrhaben willst.«

»Wie kann er mich lieben, mir aber die Wahrheit verschweigen?«

Sie atmet tief ein und aus, ehe sie sich mir zuwendet. »Das
weiß ich nicht.«

»Siehst du. Er wusste ganz genau, wie schwer es mir fällt,
mich jemandem zu öffnen, und hat mich trotzdem zum Nar-
ren gehalten. Bevor wir uns verliebt haben, hat er sich daran
ergötzt, mir das Leben schwer zu machen. Du weißt, was ich
alles ertragen musste. Ich habe gedacht, er will testen, wie viel
Stress ich vertragen kann, dabei war er nur auf Rache aus. Ich
war damals wie er, wollte bewusst Menschen hinters Licht führen und sie demütigen, aber dieser Mensch bin ich nicht mehr,
und ich möchte auch nicht mit einem Mann zusammen sein,
der so ist.«

»Du brauchst Zeit, um nachzudenken. Wirst du am Montag
ins Büro gehen?«

»Ich habe auf der Party gekündigt. Ich werde nur meine persönlichen Sachen abholen und machen, dass ich von dort wegkomme.«

»Ist das nicht etwas unreif? Es sieht für mich wie eine feige
Flucht aus.«

»Und genau das ist es auch. Ich habe nicht die Kraft, ihm
entgegenzutreten. Ich würde vor der ganzen Etage in Tränen
ausbrechen. Wobei uns sowieso alle seine Freunde und Kolle-

gen auf der Party beobachtet haben, als ich mich von ihm getrennt habe.«

»Okay, wenn das dein Wunsch ist, dann solltest du gleich am Montag ins Büro gehen. Ich denke, er wird dann noch unterwegs sein.«

»Unterwegs?«

»Er war mit einem Rollkoffer hier, auf dem die Box mit Scar befestigt war. Ich denke, auch er hat die Flucht einer Aussprache vorgezogen.«

»Ach, hat er das?«, frage ich neugieriger, als ich sein sollte.

»Ihr ähnelt euch doch mehr, als ihr denkt.«

»Vielleicht tun wir das, aber es spielt keine Rolle mehr. Es ist vorbei.«

»Das ist es, aber die Frage ist, ob es dich glücklich machen wird.«

»Das werde ich auf mich zukommen lassen müssen. Es gibt kein Zurück mehr.«

Zehn Tage nach der Trennung finde ich einen Job am Empfang einer Autowerkstatt. Es ist nicht Ever Records, und der Job ist bei Weitem nicht so gut bezahlt, aber er wird ausreichen, um mich mit Ach und Krach über Wasser zu halten. Diese eine Woche ohne Job war die Hölle. Ich habe jeden zweiten Tag in der Tierklinik ausgeholfen und mehr Zeit im Happy Place verbracht als je zuvor, aber auch die süßesten Welpen konnten meine niedergeschlagene Stimmung nicht aufhellen. Zu Hause ist mir die Decke auf den Kopf gefallen, und mein Herz wurde von Tag zu Tag schwerer, aber ich habe mir selbst verboten, mich in Selbstmitleid zu suhlen. Ich bin stärker als mein gebrochenes Herz, aber trotz meiner Wut und Enttäuschung vermisse ich Hayden schrecklich. Sein Lachen, die Gespräche bis tief in die Nacht, seine Berührungen und die Nächte, in denen wir nur Musik gehört und uns über die Künstler und Songs unterhalten haben.

Meine Beziehung mit Hayden war so bodenständig. Er ist Millionär und könnte jedes Wochenende nach St. Tropez jetten oder weiß der Geier wohin, aber er hat es geliebt, mit mir im Diner essen zu gehen und mich auf einen saftigen Burger einzuladen. Die edlen Restaurants haben wir fast nie besucht. Er ist noch immer der bescheidene Junge von damals, der Schreckliches durchgemacht hat.

Ich hatte in der letzten Woche viel Zeit zum Nachdenken. Habe viel an Haydens Kindheit gedacht. Seine Eltern haben ihn geschlagen, ihn vernachlässigt und fast verhungern lassen. Sie haben ihn wie Vieh angekettet und einfach alleine gelassen. Danach wurde sein Leben nicht wirklich besser, und in der Highschool, die eigentlich schwierig genug ist, kommen ich und meine fiesen Schulkollegen daher und machen ihm das Leben zur Hölle. Ich frage mich, wieso er nicht ein Mal zurückgeschlagen hat. Wieso er sich nicht gewehrt hat.

Der Moment auf dem Spielfeld lässt mir nach all den Jahren noch immer keine Ruhe. Ich höre sogar im Traum seine Schreie und Rufe um Hilfe, sehe seinen nackten, geschundenen Körper und die Verzweiflung in seiner Miene. Ich bin schuld, dass er niemals durchatmen konnte, dass er seine Jugend nicht genießen konnte. Diese Erkenntnis lastet schwer auf meinem Gewissen. Dass er sich hinter seiner Arbeit versteckt hat, bevor ich gekommen bin, ergibt für mich Sinn. Weil er es nicht anders kennt, als stets auf Achse und auf der Hut zu sein.

Als ich nach meiner heutigen Schicht in der Tierklinik nach Hause komme, finde ich Quinn vor meiner Wohnungstür vor. Sie spielt mit ihrem Armband, das eher Vintage als neu aussieht. Als ich vor ihr zum Stehen komme, sieht sie verlegen zu

Boden. »Ich hoffe, es ist okay, dass ich dich besuche. Ich wusste nicht, ob du mich nach dem ganzen Drama sehen willst.«

»Du wusstest es ebenfalls, oder?«

»Ja. Wir vier sind ja alle auf dieselbe Highschool gegangen, nur hast du keinen von uns Nerds nach all den Jahren wiedererkannt.«

»Das habe ich tatsächlich nicht. Für mich waren nur Partys, Alkohol und Sex wichtig. Wenn jemand nicht zur Clique dazugehört hat, habe ich mir nicht mal die Mühe gemacht, mir seinen oder ihren Namen zu merken.«

»Das haben wir gemerkt.«

»Ich entschuldige mich für mein Verhalten von damals.«

»Und ich entschuldige mich dafür, dass ich dir nicht die Wahrheit gesagt habe, aber ich fand, es war Haydens Aufgabe, dir reinen Wein einzuschenken. Aber seine Angst, dich zu verlieren, war stärker als alles andere.«

»Ich möchte nicht über ihn reden.«

»Okay, wir können uns auch gerne über alles andere unterhalten. Lässt du mich rein?«

Ich verringere den Abstand zwischen uns und nehme sie fest in den Arm. »Natürlich. Meine Tür steht dir immer offen. Du warst mir eine Freundin, obwohl du wusstest, wie gemein ich früher gewesen bin.«

»Die, die du damals warst, definiert nicht die Person, die du jetzt bist, Tori. Wir reifen alle mit der Zeit, und aus dir ist eine wunderschöne und herzensgute Frau geworden.«

Ich lache und weine aufgrund ihrer rührenden Worte und bitte sie schließlich zu mir herein.

Ich lade Quinn ein, sich zu mir auf die Feuerleiter zu setzen und hole uns beiden ein Glas Wein. Wir setzen uns nebeneinander auf die Kissen blicken zum klaren Sternenhimmel.

Unwillkürlich muss ich die Augen schließen. Der Trennungsschmerz ist in der Nacht am schlimmsten, weil ich dann zu viel Zeit zum Nachdenken habe und kaum Schlaf finde. Selbst das Schnurren von Scar hat nicht mehr die beruhigende Wirkung wie vorher.

»Wie geht es dir?«, hakt sie nach, obwohl wir eigentlich nicht über ihren Bruder reden wollten.

»Mir geht es schrecklich. Mein Herz ertrinkt in Kummer, und mein Kopf vermisst all das, was wir gehabt haben.«

»Das verstehe ich. Er hat dich verletzt, aber siehst du überhaupt keine Chance, ihm jemals zu verzeihen?«

»Nein, die sehe ich nicht. Es sind nun zehn Tage vergangen, und er hat sich nicht ein Mal bei mir gemeldet. Ich kann ihm nicht mehr vertrauen, und ohne Vertrauen ist keine Beziehung möglich.«

»Was du sagst, stimmt schon alles, aber auch du hast Hayden damals wehgetan, körperlich wie seelisch, und nach all den Jahren, als er selbst gemerkt hat, dass Rache keine Lösung ist, hat er dir verziehen. Er hat sich dir geöffnet wie noch nie einer Frau zuvor, und auch er hat sein Herz riskiert, weil er wusste, dass du es wert bist. Klar, er hat einen Fehler gemacht, aber tun wir das nicht alle? Sollten wir nicht aus unseren Fehlern lernen, daran wachsen und unserem Herzen folgen?«

»Vielleicht, aber mein Herz ist gebrochen und kann mir nicht mehr die Richtung weisen.«

»Glaub einer Frau, die selbst jahrelang an einem gebrochenen Herzen gelitten hat, es wird heilen, und du wirst wieder lieben.«

»Aber werde ich ihn vergessen können? Hast du Jackson je vergessen können? Selbst jetzt, wo du mit Troy zusammen bist?« Es ist eine sehr persönliche Frage, aber mittlerweile sind wir Freundinnen geworden, und sie scheint sie mir auch nicht übel zu nehmen.

»Nein, ich habe ihn nicht vergessen. Tief in mir drinnen werde ich ihn immer lieben, aber für ihn und mich gibt es kein Zurück mehr. Wir haben uns seit Jahren nicht gesehen. Ich weiß nicht mal, ob er noch in den Staaten ist oder wieder nach England gezogen ist. Aber mein Bruder ist hier, zumindest wird er das hoffentlich bald wieder sein.«

»Was meinst du damit?«

»Seit eurer Trennung ist er verschwunden und hat sein Smartphone ausgeschaltet. Wir bekommen zwar jeden Tag eine SMS, dass es ihm gut geht, aber er geht nicht ran und antwortet nicht auf Nachrichten.«

»Was? Er war nicht im Label?«

»Nein, Jamie übernimmt die Leitung, bis Hayden wieder zurückkommt.«

»Hast du eine Ahnung, wo er sein könnte?«

»Ich habe einige Ideen, aber ich kann im Moment nicht weg, da ich drei Prozesse vor mir habe und mich darauf vorbereiten muss.«

»Ich hoffe, es geht ihm gut.«

»Das glaube ich schon, aber auch er wird leiden, genauso wie du. Aber die Frage aller Fragen ist wohl, ob es den Schmerz wert ist. Oder ob ihr beide nicht über euren Schatten springen und alles wieder in Ordnung bringen solltet.«

36. KAPITEL

Hayden

Ich suche mir den ganzen Tag über eine Beschäftigung, gehe angeln, spazieren und koche sogar für mich selbst. Es ist nicht immer genießbar, aber ich werde immer besser. Ich räume auf, putze das Bad und tue alles, um nicht an Tori zu denken. Meistens habe ich keinen Erfolg, denn je mehr ich die Ruhe des Waldes und des Hauses genieße, desto häufiger wandern meine Gedanken zu der Frau, die ich mit jeder Faser meines Körpers vermisse.

Hinzu kommt, dass mir Cody schrecklich fehlt, und ich bereue, ihn nicht mitgenommen zu haben. Er würde es genießen, im Wald herumzutollen. Den Tag über genieße ich die Natur, nachts sitze ich draußen vor der Feuerschale und grüble weiter, auch wenn ich weiß, dass es nichts bringt.

Tori ist weg.

Nachdem sie die Wahrheit erfahren hat, kann ich mir nicht vorstellen, dass sie je wieder auch nur ein Wort mit mir sprechen möchte. Ich habe ihr bewusst wehgetan, und es tut mir sehr leid, dass es so weit gekommen ist, aber all die Worte würden an ihr abprallen, denn ich habe ihr Vertrauen verloren.

Für jemanden, der ein ganzes Jahrzehnt alleine gewesen ist, für den Vertrauen das A und O in einer Freundschaft und Beziehung ist, ist ein Fehler wie meiner unverzeihlich.

Ich kann die Zeit nicht zurückdrehen und deshalb ist diese

Auszeit für mich wichtig, weil ich die Trennung von meinem Leben in New York jetzt dringender brauche als je zuvor. Hier versuche ich mit aller Kraft, nicht an ihren Ausdruck im Gesicht zu denken, als sie die Wahrheit erfahren hat.

Gerade weil ich ihr so wehgetan habe, tue ich von hier aus alles in meiner Macht Stehende, um der Sache mit Toris Erbe auf den Grund zu gehen. Ich telefoniere täglich mit Levi Wright, dem besten Privatdetektiv in Manhattan. Seit ich in New Jersey angekommen bin, habe ich zu viel Zeit zum Nachdenken. Meine Hauptsorge gilt nach wie vor Tori. Jetzt, wo sie beim Label gekündigt hat, erwarten sie erneut finanzielle Probleme, weshalb ich noch mal die Sache mit ihrer Familie aufgerollt habe, diesmal richtig.

Levi hat Nachforschungen darüber angestellt, was mit Toris Geld passiert ist. Nach ein paar Tagen hatte er bereits einiges herausgefunden. Helena und Jennifer haben sich kurz vor dem Tod ihres Vaters auffallend oft mit der Mitarbeiterin der Anwaltskanzlei getroffen, die das Testament von Wells Lancaster aufgesetzt hat. Das hat mich neugierig gemacht, und ich habe Levi grünes Licht dafür gegeben, tiefer zu graben, egal was es kostet. Beim Label läuft es laut Jamies Aussagen gut, aber er fragt mich jedes Mal, wann ich vorhabe zurückzukommen. Und auch heute Abend habe ich keine Antwort für ihn, denn wenn ich ehrlich bin, habe ich keine Kraft, wieder in mein altes Leben zurückzukehren.

Zumindest noch nicht. Ich möchte nicht in meine leere Wohnung zurückkehren, wo mich jede Ecke an Tori erinnert. Ich will nicht an ihrem Schreibtisch vorbeigehen, wenn ich doch weiß, dass sie nie wieder dort sitzen wird. Ich will diese Einsamkeit nicht mehr. Ich bin ein reicher Mann, habe eine liebevolle Familie und einen tollen Hund, aber wenn all diese Menschen ihrer Wege gehen, bleibe ich alleine zurück. Ich vermisse Tori mit jedem Herzschlag, verstehe aber ihre Entscheidung, nicht mehr mit mir zusammen sein zu wollen. Ein Teil von mir will es akzeptieren, ein anderer will sie zurückhaben und um sie kämpfen.

Gegen einundzwanzig Uhr höre ich, wie eine Autotür zugeschlagen wird. Dieses Grundstück ist umzäunt und abgeriegelt, damit es niemand unerlaubt betreten kann, und man muss einen Sicherheitscode am Tor eingeben, um reinzukommen. Von der Terrasse aus gehe ich die Stufen hinab zur Einfahrt, wo ich Ian vorfinde, der Cody gerade von der Leine lässt, der sofort euphorisch auf mich zustürmt. Ich gehe in die Hocke und nehme meinen Hund hoch, um mich von ihm abschlabbern zu lassen. Er ist so aufgeregt, dass ich ihn nicht einmal streicheln kann.

»Hey, Kumpel. Da bist du ja«, flüstere ich und ernte noch mehr Hundebussis, die Balsam für meine zerfetzte Seele sind. Ich setze ihn ab, als Ian vor mir stehen bleibt. Doch anstatt mich zu begrüßen, nimmt er mich fest in den Arm. Wir haben nach dem Fiasko in dem Club kaum ein persönliches Wort miteinander gewechselt, und erst jetzt sehe ich ein, wie dumm das gewesen ist. Wir hätten miteinander reden sollen, statt uns voneinander zu entfremden. Er klopft mir tröstend auf die Schulter, und ich kann nicht verhindern, dass mir Tränen in die Augen steigen.

Mein Bruder ist immer für mich da gewesen, egal wie schlecht oder gut es mir ging. Gemeinsam mit Quinn waren wir ein Team, das niemand je trennen konnte. Ich habe ihn immer bedrängt, mir die Wahrheit zu sagen, wieso er sich so merkwürdig verhält, aber ich habe ihm nie die nötige Zeit gegeben, um sich mir zu öffnen. Unter Druck funktionieren wir beide nicht und schalten auf Durchzug. Als wir uns voneinander lösen, schenke ich ihm ein trauriges Lächeln.

»Solltest du nicht in Asien sein?«, frage ich ihn, als wir auf der gepolsterten Sitzbank gegenüber vom Feuer Platz nehmen.

»Ich habe mir ein paar Tage freigenommen und dachte mir, dass du sicher deinen Hund vermisst, also habe ich ihn mitgebracht.«

»Aber ... wieso bist du hier?«

»Weil du mich brauchst. Und komm mir jetzt ja nicht mit irgendwelchem Bullshit, dass es dir gut geht, denn du siehst echt beschissen aus.«

»Genauso fühle ich mich auch.« Ich lächle traurig und blicke in die Flammen. Das Knistern entspannt mich für gewöhnlich, doch seit Tagen kann ich kaum einen klaren Gedanken fassen. Nach außen wirke ich ruhig, aber innerlich schreie ich vor Schmerzen. Toris Gesicht erscheint vor mir, ich will die Hand heben und über ihr Gesicht streichen, aber ich weiß, dass es ein Trugbild ist. Es ist vorbei.

»Quinn hat mir erzählt, was passiert ist.«

»Tori hat mich verlassen.« Diese Worte habe ich bis jetzt nie ausgesprochen, und jetzt, da ich es tue, zerbricht erneut etwas in mir, das ich in den letzten Tagen mit Mühe zusammengehalten habe. Ich schließe gequält die Augen, als sich eine Träne aus meinen Augenwinkeln löst. Ich lasse kraftlos den Kopf hängen und lasse los.

All die Emotionen, die ich in den letzten Tagen in mich hineingefressen habe, dringen an die Oberfläche. Ein Schluchzer entweicht meiner Kehle, und dann gibt es für mich kein Halten mehr. Ian hockt sich vor mich hin und nimmt mich fest in den Arm, weil er weiß, dass ich das jetzt brauche. Erst als ich das Gefühl habe, nicht mehr vor Schmerz auseinanderzubrechen, löse ich mich von ihm und wische mir übers Gesicht.

»Danke«, flüstere ich und fühle mich nun etwas besser.

»Es tut mir leid«, erwidert Ian schließlich und lässt mich verblüfft den Kopf heben.

»Was meinst du?«, will ich wissen und stütze meine Ellbogen auf meinen Oberschenkeln ab.

»Die Sache im Club, dass ich dichtgemacht und mich nicht gemeldet habe.« Nun ist es Ians Gesicht, das einen gequälten Ausdruck annimmt.

»Ich hätte mich auch öfter melden können«, gebe ich zu und verfluche mich, weil meine Wut mich dazu gebracht hat, mich weniger bei meinem Bruder zu melden.

»Du hattest recht, als du mir die Leviten gelesen hast, aber ich war bockig wie ein Kind, weil ich selbst keine Antwort auf mein Verhalten habe.« Er atmet tief durch, und ich sehe, wie sehr er mit sich hadert. Etwas beschäftigt ihn.

»Ich bin ständig von Menschen umgeben, und doch fühle ich mich alleine und leer. Manchmal, wenn die Leere unerträglich wird, ist mir alles zu viel, und ich handle nicht mehr rational.«

»Hast du schon mal mit jemandem darüber gesprochen?«

»Noch nicht. Ich verstehe es selbst ja nicht wirklich«, gibt er zu und blickt ebenfalls in die Flammen, um meinem Blick auszuweichen.

»Möchtest du mit einem Therapeuten darüber sprechen?«, frage ich vorsichtig, denn ich kenne Ian. Er redet ungern mit seiner Familie über seine Gefühle und schon gar nicht mit Fremden.

»Ich weiß es nicht. Vielleicht.«

»Möglicherweise brauchen wir beide eine Auszeit, um wieder klar denken zu können«, stelle ich lachend fest. Wir waren schon immer ein verkorkster, aber glücklicher Haufen, wenn wir zusammen sind.

»Das wird sich mit der Zeit zeigen«, sagt Ian und lächelt mich aufmunternd an.

Ian und ich verbringen die nächsten Tage in der Natur, wir campen mitten im Wald, gehen im See schwimmen und unternehmen lange Spaziergänge, auf denen wir uns unterhalten oder gemeinsam an Songs schreiben. Ich habe kein musikalisches Talent, kann weder singen noch ein Instrument spielen, aber ich bin gut mit Wörtern und das ist Dorian beim Schreiben eine große Hilfe.

Cody genießt die Zeit ebenso wie mein Bruder und ich, liebt es, im See zu planschen oder im Waldboden zu buddeln. Während Ian für uns grillt, schnappe ich mir mein Buch, das ich begonnen habe zu lesen, und setze mich auf die gepolsterte Gartenliege. Ich will mich zurücklehnen, als mein Smartphone zu vibrieren beginnt. Es ist Quinn. Wie jeden Tag.

Quinn: Wie geht es dir heute? Habt Ian und du euch schon zerfleischt?

Es wird dich überraschen, aber nein, wir kommen gut miteinander aus. Mir geht es so weit gut. Ich genieße die Auszeit

Das sagst du jeden Tag, und irgendwie glaube ich dir auch heute nicht

Immer so skeptisch, die Frau Anwältin

Das ist auch mein Job. Aber diesmal meine ich es ernst, Hayden

Da ich nun ein paar Tage Zeit hatte, alles zu verarbeiten, geht es mir wirklich besser. Ich werde Tori immer lieben und vermissen, aber ich kann meine Taten nicht ungeschehen machen. Ich

vermisse sie schrecklich, aber das Leben muss weitergehen.
Ich hoffe einfach, dass es ihr gut geht

Es geht ihr gut. Ich bin gerade bei ihr, und sie ist auf der Couch
eingeschlafen

Als ich ihre Nachricht lese, wird mir heiß und kalt zugleich. Meine Schwester ist bei ihr, und so sehr es mich freut, dass sie an ihrer Seite ist, bin ich auf der anderen Seite neidisch, weil ich auch bei ihr sein möchte. Der Schmerz ist noch immer da, aber schwächer als direkt nach der Trennung.

Hayden: Kümmere dich gut um sie, wenn ich es schon nicht
kann. Wir hören uns ein anderes Mal. Ich muss jetzt los

Mach ich. Mach's gut, Hayden. Ich vermisse dich

Ich euch auch

Die letzten Tage haben sich wie eine Reise in mein Inneres angefühlt, denn ich habe zum ersten Mal im Leben das Gefühl, als wären mein Körper und mein Geist ausgeglichen. Ich sehe so vieles nun klarer und habe ein ganzes Notizbuch mit all den Dingen vollgeschrieben, die ich in den nächsten Monaten umsetzen will.

Zuerst möchte ich meine Wohnung heimeliger gestalten. Sie ist modern eingerichtet, sodass es beinahe steril gewirkt hat, bis Tori quasi Tag und Nacht bei mir verbracht hat. Mein Zuhause soll meinen Charakter widerspiegeln, und genau das werde ich in Angriff nehmen. Ich möchte mehr Freizeit haben und im Label einige Sachen umstrukturieren. Es wird ein hartes Stück Arbeit, aber ich bin mir sicher, wenn wir alle an einem Strang ziehen, schaffen wir es. Außerdem ist es mir wichtig, mehr Zeit mit meiner Familie, Freunden und Kyle zu verbringen.

Die Zeit hier im Wald hat mir einfach gezeigt, welche Dinge wirklich wichtig sind. Und egal wie sehr ich mich mit dem Gedanken anfreunden wollte, dass es mit Tori und mir vorbei ist, kann ich es nicht. Sie und ich sind füreinander geschaffen, und ich werde den Teufel tun und sie einfach gehen lassen. Ich werde um sie kämpfen und ihr zeigen, wie sehr es mir leidtut, und ihr beweisen, dass ich sie niemals wieder verletzen möchte.

Das, was wir haben, ist kein Sommerflirt, den man schnell wieder vergisst. Das, was wir haben, findet man nur ein Mal im Leben, und ich will das wieder zurückhaben. Ich will sie bei mir haben.

Für immer.

Ich habe einen Fehler gemacht, aber das soll nicht das Ende unserer Beziehung sein. In Gedichten, Songs und Filmen suchen alle nach der Liebe, die Tori und ich bis vor ein paar Tagen geteilt haben, und ich werde erst aufgeben, wenn ich mir hundertprozentig sicher bin, dass sie nichts mehr für mich empfindet.

Während ich nach Manhattan fahre, fliegt Ian wieder zur Band nach Asien. Ich rechne es ihm hoch an, dass er an meiner Seite geblieben ist und mir geholfen hat, wieder auf die Beine zu kommen. Nachdem ich Cody in der Wohnung bei Victoria abgesetzt habe, fahre ich zu Levi, um mit ihm über den Fall von Toris Erbe zu reden. Sein Büro liegt an der Upper East Side, wo auch die erfolgreichsten Anwälte und Architekten arbeiten und viele Prominente residieren. Er ist vor allem für seine Diskretion berühmt. Er ist jemand, der seine ganze Energie in Nachforschungen steckt, und genau diesem

Engagement haben wir es zu verdanken, dass er auf eine Gold-ader gestoßen ist.

Als ich ihm gegenüber Platz nehme, reicht er mir einen dicken ockerfarbenen Ordner.

»Diese Sache ist groß, Hayden. So groß, dass wir die Polizei einschalten werden müssen.«

»Tatsächlich?«, frage ich verblüfft.

»Sieh es dir an. Die Schwestern haben sich wirklich ins Zeug gelegt, um das arme Ding fertigzumachen.« Jedes Blatt, das ich durchlese, lässt mich mehr die Brauen heben und den Glauben an die Menschlichkeit der Lancaster-Schwestern verlieren. Sie haben sich Mühe gegeben, alles zu vertuschen, aber ich halte endlich die Wahrheit in den Händen, und damit will ich Tori helfen, ihr Recht geltend zu machen.

»Danke. Wir besprechen den genauen Ablauf in den nächsten Tagen, vorher habe ich noch etwas zu erledigen.«

»Ist gut. Melde dich, wenn du so weit bist, dann werden wir die Sache in Angriff nehmen.«

»Und wie wir das werden.«

Als ich den vertrauten Geruch von Kaffee einatme, fühle ich mich seit langer Zeit wieder, als würde ich nicht auseinanderbrechen. Ich begrüße meine Mitarbeiter und auch Holly, die mich sogar umarmt, ehe ich in mein Büro gehe. Dort sitzt Jamie und blickt konzentriert auf den Bildschirm, doch als er mich bemerkt, steht er sofort auf und kommt auf mich zu, um mich in den Arm zu nehmen.

»Ich sag's dir, Mann. Ich habe mich noch nie so sehr gefreut, deine Visage zu sehen«, flüstert er, ehe er mich loslässt.

»Ich freue mich auch, dich wiederzusehen.«

»War ja klar, dass du an einem Freitag zurückkommst. Hast du die Trennung überwunden?«, fragt er neugierig.

»Nein, aber ich plane, um Tori zu kämpfen.«

»Das dachte ich mir schon. Möchtest du gleich darüber sprechen, was sich im Label getan hat? Ich gehe sonst mal runter in die Personalabteilung.«

»Nein, ich möchte, dass du dich setzt. Es gibt etwas, worüber wir reden müssen.« Jamie setzt sich auf den Stuhl gegenüber von meinem Schreibtisch, aber ich weise ihn an, auf meinem Drehstuhl Platz zu nehmen.

»In den letzten Tagen habe ich viel nachgedacht, darüber, wie mein Leben vor Tori war und wie es jetzt ist. Bevor sie kam, habe ich nur gearbeitet und hatte kaum Freizeit, und damals war es auch okay für mich, aber jetzt will ich das nicht mehr. Es gibt wichtigere Dinge als die Arbeit.«

»Freut mich, dass du das auch so siehst. Wir haben es dir früher ja immer gepredigt.«

»Und ihr hattet alle recht, es war viel zu viel.«

»Wie willst du es jetzt angehen? Wieder eine neue Assistentin einstellen?«

»Nein. Eigentlich habe ich gedacht, dich zu meinem Partner zu ernennen.« Sein Lächeln verblasst, und er sieht mich ungläubig an.

»Du hast was?«

»Ich will, dass du mein Partner wirst. Wenn wir uns die Arbeit und den Lohn teilen, dann bleibt für uns beide noch genug Geld und mehr Zeit. Du willst mit Chloe eine Familie gründen, und dafür brauchst du Geld und Zeit.«

»Ich weiß nicht, was ich sagen soll, Mann.«

»Sag mal gar nichts. Quinn hat bereits einen Vertrag aufgesetzt. Lies ihn dir mit Chloe durch, überleg es dir in aller Ruhe und sag mir einfach Bescheid, wenn du dich entschieden hast.«

»Mach ich. Danke für das Angebot.«

»Ich vertraue dir, genauso wie ich Ian und Quinn vertraue. Wir sind eine Familie und müssen zusammenhalten. Deshalb ist mir klar geworden, dass nur du als Partner für mich infrage kommst.« Das hier ist die richtige Entscheidung, und ich kann es kaum erwarten, was die Zukunft noch für uns bereithält. Ich bin bereit, mein Leben so zu gestalten, wie ich es immer wollte.

37. KAPITEL

Tori

Hayden ist wieder in der Stadt. Vance hat mich gestern mit einer Nachricht darüber informiert, dass er wieder da ist, und auch wenn mehr als zwei Wochen vergangen sind, fühlt sich der Schmerz noch immer genauso stark an wie in dem Moment, als ich die Wahrheit erfahren habe. Jede Nacht sitze ich auf meiner Feuertreppe und blicke zu den Sternen hinauf in der Hoffnung, dass mir Dad die Kraft schenkt, über Hayden hinwegzukommen. Aber bisher ist dem nicht so. Ich fühle mich noch immer unvollständig, halb. Ein Teil von mir hat gehofft, dass er sich bei mir meldet, aber seitdem ich ihm die Kündigung an den Kopf geknallt habe, herrscht Funkstille.

Ist es wohl für immer zu spät?

Will er mich vielleicht nicht zurück?

Das ist doch das, was ich wollte.

Oder?

Weil ich den Samstagvormittag nicht im Bett verbringen will, stehe ich auf und mache mich fertig. Als ich meine Wohnung verlasse, finde ich einen unadressierten Brief im Briefkasten, den ich gedankenverloren in meine Tasche stopfe, und ich beschließe, Dads Grab zu besuchen. Ich gehe seit der Trennung häufiger dorthin als sonst, und es hilft mir jedes Mal, meine Gefühle zu ordnen. Ich tausche die alten Blumen gegen frische aus und spreche ein Gebet, als auch schon die erste Träne fällt. Es mag Jahre her sein, dass ich meinen geliebten Vater verloren habe, aber ich weine jedes Mal an seinem Grab, weil ich ihn noch immer unglaublich vermisse.

Ich habe die Augen geschlossen, als ich plötzlich eine fremde Frauenstimme vernehme. »Ihr Vater?«, fragt sie mitfühlend.

Ich öffne die Augen und sehe auf eine kleine, zierliche Frau mit grauem Haar, die ich auf siebzig schätze. Sie sieht auf die Inschrift des Grabsteins, ehe sie mich ansieht.

»Er ist sicher stolz auf Sie, selbst nach all den Jahren.«

»Ich weiß nicht, ob das der Wahrheit entspricht.«

»Wieso sollte er es nicht sein?«, fragt mich die Frau, und ich weiß selbst nicht, wieso ich gerade drauf und dran bin, mich einer Fremden anzuvertrauen.

»Weil ich eine Versagerin bin. Ich verliere all meine Jobs, habe finanzielle Probleme und kein Glück mit Männern.«

»Ach mein Kind, an diesem Punkt waren wir alle einmal. Aber nach Regen folgt Sonnenschein, auch wenn Sie es durch die dichten Wolken nicht erkennen können.« Ich lächle traurig, obwohl mir eigentlich nach Weinen zumute ist.

»Kommen Sie, setzen wir uns hin«, sagt die Fremde und deutet auf die Bank in der Nähe von Dads letzter Ruhestätte. Ich folge ihr und nehme Platz.

»Was beschäftigt Sie? Sie machen keinen glücklichen Eindruck auf mich.«

»Waren Sie jemals verliebt …? Mrs …?«

»Weinstein. Und ja, ich war definitiv verliebt. Mein lieber Carter liegt nicht unweit von Ihrem Dad begraben. Er ist vor zwei Jahren verstorben.«

»Mein Beileid.«

»Ebenso. Davor waren wir dreiundvierzig Jahre verheiratet.«

»Das ist eine lange Zeit.«

»Es wäre bedeutend länger gewesen, wenn mein Liebster

nicht in den Vietnamkrieg gezogen wäre. Wissen Sie, Kind. Als der Krieg ausgebrochen ist, wurde er sofort einberufen. Ich habe ewig auf ihn gewartet, ohne zu wissen, ob er jemals wieder nach Hause kommt. Aber als der Krieg vorbei war, ist mein Carter zurückgekommen, und wir haben noch am selben Tag geheiratet.«

»Wie romantisch. Ihre Geschichte ist wirklich rührend.«

»Was ist mit Ihnen? Wer hat Ihr Herz gebrochen?« Diese Frau ist eine völlig Fremde, was mich früher abgeschreckt hätte, aber sie hat mir von ihrem Leben erzählt, also fange auch ich an, ihr unsere Liebesgeschichte zu erzählen.

»Das heißt, dieser Mann liebt Sie schon seit über zehn Jahren?«, fragt sie interessiert.

»Nein. Ich meine, ja, laut seiner Aussage tut er das, aber hier geht es hauptsächlich um die Tatsache, dass er mir nicht die Wahrheit gesagt hat. Er hat mich bewusst hinters Licht geführt.«

»Haben Sie noch nie Fehler gemacht, meine Liebe?« Ich will laut Nein rufen, aber das wäre gelogen. Ich habe damals schlimme Dinge getan. Unverzeihliche Dinge, die mir trotz allem verziehen wurden. Von ihm, dem Jungen, dem ich die Schulzeit wohl zur Hölle gemacht habe.

»Doch, und zwar große Fehler.«

»Na sehen Sie. Wir sind Menschen, und diese Fehler machen uns aus. Er hat diesen Fehler aus Liebe begangen. Weil er Sie nicht verlieren wollte.«

»Mag sein.« *Aber Lüge ist Lüge*, will ich sagen, behalte den Gedanken dann aber für mich. Er konnte mir mein unmögliches Verhalten verzeihen, wieso schaffe ich es dann nicht?

»Könnten Sie ihm verzeihen, wenn er Sie darum bitten würde?«

»Ich weiß es nicht.«

»Dann bin ich mal etwas forsch. Sie haben diesem Jungen Schlimmes angetan, und trotz allem hat er Ihnen verziehen. Ihre Motive waren nicht so moralisch wie seine. Aber Sie und er haben damals wie heute Fehler gemacht. Das Leben ist so kurz, Sie beide sollten es nicht getrennt voneinander verbringen. Sie sollten lernen zu verzeihen.«

Wir sollen lernen zu verzeihen. Diese Worte spuken mir auch dann noch im Kopf herum, als die Dame längst gegangen ist. Ich habe meinen Schwestern niemals verzeihen können, nicht nur, weil sie mich betrogen haben, sondern weil sie sich selbst kurz vor seinem Tod nicht um Dad gekümmert haben. Er war ihnen egal, das Geld allerdings nicht. Ich schnappe mir meine Tasche und will schon nach Hause gehen, als mir der Brief wieder ins Auge fällt. Als ich ihn vorhin gefunden habe, war ich im Aufbruch, sodass es mir nicht merkwürdig vorgekommen ist, dass er unadressiert ist.

Der Postbote könnte sich geirrt haben oder vielleicht hat jemand den Brief einem meiner Nachbarn geben wollen? Aber meine Neugierde ist groß, also öffne ich den Brief.

Der Brief ist von Hayden.

Ich lese ihn durch.

Dann noch einmal.

Liebe Tori,

ich bin normalerweise kein Fan von handgeschriebenen Briefen – wenn ich ehrlich bin, habe ich noch nie einen geschrieben, also ist es ein erstes Mal. Und ich will noch viele weitere erste Male mit dir erleben. Ich weiß, ich habe einen Fehler gemacht, das werde ich niemals abstreiten. Aber selbst zwei Wochen nach unserer Trennung hat sich für mich nichts verändert. Ich liebe dich nach wie vor und möchte mit dir zusammen sein. So

*sehr ich dich nach der Trennung vermisst habe, bin ich auch
froh darüber, mir eine Auszeit genommen zu haben. So habe
ich mein Leben neu sortieren und planen können. Du sollst
wieder ein Teil meines Lebens sein, Tori. Ich werde um dich,
um uns kämpfen und dir beweisen, dass du mir vertrauen
kannst.*

*Als Entschuldigung für mein Verhalten möchte ich dir etwas
schenken, das auf der zweiten Seite beschrieben ist. Es würde
mir sehr viel bedeuten, wenn du es annimmst.*

Ich liebe dich.

Hayden

Meine Hände zittern, als ich das nächste Blatt in die Hand
nehme und lese. Hayden hat einen Stern nach mir benannt,
nein, er hat den Stern nach meinem Dad benannt. Was mich
noch mehr zu Tränen rührt. Ich blicke zum Himmel und weine umso heftiger. Gott, ich liebe diesen Mann so sehr. Weil er
mich kennt, weil er weiß, wie ich ticke, und weil er mich nach
so vielen Jahren nach wie vor liebt. Er weiß, dass ich nachts
gerne zu den Sternen hinaufsehe, weil ich denke, dass mein
Dad dort oben ist und über mich wacht. Diese Geste rührt
mich zutiefst, sodass ich den Brief weglegen muss, um meine Tränen wegzuwischen. Diese Tränen hier sind anders, sie
sind nicht trauriger Natur, sondern genau das Gegenteil. Das
Geschenk könnte perfekter nicht sein.

Auf dem Heimweg ruft mich Quinn an. »Hey, Frau Anwältin.
Wie ist es gelaufen?«, begrüße ich sie. Seitdem ich das Geschenk von Hayden erhalten habe, fühle ich mich nicht mehr
todtraurig. Eher hoffnungsvoll. Das habe ich auch Mrs Weinstein zu verdanken, die mir durch unser Gespräch geholfen hat,
einiges klarer zu sehen.

»Hey. Ein Prozess wurde vertagt, die anderen zwei habe ich gewonnen.«

»Herzlichen Glückwunsch. Das ist ja toll.«

»Das ist es, deshalb rufe ich auch an. Ich will heute Abend feiern und lade dich in meine Wohnung ein.«

»Das klingt großartig. Ich komme gerne.«

»Gut, dann erwarte ich dich gleich.«

Als ich auflege, fühle ich mich zum ersten Mal seit Tagen nicht so, als würde die Welt um mich herum einstürzen. Vor meinem Apartmenthaus staune ich allerdings nicht schlecht, als ich Haydens Wagen entdecke. Gayle steigt aus und kommt leicht lächelnd auf mich zu.

»Hallo, Tori.«

»Gayle, hi. Was kann ich für dich tun? Geht es Hayden gut?«

»Ihm geht es den Umständen entsprechend gut. Ich komme, um dich abzuholen.«

»Ich verstehe nicht ganz.«

»Hat Quinn nicht Bescheid gegeben?«

»Doch, aber ich dachte, wir sehen uns erst heute Abend.«

»Nein, sie meinte, ich solle dich gleich abholen.« Ich habe zwar ein schönes Outfit aus knielangem Plisseerock und ärmelloser Bluse an, aber ausgehtauglich ist es nicht wirklich. Aber wenn Quinn mich braucht, bin ich für sie da, und wenn sie Gayle schickt, werde ich ihrem Wunsch nachkommen.

»Na schön. Dann fahren wir los.«

Gayle bringt mich jedoch nicht zu Quinn nach Hause, sondern vor das Gebäude ihrer Kanzlei. »Was tun wir hier?«

»Sie wartet in ihrem Büro auf dich.«

»Okay. Danke fürs Fahren.«

»Gern geschehen.« Ich steige aus und will schon ins Gebäude, als Gayle erneut nach mir ruft.

»Ja?«

»Ich will nur, dass du weißt, dass ich froh bin, dich wiederzusehen.«

»Ich freue mich auch«, sage ich ehrlich, da ich sie in den letzten Wochen besser kennenlernen durfte und lieb gewonnen habe.

Am Empfang entdecke ich Donna, die trotz ihres Lächelns etwas nervös aussieht.

»Hey, was ist denn hier los?«, frage ich, da es meiner Nachbarin nicht ähnlich sieht, dass sie angespannt ist. »Wo ist Quinn?«

»Sie ist oben. Da du noch nie hier warst, bringe ich dich rauf.«

Auf die Umgebung achte ich gar nicht, denn in meinem Kopf schwirren unzählige Fragen umher. *Wieso musste ich herkommen? Weshalb soll ich sie in ihrem Büro treffen?* Alle sind elegant gekleidet, und ich bin froh, mich heute früh ebenfalls für ein hübsches Outfit entschieden zu haben. Wir gehen durch eine Tür aus Milchglas, hinter der ich auch schon Quinn entdecke. Sie trägt einen anthrazitfarbenen Bleistiftrock, darüber eine weiße Bluse und den zum Rock passenden Blazer.

Wir begrüßen uns, bevor ich mit meinen Fragen loslege. »Ich dachte, wir treffen uns bei der Feier?«

»Es gibt aber etwas, was noch wichtiger ist, und das bist du. Bitte setz dich und höre dir einfach alles an. Sobald wir mit dem Gespräch durch sind, kannst du mir jede Frage stellen, die du möchtest. Donna, kannst du sie bitte hereinholen?« Eine Frau Mitte vierzig betritt mit Donna den Raum, gefolgt von einem Polizisten.

»Tori, erkennst du diese Frau?« Ich sehe in ihr trauriges Gesicht, bin mir aber sicher, sie noch nie gesehen zu haben.

»Nein. Diese Frau sehe ich zum ersten Mal.«

Quinn nickt dem Beamten zu. »Sie können gerne im Nebenzimmer warten, die anderen werden gleich hier sein.« Nachdem der Beamte und die Frau gegangen sind, blicke ich fragend zu Donna, doch sie bedeutet mir mit den Händen zu warten. Dann kommt ein älterer Mann ins Zimmer, der sich mir als Levi Wright vorstellt. Er sei Privatdetektiv und als meine Unterstützung hier. Nun verstehe ich rein gar nichts mehr. Levi setzt sich links neben mich, rechts von mir sitzt nun Quinn und neben ihr Donna, die all unsere Worte auf dem Laptop zu dokumentieren scheint.

Dann geht erneut die Tür auf, und als ich sehe, wer den Raum betritt, will ich schon aufstehen und das Weite suchen, denn es sind meine Schwestern. Helena und Jennifer blicken ebenfalls erschrocken in meine Richtung, ehe sie sich an Quinn wenden.

»Was soll das hier? Ich dachte, es ginge um das Erbe einer verstorbenen Tante.«

»Bitte nehmen Sie Platz, es dauert nicht lange. Danach gehen wir gleich auf Ihre Fragen ein.« Quinns Stimme hat sich verändert, das Fröhliche darin wurde durch etwas anderes ersetzt, etwas Gefährliches. Die hasserfüllten Blicke meiner Schwestern treffen mich mit voller Wucht, aber ich versuche, den Blick nicht als Erste abzuwenden. Ich bin heute stärker als damals und werde ihnen nicht die Genugtuung verschaffen und vor ihnen kuschen.

»Es tut mir leid, dass ich Sie unter einem falschen Vorwand eingeladen habe, aber es gibt wichtige Dinge, die wir besprechen müssen.«

»Wir haben Ihnen nichts zu sagen.« Die beiden wollen schon aufstehen, doch plötzlich steht ein anderer Polizist im Raum, der die beiden verstummen lässt.

»Was ist hier los?«, will Helena nervös wissen.

Levi holt etwas aus seiner dicken Aktenmappe und reicht es den beiden. »Wissen Sie, wer das ist?«

»Das ist unsere Freundin Meredith. Da haben wir uns zum Lunch getroffen.«

»Ach so, danke. Und das hier?« Wieder ein Blatt, das ich nicht erkennen kann.

»Das ist das Testament unseres Vaters.« Als sie das Wort *Vater* in den Mund nehmen, bricht eine Wut in mir aus, mit der ich nicht gerechnet hätte.

»Danke. Dann noch ein letztes Dokument, ehe Frau Anwältin fortfährt.« Das, was Levi ihnen dann zeigt, lässt sie trotz ihres starken Make-ups völlig erbleichen. Alle Farbe ist aus ihren Gesichtern gewichen, was in mir den Wunsch weckt, ebenfalls aufzustehen und nachzusehen, was sie zum Verstummen gebracht hat.

»Was soll das sein?«, meldet sich Helena zu Wort. Sie war immer die Gemeinste der zwei Schlangen.

»Das, Mrs Cartwright, ist das *richtige* Testament. Das Dokument, das Mr Lancaster kurz vor seinem Tod autorisiert hat.«

»Das ist eine Fälschung! Wie können Sie es wagen, uns Lügen vorzulegen?«, meldet sich nun Jennifer zu Wort.

»Setzen Sie sich!« Diesmal ist es Quinn, die diese Worte drohend ausspricht.

»Den Teufel werde ich tun. Ich will einen Anwalt sprechen.«

»Wozu? Wenn das Testament laut Ihren Aussagen doch eine Fälschung ist, was haben Sie dann zu befürchten?«, fühlt ihnen meine Freundin auf den Zahn. Sie ist eine verdammt gute Anwältin, denn die Angst, die ich in den Augen meiner Schwestern erblicke, spricht Bände.

»Gar nichts.«

»Ach so, na dann.« Sie nickt dem Polizisten zu und dann betritt erneut die Frau von vorhin den Raum.

»Meredith, sind das die beiden Frauen, die Sie dafür bezahlt haben, das richtige Testament verschwinden zu lassen?«, fragt Quinn und erwischt mich eiskalt. Entsetzt blicke ich zu der mir unbekannten Frau, zu meinen Schwestern und dann zu Quinn, die Helena kalt ansieht.

»Das sind sie, Ma'am«, sagt Merdith kleinlaut und blickt dann wieder auf ihre Schuhe.

»Danke, Officer.« Quinn nickt ihm zu, ehe sie sich erneut den Frauen zuwendet, die nun viel kleiner auf mich wirken.

»Mrs Cartwright, Mrs Lennard. Basierend auf der derzeitigen Beweisführung werden wir Sie beide wegen Betrugs und schweren Diebstahls anzeigen. Sie werden Miss Lancaster ihr rechtmäßiges Erbe überweisen, ehe Sie für eine Weile ins Gefängnis wandern.«

»Das werden wir ja sehen«, keift Jennifer wie eine Furie.

»Sie ist nicht mal eine richtige Lancaster!«, brüllt Helena daraufhin und trifft mich tief. Wie kann sie so etwas sagen? Ich war immer für Dad da und habe zu seinen Lebzeiten alles getan, um unserem Ruf nicht zu schaden.

»Sie wurde adoptiert! Als sie in unser Leben getreten ist, war gerade unsere Mutter gestorben, und unser Vater hat sich nur noch um sie gekümmert. Uns hat er völlig vergessen!« *Ich bin adoptiert?* Ungläubig blicke ich zu Levi, der es aber mit einem Nicken bestätigt. Der Stich in meiner Brust erschüttert mich, sodass ich meine Finger in die Tischkante graben muss, um nicht ohnmächtig zu werden.

»Das ist trotzdem kein Grund, sie um das Geld zu bringen, das ihr zusteht«, sagt Quinn ohne jegliche Emotion.

»Er hat uns nur ein paar Immobilien hinterlassen, sie bekam fast alles. Das konnte ich nicht zulassen«, zischt Helena aufgebracht. Sie scheint keine Reue zu verspüren, denn der Hass auf mich ist offensichtlich stärker als alles andere für sie.

»Helena, komm. Der Richter wird entscheiden, wer recht hat und wer nicht.« Jennifer erhebt sich und greift nach Helenas Ellbogen, um sie mit sich zum Ausgang zu ziehen.

»Das wird er«, antwortet Quinn und lächelt die beiden wissend an. Ich blicke den beiden nach, ebenso wie den Polizisten, die den Raum verlassen. Ich kann nur blinzeln und meinem zu schnellen Herzschlag lauschen, denn für mich fühlt es sich an, als wäre ich im falschen Film. Alles ist nur so an mir vorbeigerauscht. Es waren so viel Menschen in diesem Raum, Fremde wie Vertraute, aber das große Ganze sickert endlich zu mir durch. Ich könnte mein Erbe zurückerlangen und wurde von Dad adoptiert.

»Was ist hier gerade passiert?«, frage ich Quinn kraftlos, doch sie sagt nichts, sondern nimmt mich fest in den Arm. Sie scheint es mir wohl anzusehen, dass ich kurz davor bin, in Tränen auszubrechen. Vor Freude und vor tiefer Trauer.

»Es tut mir leid, dass wir dich so überfallen haben, aber ich hatte die Befürchtung, dass du nicht kommen würdest, wenn ich dir sagen würde, worum es wirklich geht.«

»Ich wäre auch nicht gekommen, da hast du recht. Ich wollte einfach meine Ruhe.« Jede Begegnung mit meinen Schwestern saugt mir einiges an Lebenskraft aus, nur dass es diesmal nicht so schlimm ist, da ich Quinn und Donna an meiner Seite habe.

»Na ja. Von Ruhe kann noch nicht die Rede sein, aber die kommt bestimmt. Nachdem du endlich dein rechtmäßiges Erbe bekommen hast.«

»Ich bin adoptiert?«, flüstere ich traurig.

»Ja, dein Vater hat es unter Verschluss gehalten, weil er nicht wollte, dass du dich ausgegrenzt fühlst. Die zwei werden wohl das echte Testament sowie deine Adoptionspapiere kurz vor seinem Tod im Safe gefunden haben.« Nicht zu fassen, dass sie in seinem Safe rumgeschnüffelt haben, während er im Sterben lag. Schon allein dafür werde ich sie für immer hassen.

»Das heißt, ich bin gar nicht mehr arm?«, frage ich noch mal, da diese Informationen sich alle so unwirklich anfühlen.

»Nein, du bist bald Multimillionärin«, sagt Donna freudig.

»Dank Levi, Quinn und dir.«

»Nein, eher dank Hayden«, meint Quinn schließlich und sucht meinen Blick, als ich bei der Erwähnung seines Namens zusammenzucke.

»Hayden?«, frage ich atemlos.

»Er hat Levi engagiert und Nachforschungen anstellen lassen. Dann hat er Meredith konfrontiert. Sie hat gestanden, die Testamente vertauscht zu haben. Nachdem der Notar selbst verstorben war, gab es niemanden mehr, der die Echtheit des Testaments angezweifelt hätte. Aber sie hat den Fehler gemacht, das Original nicht zu vernichten, sondern aufzuheben.«

»Unglaublich«, hauche ich fassungslos.

»Es kommt jetzt eine harte Zeit auf dich zu. Du wirst deinen Schwestern nun häufiger begegnen, aber ich denke nicht, dass es zu einem Prozess kommt. Die Beweislast ist erdrückend, sodass wir sicher schnell zu einem Vergleich kommen.«

»Ich weiß nicht, was ich sagen soll, außer danke.« Dabei wende ich mich allen dreien zu, auch wenn ich es Hayden gerade nicht persönlich sagen kann.

»Gern geschehen. Wir sind für dich da, Tori. Du gehörst nun zur Familie, egal ob du wieder mit Hayden zusammenkommst oder nicht«, sagt Quinn lächelnd und drückt mich erneut. Dann weine ich schon wieder, doch diesmal sind es Freudentränen.

38. KAPITEL

Hayden

Laut Quinns Aussagen ist alles gut verlaufen. Ich wünschte, ich wäre dabei gewesen, als die Lancaster-Schwestern endlich realisiert haben, dass ihr falsches Spiel aufgeflogen ist. Aber es war für Tori sowieso eine emotionale Achterbahnfahrt, und da wollte ich nicht durch meine Anwesenheit alles noch schlimmer machen. Dafür werde ich sie heute Abend treffen, nach zwei endlosen Wochen werde ich vor ihr stehen und sie um Verzeihung bitten. Ein Leben ohne sie kann ich mir nicht mehr vorstellen, gerade weil es sich in den letzten Tagen so angefühlt hat, als wäre sie für immer gegangen.

Um mich auf andere Gedanken zu bringen, besuche ich Kyle bei seiner neuen Familie. Auch während ich in New Jersey war, habe ich ihn jeden zweiten Tag angerufen, um mich nach seinem Wohlbefinden zu erkundigen. Ich sehe es als meine Pflicht an, ihn vor dem Leid zu bewahren, das ich erfahren musste. Außerdem habe ich ihn unglaublich lieb gewonnen. Auch er ist offener mir gegenüber geworden, hat mir sogar seine selbst gestalteten Comics gezeigt.

Der Junge hat ein riesiges Talent, das ich unbedingt fördern möchte, also habe ich einen Collegefond für ihn eröffnet. Egal, welchen Weg er beruflich einschlagen möchte, die Finanzierung der Hochschule ist gesichert. Die Pflegeeltern können selbst keine Kinder bekommen und kommen trotz

Kyles zurückhaltender Art sehr gut mit ihm zurecht. Es passt einfach zwischen den dreien. Sie erlauben sogar, dass Cody am Wochenende bei Kyle bleibt, was ich ihnen sehr hoch anrechne.

Zufrieden gehe ich nach Hause, um mich für Quinns Party fertig zu machen. Gerade als ich aus der Dusche steige, höre ich das Klingeln des Aufzugs. Ich wickle mir ein Handtuch um meine Hüften und gehe ins Wohnzimmer, wo ich Tori vorfinde. Ihr Atem geht schnell, und man sieht ihr an, dass sie vor Nervosität zittert, aber sie sieht wie immer wunderschön aus. Sie trägt ein Sommerkleid, das ihr bis zu den Knien reicht und mit bunten Blumen bedruckt ist. Es steht ihr fantastisch.

»Was hast du mit der Aussage gemeint, ob ich wissen will, wie ich damals vom Konzert nach Hause gekommen bin?« Statt einer Begrüßung fragt sie nach der Vergangenheit, aber sie hat ein Recht darauf, es zu erfahren.

»Willst du es wissen? Denn ich kenne die Wahrheit.«

»Ja, ich will es wissen.«

»Ich habe dich nach Hause gebracht. Damals auf dem Konzert habe ich gesehen, wie du dich von dem Typen getrennt hast und dich fast besinnungslos getrunken hast. Als ein zwielichtiger Mann sich dir genähert hat, habe ich ihn zum Teufel geschickt und dich nach Hause gebracht.«

»Aber wieso hast du das getan? Ich war doch unmöglich zu dir?«, fragt sie fassungslos.

»Erstens würde ich jeder Frau in solch einer Situation helfen, und zweitens habe ich dich geliebt, Tori. Ich habe es damals als Schwärmerei angesehen, aber wenn ich jetzt darüber nachdenke, habe ich dich von dem Moment an geliebt, als ich dich das erste Mal erblickt habe.«

»Wieso hast du damals nicht mit mir geredet? Wenn du mir

gesagt hättest, dass du mich gerettet hast, wäre alles vielleicht anders gekommen.«

»Nein, wäre es nicht.«

Sie blickt zur Seite, um sich zu fassen, ehe sie sich mir wieder zuwendet. »Danke. Dafür, dass du mich gleich mehrmals gerettet hast.«

»Mehrmals?« Soweit ich weiß, habe ich es nur ein Mal getan.

»Das, was du getan hast, war falsch, aber im Großen und Ganzen betrachtet hast du mich davor gerettet, vor die Hunde zu gehen. Ohne den Job beim Label hätte ich meine Wohnung verloren, wäre auf der Straße gelandet und hätte von vorne anfangen müssen, und wer weiß, wie das ausgegangen wäre. Nun habe ich erfahren, dass du dafür gesorgt hast, dass ich mein Erbe und meine Schwestern ihre gerechte Strafe bekommen. Ich weiß gar nicht, wie ich dir danken kann.«

Durch ihre Worte ermutigt gehe ich auf sie zu. *Gott, ist sie schön.* Sie hat wie auch ich etwas Gewicht verloren, was ich auf die Trennung schiebe. Ich habe es satt, weiter zu leiden, wenn wir doch alles Glück der Welt verdient hätten. »Liebst du mich?«, frage ich und streichle sanft über ihre zarte Wange.

»Ja. Sehr sogar.« Bei diesen Worten wird mir augenblicklich warm ums Herz.

»Wieso? Was habe ich getan, dass ich dich nach all den Jahren verdient habe«, hauche ich gegen ihre Lippen.

»Weil du der selbstloseste Mensch bist, der mir jemals begegnet ist. Du hilfst deinen Mitarbeitern, Kyle, den Menschen, die in deinen Charity-Projekten Sicherheit finden. Dein gutes Herz macht dich aus. Ich liebe den Klang deines Lachens, ich liebe es, wie du dich, selbst wenn ich schlafe, um mich sorgst und mich zudeckst. Und weil ich durch dich eine bessere Version meiner selbst bin. Dich zu lieben ist so einfach gewesen, dich zu verlassen das Schwerste.«

»Es tut mir so leid, dass ich dir nicht die Wahrheit gesagt habe, aber glaubst du mir, dass ich, seitdem wir zusammen waren, vollkommen ehrlich zu dir war?«

»Ich glaube und verzeihe dir, denn auch ich habe schlimme Fehler begangen, und du hast mir ebenfalls verziehen.«

»Ich konnte gar nicht anders. Wenn du dich nur mit meinen Augen sehen könntest, dann wüsstest du, dass du es wert bist, die Vergangenheit ruhen zu lassen. Leider habe ich das erst nach einer Weile realisiert.«

Ich will noch etwas sagen, aber in dem Moment erbebt Tori kurz und zieht mich in der nächsten Sekunde in einen tiefen, innigen Kuss.

Zart erwidere ich den Kuss. Innerlich will ich sie verschlingen, weil ich so lange ohne sie sein musste und sie so sehr begehre wie noch nie, aber diesen Kuss will ich genießen, ihn wie ein Siegel betrachten. All der Schmerz ist vergangen, die Unsicherheit und Angst davor, sie zu verlieren, sind nicht mehr da, denn jetzt und hier gibt es keine alte oder neue Tori und keinen Unterschied zwischen Hayden Landowsky und Hayden Millard. Wir sind einfach zwei Menschen, die einander wiedergefunden haben und nie wieder gehen lassen.

Küssend bahnen wir uns den Weg in mein Schlafzimmer und im Gehen verliere ich mein Handtuch. Zum Bett schaffen wir es nicht mehr, denn ich hebe ihr Kleid hoch und drücke sie gegen die Wand. Ihrem Keuchen entnehme ich, dass es ihr so geht wie mir. Ich muss in ihr sein, jetzt sofort. Da Tori schon während unserer Beziehung die Pille genommen hat und wir beide gesund sind, schiebe ich kurzerhand ihren Slip zur Seite. Sie drängt sich zustimmend gegen mich und im nächsten Moment dringe ich tief in sie ein. Tori krallt ihre Nägel in meine heiße Haut, und ihr entfährt ein tiefes Stöhnen. Überwältigt von all den Gefühlen schließt sie die Augen, ich jedoch halte meine eigenen noch offen, denn ich will sie sehen. Ich lese an ihrem Gesicht ab, was sie will und braucht. Und ich gebe es ihr.

Quälend langsam gleite ich aus ihr, ehe ich wieder in sie eindringe. Das tue ich immer wieder, während ich sie küsse und ihr immer mehr einheize. Schließlich erzittert sie vor Erregung und kommt, während sie laut meinen Namen schreit. Ich dringe noch einmal tief in sie ein und erreiche ebenfalls den Orgasmus, der uns beide zum Erbeben bringt. Schwer atmend bleiben wir noch ein paar Atemzüge in dieser Position, ehe ich sie hochhebe, zur Badewanne trage und uns Wasser einlasse. Sobald ich auch in der Wanne Platz genommen habe, ziehe ich sie an meine Brust und umarme sie so fest, dass ihr ein süßes Seufzen entgleitet.

»Das habe ich so sehr vermisst«, flüstert sie über das Plätschern des Wassers hinweg.

»Den Sex?«

»Ja. Den auch«, sagt sie lachend.

Wir genießen einen Moment die Stille, nehmen einfach nur die Nähe des anderen wahr. Realisieren, was passiert ist.

Ich kann es noch nicht so richtig fassen, dass ich hier wirklich mit meiner Traumfrau in den Armen sitze. Und das, nachdem ich befürchtet hatte, sie für immer verloren zu haben. Erneut.

»Aber am meisten habe ich diese Geborgenheit vermisst«, fährt Tori schließlich fort. »Dich Haut an Haut zu spüren. Es war vielleicht falsch, gleich zu kündigen und die Flucht zu ergreifen, aber zu dem Zeitpunkt war es die einzige Option, die mir eingefallen ist.«

»Trotz des Schmerzes, den die Trennung verursacht hat, hat sie mir geholfen, viele Dinge klarer zu sehen und mein Leben neu zu ordnen. Wenn ich mir diese Pause nicht genommen hätte, wüsste ich noch immer nicht, was ich wirklich will.« Am

Ende meiner Worte küsse ich sie sanft auf den Hals, was sie leicht erbeben lässt.

»Und was ist das?«, will sie wissen.

»Zeit. Ich will mehr vom Leben haben, mit dir die Welt bereisen, uns ein Häuschen im Grünen kaufen, Kinder mit dir haben und mit dir alt werden. Das Leben ist zu kurz, um tagtäglich in der Arbeit zu versinken.«

»Wow, du hast wirklich ausführlich darüber nachgedacht, was du noch erreichen willst«, staunt sie.

»Und du? Was hast du vor, jetzt wo du dir um Geld keine Sorgen mehr machen musst?«

»Ich weiß es noch nicht so genau. Alles fühlt sich so anders an, jetzt, wo ich weiß, dass ich adoptiert wurde.«

»Das hat für deinen Dad aber keinen Unterschied gemacht. Er hat dich geliebt wie sein eigenes Kind.«

»Ja, das hat er, da habe ich keinen Zweifel. Vielleicht war es auch besser so, denn so hat nichts zwischen uns gestanden, und wir haben die kurze Zeit, die uns geblieben ist, genießen können.«

»Wie war er so? Ich habe einige Interviews mit ihm gelesen, er scheint ein erfolgreicher Mann gewesen zu sein.« Während unserer Beziehung hat sie nicht so viel von ihm erzählt, weshalb es mich umso mehr freut, dass sie diesem Thema gegenüber nun offener ist.

»Er hat nie von seiner Arbeit erzählt. Er hätte Bäcker sein können, ich hätte es ihm geglaubt. Alle Meetings und den Arbeitsstress hat er in seinem Büro gelassen. Zu Hause war er nur Wells, ein alleinerziehender Vater. Wir sind viel gewandert, haben gepuzzelt und haben Zeit miteinander verbracht. Helena und Jennifer waren immer mies gelaunt, haben sich meistens quergestellt, aber nun weiß ich, dass sie sich nur aus Eifersucht so benommen haben.«

»Ja, da denkt man gleich an Cinderella.«

»Ja, stimmt, es hat einen Touch von diesem Märchen, aber meine gute Fee war männlich.«

»Ach was, mir würde so ein Feenkostüm auch gut stehen«, gebe ich überzeugt zurück.

»Schön«, sagt sie mit einem Grinsen, das mein Herz schneller schlagen lässt. »Dann weiß ich schon, als was wir uns zu Halloween verkleiden.«

Wir betreten Hand in Hand Quinns Wohnung, was den Partygästen allesamt ein Lächeln ins Gesicht zaubert. Quinn und meine Mom haben Tränen in den Augen, aber sie versuchen es zu verbergen, was ihnen eher schlecht als recht gelingt. »Tori, schön, dich wiederzusehen«, sagt meine Mutter freudig und umarmt meine Freundin fest.

»Danke, dass du wieder da bist«, meint mein Dad und zieht sie ebenfalls in eine Umarmung.

»Es freut mich, hier zu sein«, sie wirft mir einen Seitenblick zu, ehe Mom sich bei ihr unterhakt und mit ihr zum Buffet schlendert.

»Geht es dir gut?«, hakt mein Vater nach.

»Ja, jetzt schon.«

»Hast du sie aufgesucht und dich entschuldigt?«

»Nein, sie stand vorhin plötzlich in meiner Wohnung, und wir haben uns ausgesprochen.«

»Schön. Ich freue mich sehr für dich, aber wir müssen miteinander reden.«

»Was ist los?«

»Es geht um Troy.« Gerade als mein Dad seinen Namen erwähnt, weist eben dieser uns an, ruhig zu sein, und greift nach Quinns Hand.

»Werte Gäste. Heute feiern wir den beruflichen Erfolg meiner wunderschönen Freundin. Sie ist stark, sie ist furchtlos und sie ist das süßeste Geschöpf auf Erden. Es war klar, dass ich mich in diese Frau verlieben würde.«

»Oh Fuck. Er wird doch wohl nicht …?«, sage ich zu meinem Dad, doch er schüttelt nur den Kopf.

»Doch«, meint er seufzend, als Troy plötzlich auf die Knie geht und Quinn vor unser aller Augen fragt, ob sie ihn heiraten will. Mein Blick wandert automatisch zu Klaus, der seit Jahren in Quinn verliebt ist. Er sieht geschockt zwischen den beiden hin und her und als meine Schwester schließlich Ja sagt, verlässt er augenblicklich den Raum.

39. KAPITEL

Tori

Haydens Familie blickt eher geschockt als glücklich auf Quinn und den knienden Troy. Er fragt sie vor allen Gästen, ob sie seine Frau werden will, und sie sagt überglücklich Ja. Jubel bricht unter den anderen Gästen aus, aber Hayden, Griffin und Eve Millard wirken wie erstarrt. Nachdem sich das frischverlobte Paar geküsst hat, kommen auch schon die ersten Gäste auf sie zu, um den beiden zu gratulieren. »Wie schön. Quinn wird heiraten«, sage ich freudig zu ihrer Mutter, die die beiden wie in Trance ansieht und erst auf meine Frage reagiert, als ich ihren Namen sage.

»Oh, entschuldige bitte, ich war gerade mit meinen Gedanken woanders.«

»Bist du über ihre Wahl nicht glücklich? Ich hoffe, ich trete dir mit der Frage nicht zu nahe.« Immerhin kenne ich Haydens Mutter noch nicht lange, wenn man von der Begegnung damals einmal absieht. Es könnte sein, dass ich mit meiner Frage zu weit gehe.

»Wenn Quinn mit Troy glücklich ist, bin ich es auch.« Quinn sieht auf jeden Fall happy aus und nimmt freudig alle Glückwünsche entgegen. Ihr Verlobungsring funkelt mich selbst aus ein paar Schritten Entfernung an und sieht ziemlich teuer aus. Hayden und ich sind die Letzten, die dem Paar gratulieren. Während Troy sich mit Hayden über das Label unterhält, seufzt Quinn tief, und erst jetzt sehe ich die Erschöpfung in ihren Augen.

»Möchtest du etwas trinken gehen?«, frage ich und mit einem erleichterten Nicken stimmt sie zu.

»Entschuldigt uns« sage ich zu den Männern, woraufhin Hayden mir zuzwinkert. Mein Herz macht einen Satz. Mit einem seligen Lächeln gehen wir zur Bar und als wir auf den Barhockern Platz nehmen, beginnt Quinn zu jubeln.

»Da ist aber jemand glücklich über seine Verlobung«, sage ich lachend.

»Der Jubel ist eher dir und meinem Bruder gewidmet«, antwortet sie und nimmt mich fest in den Arm. »Ich habe gebetet, dass ihr wieder zueinanderfindet. Ihr zwei seid einfach füreinander geschaffen.«

»Danke«, flüstere ich in ihr Haar und drücke sie fester an mich. In den letzten Monaten habe ich diese quirlige Frau, die fast immer gute Laune versprüht, ins Herz geschlossen. Sie hat sich mit mir angefreundet, obwohl sie mich kaum kannte. Sie hat nicht auf meinen Ruf oder gesellschaftlichen Status geachtet, sondern auf die Person, die ich bin.

»Lass mich den Ring sehen«, fordere ich, woraufhin sie mir ihre zarte Hand reicht. Der große Klunker wirkt irgendwie klobig, und der quadratische Schliff passt nicht so recht zu ihr, aber das sage ich natürlich nicht laut.

»Bist du glücklich?«

»Und wie. Troy ist unglaublich, feinfühlig und immer für mich da. Ich liebe ihn.« Ich glaube ihr, aber etwas in ihren Augen verändert sich, also traue ich mich, eine noch persönlichere Frage zu stellen.

»Hast du gerade an …«, setze ich an, was sie mit einem Seufzen quittiert.

»Ich will das nicht mehr, Tori. Natürlich habe ich an Jax

gedacht, aber nur kurz. Troy hat eine Frau an seiner Seite verdient, die nicht einem Mann nachweint, der sie ohne ein Wort verlassen hat. Wieso tue ich es dann?«

»Weil er noch immer in deinem Herzen ist. Deine erste Liebe wirst du wohl niemals vergessen, aber mit der Zeit wird es leichter.«

»Aber nun ist es über ein Jahrzehnt her. Es wird Zeit loszulassen, und welcher Tag wäre dafür besser geeignet als der Tag meiner Verlobung?«

»Du hast vollkommen recht. Du wirst Jackson nie wiedersehen, aber Troy wird den Rest deines Lebens an deiner Seite bleiben.«

»Ganz genau. Heute habe ich mich verlobt, und ich werde die Vergangenheit ruhen lassen.«

»Es ist der erste Schritt, danach kann es nur besser werden.«

Erst gegen ein Uhr früh finden wir uns auf Haydens Dachterrasse wieder. Quinn, Donna, Troy, Jamie, Chloe, Hayden und ich sitzen auf den Liegen und lachen über einen Witz, den Jamie gerissen hat. Die Stimmung ist entspannt, und wir genießen diesen Samstagabend im Kreise der Familie, mit der Hayden gesegnet ist. »Ian fehlt«, sagt Hayden plötzlich, als hätte er die gleichen Gedanken gehabt wie ich.

»Wie spät ist es jetzt in Asien?«, fragt Chloe.

»Keine Ahnung, aber ich hoffe, wir wecken ihn auf«, meint Hayden lachend und greift zu seinem Smartphone.

EIN JAHR SPÄTER

»Danke für die Spende, Tori.« Maude blickt in den Speicher, der nun voll mit Tiernahrung ist, die ich gespendet habe. Nachdem ich vor neun Monaten mein Erbe angetreten habe, habe ich das meiste Geld Organisationen zukommen lassen, die sich für Tiere engagieren. Ich arbeite zwar jetzt nicht mehr jede Woche in der Tierklinik, unterstütze sie aber, so oft ich kann. Hayden und ich haben uns in den letzten Monaten eine Auszeit genommen, eine Europareise gemacht, sind zusammengezogen und haben versucht, all das, was wir in den letzten Jahren verpasst haben, nachzuholen.

Hayden und Jamie leiten das Label gemeinsam, was nach einigen Organisationsschwierigkeiten mittlerweile wirklich gut funktioniert. Die Termine mit Klienten nehmen beide wahr, und sie leiten das Unternehmen gewissenhaft. Es läuft sogar so gut, dass sie überlegen, ein weiteres Label zu kaufen und gemeinsam auszubauen. Es mag klischeehaft klingen, aber es läuft alles perfekt. Meine Schwestern wurden angezeigt und mussten mir jeden Penny zurückzahlen, den sie sich gekrallt haben.

Auch wenn ich nun finanziell unabhängig bin, gebe ich nicht unnötig Geld aus. Ich habe meine geliebte Wohnung von Donnas Cousin gekauft und vermiete sie für eine unterdurchschnittliche Miete an eine junge Frau, die Ähnliches erlebt hat wie ich und Geldprobleme hat. Langsam, aber sicher kämpft sie sich aus den Schulden heraus, was aber laut ihren Aussagen niemals möglich gewesen wäre, wenn ich sie mit der niedrigen Miete nicht unterstützen würde.

Ich arbeite wieder bei Ever Records, aber nicht mehr als Haydens Assistentin, sondern in einer Abteilung, wo mein Talent mit Zahlen von Nutzen ist. In der Buchhaltung unterstütze ich die Leiterin der Etage und mache mittlerweile schon meine eigenen Abrechnungen. Auch Kyle hat sich zu einem tollen Jungen entwickelt, der mit Unterstützung seiner Pflegeeltern bei einem Comic-Zeichenwettbewerb mitgemacht und den ersten Platz belegt hat.

Donna, Quinn und ich sind beste Freundinnen geworden. Wir treffen uns ein Mal in der Woche zum Lunch oder Cocktailabend und unterhalten uns über unser Leben. Donna datet nach wie vor, hat aber bisher niemanden getroffen, der sie dazu gebracht hat, sesshaft zu werden. Ich denke allerdings, dass ihr Ex-Mann sie zu sehr verletzt hat, sodass es ihr schwerfällt, sich für längere Zeit auf einen Partner oder eine Partnerin einzulassen. Quinn ist im Hochzeitsfieber und hat nach einigen Fehlgriffen in Sachen Hochzeitsplanerin beschlossen, die Feier selbst zu organisieren. Manch eine Braut würde im Stress versinken und nicht wissen, wo sie anfangen soll, aber Quinn ist da anders. Sie geht geradezu in der Aufgabe auf. Für mich ist sie wie eine Superheldin, die alles erreichen kann, was sie will.

Ich bin gerade dabei, die letzte Abrechnung des Tages abzuspeichern, als ich Haydens Duft wahrnehme. Eine Sekunde später umarmt er mich von hinten und küsst meinen Hinterkopf. »Bist du dann so weit? Wir haben zwei Kids zu Hause, die hungrig sind.«

»Hör auf, unsere Haustiere als Kinder zu bezeichnen, das verwirrt die Leute.«

»Es fühlt sich aber an, als wären es unsere Knirpse, die nur Unsinn im Kopf haben.«

»Wenn du meinst.« Ich fahre den PC herunter, als Hayden meinen Drehstuhl so weit dreht, dass er mich mit seinen starken Armen einkeilt.

»Willst du Kinder?«, fragt er plötzlich ernst.

»Wie bitte?«

»Ich meine, möchtest du eines Tages Kinder haben? Wir haben nie wirklich darüber gesprochen.«

»Na ja, es ist bis jetzt noch nie so richtig zur Sprache gekommen, aber ja. Ich möchte gerne Kinder haben. Ich hätte eher gedacht, dieses Thema würde Männer in die Flucht schlagen?«

»Mich mit Sicherheit nicht. Wenn ich ehrlich bin, habe ich in den letzten Wochen häufig darüber nachgedacht.«

»Tatsächlich?«

»Ja. Ich will, dass du mein Kind unter deinem großen Herzen trägst. Aber vorher mache ich dich zu meiner Frau.«

»Ist das etwa ein Antrag?«, frage ich mit trockener Kehle. Das vermeintlich lockere Gespräch ist schnell ziemlich ernst geworden.

»Noch nicht, aber wenn es so weit ist, dann wird es unvergesslich sein, das verspreche ich.«

»Da bin ich mir bei dir sicher. Du schaffst es immer wieder, mich zum Staunen zu bringen.«

»Und du schaffst es, mich zum glücklichsten Mann der Welt zu machen. Ich liebe dich, seit du deinen Fuß in mein Klassenzimmer gesetzt hast und ich dich in diesem kanariengelben Kleid gesehen habe.«

»Du weißt noch, was ich anhatte?«, frage ich verblüfft. Dieses Detail ist neu für mich.

»Das Kleid war knielang und deine Haare zu einem Pferdeschwanz gebunden. Du hast dich nervös umgesehen und als sich unsere Blicke getroffen haben, wusste ich schon in der Junior High, dass du die Frau meiner Träume bist.«

»Ich wünschte, ich hätte es damals auch geschnallt.«

»Ich nicht.«

»Nein?«

»Unsere Geschichte ist doch wie aus einem Roman entsprungen und wird unsere Kinder und Enkelkinder regelrecht verzaubern.«

»Du bist so unglaublich süß, Hayden«, sage ich lachend und greife in seinen Nacken, um ihn zu küssen. Als wir uns voneinander lösen, streicht mir Hayden sanft über die Wange und ergreift das Wort. »Tief in mir wusste ich, dass ich immer nur auf dich gewartet habe. Du und ich sind füreinander bestimmt, und ich würde den steinigen Weg immer wieder gehen, weil ich dich liebe. Für immer.«

»Für immer«, hauche ich mit Tränen in den Augen und lasse mich erneut in seine starken Arme sinken.

DANKSAGUNG

Die Danksagung zu verfassen ist manchmal schwerer, als das eigentliche Buch zu schreiben, da ich immer das Gefühl habe, mich zu wiederholen, aber ich habe stets das Glück, mit denselben, besten Menschen zusammenzuarbeiten. Ich möchte meinen Lektorinnen Katharina und Silvana danken, die immer ein offenes Ohr für mich haben und mich unterstützen, so gut sie können.

Eine große Hilfe waren mir diesmal meine Bloggerinnen und Freundinnen Betzy, Vani, Laura, Jana M. und Jana, die *Dare to Trust* vorab gelesen haben und mich mit ihrem Lob, aber auch mit ihrer Kritik unglaublich unterstützt haben. Danke, meine Süßen. Ohne euch hätte ich es nie geschafft, das Buch so schnell fertig zu bekommen.

Meiner Familie, meinem Papa (der im Himmel über uns wacht) und meinen Leser:innen danke ich von ganzem Herzen für all die Liebe und Treue. Viele von euch schreiben mich auf Instagram an und schildern mir die Gefühle, die meine Bücher in ihnen wecken, wie sehr sie sie lieben, und versüßen mir damit jedes Mal den Tag. Es ist manchmal ziemlich hart, Autorin zu sein, aber wegen euch weiß ich, wieso ich Schriftstellerin geworden bin.

Für euch und dank euch.

Triggerwarnung

Dieses Buch enthält Elemente, die triggern können.

Diese sind: Mobbing.

Wie weit würdest du für deine große Liebe gehen?

April Dawson
UP ALL NIGHT
416 Seiten
ISBN 978-3-7363-0967-8

Als Taylor Jensen an ein und demselben Tag nicht nur ihren Job an einen Kollegen verliert, sondern auch ihren Freund beim Fremdgehen erwischt, hat sie von Männern erst einmal genug. Völlig verzweifelt läuft sie Daniel Grant in die Arme, der ihr ein Zimmer in seiner WG anbietet. Einst waren sie beste Freunde, aber ein männlicher Mitbewohner mit sexy Tattoos und einem unwiderstehlichen Lächeln ist das Letzte, was Tae jetzt gebrauchen kann. Doch Dan steht schon lange auf Männer, weshalb das heiße Prickeln zwischen ihnen nichts zu bedeuten hat – oder etwa doch?

»Eine Geschichte, die Mut macht und zeigt, dass jedes Ende ein neuer Anfang sein kann.« LOVINBOOKSWORLD

LYX

Kannst du der Anziehung widerstehen,
wenn dich die Liebe schon einmal fast
zerbrochen hätte?

April Dawson
NEXT TO YOU

368 Seiten
ISBN 978-3-7363-1067-4

Addison Grant sagt immer, was sie denkt – vor allem zu ihrem
arroganten Nachbarn Drake O'Hara. Als Drake ihr jedoch den Job
als seine persönliche Assistentin anbietet, ist Addy das erste Mal
in ihrem Leben sprachlos. Denn trotz ihrer Wortgefechte knistert
es gewaltig zwischen ihr und dem erfolgreichen CEO. So stark
die Anziehungskraft zwischen ihnen auch ist, die Regeln ihrer
Geschäftsbeziehung sind klar: Drake ist ihr Boss, nichts weiter –
bis es zu einem Kuss kommt, der alles verändert ...

»Ausdrucksstark, leidenschaftlich und atemberaubend schön!«
CINDERELLAUNDERCO_ER

*Würdest du für die Liebe alles riskieren,
auch wenn es dich eure Freundschaft
kosten könnte?*

April Dawson
MORE THAN THIS

384 Seiten
ISBN 978-3-7363-1292-0

Landschaftsarchitektin Grace hatte noch nie wirklich Glück in der Liebe. Und dass alle in ihr und ihrem besten Freund Zayn das perfekte Paar sehen, macht die Sache nicht besser. Denn so nahe sie sich auch stehen, der Draufgänger und die schüchterne Romantikerin könnten unterschiedlicher nicht sein. Dennoch fällt es Grace zunehmend schwerer, das prickelnde Knistern zwischen ihnen zu ignorieren …

»Auch im finalen Teil ihrer Reihe zeigt uns April Dawson, dass zwei Menschen, die zusammengehören, immer zueinanderfinden werden.« JANAS.BOOKLOVE

LYX

Wer ist hier der Boss?

April Dawson
KISS THE BOSS
- EINE CHEFIN
ZUM VERLIEBEN
272 Seiten
ISBN 978-3-7363-0782-7

Schon am College waren Nick und Callie erbitterte Konkurrenten. Doch als Nick dringend einen Geschäftspartner braucht, hätte er nie gedacht, dass ausgerechnet Callie das nötige Kapital und Wissen besitzt, um sein Unternehmen zu retten. Allerdings nur zu ihren Bedingungen: Sie ist der Boss, und Flirtversuche sind verboten! Zähneknirschend lässt sich Nick darauf ein, spürt er doch bei jeder Begegnung, dass da mehr zwischen ihnen ist als die alte Rivalität. Aber als Callie dabei ist, sich in einen Langweiler zu verlieben, muss Nick um sie kämpfen – Abmachung hin oder her!

»Fesselnd, romantisch und prickelnd!« BOOKSLINE

LYX

Prinzessin wider Willen

April Dawson
ROYAL WEDDING
252 Seiten
ISBN 978-3-7363-0684-4

Jenna hat ein für alle Mal genug von den Lügen der Männer. Trotzdem will sie nicht aufgeben, den Richtigen zu finden. Sie beschließt deshalb, über eine Heiratsannonce einen völlig Fremden zu heiraten. Als sich jedoch herausstellt, dass dieser Philip ein waschechter Prinz ist, steht Jennas Welt Kopf. Kann sie ihm seine Lügen verzeihen und ihm die Chance geben, die Liebe ihres Lebens zu werden?